KB195691

호밀밭의 파수꾼

호밀밭의 파수꾼

제롬 데이비드 샐린저 ｜ 이덕형 옮김

문예출판사

The Catcher in the Rye

Jerome David Salinger

차례

어머님께 드립니다

1

　정말 이야기를 듣고 싶다면, 아마 제일 먼저 듣고 싶은 것은 내가 어디서 태어나서 어린 시절을 어떻게 구차하게 보냈으며, 또 내가 태어나기 전 우리 부모는 무슨 일을 했는지 하는 따위일 것이다. 그러니까 데이비드 코퍼필드 식의 시시껄렁한 이야기 말이다. 그러나 사실 나는 그런 이야기는 입에 담고 싶지 않다. 우선, 그런 시시한 이야기는 딱 질색인 데다, 만약 내가 부모의 신상 이야기를 한다면 두 분이 다같이 뇌일혈을 두 번씩 일으킬 것이기 때문이다. 우리 부모는 그런 이야기에는 신경과민 증상을 일으킬 것이다. 특히 아버지가 더 심하다. 물론 두 분은 모두 좋은 분들이다 — 아니 나는 그런 말을 하려는 것이 아니다 — 하지만 그분들에게는 지나치게 신경이 날카로운 면도 있다.

　그건 그렇고, 지금 나는 따분한 자서전을 늘여 쓰려는 것이 아니다. 다만 지난해 크리스마스 무렵, 갑자기 건강에 이상이 생겨 이곳에서 요양하지 않을 수 없게 되기 직전에 일어난 미치광이 같은 내 신변 이야기를 하려는 참이다. 그러니까 이 이야기는 D.B.에게 이미 털어놓은 이야기다. D.B.는 다름 아닌 내 형을 지칭하는 것인데, 그는 지금 할리우드에 가 있다. 할리우드는 이 지저분한 곳에서 그다지 멀지 않다. 그래서 형은 사실상 주말마다 나를 찾아와주는 것이다. 아마 다음 달에 내가 집에 돌아가게 될 때도 형은 차를 몰고 와서 나를 집에까지 데려다줄 것이다. 형에게는 자가용이 있는데 그것은 시속 2백 마일도 주파할 수 있는 영국제 소형차이다. 4천 달러나 들인 차라고 한다. 형은 꽤 돈이 많다. 전에는 그렇지 않았다.

예전에 집에 있을 때는 진정한 작가였다. 《비밀 금붕어》라는 굉장한 단편집을 출간한 적이 있는데, 아마 들어보지 못했을 것이다. 그 단편집에서 제일 잘된 것이 〈비밀 금붕어〉인데, 그것은 자기 돈으로 산 금붕어라고 해서 아무에게도 보여주지 않는 어느 꼬마에 대한 이야기다. 그 이야기는 나를 매료시켰다. 이제 형 D.B.는 변절하여 할리우드에 나가 있다. 내가 싫어하는 게 하나 있다면 그것은 영화라는 것이다. 내 앞에서는 영화 이야기 따위는 꺼내지 말아주길 바란다.

내가 펜시 고등학교를 그만둔 날부터 이야기를 시작하고 싶다. 펜시 고등학교는 펜실베이니아주 어거스타운에 있는데, 아마 들어본 적이 있을 것이다. 하다못해 광고란에서라도 보았을 것이다. 수많은 잡지에다 광고를 내고 있으니 말이다. 그 광고에는 항상 말쑥한 청년이 말을 타고 장애물을 뛰어넘는 사진이 실린다. 그건 마치 펜시 고등학교에선 언제나 폴로 경기를 시키고 있다는 착각을 심어주기 위한 작전이리라. 그러나 이제껏 펜시 고등학교 근처에서 말을 본 적이 없다. 게다가 사진에 나온 그 청년 바로 밑에는 '1888년 창립 이래 본교는 항상 우수하고 명철한 사고를 할 수 있는 청년들을 양성해왔습니다'라고 적혀 있다. 그건 어이없는 말이다. 양성이라니 원! 다른 학교들도 마찬가지겠지만 펜시에서 양성이란 있을 수 없는 일이다. 게다가 우수하고 명철한 청년? 그곳에서 그런 청년은 본 적이 없다. 아니 두 명 정도 있을까? 많다고 해봤자 그 정도일 것이다. 그들은 펜시 고등학교에 오기 전부터 우수하고 명철한 소년이었을 것이다.

어찌 되었든, 그날은 색슨 홀 학교와 축구 시합이 벌어진 토요일이었다. 색슨 홀과의 시합은 펜시 근방에서는 큰 행사였다. 그것은 한 해를 마무리짓는 최종 시합이었기 때문에 만약 전통 있는 펜시가 지는 날이면 자살을 하거나, 그와 비슷한 비장한 짓을 해야 한다고들 생각하고 있었다. 나는 그날 오후 3시경 톰슨 힐 꼭대기까지 올라가 옛날 독립전쟁 당시에 사용했다는 도깨비 같은 대포 바로 옆에 서 있었다. 거기서는 경기장 전체를 훤히 내려다볼 수 있었고 양쪽 팀이 온 경기장을 누비며 밀고 밀치는 것을 볼 수 있었다. 관람석의 열기가 얼마나 뜨거운지는 눈으로 볼 수 없었지만, 펜시 쪽 스탠드에서 깊고 무시무시한 환성과 고함이 올라오는 것을 들을 수 있었다. 나를 제외한 전교생이 스탠드를 가득 채우고 있었기 때문이다. 반면에 색슨 홀 응원단은 상대적으로 조용하고 기가 죽어 있었다. 원정팀이라 많은 응원단을 데려올 수 없었기 때문이다.

축구 시합을 구경 오는 여학생은 많지 않았다. 여학생을 데려오는 것은 상급생에게만 허락되었기 때문이다. 그것은 아무리 생각해도 너무한 처사이다. 그래도 이따금 여학생 몇 명쯤은 볼 수 있어 좋다. 그 여자애들이 팔을 긁고 코를 풀거나 아니면 그냥 키득거리고 있는다 해도 말이다.

셀머 서머라는 여학생은 교장의 딸이었는데, 경기장에 자주 나타났다. 죽여주는 미인은 아니었지만 상냥한 여자였다. 언젠가 어거스타운에서 출발한 버스 안에서 그녀 옆에 앉아 대화를 나누었던 적이 있었다. 그녀가 내 마음에 들었던 것 같다. 코가 유난히 컸고 손톱은 물어뜯어 그 밑의 살에서 피가 비치고 있었다. 그리고 가슴이 커 보이게 하는 브래지어를 하고 있었는데 안쓰러울 정도였다. 그녀의 어디가 마음에 들었는가 하면, 자기 아버지가 얼마나 유력한 인사인가를 조금도 의식하지 않고 있다는 점이었다. 아마도 자기 아버지가 바보 얼간이라는 사실을 아는 것 같았다.

내가 축구장에 내려가지 않고 톰슨 힐 꼭대기에 서 있었던 까닭은, 그때 막 펜싱 팀을 인솔하여 뉴욕에서 돌아온 참이었기 때문이다. 나는 빌어먹을 펜싱 팀의 주장이었다. 굉장한 감투가 아니고 뭔가. 우리는 그날 아침 맥버니 고등학교와 시합을 하기 위해 뉴욕에 갔는데 허탕을 치고 말았다. 내가 그만 펜싱용 칼과 장비 일체를 그놈의 지하철에다 놓고 내렸기 때문이다. 하지만 그건 내 잘못만은 아니었다. 나는 우리가 어디서 내려야 하는지 알아보기 위해 그놈의 지하철 노선도를 줄곧 들여다보고 있었으니까. 그래서 우리는 저녁때가 아니고 낮 2시 반경에 펜시로 되돌아오고 말았다. 지하철로 돌아오는 동안 내내 펜싱 선수들은 나를 원망하고 있었다. 어떻게 보면 우습기도 했다.

내가 축구장에 가지 않은 또 하나의 이유는 역사 담당인 스펜서 선생에게 작별 인사를 하러 가는 길이었기 때문이다. 선생은 독감에 걸려 있었다. 그래서 크리스마스 휴가가 시작될 때까지 그를 뵐 수 없을 거라는 생각이 들었다. 그 선생은 내가 집에 돌아가기 전에 나를 만나보고 싶다는 편지를 보내왔었다. 내가 펜시로 되돌아오지 않을 것임을 잘 알고 있었던 모양이다.

참, 그 이야기를 잊을 뻔했다. 나는 학교에서 쫓겨난 것이다. 크리스마스 휴가가 지나고도 학교에 돌아오지 못하게 되어 있었다. 나는 무려 네 과목을 F학점으로 장식했다. 게다가 장차 학업에 열중할 의욕도 전혀 없었다. 선생들은 나에게 자주 경고를 했다. 특히 나의 부모가 늙은 교장 서머의 호출을 받고 학교에 왔던 학기 중간 무렵에는 더욱 그러했다. 그러나 나는 공부에 전념하지 않았고, 드디어 퇴교당하고 말았다. 펜시에서는 퇴학이 자주 있는 일이었다. 아주 훌륭한 학교여서 그렇다는 것이다. 정말 훌륭한 건 사실이다.

하여튼 12월이었다. 날씨는 마녀의 젖꼭지처럼 매섭게 추웠다. 특히 그 머저리 같은 언덕 마루는 더욱 추웠다. 나는 양면으로 입는 옷을 하나 걸쳤을 뿐 장갑이고 뭐고 아무것도 없었다. 그 전 주일에 어떤 놈이 내 방에서 낙타털 외투를 훔쳐갔기 때문이다. 그 주머니 속엔 털가죽으로 만든 장갑도 들어 있었다. 펜시 고등학교에는 도둑들이 우글거렸다. 많은 학생이 부유한 집 애들인데도 그 모양이다. 학비가 많이 드는 학교일수록 도둑들이 더 많은 법이다. 이건 농담이 아니다.

어쨌든 나는 그 바보 같은 대포 옆에 서서 꽁꽁 언 채로 시합을 바라보고 있었다. 그렇다고 열심히 관람한 것은 아니다. 내가 그곳에서 서성거린 까닭은 무언가 석별의 정 비슷한 것을 느껴보기 위해서였다. 나는 여태까지 어떤 장소를 떠난다는 것조차 느끼지 못한 채 떠나곤 했다. 그것이 싫다. 비록 슬픈 이별이든 언짢은 이별이든 상관없이, 내가 어떤 장소를 떠날 때는 떠난다는 사실을 알고 싶다는 말이다. 그렇지 못하면 더 한심한 기분이 든다.

나는 운이 좋았다. 불현듯 내가 이곳을 떠난다는 것을 실감하게 하는 사건이 생각났기 때문이다. 나와 로버트 티치너와 폴 캠벨, 이렇게 셋이서 학교 앞 마당에서 미식 축구볼을 찼던 10월경의 일이 떠올랐다. 그 애들은 좋은 아이들이다. 특히 티치너는 더욱 좋은 아이였다. 저녁 식사 직전이었는데 점점 어두워져 공이 보이지 않을 때까지 계속 공을 찼다. 우리는 멈추고 싶지 않았지만 결국 멈추지 않을 수 없었다. 생물을 담당한 잠베시 선생이 창문 밖으로 머리를 내밀고 이젠 그만 하고 기숙사로 돌아가 저녁 먹을 준비를 하라고 소리쳤기 때문이다. 이런 일들이 기억 속에서 되살아나면 언제라도 이별할 수 있을 것 같다. 적어도 이별이 어렵지는 않다는 말이다. 그런 일이 생각나자 나는 몸을 돌려 언덕의 반대쪽으로 스펜서 선생 댁을 향해 뛰기 시작했다. 스펜서 선생은 학교 구내에 살지 않고 앤터니 웨인가에 살고 있었다.

나는 정문까지 줄곧 달렸다. 그곳까지 와서야 잠시 멈춰서 숨을 돌렸다. 사실은 숨이 막혀 나올 숨도 없었다. 거기에는 그만한 이유

14

가 있었는데, 내가 담배를 지독히 피웠기 때문이다. 모두 옛날 이야기지만. 지금은 금연을 강요당하고 있다. 또 한 가지 이유가 있다면 내가 작년에 6인치 반이나 더 자랐기 때문이다. 어쨌거나 폐병에 걸리게 되었고 이런 곳에 내려와 진찰이니 검사니 하는 것을 받게 되었다. 지금은 건강이 많이 회복되었지만……

하여튼 나는 숨을 돌리기가 무섭게 204번 국도를 가로질러 달렸다. 지독히도 추웠다. 하마터면 넘어질 뻔하기도 했다. 그런데 도대체 왜 그렇게 달리고 있는지 알 수 없었다. 아마 달리는 게 좋았던 모양이다. 국도를 횡단하자 내가 이대로 사라지는 게 아닌가 하는 느낌이 들었다. 정말 미치광이 같은 오후였다. 무섭게 추운 데다 햇빛조차 보이지 않았다. 그래서 길을 건널 때마다 흡사 사라져가는 기분이었다.

스펜서 선생 댁에 당도하자마자 나는 초인종을 세차게 눌렀다. 온몸이 꽁꽁 얼어 있었다. 귀가 아프고 손가락은 곱아서 움직이지 않았다. "빨리 아무나 나와 문 좀 열어주세요." 하고 크게 소리를 지를 뻔했다. 마침내 스펜서 부인이 문을 열었다. 선생의 집엔 하녀니 뭐니 하는 것은 없었기 때문에 언제나 선생이나 부인이 문을 열어주었다. 그들은 가진 게 많지 않았다.

"홀든!" 스펜서 부인이 말했다. "참 잘 왔어요. 자, 어서 들어와요. 설마 동사한 것은 아니겠지?" 부인이 내 방문을 반기고 있다는 생각이 들었다. 그녀는 나를 좋아했다. 적어도 나는 그렇게 생각하고 있었다.

나는 급히 집 안으로 들어가며 "사모님, 안녕하세요? 선생님도 안녕하십니까?" 하고 인사를 했다.

"내가 외투를 벗겨줄까?" 부인은 안녕하시냐는 내 질문은 듣지 못한 채 그렇게 말했다. 그녀는 가는귀가 먹었다. 부인이 내 외투를 현관 옷장 속에 거는 동안 나는 손으로 머리칼을 쓰다듬었다. 나는 머리를 곧잘 스포츠형으로 짧게 깎았기 때문에 별로 빗질할 필요가 없었다.

"그간 어떻게 지내셨습니까?" 나는 다시 큰 소리로 말했다. 이번 에는 내 말이 전달되도록 하기 위해서였다.

"별일 없이 잘 지냈지." 그녀는 옷장 문을 닫았다. "요즘은 어떻게 지내나?" 이렇게 질문하는 부인의 말투에서 나는 스펜서 선생이 부 인에게 내가 퇴학당한 이야기를 했구나 하고 직감했다.

"잘 지내고 있습니다. 선생님은 좀 어떠세요? 독감은 많이 나으 셨나요?"

"나았다니! 그분 거동은 마치 완전한, 글쎄 뭐라고 표현하면 좋을 까…… 하여튼 방에 계시니까 어서 들어가봐요."

2

스펜서 선생 부부는 각기 다른 방을 쓰고 있었다. 두 분 다 일흔 살쯤 되었을 것이다. 어쩌면 일흔 살이 넘었을지도 모른다. 그럼에도 불구하고 그들은 삶의 재미를 느끼는 모양이었다 — 물론 우스운 형식의 재미겠지만. 내 말이 천박하게 들릴지 모르지만 그런 뜻으로 말하는 것은 아니다.

나는 스펜서 선생에 대해 많이 생각했다. 너무 많이 생각하다 보니 도대체 선생은 왜 아직까지 살고 있나 하는 생각까지 들었다. 허리가 굽을 대로 굽어서 서 있는 자세를 보면 한심해 보였다. 칠판 앞에서 무엇을 쓰다가 분필을 떨어뜨리곤 하는데, 그럴 때마다 맨 앞줄에 앉은 학생이 일어나서 집어주지 않으면 안 되었다. 이건 정말 끔찍한 일이 아니고 뭔가! 하지만 그렇게 극단적으로 생각하지 않고 적당히 생각해보면 선생도 나름대로는 형편없는 생활을 하고 있지는 않다는 것을 알 수 있다. 이를테면, 어느 일요일의 일이다. 나와 몇몇 놈들이 선생 댁에서 핫초콜릿을 대접받은 일이 있었다. 그때 선생은 부인과 함께 몇 해 전에 옐로스톤 공원에서 인디언들로부터 구입한 낡은 나바호 담요를 우리에게 보여주었다. 그것을 샀다는 사실이 그에게는 그지없이 즐거운 일이었던 것이다. 내가 말하고자 하는 것은, 스펜서 선생처럼 늙은 사람들은 담요 한 장을 사는 데서도 크나큰 행복감을 느끼는 법이라는 거다.

선생의 방문은 열려 있었다. 그래도 예의상 노크를 했다. 나는 선생이 어디에 앉아 있는지 알고 있었다. 선생은 큼직한 가죽 의자에 앉아 아까 말한 그 담요로 몸을 감고 있었다. 내가 노크했을 때 그는 내 쪽을 건너다보며 "누구냐?" 하고 소리쳤다. "콜필드냐? 들어와라." 이분은 항상 소리를 지르는 분이다. 교실 밖에서도 마찬가지이다. 때로 그 소리가 신경에 거슬릴 때가 있다.

방안에 들어서는 순간 공연히 왔구나 하는 후회가 나를 엄습했다. 그는 《애틀랜틱 먼슬리》라는 잡지를 읽고 있었다. 사방에는 알약과 가루약이 흩어져 있어 모든 것이 빅스의 코감기약 같은 냄새를 풍기고 있었다. 이건 정말 사람을 의기소침하게 만드는 분위기였다. 여하튼 병자는 질색이다. 게다가 나를 더욱 우울하게 한 것은 그가 초라하고 낡은 목욕 가운을 입고 있는 모습이었다. 그는 마치 태어날 때부터 그 옷을 입고 나온 것 같았다. 늙은이들이 파자마나 목욕 가운 같은 것을 걸친 모습은 딱 질색이다. 쭈글쭈글하고 앙상한 가슴이 드러나 보이기 때문이다. 다리도 그렇다. 늙은이의 다리는 바닷가 같은 데서 보면 언제나 하얗고 털이 하나도 없다.

"안녕하세요?" 하고 내가 말했다.

"편지는 고맙게 잘 받았습니다. 편지까지 보내실 필요는 없었어요. 그러지 않으셨어도 작별 인사를 드리러 왔을 겁니다."

"자, 거기 앉아라."

스펜서 선생이 말했다. 침대를 말한 것이었다.

나는 그 침대에 앉았다. "선생님, 감기는 좀 어떻습니까?"

"좀 나으면 의사를 불러야겠어." 하고는 미친 사람처럼 웃기 시작했다. 내 말이 마음에 든 모양이었다. 한참 웃다가 허리를 펴고 "왜 운동장에 가지 않았지? 오늘은 큰 경기가 있는 줄 알았는데." 하고 물었다.

"네. 그래서 거기에 갔었습니다. 오늘 펜싱 팀과 함께 뉴욕에 갔다가 방금 돌아왔어요." 내가 말했다. 선생의 침대는 바위처럼 단단했다.

선생은 갑자기 진지해졌다. 그럴 줄 짐작하고 있었다. "그래, 학교를 그만둔단 말이지?" 그가 말했다.

"네, 그렇게 될 겁니다."

선생은 늘상 그렇듯이 연방 고개를 끄덕였다. 이 늙은이만큼 고개를 많이 끄덕이는 사람은 죽었다 깨어나도 찾아볼 수 없을 것이다. 그가 그렇게 요란하게 끄덕이고 있는 것이 열심히 사색하기 때문인지 아니면 엉덩이와 팔꿈치를 구별할 수 없을 만큼 늙었기 때문인지 알 수 없었다.

"그래 서머 교장은 뭐라고 하시더냐? 간단한 대화로 끝나지는 않았을 텐데."

"네, 한참 이야기했습니다. 정말 오랫동안 이야기했습니다. 두어 시간 동안 교장실에 있었을 겁니다."

"뭐라고 하시더냐?"

"저, 인생이란 게임이라고 하셨어요. 그러니까 규칙을 따르지 않으면 안 된다고 말씀하시더군요. 꽤 부드럽게 대해주셨습니다. 성을 내거나 역정을 내시지는 않았다는 뜻입니다. 인생이란 게임일 뿐이라는 말씀만 계속하셨습니다."

"인생은 게임이야. 누구든 규칙을 따라야 해."

"그렇습니다. 저도 잘 알고 있습니다."

게임 좋아하네. 굉장한 게임이로군! 만약 우수한 놈들이 모두 끼여 있는 쪽에 속한다면 인생은 게임일 것이다. 그것은 인정한다. 그러나 우수한 놈이라곤 하나도 없는 쪽에 속한다면 그게 어떻게 게임이 되겠는가? 게임이고 뭐고 아무것도 아니다.

"교장은 자네 부모에게 편지를 했나?" 하고 스펜서 선생이 물었다.

"월요일에 통지하시겠다고 하셨습니다."

"자넨 부모님께 알렸겠지?"

"아직 말씀드리지 않았습니다. 어차피 수요일 밤엔 집에 갈 테니까 그때 만나뵙게 될 겁니다."

"부모님은 이번 일을 어떻게 받아들일 것 같은가?"

"뭐, 버럭 화를 내실 겁니다. 정말 화내실 겁니다. 이 학교만 해도 네 번째 학교니까요." 나는 여기서 말을 끊고 머리를 흔들었다. 나는 머리를 흔드는 버릇이 있다. "젠장!" 하고 나는 말했다.

실은 지금도 "젠장!"이라는 어휘가 걸핏하면 튀어나온다. 워낙 아는 어휘가 적기 때문이고 또 한편으로는 내가 나이에 비해 때로 너무 어리게 굴었기 때문이다. 그때 나는 열여섯 살이었고 지금은 열일곱 살이지만 아직도 열세 살짜리 소년처럼 행동하기 일쑤다. 정말 웃기는 노릇이다. 나는 키가 6피트 2인치 반이나 되는 데다 벌써 머리가 희끗희끗해지고 있으니 말이다. 정말 그렇다. 머리 한쪽, 그러니까 오른쪽 머리에는 새치가 무성하게 자라고 있다. 어렸을 때부터 그랬다. 그런데도 가끔 열두 살짜리처럼 행동하곤 한다. 다들 그렇게들 말하지만 역시 아버지가 앞장서서 그렇게 말한다. 일리 있는 말이긴 하지만. 절대로 진리는 아니다. 어른들이란 자기네들 말이 절대진리라고 한다. 나는 그들의 말을 전혀 개의치 않는다. 하긴 나잇값을 하라는 말을 들으면 하품만 나오고 따분하게 느껴지는 것은 사실이다. 때로 내 나이에 비해 어른스럽게 행동하는 때도 있다. 이건 정말이다. 하지만 어른들은 그걸 눈치채지 못한다. 그들이 뭔들 제대로 알아차리는 것이 있냐만은.

스펜서 선생은 다시 고개를 끄덕이기 시작했다. 그러고는 콧구멍까지 후비기 시작했다. 그냥 코를 쥐고 있는 것처럼 보이려 했지만 실은 엄지손가락이 콧구멍 속으로 들어가 있었다. 방 안에는 나밖에 없으니까 그런 짓을 해도 상관없다고 생각하는 모양이었다. 나는 별로 개의치 않았지만 콧구멍을 후비는 모습이 매우 불쾌한 광경이라는 것만은 부인할 수 없었다.

다음 순간 선생이 입을 열었다. "이삼 주일 전 자네 부모님이 교장 선생을 만나러 왔을 때 잠깐 뵌 일이 있었네. 참 훌륭한 분들이었어."

"네, 그래요. 굉장히 훌륭한 분들입니다."

'훌륭한'이란 말, 그것은 내가 지독히 싫어하는 말이다. 그것은 허위에 찬 단어이다. 그 말을 들을 때마다 구역질이 난다.

갑자기 선생은 내게 설교할 좋은 재료, 그러니까 꼬투리를 발견한 듯한 표정을 지었다. 그는 의자에서 몸을 약간 일으켜 방향을 틀었다. 그러나 내 예상은 빗나갔다. 선생은 자기 무릎 위에 있던《애틀랜틱 먼슬리》지를 집어들어 침대 위 내 옆에다 던지려고 했을 뿐이다. 그런데 겨냥이 빗나가고 말았다. 거리가 불과 2인치인데도 말이다. 나는 일어서서 그것을 집어 침대 위에 놓았다.

그때 나는 갑자기 방에서 뛰쳐나가고 싶은 충동을 느꼈다. 지겨운 설교가 터져나올 것만 같았기 때문이다. 설교 자체는 상관없지만, 설교에 곁들여 빅스의 코감기약 냄새를 맡고, 파자마에다 목욕가운을 걸친 선생의 꼴까지 보아야 한다는 현실은 참을 수 없었다. 정말 참을 수 없었다.

아니나다를까 설교가 시작되었다. "도대체 어떻게 된 거야?" 선생이 입을 열었다. 그로서는 꽤 단호한 어조였다. "이번 학기에 몇 과목이나 들었지?"

"다섯 과목입니다."

"다섯? 그럼 낙제 과목은 몇 개나 되지?"

"네 과목입니다." 나는 침대 위에 걸친 엉덩이를 약간 추슬렀다. 그건 생전 처음 앉아보는 딱딱한 침대였다.

"그래도 영어는 합격했습니다.《베오울프》와《나의 아들로드 랜

달》 같은 것은 후턴 고등학교에 다닐 때 이미 배웠거든요. 그냥 이따금 작문을 쓰는 것말고는 공부할 필요가 전혀 없었어요."

선생은 내 말에 귀를 기울이지 않았다. 그는 상대방이 무슨 말을 하든 경청하는 적이 별로 없는 사람이었다.

"내가 자네를 역사 과목에서 낙제시킨 것은 자네가 아무것도 모르고 있었기 때문이야."

"알고 있습니다, 젠장! 선생님께서도 어쩔 수 없었을 겁니다."

"아는 것이 전혀 없으니……" 하고 선생은 되풀이했다. 자꾸 되풀이되는 말에 미칠 것만 같았다. 이쪽에서 그렇다고 먼저 인정을 했는데도 또다시 되풀이하다니! 그런데 다음 순간 그 말을 세 번째 반복했다.

"아는 것이 전혀 없더군. 학기 내내 교과서를 한 번이라도 들쳐 봤는지 의심스럽더군. 어디 바른 대로 말해봐."

"저, 두서너 번 슬쩍슬쩍 훑어보았습니다." 하고 나는 대답했다. 나는 그의 감정을 상하게 하고 싶지 않았다. 그는 역사에 미친 사람이었으니까.

"뭐, 슬쩍슬쩍 훑었다고?" 선생이 말했다. 극히 냉소적인 말투였다. "자네 답안지가 저 장 위에 놓여 있네. 답안지 다발 맨 위에 있어. 이리 좀 가지고 와봐."

이건 진짜 치사한 처사였다. 그러나 나는 그것을 갖다 주었다. 사실 그 상황에서는 별 도리가 없었다. 그런 다음 나는 다시 그 시멘트 바닥 같은 침대 위에 걸터앉았다. 작별 인사를 하러 온 것이 얼마나 후회스러웠는지 상상할 수도 없을 것이다.

선생은 그 답안지를 마치 더러운 똥이라도 만지듯 다루었다.

"우리는 11월 4일부터 12월 2일까지 수업 시간에 이집트인을 공부했지. 자네는 자유 논술 문제에서 이집트인을 주제로 택해 썼더군. 그런데 뭐라고 썼는지 한번 들어보겠나?"

"아니, 괜찮습니다."

나의 응답에 상관없이 그는 읽어 내려갔다. 선생이 무엇이건 하면 그것을 막을 길은 없다. 선생들이란 그대로 밀고 나가는 사람들이니까.

이집트인은 아프리카 북부의 한 지역에 거주한 고대 코카서스 종족에 속한다. 아프리카는 우리 모두가 알다시피 동반구에서 제일 큰 대륙이다.

나는 거기에 그렇게 앉아 그따위 넋두리를 경청하지 않으면 안 되었다. 그것은 진짜 치사한 작태였다.

이집트인은 여러 가지 이유에서 오늘날의 우리에게 극히 흥미로운 존재이다. 그들이 죽은 사람의 얼굴이 수십 세기가 지나도 썩지 않게끔 어떤 재료를 써서 시체들을 감쌌는지 현대 과학조차도 알고 싶어한다. 이 흥미로운 수수께끼는 20세기의 현대 과학에 대한 도전으로 남아 있다.

선생은 읽기를 중단하고 답안지를 내려놓았다. 나는 선생이 밉살

스럽게 생각되기 시작했다.

"자네가 쓴 소위 논술이란 것은 여기서 끝났군." 이건 정말 빈정대는 말투였다. "그런데 맨 끝에다 나에게 전하는 글을 남겼더군 그래."

"저도 알고 있습니다." 하고 나는 말했다. 내가 그렇게 황급히 말한 까닭은 선생이 그것을 큰 소리로 낭독하지 못하도록 하고 싶었기 때문이다. 그러나 그 낭독을 제지할 길은 없었다. 그는 마치 폭죽처럼 뜨거운 열기에 차 있었던 것이다.

스펜서 선생님께, (선생은 큰 소리로 읽기 시작했다) 제가 이집트인에 대해 알고 있는 것은 이것이 전부입니다. 선생님의 강의는 매우 재미있었지만 저는 이집트인에게 그다지 큰 관심을 가질 수 없었습니다. 선생님께서 저에게 낙제점을 주셔도 괜찮습니다. 하긴 영어 이외엔 모두 낙제점을 받을 테니까요. 이만 줄이겠습니다.
— 홀든 콜필드

선생은 내 답안지를 내려놓고 마치 탁구 경기나 다른 경기에서 나를 무참히 패배시키기라도 한 것처럼 나를 바라보았다. 그런 넋두리를 큰 소리로 읊어대다니 그를 영원히 용서하지 않을 것이다. 만일 선생이 그런 것을 썼다 해도 나 같으면 절대로 그렇게 소리내어 읽지는 않았을 것이다. 정말이지 절대로 읽지 않았을 것이다. 내가 그놈의 글을 쓴 것은 무엇보다 선생이 나를 낙제시키면서도 그다지 언짢은 기분을 느끼지 않도록 해주기 위해서였다.

"낙제점을 주었다고 원망하나, 자네?" 하고 선생이 물었다.

"아닙니다. 저는 절대로 원망하지 않습니다." 나는 아까부터 줄곧 선생이 나더러 '자네'라고 부르지 않길 바랐다.

선생은 내 답안지에 대한 볼일을 마치자 그것을 침대 위에 던지려 했다. 그러나 이번에도 당연히 실패였다. 그래서 나는 다시 일어나서 그것을 집어올려 《애틀랜틱 먼슬리》지 위에 놓아야 했다. 2분마다 이 짓을 해야 하다니 진저리가 났다.

"자네가 내 입장이라면 어떻게 했겠나? 정직하게 말해봐." 하고 선생이 물었다.

하여튼 선생이 나를 낙제시킨 것에 대해 언짢게 느끼고 있는 것만은 확실했다. 그래서 나는 잠시 허튼소리를 지껄였다. 나는 정말 얼간이라느니 하는 식의 말을 늘어놓았던 것이다. 내가 선생의 입장이었어도 선생처럼 행동했을 것이고, 교사라는 직업이 얼마나 힘든 것인지 사람들은 모르고 있다느니 하는 따위의 말을 늘어놓았다. 정말 돼먹지 않은 이야기였다. 모두 허튼 짓거리였다.

그런 허튼소리를 지껄이고 있는 동안에도 내 머릿속에는 다른 생각들이 가득 차 있었다. 내가 살던 곳은 뉴욕이다. 그 때문인지 나는 센트럴 파크의 남단에 있는 연못을 생각하고 있었다. 내가 집에 돌아갈 무렵에는 그 연못이 얼어붙어 있지나 않을까. 만일 얼어붙었다면 오리들은 어디로 갔을까. 누군가 트럭을 몰고 와서 그것들을 동물원 같은 곳으로 실어가지나 않았을까. 아니면 그냥 날아가버리지나 않았을까.

그래도 나는 운이 좋은 편이다. 선생에게 허튼소리를 지껄이면서도 동시에 오리를 생각할 수 있었으니 말이다. 웃기는 일이다. 선생에게 이야기할 때는 생각을 집중할 필요가 없다. 그런데 내가 허튼소리를 늘어놓는 도중 스펜서 선생이 갑자기 내 말을 가로막았다.

"이번 일에 대해서는 어떻게 생각하고 있나? 그게 알고 싶군, 그것도 몹시 말일세."

"이번 일이라뇨? 펜시에서 쫓겨난 일 말입니까?" 그렇게 되물으면서도 그놈의 푸석푸석한 가슴이나 여며주었으면 싶었다. 그다지 아름다운 광경이 아니었기 때문이다.

"내가 잘못 생각하고 있는지는 모르겠지만, 자네는 후턴 고등학교나 엘크턴 힐스 고등학교에서도 문제가 있었을 것 같은데." 빈정대는 어조는 아니었지만 역시 야비한 말투였다.

"엘크턴 힐스에서는 별 문제 없었습니다. 내쫓기거나 한 건 아닙니다. 제가 그만둔 거죠."

"왜 그만두었지?"

"왜냐구요? 그건 이야기하자면 사연이 깁니다." 그를 상대로 모든 것을 이야기할 기분이 아니었다. 그는 도저히 이해하지 못할 것이고, 또 그와는 아무 관계도 없는 이야기였다.

내가 엘크턴 힐스를 그만둔 가장 큰 이유는 그곳에는 엉터리 같은 놈들만 우글대고 있었기 때문이다. 다만 그뿐이다. 한 예를 들면, 하스라는 교장이 있었는데, 이 교장은 내가 이 세상에서 만난 최고의 엉터리였다. 서머 교장보다 열 배나 더한 얼간이였다. 예컨대 일요일이 되어 학부모들이 차를 몰고 학교에 찾아오면 하스 교장은 악수를 하며 돌아다녔다. 그는 끔찍이 상냥하게 굴었다. 하긴 간혹 우스워 보이는 학부모들에겐 예외였다. 우리 반 친구의 부모와 악수하는 꼴은 정말 모두 보았어야 했다. 어떤 학생의 어머니가 뚱뚱하거나 못생겼으면, 혹은 학생의 아버지가 어깨가 넓은 구식 양복을 걸쳤거나 남루하고 얼룩진 구두를 신고 있으면, 그 교장은 간단히 악수만 하고는 억지웃음을 던지며 그냥 지나쳤다. 다른 학부모들에게 가서는 무려 반 시간 정도나 지껄이곤 하면서…… 그건 눈 뜨고 볼 수 없는 광경이다. 생각만 해도 미칠 것만 같다. 그냥 침울해져서 나중엔 미쳐버릴 지경이 되고 만다.

그때 스펜서 선생이 나에게 무언가 물었다. 그러나 나는 그 말을 미처 알아듣지 못했다. 하스 교장에 대한 생각에 열중해 있었기 때문이다.

"무슨 말씀을 하셨습니까?" 하고 내가 물었다.

"이 학교를 떠나는 데 대해 어떤 불안 같은 것은 느끼지 않나?"

"몇 가지 불안을 느끼고 있긴 합니다. 그러나 대수롭지 않습니다. 아직은요. 아직 실감이 나지 않는다는 뜻입니다. 좀 시간이 지나야 실감이 날 겁니다. 지금은 수요일에 집에 간다는 생각뿐입니다. 저는 워낙 바보니까요."

"장래에 대해 전혀 걱정되지 않는단 말인가?"

"장래에 대해서는 약간 걱정도 되는 것 같습니다. 아니 틀림없이 하고 있습니다." 나는 잠시 장래에 대해 생각했다. "그러나 그다지 심각하게 생각하지는 않습니다."

"장차 걱정하게 될 거야." 스펜서 선생이 말했다. "걱정하게 될 거라니까. 그러나 그땐 이미 늦어 있을 거야."

그런 말을 듣는 것은 싫었다. 기가 죽고 침통한 기분이 들었다. "아마 걱정하게 되겠지요." 하고 나도 수긍했다.

"자네 머릿속에 분별이란 것을 넣어주고 싶구먼. 난 자네를 도와주고 싶어. 가능하다면 자네를 도우려고 하는 거야."

그것은 사실이었다. 거짓이 아니라는 것을 알 수 있었다. 그러나 우리는 양극단에 서 있었다. 그뿐이었다.

"알고 있습니다. 그래서 매우 감사하게 생각하고 있습니다. 농담이 아닙니다. 진심으로 고맙게 생각합니다." 나는 침대에서 몸을 일으켰다. 여기에서 10분이라도 더 지체하는 건 죽어도 싫었다. "저, 이만 가보겠습니다. 집에 가지고 갈 장비를 체육관에 두고 왔거든요."

선생은 내 얼굴을 쳐다보며 다시 고개를 끄덕이기 시작했다. 심각한 얼굴이었다. 갑자기 나는 선생에게 미안한 생각이 들었다. 그러나 우리는 서로 양극에 달리고 있었고, 선생은 침대 위에 무엇을 던질 때마다 실패를 거듭했다. 게다가 후줄근한 목욕 가운을 걸친 채 가슴팍을 훤히 드러내고 있었고, 그놈의 찐득찐득한 코감기약 냄새가 온 방안에 떠다니고 있는 터라 더 이상 그곳에서 우물쭈물할 수가 없었다.

"선생님, 제 걱정은 하지 마세요. 정말입니다. 저는 아무 일 없을 겁니다. 저는 지금 하나의 단계를 통과하고 있는 겁니다. 누구나 여러 가지 단계를 거치는 것 아닙니까?" 하고 내가 말했다.

"글쎄 나는 모르겠네."

나는 그런 식의 응답이 싫다. "누구나 그런 단계를 거친다는 것은 틀림없는 사실입니다. 정말입니다. 선생님, 제발 제 걱정은 그만 하세요." 그러고는 얼떨결에 선생의 어깨 위에 손을 얹고 "아셨습니까?" 하고 말했다.

"따끈한 코코아 한 잔 들고 가지 그래. 집사람도……"

"그랬으면 좋겠습니다만, 아무래도 지금 가봐야겠습니다. 체육관에 들러야 하거든요. 여러 가지로 고마웠습니다. 선생님, 정말 고마웠습니다."

그러고 나서 악수를 나누었다. 바보짓이긴 하지만. 그러나 악수를 나누고 나니 정말 섭섭했다.

"편지 올리겠습니다. 그럼, 감기 조심하십시오."

"그래, 잘 가게."

내가 문을 닫고 응접실 쪽으로 되돌아 나올 때 선생은 나를 향해 뭐라고 소리쳤지만 정확하게 듣지는 못했다. 분명 "행운을 빈다!"라고 소리쳤을 것이다. 제발 그런 말이 아니었기를 바란다. 맹세코 그런 말이 아니었기 바란다. 나라면 누구에게도 "행운을 빈다!"는 말은 하지 않을 것이다. 곰곰이 생각해보면, 그 말은 끔찍한 악담이 아니고 무엇인가.

3

나야말로 평생을 찾아도 만나볼 수 없는 지독한 거짓말쟁이일 것이다. 정말 끔찍한 놈이다. 가령 잡지를 사러 가게에 가는 도중에 누가 나더러 어딜 가느냐고 묻는다면, 난 오페라를 보러 가는 길이라고 대답할 가능성이 농후하다. 정말 끔찍한 일이 아닌가. 내가 스펜서 선생에게 장비를 가지러 체육관에 가야 한다고 말한 것도 실은 새빨간 거짓말이었다. 체육관에 장비를 두고 오다니, 누가 언제 그랬단 말인가?

펜시에서 내가 머물던 곳은 새 기숙사에 속하는 오센버거관이었다. 거기에는 3, 4학년 학생만 들어 있었다. 나는 3학년이었고 나와 방을 같이 쓰는 친구는 4학년이었다. 그 기숙사는 펜시 졸업생의 이름을 따서 지은 것이다. 그 장본인은 펜시를 졸업한 후 장의사 노릇을 하며 큰 돈을 번 사람이었다. 그가 무슨 짓을 했느냐 하면, 가족

중 누가 죽으면 시체 한 구당 5달러로 받고 매장해주는 장의사를 전국에다 열었던 것이다. 늙은 오센버거는 정말 가관이었다. 그는 시체를 자루에 집어넣어 강물에 그냥 던져버리는지도 모른다. 어쨌든 그자는 펜시에 거액을 기부했고 그래서 학교측에서는 우리 기숙사에 그자의 이름을 붙인 걸 거다.

그해 첫 축구 시합에 그자가 큼직한 캐딜락을 타고 왔었다. 그래서 우리는 모두 스탠드에서 일어나 그에게 기차박수를 보냈다. 다음날 아침 예배당에서 그자가 설교를 했는데, 그 설교는 무려 열 시간이나 계속되었다.

그는 50가지쯤 되는 너절한 농담으로 시작했는데, 자기가 올바른 인간이란 것을 입증하기 위해서였다. 지독한 놈이었다. 다음에는 무슨 어려움에 부딪칠 때마다 당장 무릎을 꿇고 하나님께 기도하는 자신이 조금도 부끄럽지 않았다는 이야기를 꺼냈다. 우리가 어디에 있건 항상 하나님께 기도하고 하나님께 이야기를 해야 한다고 말했다. 또한 예수를 우리의 친구로 생각해야 한다는 것이었다. 자기는 늘 예수와 이야기한다는 것이다. 심지어는 운전 중에도 그렇게 한다고 했다. 정말 사람 잡는 발언이었다. 나는 그런 엉터리 같은 작자가 기어를 1단으로 바꾸며 좀 더 많은 시체를 보내달라고 예수에게 부탁하는 모습을 상상할 수 있다.

그의 설교에서 마음에 드는 부분이 딱 한 군데 있었는데, 바로 설교의 중간쯤이었다. 자신이 얼마나 훌륭하고 멋있는 인간인가를 한창 늘어놓고 있을 때였다. 그때 내 앞줄에 앉아 있던 에드거 마샬라라는 녀석이 난데없이 방귀를 뀌었다. 예배 보는 도중이라 그것은 여간 불경스런 행위가 아니었다. 그러나 재미있는 일이기도 했다. 마살라 자식! 하마터면 천장까지 날아갈 뻔했다. 그런데 키득거리는 사람은 하나도 없었다. 오센버거는 못 들은 척하고 있었지만, 단상 위 오센버거 바로 옆에 앉아 있던 서머 교장은 그 소리를 들은 것이 분명했다. 그는 속으로 분노를 되씹고 있었다. 그 시간에는 아무 말도 하지 않았지만, 다음날 저녁 우리를 학문관에 있는 자습실에 몰아넣고 자습을 시켰는데, 거기 나타나서는 한바탕 설교를 늘어놓았다. 예배 시간에 그런 난장판을 연출하는 소년은 펜시에 있을 자격이 없다는 것이었다. 서머 교장이 설교하는 동안 우리는 마살라더러 한 방 더 터뜨리라고 충동질했지만, 그 녀석은 내켜 하지 않았다. 하여튼 내가 펜시에서 있었던 곳은 바로 그런 내력이 있는 곳이었다. 새 기숙사에 속한 오센버거관 말이다.

스펜서 선생 집을 떠나 내 방에 돌아오니 기분이 꽤 좋아졌다. 그것도 그럴 것이 다들 시합 구경을 나가서 없는 데다 난방이 잘 되어 있어 기분 전환이 되었다. 이를테면 아늑함 같은 것이었다. 나는 외투를 벗고 넥타이를 푼 다음 다시 와이셔츠의 단추를 풀고 그날 아침 뉴욕에서 산 모자를 썼다. 굉장히 긴 챙이 달린 빨간 사냥모자였다. 나는 지하철에서 내리자마자 운동구점의 쇼윈도에 있는 그 모자를 보았다. 펜싱용 칼이고 뭐고 몽땅 잃어버렸다는 사실을 알아챈 직후였을 것이다. 모자는 겨우 1달러였다. 나는 모자의 챙을 반 바퀴쯤 돌려 챙이 뒤로 향하게 썼다. 정말 꼴불견이었으리라고 생각한다. 하지만 난 그 스타일이 좋았다. 사실 나름대로는 보기 좋았다.

그런 다음 나는 읽던 책을 집어들고 의자에 앉았다. 방마다 의자가 두 개씩 있었다. 하나는 내 의자였고 또 하나는 방을 같이 쓰는 워드 스트라드레이터의 것이었다. 팔걸이는 형편없는 몰골이 되어 있었다. 누구나 거기 앉기 때문이었다. 그래도 제법 편안한 의자였다.

내가 읽고 있던 책은 도서관에서 잘못 대출한 것이었다. 직원이 엉뚱한 책을 대출해주었는데도 나는 방에 돌아올 때까지 깨닫지 못했다. 그것은 아이작 디네센이 쓴 《아웃 오브 아프리카》라는 책이었다. 고약한 책일 거라고 생각했는데 그렇지도 않았다. 아니 매우 좋은 책이었다.

나는 굉장히 무식하지만 책은 많이 읽었다. 내가 좋아하는 작가는 우리 형 D.B.이고 다음으로 좋아하는 작가는 링 라드너이다. 형이 내 생일에 링 라드너가 쓴 책을 선물한 적이 있었다. 내가 펜시로 가기 직전이었다. 그 책에는 매우 재미있는 희곡 몇 편이 실려 있었다. 그리고 늘 과속으로 차를 운전하는 미모의 여자와 사랑에 빠지는 어느 교통 경찰에 관한 단편이 하나 있었다. 그 경찰은 기혼자여서 여자와 결혼을 할 수 없었고, 여자는 죽고 만다. 밤낮 과속으로 달리다가. 그 이야기는 나를 매혹시켰다. 내가 제일 좋아하는 책은 읽는 사람을 이따금 웃겨주는 책이다.

나는 고전도 많이 읽었다. 그러니까 《귀향》* 같은 책도 읽었다는 뜻이다. 사실 고전들은 좋았다. 또한 전쟁물이나 미스터리도 많이 읽었다. 그러나 그런 것들에서는 별로 감동을 느낄 수 없었다. 정말

---

* 토마스 하디의 작품

로 내가 감동하는 책은 다 읽고 나면 그 작가가 친한 친구여서 전화를 걸고 싶을 때 언제나 걸 수 있으면 오죽이나 좋을까 하는, 그런 기분을 느끼게 하는 책이다. 그러나 그런 기분을 느끼게 하는 책은 좀처럼 없다. 아이작 디네센 같은 작가는 내가 전화를 걸고 싶은 작가이다. 그 다음은 링 라드너인데 D.B.가 라드너는 죽었다고 했다. 다음으로 서머셋 몸의 《인간의 굴레》 같은 것을 들 수 있다. 지난 여름에 독파했는데, 꽤 좋은 책이었다. 그러나 몸에게는 전화하고 싶은 생각까지 들지는 않았다. 잘은 모르지만 몸은 내가 전화하고 싶어지는 그런 사람은 아니었다는 말이다. 오히려 토마스 하디에게는 전화를 걸고 싶다. 유스타시아 바이*가 마음에 들었기 때문에.

나는 모자를 눌러쓰고 앉아 《아웃 오브 아프리카》를 읽기 시작했다. 이미 다 읽은 것이지만 군데군데 한 번 더 읽고 싶은 부분이 있어서였다. 그런데 3페이지 정도 읽었을 때 누군가가 샤워 커튼을 헤치고 이리로 다가오는 소리가 들렸다. 고개를 들지 않고도 누구인지 알 수 있었다. 바로 로버트 애클리였다. 내 옆방을 쓰는 녀석이었다. 우리 기숙사에는 방 두 개마다 그 사이에 샤워 룸이 있었는데, 애클리라는 녀석은 하루에도 여든다섯 번이나 내 방에 뛰어드는 놈이었다. 기숙사 전체를 통틀어 오늘 경기장에 나가지 않은 사람은 나 외에는 애클리뿐이었을 것이다.

그 녀석은 도무지 어디에고 가는 일이라곤 없었다. 지독한 괴짜였다. 4학년인데, 펜시에 있는 4년 동안 누구나 그를 '애클리'라고

---

* 《귀향》의 여주인공

밖에 부르지 않았다. 방을 같이 쓰는 허브 게일조차도 그를 '봅'*이라고 부르지 않거니와 '애크'라고도 부르지 않았다. 그가 결혼한다 해도 그의 아내조차 그를 애클리라고만 부를 것이다. 굽은 어깨에 키가 무척이나 큰 녀석이었다. 6피트 4인치 가량 되는 키에 이빨이 무척 더러웠다. 내 옆방에 있는 동안 이 닦는 걸 한 번도 본 적이 없을 정도다. 마치 이끼가 낀 것 같은 무시무시한 이빨을 하고 있었다. 그러니까 그놈이 식당에서 으깬 감자에다 콩이니 뭐니 한입 가득 넣고 있는 것을 보면 구역질을 참을 수가 없었다. 게다가 여드름이 더덕더덕 나 있었다. 대부분의 아이들처럼 이마나 뺨에만 있는 것이 아니라 얼굴 전체에 만발해 있었다. 뿐만 아니라 성질도 괴팍했다. 좀 치사한 자식이었다. 사실 말이지 난 그 녀석이 그다지 마음에 들지 않았다.

그 애클리가 바로 내 의자 뒤에 있는 샤워 룸의 문턱에 서서 스트라드레이터가 있는지 살피고 있는 걸 느낄 수 있었다. 그는 스트라드레이터의 배짱을 싫어했기 때문에 스트라드레이터가 있으면 절대로 들어오지 않았다. 그 녀석은 배짱 있는 사람은 누구나 싫어했다.

애클리는 샤워 룸의 문턱을 지나 내 방으로 들어와서 "하이!" 하고 소리쳤다. 그는 지독히 지루하거나 지독히 지쳤다는 말투로 "하이!" 하고 말하는 버릇이 있다. 일부러 찾아왔다는 인상을 주기가 싫었던 것이다. 마치 실수로 들어왔다는 시늉이었다.

---

* 로버트의 애칭

"하이!" 하고 대꾸해주었다. 그렇다고 책에서 얼굴을 쳐든 것은 아니다. 애클리 같은 놈 때문에 책에서 얼굴을 쳐든다면 그것은 패배한 것이다. 결국에는 패배하게 되겠지만, 그래도 당장에 얼굴을 쳐들지 않는다면 그리 쉽사리 패배하는 것은 아니다.

그는 언제나 그렇듯이 천천히 방안을 거닐기 시작했다. 그리고 책상이나 옷장에서 물건을 하나씩 집어올렸다. 그 녀석은 항상 남의 물건을 집어들고는 그것을 들여다보는 습성이 있었다. 정말 신경에 거슬렸다.

"펜싱은 어떻게 됐니?" 하고 애클리가 물었다. 내가 재미있게 책을 읽는 것을 방해하고 싶었던 것이다. 그 녀석은 펜싱 같은 건 안중에도 없었다. "이겼냐, 졌냐?"

"어느 쪽도 이기지 않았어." 나는 입을 열었지만 얼굴은 들지 않았다.

"뭐라고?" 그는 항상 똑같은 말을 두 번 되풀이하게 하는 버릇까지 있었다.

"어느 쪽도 이기지 않았어." 나는 말했다. 그러고는 곁눈질로 그 녀석이 내 옷장에서 무엇을 끄집어내는가를 살피고 있었다. 그는 내가 뉴욕에서 자주 데리고 다녔던 샐리 헤이스라는 여학생의 사진을 들여다보고 있었다. 내가 그 사진을 얻은 후 그는 아마 5천 번은 그 사진을 들여다보았을 것이다. 게다가 보고 나서는 원래의 장소가 아닌 다른 장소에 놓는 버릇이 있었다. 일부러 그랬을 것이다. 그쯤은 알 수 있었다.

"이긴 쪽이 없다고? 그게 무슨 말이야?"

"내가 칼이고 뭐고 죄다 지하철에 놓고 내렸거든."

이렇게 말하면서도 나는 고개를 들지 않았다.

"지하철에다? 맙소사, 그럼 잃어버렸단 말이지?"

"엉뚱한 지하철을 탄 거야. 그래서 벽에 걸린 노선도만 줄곧 쳐다보고 있어야 했지 뭐야."

그 녀석은 내 쪽으로 다가와서 불빛을 가로막고 섰다.

"야, 네가 들어온 이후로 나는 같은 문장을 스무 번이나 다시 읽고 있어."

애클리가 아닌 다른 인간이라면 내 말이 무엇을 암시하는지 알아들었을 것이다. 그러나 녀석은 그렇지 않았다.

"학교측은 너한테 변상시킬 작정이겠지?" 그가 다시 물었다.

"몰라. 될 대로 되라지. 그런데 너 좀 앉지 그래. 자식, 불을 가로막고 서서 앉지도 않네." 그 녀석은 자기를 자식이라 부르면 좋아하지 않았다. 난 열여섯 살이고 그는 열여덟 살이라는 이유로 녀석은 항상 나를 자식이라고 불렀다. 그러면서도 내가 자기를 자식이라고 부르면 그는 화를 냈던 것이다.

그는 그곳에 그대로 서 있었다. 비켜달라고 부탁하면 비켜주기 싫어하는 그런 성격의 인간이었다.

"도대체 뭘 읽고 있냐?"

"책 읽어."

녀석은 손으로 나의 책을 젖히더니 제목을 보았다. "재미있어?" 하고 그 녀석이 물었다.

"지금 읽고 있는 이 문장은 굉장하군." 나는 기분이 내키면 지독하게 빈정댈 수 있었다. 그러나 그 녀석은 그것을 알아채지 못했다. 녀석은 다시 방안을 배회하며 내 물건과 스트라드레이터의 물건을 함부로 만지기 시작했다. 마침내 나는 읽던 책을 바닥에 내려놓았다. 애클리 같은 자식이 주위에서 알짱거리는 판국에 무엇을 읽는다는 것은 불가능했다. 정말 불가능했다.

나는 의자에 몸을 깊숙이 파묻고 나서 애클리가 제멋대로 노는 꼴을 관망했다. 뉴욕에 갔다와서 좀 고단하기도 했기 때문에 하품을 했다. 그러다가 장난을 좀 치기 시작했다. 나는 지루하면 장난을 치곤 했다. 무슨 장난을 쳤느냐 하면, 사냥모자의 챙을 앞쪽으로 돌려 눈이 가려지게끔 깊숙이 눌러썼다. 그랬더니 아무것도 보이지 않았다.

"나는 장님이 되는 모양이야. 어머니, 이곳 모든 것은 어두워지고 있습니다." 하고 나는 쉰 목소리로 말했다.

"바보, 정말 바보로군." 애클리가 말했다.

"어머니, 손을 주세요. 왜 제게 손을 내밀어주지 않으세요?"

"제발 어린애 같은 짓 집어쳐."

나는 장님처럼 눈앞을 더듬기 시작했다. 그러나 의자에서 일어나진 않았다. "어머니, 왜 손을 내밀어주지 않으세요?" 하고 계속 되풀이했다.

물론 장난치고 있었던 것이다. 때론 그런 장난이 퍽 재미있을 때가 있다. 게다가 애클리 자식이 난처해서 당황하고 있다는 것을 직감할 수 있었다. 애클리를 보면 항상 새디스트적인 내 본능이 꿈틀거렸다. 사실 그에게 새디스트처럼 행동한 경우가 여러 번 있었다.

그러나 나는 거기서 끝냈다. 다시 모자 챙을 뒤로 돌리고 의자 속에서 편안한 자세를 취했다.

"이건 누구 거니?" 애클리가 물었다.

그는 나와 방을 같이 쓰는 스트라드레이터의 무릎받이를 치켜들고 있었다. 그 녀석은 아무것이나 집어드는 놈이었다. 남의 팬티건 뭐건 닥치는 대로 집어들었다. 그건 스트라드레이터의 것이라고 말했다. 그랬더니 녀석은 그것을 스트라드레이터의 침대 위에 내던졌다. 스트라드레이터의 옷장 위에 있었던 것을 그의 침대 위에 내동댕이친 것이다.

그는 스트라드레이터의 의자 쪽으로 건너가더니 의자 팔걸이에 걸터앉았다. 그는 의자 위에 제대로 앉는 법이 결코 없었다. 언제나 팔걸이에 앉았다.

"그 모자는 어디서 얻었냐?" 하고 그가 물었다.

"뉴욕에서."

"얼마 줬니?"

"1달러."

"바가지 썼군." 하고 말하더니 녀석은 성냥개비 끝으로 손톱의 때를 긁어내기 시작했다. 녀석은 항상 손톱을 후비고 있었다. 어느 모로 보면 우습기도 했다. 항상 이빨은 이끼가 낀 것 같고 귀 속은 지저분했지만, 손톱만은 틈틈이 소제하고 있었다. 그렇게 하면 제가 깔끔한 청년으로 보일 거라고 생각했던 모양이다. 그 녀석은 손톱을 소제하면서 다시 한번 내 모자를 쳐다보았다.

"우리 고향에서는 사슴 사냥할 때 그런 모자들을 쓰더군. 그건 사습 사냥모자야." 하고 그가 말했다.

"말도 안 돼." 나는 모자를 벗어 들고 그것을 바라보았다. 다음 순간 나는 한쪽 눈을 감고 과녁을 겨누는 시늉을 하며 "이건 사람 사냥모자야. 이걸 쓰고 나는 사람들을 사냥한다 이 말이야." 하고 말했다.

"너의 집에선 네가 쫓겨난 거 알고 있니?"

"아아니."

"그런데 대관절 스트라드레이터 새낀 어딜 갔냐?"

"경기장에 갔어. 데이트가 있나봐." 나는 하품을 했다. 나는 어딜 가나 계속 하품을 했다. 워낙 방이 더웠기 때문이다. 펜시에서는 얼어 죽든지 아니면 더워서 죽든지 양자택일할 수밖에 없다.

"훌륭하신 스트라드레이터로군. 그런데, 잠깐 네 가위 좀 빌려줘. 곧 꺼내올 수 있지?" 하고 애클리가 말했다.

"벌써 짐을 꾸렸어. 저 옷장 위에 있어."

"그래도 잠깐 가져올 수 없냐? 이놈의 들쭉날쭉한 손톱, 잘라 버리고 말아야지."

그 녀석은 남이 짐을 꾸렸건, 옷장 꼭대기에 올려놓았건 조금도 개의치 않았다. 하는 수 없이 가위를 가져다주었다. 그 바람에 나는 하마터면 죽을 뻔했다. 옷장 문을 연 순간 스트라드레이터의 테니스 라켓이 목제 조임틀에 낀 채 내 머리 위로 떨어졌던 것이다. 와지끈 하는 소리를 내면서. 지독히도 아팠다.

애클리 녀석은 죽어라고 좋아했다. 꾸민 목소리로 낄낄거리며 웃기 시작하는 것이었다. 내가 가방을 내려 가위를 찾는 동안 줄곧 웃고 있었다. 이런 일, 말하자면 누가 돌멩이 같은 것으로 대가리를 맞는 따위의 일이 일어나면 애클리는 오줌을 찔끔거릴 정도로 좋아했다.

"애클리, 인마, 넌 유머 감각이 대단하구나." 나는 그에게 말했다. "너, 그걸 알고 있니?" 하고 덧붙이면서 그에게 가위를 건네주었다. "나를 네 매니저로 삼아라. 라디오 방송에 출연시켜줄 테니까." 하고 말하면서 나는 의자에 다시 앉았다. 애클리는 길게 자란 뿔 같은 손톱을 깎기 시작했다.

"탁자 같은 걸 사용하는 게 어때? 탁자 위에다 깎으란 말야. 밤에 맨발로 다닐 때 그 지저분한 손톱을 밟기 싫단 말야." 하고 말했지만 그 녀석은 여전히 마룻바닥에다 손톱을 깎으면서 튕겨내고 있었다. 정말 지저분한 버릇이다. 정말 그랬다.

"스트라드레이터 자식, 누구하고 데이트를 하는 거지?" 애클리가 물었다. 그는 스트라드레이터의 배짱은 증오하면서도 누구하고 데이트를 하는지에 관해서는 관심이 많았다.

"몰라, 그건 알아 뭣 하니?"

"그냥 물어본 거야. 하지만 난 그런 개새끼는 참을 수 없다 이 말이야. 그놈은 정말 참을 수 없는 놈 중의 하나야."

"그 애는 너한테 반해 있어. 너보고 왕자라고 말하던데." 하고 내가 말했다. 나는 농담할 때 사람들을 '왕자'라고 부르곤 했다. 그러면 지루함 같은 것에서 벗어날 수 있었기 때문이다.

"그놈은 항상 우쭐해 있어. 그 개새끼는 정말 참을 수 없다구. 저 말야, 그놈은……"

"야, 너, 그 손톱 좀 탁자 위에다 깎아라. 벌써 쉰 번이나 부탁했는데."

"그놈은 항상 우쭐해 있다니까. 나는 그 개새끼 머리가 좋다고는 생각지 않아. 그런데 그 새끼는 지가 제일……"

"애클리! 부탁이야. 그 더러운 손톱을 탁자 위에다 깎지 못하겠니! 벌써 쉰 번이나 부탁했잖아!"

그 녀석은 그제야 탁자 위에다 손톱을 깎기 시작했다. 그것도 기분 전환을 하기 위해서였다. 그 자식은 소리를 질러대야만 무엇을 하는 놈이다.

나는 잠시 동안 그 녀석의 거동을 살폈다. 그러고는 입을 열었다. "네가 스트라드레이터를 못마땅하게 생각하는 것은 그가 너보고 가끔 이를 닦으라고 말했기 때문일 거야. 그 애가 큰 소리로 말했다고 해서 너를 모욕할 생각은 아니었을 거야. 그렇다고 이 닦지 않는 것이 옳은 처사라는 뜻은 아니야. 하여튼 모욕할 생각은 전혀 없었어. 그 애의 의도는 네가 이따금 이를 닦으면 멋지게 보일 것이고 기분도 좋아질 거라는 뜻이었을 거야."

"나도 이를 닦는단 말야. 이제 그 얘기는 그만둬."

"아니야. 넌 닦지 않아. 줄곧 살펴봤는데 넌 이를 닦지 않아." 하고 나는 말했다. 그렇다고 지저분하다느니 하는 이야기는 하지 않았다. 어떻게 보면 그 애도 불쌍하다는 생각이 들었다. 누군가 이도 닦지 않는 자식이라고 말하면 기분 나쁠 것은 당연한 일이기 때문이다.

"스트라드레이터는 괜찮은 놈이야. 그다지 나쁜 놈은 아냐. 넌 그 애를 모르고 있어. 그것이 문제야." 하고 내가 말했다.

"그래도 그놈은 개새끼야. 거만한 개새끼야."

"거만한 건 사실이야. 하지만 어떤 면에선 관대한 아이야. 그건 정말이야." 하고 나는 말을 이었다. "가령 스트라드레이터가 네 마음에 드는 넥타이를 매고 있다고 쳐. 네가 아주 좋아하는 넥타이를 매고 있다고 하면 — 한 가지 예를 들었을 뿐이야. 그 애가 어떻게 하리라 생각해? 아마 풀어서 너한테 줄 거야. 정말 그럴 거야. 그렇지 않으면 그 애가 어떻게 할지 너도 알 거야. 네 침대 위 같은 데다 두고 갈 거야. 하여튼 그 애는 그 넥타이를 너에게 주고 말 거야. 대부분의 아이들은 다만……"

"듣기 싫어. 나도 그 자식처럼 돈이 있으면 그렇게 해." 애클리가 말했다.

"넌 못 해." 나는 고개를 저었다. "너는 못 할 거야. 애클리 자식 같은 놈은 돈이 있다면 세상에서 제일가는……"

"애클리 자식이라고 부르지 마, 젠장! 나는 네 아비가 될 만한 나이야!"

"아니 그럴 수야 없지." 제기랄, 애클리는 정말 이따금 사람을 화나게 하는 녀석이었다. 기회만 있으면 너는 열여섯 살이고 나는 열여덟 살이다 하고 강조하려는 녀석이다. "첫째, 너 같은 것은 우리 가족에 끼워주질 않아." 하고 내가 말했다.

"하여튼 나를 그런 투로 부르지 마."

별안간 문이 열렸다. 그리고는 스트라드레이터가 황급히 들어왔다. 그는 언제나 무엇이 급한지 부산했다. 모든 것이 중대한 일인 것처럼 굴었다. 그는 내게 다가오더니 난데없이 내 양쪽 뺨을 장난 삼아 가볍게 때렸다 — 이건 정말 귀찮은 일이었다. "너 오늘 저녁 어디 갈 데 있냐?"

"글쎄, 그럴지도 모르지. 바깥은 어때? 눈이 내리고 있나?" 그의 외투는 온통 눈투성이였다.

"눈이 오고 있어. 이봐, 특별히 갈 곳이 없으면 네 하운드 투스 재킷 좀 빌려줘."

"시합은 어느 쪽이 이겼니?" 내가 물었다.

"겨우 전반전이 끝났어. 우린 빠져 나온 거야." 스트라드레이터가 말했다. "농담 아냐. 너 그 옷 오늘 밤에 입을 거야, 안 입을 거야? 내 회색 플란넬 재킷에다 더러운 것을 엎질렀거든."

"입진 않지만 네 어깨 때문에 옷이 늘어나는 건 원치 않아." 하고 내가 말했다. 우리는 키는 같았지만 몸무게는 그 애가 나의 두 배는 되었다. 게다가 어깨가 무척 넓었다.

"늘어나게 하지 않는다니까." 그는 급히 옷장으로 달려갔다. 그러면서 "애클리, 재미 좋으냐?" 하고 애클리에게 인사했다. 스트라드레이터는 꽤 붙임성이 있다. 좀 엉성한 붙임성이긴 했지만 적어도 애클리에게건 누구에게건 인사만은 항상 깍듯이 했다.

애클리도 "어떻게 지내니?" 하고 되물었지만 실은 입 속에서 뭐라고 중얼거린 정도였다. 사실은 대답하고 싶지 않았겠지만 중얼거리는 것조차 하지 않을 만한 용기는 없는 놈이었다. 다음 순간 애클리는 나에게 "이제 그만 가봐야겠어. 나중에 보자." 하고 말했다.

"가봐." 하고 대답했다. 제 방으로 간다 해서 내가 실망할 만한 상대는 아니었으니까.

　스트라드레이터는 코트와 넥타이를 벗기 시작했다. "빨리 면도를 해야겠군." 그가 말했다. 정말 턱수염이 무척 길게 자라 있었다. 텁수룩했다.

　"네 걸 프렌드는 어디 있니?" 내가 물었다.

　"별관에서 기다리고 있어." 그는 세면도구와 수건을 겨드랑이에 끼고 방을 나섰다. 셔츠는 물론이고 아무것도 걸치지 않은 채. 그 녀석은 늘 상반신을 벗고 돌아다니는데 그것은 자기 체격이 굉장히 좋다고 생각하기 때문이다. 사실 그렇기도 했다. 나도 그 점은 인정한다.

4

　특별히 할 일도 없고 해서 나는 면도를 하는 스트라드레이터와 잡담을 했다. 세면장에는 우리 둘밖에 없었다. 다른 학생들은 아직 경기장에 나가 있었기 때문이다.

　실내는 지독히 더워서 창문에 뿌옇게 김이 서렸다. 세면대는 열 개쯤 되었고 모두 제대로 벽에 박혀 있었다. 스트라드레이터는 그 중 한가운데 것을 사용했다. 나는 바로 옆 세면대에 걸터앉아 수도 꼭지를 틀었다 잠갔다 하는 짓을 반복했다. 나에겐 그런 불안한 버릇이 있었다. 스트라드레이터는 면도하면서 줄곧 〈인도의 노래〉를 휘파람으로 불었다. 그 녀석은 곡조도 전혀 맞지 않고 째지는 소리로 휘파람을 불어댔다. 그런데도 그 녀석은 언제나 〈인도의 노래〉니 〈10번가의 살인〉 같이 아무리 실력이 좋아도 휘파람으로는 도저히 불 수 없는 노래만 불어댔다. 그러니 정말이지 노래가 엉망진창이 되어버리는 판국이었다.

내가 애클리는 지저분한 놈이라고 했던 것을 기억할 것이다. 그건 스트라드레이터도 마찬가지였다. 좀 다르긴 했지만. 스트라드레이터는 사람 눈에 띄지 않으면서 은근히 지저분한 놈이었다. 겉으로 보기엔 언제나 멀쩡했다. 그러나 그 녀석이 수염을 깎는 면도기를 봐야 한다. 언제나 녹이 슬어 있는 데다 비누거품이니 머리카락 같은 것들이 엉겨 붙어 있었다. 그는 그것을 닦는다든가 청소하는 법이 없었다. 몸단장을 하고 나면 그 녀석은 언제나 멀쩡했지만 나같이 그를 잘 알고 있는 사람에게는 아무래도 은근히 지저분한 놈으로 보였다.

그건 그렇고 그 녀석이 멋지게 보이도록 몸단장을 하는 이유는 자신에게 반해서 도취되어 있기 때문이다. 자기가 서반구에서 제일가는 미남이라고 생각하고 있었다. 사실 미남이긴 했다. 그건 나도 인정한다. 그 녀석은 학부형들이 졸업 앨범을 보다가 "이 애는 누구냐?" 하고 묻게 될 그런 종류의 미남자란 뜻이다. 그러니까 대체로 말해서 졸업 앨범에 알맞은 그런 유의 미남이다. 펜시에는 스트라드레이터보다 훨씬 잘생겼다고 생각되는 놈들이 많았다. 그러나 그 애들은 사진으로 보면 전혀 미남으로 보이지 않을 것이다. 코가 터무니없이 크고 귀는 당나귀같이 튀어나온 것처럼 보일 거다. 나는 그런 경우를 본 적이 많다.

하여튼 나는 스트라드레이터가 면도하는 바로 옆 세면대에 앉아 수도꼭지를 틀었다 잠갔다 하고 있었다. 나는 여전히 빨간 사냥모자를 쓰고 있었는데, 챙은 뒤로 돌려 쓴 상태였다. 그 모자는 내 마음에 꼭 들었다.

"이봐, 부탁이 있는데 들어줄래?" 스트라드레이터가 말했다.

"뭔데?" 나는 시큰둥하게 대답했다. 그 녀석은 항상 부탁을 하는 녀석이었다. 자신이 미남이라든가 우수한 인간이라고 자처하는 자식들은 으레 다른 사람에게 무슨 부탁을 하는 법이다. 자기 자신에게 반해 있는 까닭에 다른 사람들도 자기에게 반했다고 생각하고, 남들이 자기의 부탁이면 무엇이든 들어주고 싶어 못 견딘다고 착각하는 모양이다. 이건 어떤 면에선 우스운 일이다.

"너 오늘 밤 외출하니?" 그가 말했다.

"할지 안 할지 모르겠어. 그건 왜?"

"저, 월요일까지 역사 숙제로 약 백 페이지를 읽어야 하거든." 하고 말을 끊었다가 "그러니까 영어 숙제로 작문 하나 써주지 않겠니? 월요일까지 제출하지 않으면 기합이래. 그래서 부탁하는 거야, 어때?"

이건 정말 어이없는 일이었다. 정말 어처구니없었다.

"나는 여기서 쫓겨난 놈이야. 그런데 내게 작문을 대신 써달라니, 원!"

"알고 있어. 하지만 그걸 제출하지 않으면 기합을 받는단 말야. 야, 친구 좋다는 게 뭐냐. 제발, 부탁이야. 해주라."

나는 당장 대답하진 않았다. 스트라드레이터 같은 개새끼들에겐 어정쩡한 미결의 상태가 약이 되기 때문이다.

"무엇에 관해 쓰는 건데?" 내가 물었다.

"뭐든지 돼. 묘사하는 글이면 뭐든 괜찮아. 방이라든가 집이라든가 과거에 살았던 장소라든가, 아무거나 묘사하는 글이면 뭐든 괜찮아." 이렇게 말하면서 그 녀석은 하품을 길게 하는 것이었다. 그런 꼬락서니를 보고 있으면 나는 화가 치민다. 부탁을 하는 주제에 하품까지 하다니! "그런데 너무 잘 쓰면 안 돼. 그것뿐이야." 하고 그 녀석은 말을 끊었다가 "그놈의 하첼 선생은 네가 영어를 잘하는 것도, 나하고 방을 같이 쓰고 있는 것도 알고 있거든. 그러니까 마침표 같은 것을 제자리에 찍지 말아줘." 하고 말을 맺었다.

이건 나를 더 화나게 하는 발언이었다. 작문을 잘 하는 사람이라면, 마침표를 어디다 찍으라느니 하는 식의 말을 들으면 화가 나게 마련이다. 그런데 스트라드레이터는 늘 그렇게 행동했다. 다른 사람에게 자기가 작문을 못 쓰는 것은 마침표를 잘못 찍기 때문이지 다른 이유는 없다는 인식을 심어주고 싶어하는 놈이었다. 그 점에서 그는 애클리와 좀 비슷했다.

언젠가 애클리 바로 옆자리에서 농구 시합을 구경한 적이 있다. 우리 팀에는 하우이 코일이라는 굉장한 놈이 있었는데, 코트 한가운데서도 백보드에 전혀 닿지 않게끔 슈팅할 수 있는 선수였다. 애클리는 시합이 진행되는 동안 계속 코일에 대해 농구에 알맞은 완벽한 체격을 가진 놈이라고 지껄여댔다. 나는 그런 식의 발언은 질색이다.

잠시 후 나는 세면대 위에 앉아 있는 것에 싫증이 났다. 그래서 몇 피트 뒤로 물러서서 그놈의 탭댄스를 시작했다. 무슨 이유가 있는 것이 아니라 그냥 심심풀이로 그랬을 뿐이다. 나는 탭댄스고 뭐고 할 줄 몰랐다. 그렇지만 세면장은 돌바닥이고 그래서 탭댄스에는 제격이었다. 나는 영화에서 본 배우의 흉내를 내기 시작했다. 뮤지컬에 나오는 것처럼 말이다. 나는 영화라면 독약처럼 싫어하지만 흉내내는 것은 좋아했다.

스트라드레이터는 면도하면서 거울로 내 모습을 지켜보고 있었다. 내가 필요로 하는 것은 관객뿐이었다. 나는 사실 자기 선전을 좋아하는 인간이다. "나는 주지사의 아들입니다." 하고 나는 말했다. 나는 신바람이 나서 마구 탭댄스를 추며 이리저리 돌아다녔다. "우리 아버지는 내가 탭댄서가 되는 것을 싫어하셨습니다. 옥스포드에 가기를 원했습니다. 그러나 탭댄스는 타고난 내 기질입니다."

스트라드레이터가 웃었다. 그래도 유머를 아는 놈이었다.

"이제 '지그펠드 풍자극'의 전야제를 시작하겠습니다." 나는 숨이 차올랐다. 숨이 끊어질 것처럼 가빴다. "주연 배우가 나올 수 없게 되었습니다. 곤드레만드레가 되도록 술에 취했기 때문이죠. 그러니 누가 대역을 맡겠습니까? 바로 본인이 맡을 수밖에 없습니다. 주지사의 아들이 말입니다."

"너 그 모자 어디서 났니?" 스트라드레이터가 물었다. 내 사냥모자를 두고 하는 말이었다. 녀석은 그 모자를 그제야 처음 본 것이었다.

나는 숨이 가빠서 장난을 멈췄다. 나는 모자를 벗어 그것을 바라보았다. 아마 아흔 번째 보는 것이었으리라. "오늘 아침 뉴욕에서 샀어. 1달러 주고. 마음에 드냐?"

스트라드레이터는 고개를 끄덕였다. "멋있군!" 하고 그는 말했다. 그러나 그 말은 아첨에 불과했다. 왜냐하면 "아까 말한 그 작문

써주는 거지? 난 그걸 알아야 해." 하고 금세 본론으로 되돌아갔기 때문이다.

"시간이 나면 써주는 거고 안 나면 못 쓰는 거고." 이렇게 말하고는 다시 그의 옆 세면대 위에 올라 앉았다. "네 걸 프렌드는 누구냐? 피츠제럴드냐?" 하고 물었다.

"천만에. 전에 말했잖아. 그 돼지하고는 끝났다니까."

"그래? 그럼 나한테 양보해. 농담 아냐. 그 애는 내 타입이야."

"가져…… 그래도 너한테는 나이가 너무 많지 않냐."

갑자기 그저 장난을 치고 싶다는 생각이 떠올랐는데, 세면대에서 뛰어내려 스트라드레이터 자식을 하프 넬슨 수법으로 목을 졸라버리고 싶었다. 하프 넬슨이 뭐냐 하면, 상대방의 목을 뒤에서 졸라 원하면 죽일 수도 있는 레슬링의 기술이다. 나는 표범처럼 그를 덮쳤다.

"제발 그만둬!" 하고 스트라드레이터가 소리쳤다. 그는 장난치고 싶지 않았던 것이다. 면도를 하는 도중이었으니까. "어쩌려고 이래? 내 모가지라도 베려는 거야?"

나는 여전히 손을 놓지 않았다. 나는 그에게 꽤 그럴듯한 하프 넬슨 기술을 걸고 있었다. "풀어보시지. 바이스같이 억센 내 팔을……" 하고 내가 말했다.

"맙소사!" 그는 면도칼을 내려놓았다. 그러고는 번개같이 두 팔을 치켜들어 잡고 있는 내 팔을 풀어버렸다. 그 녀석은 힘이 장사였고, 나는 말할 수 없이 허약했다.

"이제 그 바보짓 좀 집어치워." 하고 말하더니 그는 다시 면도를 시작했다. 녀석은 깔끔하게 보이기 위해 언제나 두 번씩 면도를 하는 놈이었다. 그 더러운 면도칼로 말이다.

"피츠제럴드가 아니면 도대체 누구지?" 나는 그에게 물었다. 나는 다시 그의 옆 세면대 위에 앉았다. "그 필리스 스미스라는 애냐?"

"아냐. 그러기로 되어 있었는데, 계획이 온통 틀어지고 말았어. 오늘은 버드소의 걸 프렌드와 같은 방을 쓰는 애야. 참, 잊을 뻔했군. 그 앤 너를 알더라."

"누가?"

"나와 오늘 데이트 하는 애지 누군 누구야?"

"그래? 이름이 뭔데?" 나는 관심이 쏠릴 수밖에 없었다.

"뭐라더라…… 잠깐, 생각 좀 하고. 아, 진 갤러허라고 했어."

뭐라고! 나는 그 순간 세면대 위에서 떨어져 죽을 뻔했다.

"제인 갤러허겠지." 내가 말했다. 그 녀석이 그녀의 이름을 말하는 순간 나는 세면대 위에서 벌떡 일어서기까지 했다. 하마터면 떨어져 죽을 뻔했다. "나도 잘 알아. 재작년 여름에 바로 우리 옆집에 살았다니까. 굉장히 큰 도베르만을 기르고 있었지. 그놈 때문에 그 애와 만나게 된 거야. 그놈의 개가 성가시게 자꾸 우리 집으로 들어와서……"

"야, 불빛을 가리고 있잖아. 제발 비켜. 꼭 거기 서 있어야 되겠냐?" 하고 스트라드레이터가 말했다.

젠장! 나는 흥분해 있었다. 정말 그랬다.

"그 애 지금 어디 있는데? 가서 인사라도 해야겠어. 어디, 별관에 있다고?"

"응."

"어쩌다가 내 이야기를 하게 되었냐? 지금 볼티모어에 있다지? 거기로 가게 될지 모른다고 그 애가 말했었지…… 시플리에로 갈지도 모른다고도 했고…… 나는 그 애가 시플리에에 간 줄 알고 있었는데. 어째서 내 얘길 끄집어냈을까?" 나는 꽤 흥분해 있었다. 정말 그랬다.

"몰라. 제발 일어나라. 넌 내 수건 위에 앉아 있어." 스트라드레이터가 말했다. 나는 그의 바보스런 수건 위에 앉아 있었다.

"제인 갤러허." 하고 나는 말했다. 설레는 가슴을 억누를 수 없었다. "맙소사……"

스트라드레이터는 머리에 바이탈리스를 바르고 있었다. 그것은 내 것이었다.

"그 애는 댄서야. 발렌가 뭔가를 한다지. 한여름 제일 더운 때도 매일 두 시간씩 연습을 하더라. 그래서 다리가 보기 흉하게 될까 봐 걱정을 했지. 뚱뚱해지지 않을까 하고 말야. 나는 그 애와 늘 체커 놀이를 했는데……" 하고 내가 말했다.

"그녀와 뭘 했다고?"

"체커 놀이."

"체커 놀이를?"

"맞아. 그 애는 들어온 킹을 절대로 움직이지 않아. 어떻게 하느냐 하면, 일단 킹이 들어오면 그것을 절대로 움직이지 않는다 이거야. 뒷줄에 놓아둘 뿐이야. 킹을 항상 뒷줄에 배열한다는 뜻이야. 늘 어놓을 뿐 절대로 그걸 사용하지 않았어. 뒷줄에 늘어놓는 걸 즐겼던 모양이야."

스트라드레이터는 아무 말도 하지 않았다. 그런 이야기는 대부분의 인간에겐 아무 흥밋거리가 되지 못할 테니까.

"그 애 엄마가 우리와 같은 골프 클럽에 다녔거든." 하고 내가 다시 말했다. "난 가끔 용돈을 벌기 위해 캐디 노릇을 했는데, 두서너 번 그 애 엄마의 캐디 노릇을 해봤어. 그 부인은 아홉 홀을 넣는 데 약 백칠십 홀은 돌았지."

스트라드레이터는 내 말을 듣지 않고 있었다. 그는 멋진 머리에 빗질을 계속 하고 있었다.

"내려가서 인사만이라도 해야겠군." 내가 말했다.

"어서 갔다와."

"좀 있다 가겠어."

그는 머리를 처음부터 다시 빗기 시작했다. 그까짓 머리를 빗는 데 한 시간이나 걸렸다.

"그 애 부모는 이혼했어. 그 애 엄마는 어느 놈팡이와 재혼했지." 하고 내가 입을 열었다. "삐쩍 마른 남자가 다리 털이 얼마나 무성한지. 지금도 생각나는데, 거기다가 늘 반바지를 입고 다니더라. 제인의 말로는 극작간가 뭔가라더라. 내 보기엔 밤낮 술만 퍼마시고 라디오에서 나오는 미스터리 프로는 하나도 빼놓지 않고 듣는 그런 놈이었어. 그리고 온 집 안을 뛰어다녔는데, 그것도 알몸으로. 제인이 있는데도 그랬다니까."

"그래?" 하고 스트라드레이터는 말했다. 그 말은 그의 흥미를 확실히 자극했을 것이다. 주정뱅이가 제인이 있는데도 불구하고 알몸으로 집 안을 뛰어다닌다는 이야기에는 그럴 수밖에. 하여튼 이 녀석은 색골이다.

"그 애는 어린 시절을 불행하게 지냈어. 농담하는 게 아냐."

이런 말은 그에겐 관심이 없었다. 그의 관심을 끄는 것은 섹스에 관한 이야기뿐이었다.

"제인 갤러허, 놀랐는걸." 나는 내 의식에서 그녀를 떨쳐버릴 수 없었다. "내려가서 인사라도 해야겠어."

"갔다오면 되잖아? 말로만 떠들지 말고." 스트라드레이터가 말했다.

나는 창가로 걸어갔다. 그러나 바깥은 보이지 않았다. 세면장에 가득 찬 열기로 잔뜩 김이 서려 있었기 때문이다.

"당장은 그럴 기분이 아니야." 하고 나는 다시 입을 열었다. 정말 그랬다. 그런 인사 같은 것은 마음이 내키지 않으면 할 수 없는 것이다. "난 그 애가 시플리에에 간 줄 알았어. 왜 나는 시플리에에 갔다고 확신했을까." 나는 잠시 세면장 안을 돌아다녔다. 달리 할 일이 없었기 때문이다. "그 애가 시합을 재미있게 관람하든?" 하고 내가 물었다.

"글쎄, 그랬을 거야. 잘은 모르겠지만."

"나와 늘 체커를 했다는 말도 하든?"

"난 몰라. 잠깐 만났을 뿐이니까." 하고 스트라드레이터가 말했다. 그는 멋쟁이 머리칼에 빗질을 끝냈다. 이제 그 더러운 세면도구를 치우고 있었다.

"이봐, 내 안부나 전해줘."

"암, 그러지." 하고 스트라드레이터는 말했다. 그러나 나는 녀석이 그런 안부 따위는 전하지 않을 놈이란 걸 안다. 스트라드레이터 같은 놈은 결코.

그는 방으로 돌아갔지만 나는 잠시 세면장에 남아 제인을 생각했다. 그러다가 나도 방으로 돌아갔다.

내가 방에 돌아갔을 때 스트라드레이터는 거울 앞에 서서 타이를 매고 있었다. 그 녀석은 인생의 절반을 거울 앞에서 보낸다. 나는 내 의자에 앉아 잠시 녀석의 거동을 살폈다.

"내가 쫓겨났다는 말은 할 필요 없다. 알았지?" 내가 말했다.

"알았어."

그것이 스트라드레이터의 좋은 점이었다. 이 녀석에겐 사소한 일을 일일이 설명할 필요가 없었다. 애클리한테는 일일이 설명해야만 한다. 이 녀석은 무엇에든 그다지 큰 관심이 없기 때문일 것이다. 전적으로 관심이 없다는 이유 때문일 것이다. 애클리는 달랐다. 애클리는 무엇에나 코를 디미는 놈이었다.

스트라드레이터는 나의 체크 무늬 재킷을 입었다.

"야! 조심해. 여기저기 늘어난다니까." 그건 나도 두 번밖에 입지 않은 것이라고 말해주었다.

"염려 마. 근데 내 담배는 어디 있지?"

"책상 위에 있잖아." 이 녀석은 제가 놓고도 놓은 자리를 나한테 묻는 놈이다. "머플러 밑을 봐."

그 녀석은 담배를 코트 주머니에 쑤셔 넣었다— 내 코트의 주머니에 넣었다는 이야기다.

나는 기분 전환을 위해 사냥모자의 챙을 갑자기 앞으로 돌렸다. 갑자기 공연한 불안감이 나를 엄습했던 것이다. 나는 이다지도 소심한 놈이었다.

"야, 너, 그 애랑 어디서 데이트 할 거냐? 정해둔 곳이라도 있냐?" 하고 내가 물었다.

"글쎄, 시간이 있으면 뉴욕에 갈 생각이야. 그런데 그 애는 아홉 시 반까지는 집에 들어가야 된다더라, 젠장!"

나는 그런 식으로 말하는 그의 말투가 싫었다. 그래서 "아마 그 애가 그렇게 말한 것은 네가 얼마나 멋있고 매력 있는 남자인지 몰랐기 때문일 거야. 그걸 알았다면 아마 내일 아침 아홉 시 반까지 외출 허가를 받아왔을 거야." 하고 말해주었다.

"말 한번 잘하는군." 그의 반응이었다. 그놈은 호락호락 놀림감이 되지 않는 놈이었다. 워낙 시건방진 놈이었기 때문이다. "이건 농담이 아냐. 그 작문 꼭 부탁해." 하고 말하더니 그놈은 코트를 걸치고 나갈 채비를 다 마쳤다. "너무 잘 쓰려고 애쓰지 마. 그냥 묘사적으로 써주면 돼. 알았니?"

나는 대꾸하지 않았다. 대꾸할 기분이 나지 않았다. 다만 "그 애에게 물어봐줘. 지금도 킹은 뒷줄에 놓느냐고." 하고 말했다.

"알았어." 대답은 시원하게 했지만 그놈의 스트라드레이터는 그렇게 물어볼 위인이 아니라는 것을 나는 잘 알고 있었다. "그럼 갔다 올게." 하고 그는 힘차게 방을 뛰쳐나갔다.

그가 나간 후에도 나는 30분 이상 거기에 앉아 있었다. 의자에 걸터앉은 채 아무것도 하지 않았다. 단지 제인만을 생각했다. 또한 그녀와 데이트 하고 있을 스트라드레이터를 생각했다. 그러자 너무나 초조해지면서 미칠 것만 같은 기분이 되었다. 스트라드레이터가 얼마나 색골인가는 이미 말했을 것이다.

그때 갑자기 애클리 녀석이 다시 뛰어들었다. 언제나 그랬듯이 샤워 룸의 커튼을 헤치고 뛰어든 것이다. 내 바보 같은 인생에서 딱 한 번, 이때만은 그 녀석이 정말 반가웠다. 생각을 딴 데로 돌릴 수 있게 해주었으니까.

그 녀석은 저녁 시간이 가깝도록 눌러앉아 자기가 펜시에서 미워하는 놈들을 모조리 열거하며 턱 언저리에 난 큼직한 여드름을 짰다. 손수건도 쓰지 않았다. 사실을 말하면 그 녀석에게 손수건이 있는지조차 의심스럽지만. 하여튼 녀석이 손수건을 쓰는 모습은 본 적이 없으니까……

5

 펜시의 토요일 밤 메뉴는 언제나 똑같았다. 저녁 식사로 비프스테이크가 나오는데, 그건 성찬이다. 학교측에서 그런 성찬을 베푸는 이유는 일요일에 학교로 찾아오는 많은 학부모들이 틀림없이 사랑하는 아들에게 "어젯밤에는 무엇을 먹었니?" 하고 물을 것이고, 아들들은 "스테이크를 먹었어요." 하고 대답할 것을 서머 교장이 미리 계산에 넣었기 때문이다.

 이건 지독한 사기였다. 정말 그 스테이크를 보여주고 싶다. 단단하고 말라 비틀어져서 자르기도 힘들었다. 스테이크가 나오는 밤에는 잘 으깨지지도 않은 감자가 함께 나왔다. 후식으로는 브라운 베티라는 푸딩이 나오는데 아무도 먹지 않았다. 그걸 먹는 놈들은 뭘 모르는 하급생들뿐이었다. 그리고 애클리 같은 놈일 거다. 그 녀석은 뭐든지 먹는 잡식동물이니까.

그래도 식당을 나왔을 때는 기분이 꽤 좋았다. 땅에는 눈이 3인치나 쌓여 있었고, 아직도 그치지 않고 미친 듯이 내리고 있었기 때문이다. 멋진 설경이었다. 우리는 눈싸움을 하며 사방으로 뛰어다녔다. 어린애들같이 놀면서도 마냥 즐거워했다.

나는 데이트는 물론 아무것도 할 일이 없었다. 그래서 레슬링 반에 있는 맬 브로서드라는 녀석과 함께 버스를 타고 어거스타운에 가서 햄버거나 먹고 영화라도 보기로 했다. 둘 다 밤새 가만히 앉아 멍청히 있고 싶지 않았기 때문이다.

나는 맬에게 애클리를 데리고 가면 어떻겠느냐고 물었다. 애클리란 놈은 토요일 밤마다 아무것도 하지 않고 방안에 틀어박혀 여드름이나 짜고 있는 것이 고작이었기 때문이다. 맬은 그렇게 해도 상관없지만 썩 마음에 들지는 않는다고 대답했다. 맬은 애클리를 그다지 좋아하지 않았다.

우리는 외출 준비를 하러 방으로 들어갔다. 나는 덧신을 신으면서 애클리에게 소리를 질러 영화 보러 가지 않겠느냐고 물었다. 그녀석은 샤워 커튼을 통해 제대로 들었을 것이다. 그러나 그 녀석은 얼른 대답하지 않았다. 그 녀석은 무엇이든 바로 대답하기를 싫어하는 놈이었다. 그렇지만 결국은 커튼을 헤치고 들어와 샤워 룸의 문지방에 서서 나말고 또 누가 가느냐고 물었다.

그 녀석은 언제나 누구누구가 가는가를 알아야만 직성이 풀렸다. 녀석은 어디서 배가 난파당해 구조를 받게 되더라도 구명정에 타기 전에 노를 젓는 사람이 누구인가를 반드시 묻고 나서야 탈 것이다. 나는 맬 브로서드와 같이 갈 것이라고 했다. "그 자식!……알았어.

좋아. 잠깐 기다려." 하고 그 녀석이 말했다. 이거 원, 제까짓 게 오히려 선심 쓰는 격이었다.

그 녀석은 준비하는 데 다섯 시간은 족히 걸렸을 거다. 나는 그 동안 창문가로 가서 창문을 열고 맨손으로 눈을 뭉쳤다. 뭉치기에 알맞은 눈이었다. 나는 그 눈덩어리를 아무 데도 던지지는 않았다. 그러다가 나는 길 건너편에 주차한 차에다 그 눈을 던지려고 자세를 취했다. 그러나 곧 마음을 고쳐 먹었다. 차들이 너무나 하얗고 깨끗했기 때문이다. 다음엔 소화전에다 던지려 했는데, 그것 역시 너무나 하얗고 깨끗했다. 결국 아무 데도 던지지 않고 단지 창문을 닫고 눈뭉치를 더욱 딱딱하게 만들면서 방안을 서성거렸을 뿐이다.

얼마 후 나와 브로서드와 애클리 셋이서 버스에 올랐을 때도 나는 여전히 그 눈덩어리를 쥐고 있었다. 운전사가 문을 열고는 나더러 그것을 밖으로 던져버리라고 했다. 이건 어떤 사람에게 던지려는 것이 아니라고 설명했지만 내 말을 믿으려 하지 않았다. 어른들이란 절대로 남을 신용하려 들지 않는다.

브로서드와 애클리는 그때 상영되는 영화를 이미 봤기 때문에 우리가 한 일이라곤 고작 햄버거를 몇 개 먹고 잠깐 동안 핀볼 게임을 하고 나서 버스를 잡아타고 펜시로 되돌아온 것뿐이었다. 또한 영화를 보지 않았다고 해서 유감스럽진 않았다.

그 영화는 케리 그랜튼가 뭔가 하는 배우가 나오는, 코미디인지 뭔지 하는 똥 같은 것이었다. 게다가 나는 전에도 브로서드와 애클리와 함께 영화를 보러 간 적이 있었는데, 그놈들은 조금도 우습지 않은데도 하이에나처럼 깔깔대는 것이었다. 그놈들 곁에 앉아 영화를 보는 건 조금도 즐겁지 않았다.

　기숙사에 돌아와 보니 겨우 여덟 시 사십오 분밖에 되지 않았다. 브로서드는 브리지라면 사족을 못 쓰기 때문에 상대를 찾아 기숙사를 헤맸다.

　애클리는 내 방에 주저앉았는데, 그건 기분 전환을 겸하기 위한 것이었다. 그런데 이번에는 스트라드레이터의 의자 팔걸이에 걸터앉는 대신 내 침대에 드러누웠다. 내 베개에다 얼굴까지 파묻고는 극히 단조로운 목소리로 이야기를 늘어놓기 시작했다. 여전히 여드름을 짜면서. 나는 천 번이나 암시를 보냈지만 그 녀석을 내보낼 수는 없었다.

　그는 결국 지난 여름 자기와 같이 잔 어느 여자 얘기를 따분하게 늘어놓은 것뿐이었다. 그 얘기는 벌써 백 번도 더 들었는데, 들을 때마다 얘기가 달랐다. 한 번은 자기 사촌 차 뷰익 안에서 했다고 하고, 다음 번에는 널빤지를 깐 어느 산책로에서 했다고 하는 것이었다. 그러니까 그건 모두 거짓말이었다. 그런 녀석이 동정이 아니라면 도대체 누가 동정이겠는가? 누구를 만져 보기나 했는지조차 의심스러웠다.

　하여튼 나는 마지막으로 스트라드레이터의 작문을 써줘야 했는데 정신 집중을 위해 좀 꺼져달라고 말하지 않을 수 없었다. 마침내 녀석이 방을 나갔지만 언제나 그렇듯이 나가는 데도 꽤 시간이 걸렸다. 그 녀석이 나가자 나는 목욕 가운과 파자마를 걸치고 그 사냥 모자를 뒤집어쓰고는 작문을 쓰기 시작했다.

　실상 나는 스트라드레이터가 부탁한 식으로 무엇을 묘사하기 위해 방이나 집 같은 것을 떠올릴 생각은 없었다. 나는 방이나 집을 묘사하는 것은 그다지 좋아하지 않았다. 그래서 결국 내 동생 앨리의 야구 장갑에 대해 쓰기로 했다. 그것은 묘사하기에 적합한 소재였다. 정말 그랬다.

내 동생 앨리는 왼손잡이 야수의 장갑을 가지고 있었다. 그 앤 왼손잡이였다. 그 장갑에 대해서 무엇이 묘사할 만한가 하면, 앨리는 야구 장갑의 손가락이고 주머니이고 어디든 간에 시를 적어 놓았던 것이다. 녹색 잉크로 쓴 시였다. 그렇게 써놓으면 자기가 수비에 들어가서 타석에 아직 선수가 들어오지 않았을 때 읽을거리가 있어서 좋다는 것이다.

동생은 지금은 죽고 없다. 우리가 메인주에 살 때인 1946년 7월 18일에 백혈병으로 죽었다. 나보다 두 살 아래였지만 머리는 50배나 더 좋았다. 지독히 머리가 좋은 애였다. 선생들은 앨리 같은 학생이 자기 반에 있다는 것은 그지없는 기쁨이라고 어머니에게 편지를 띄웠었다. 그건 공연한 빈말이 아니었다. 그것은 그들의 진심이었다.

동생은 우리 집안에서 가장 머리가 좋았지만 그게 다는 아니었다. 여러 가지 점에서 그랬다. 인간성도 제일 좋았다. 그는 누구에게도 화를 낸 적이 없었다. 빨강머리를 가진 사람은 걸핏하면 화를 잘 낸다고들 하는데 앨리는 그렇지 않았다. 앨리의 머리칼은 굉장히 빨갰다. 어떤 종류의 빨강머리였는지 말해주겠다.

나는 열 살 때부터 골프를 치기 시작했다. 지금도 기억나는데 내가 열두 살 때의 여름이었다. 티에 얹힌 공을 막 치려던 순간, 지금 돌아보면 앨리의 모습이 보이겠지 하는 예감이 들었다. 뒤돌아보니 정말 앨리가 울타리 바깥에서 자전거를 타고 있었다. 그 골프장 주위에는 울타리가 둘러쳐져 있었다. 동생은 150야드 가량 떨어진 곳에서 내가 공 치는 모습을 지켜보고 있었던 것이다. 바로 그런 먼 거리에서도 보일 정도로 빨간 머리였다.

그런데도 동생은 참 착한 아이였다. 그 애는 곧잘 웃었다. 저녁 식사 때면 어떤 일을 생각해내고는 어찌나 웃어대는지 한 번은 의자에서 굴러 떨어질 뻔한 적도 있었다.

나는 그때 겨우 열세 살이었는데, 내가 차고의 유리를 모조리 박살내는 바람에 모두 내게 정신분석인가 뭔가 하는 것을 받게 하려 했다. 그렇다고 그들을 비난하려는 건 아니다. 정말 비난할 뜻은 없다. 동생이 죽은 날 밤 나는 차고 안에서 잤는데 주먹으로 창문을 모조리 때려부쉈던 것이다. 특별한 이유가 있던 건 아니다. 그저 그러고 싶었을 뿐이다. 그해 여름에 산 왜건의 유리까지 박살내려 했는데 이미 내 손은 형편없이 망가져 있었기 때문에 그럴 수가 없었다. 그런 짓을 하다니 참 어리석다는 것은 인정한다. 하지만 그때는 내가 무슨 짓을 하고 있는지조차 의식하지 못했다. 앨리를 모르니까 내 심정을 이해 못 할 거다.

지금도 손이 쑤실 때가 있다. 비가 오든가 하는 날이면 그렇다. 그리고 나는 완전한 주먹 모양을 만들 수가 없다. 주먹을 꽉 쥘 수 없다는 말이다. 그 밖에 불편한 것은 별로 없다. 어차피 외과의사나 바이올린 연주자가 될 생각은 없으니까.

내가 스트라드레이터의 작문에다 쓴 것은 그런 내용이었다. 사랑하는 앨리의 야구 장갑. 마침 나는 그걸 내 여행 가방에 간직하고 있었기 때문에 그것을 꺼내어 거기에 씌어 있는 시를 베꼈다. 다만 앨리의 이름은 다른 이름으로 바꿨다. 그 시가 스트라드레이터의 동생의 것이 아니라 내 동생의 것이라는 걸 아무도 모르게 하기 위해서였다. 사실 나는 그러고 싶지 않았지만, 달리 묘사할 소재를 생각해낼 수 없었다. 게다가 나는 그 야구 장갑에 대해 글을 쓰고 싶었다.

한 시간 가량 걸렸다. 왜냐하면 스트라드레이터의 지저분한 타자기를 써야 했는데, 그놈이 영 말을 듣지 않는 고물단지였기 때문이다. 내 것을 사용하지 않는 까닭은 아래층 홀에 있는 놈에게 벌써 빌려주었기 때문이다.

작문을 끝마친 시간은 열 시 반경이었을 것이다. 그다지 피곤하지 않았기 때문에 잠깐 창 밖을 내다보고 있었다. 눈은 더 이상 내리지 않고 이따금 어디선가 시동이 걸리지 않는 자동차 소리가 들렸다. 그리고 애클리 녀석의 코고는 소리가 들렸다. 샤워 커튼을 통해 그 소리가 들려왔다. 녀석은 축농증이 있어서 잠잘 때 숨쉬기가 불편했던 것이다. 그 녀석은 별의별 것을 다 가지고 있었다. 축농증, 여드름, 더러운 이빨, 구린내, 게다가 지저분한 손톱. 그 미친놈이 좀 불쌍하다는 생각을 잠깐 하지 않을 수 없었다.

6

　어떤 것은 좀처럼 기억해낼 수 없는 경우도 있다. 지금 내가 생각하는 것은 스트라드레이터가 제인과의 데이트에서 돌아오던 때의 상황이다. 복도를 걸어오는 그 녀석의 발자국 소리를 들었을 때 내가 무얼 하고 있었는지 통 생각나지 않는다. 아마 여전히 창밖을 내다보고 있었던 것 같지만, 정말이지 자세히 생각나지 않는다. 나는 그때 몹시 걱정하고 있었다. 그 때문에 무엇을 하고 있었는지 생각이 나지 않는 모양이다. 무슨 걱정이 생기면 나는 가만히 있질 못한다. 하다못해 욕실에라도 가야 한다. 하지만 실제로 가진 않는다. 너무 걱정이 되어서 갈 수가 없다. 내 걱정이 중단되는 것을 원치 않기 때문이다. 스트라드레이터에 대해서 아는 사람이라면 누구나 틀림없이 걱정했을 것이다. 나는 놈과 더블 데이트를 몇 번 해봤기 때문에 다 알고 하는 말이다. 그놈은 못된 짓을 예사로 하는 놈이다. 그건 정말이다.

복도에는 모두 리놀륨이 깔려 있어서 방으로 오는 발자국 소리를 분명히 들을 수 있었다. 그 녀석이 방안으로 들어왔을 때 내가 어디에 앉아 있었는지 모르겠다─ 창문가인지, 내 의자인지 아니면 놈의 의자인지 전혀 기억할 수 없다.

그 녀석은 밖이 몹시 춥다고 투덜대며 들어왔다. "다들 어딜 갔지? 이곳은 꼭 시체실 같군." 하고 녀석이 입을 열었다.

나는 대꾸하지 않았다. 토요일 밤이라 모두 외출했거나 자고 있고, 그것도 아니면 주말을 보내러 집에 갔다는 것조차 모르는 그런 바보 같은 놈에게 구태여 대꾸해줄 생각은 전혀 없었다. 녀석은 옷을 벗기 시작했는데, 제인에 대해서는 입도 뻥끗하지 않았다. 나 역시 한마디도 입에 담지 않았다. 다만 그 녀석의 거동만 살피고 있었다. 그 녀석이 한 말은 재킷을 빌려줘서 고마웠다는 말뿐이었다. 그는 그 옷을 옷걸이에 걸어서 옷장 안에 넣었다.

그런 다음 넥타이를 풀면서 작문은 썼느냐고 물었다. 그래서 그의 침대 위에 있다고 대답했다. 녀석은 침대 쪽으로 걸어가서 와이셔츠의 단추를 끄르면서 작문을 읽기 시작했다. 그는 선 채로 작문을 읽으면서 알몸이 된 가슴과 배를 쓰다듬었다. 바보 같은 표정을 지으면서. 녀석은 항상 자기 배나 가슴을 쓰다듬었다.

갑자기 녀석이 소리쳤다. "아니, 이럴 수가! 홀든, 이건 야구 글러브에 대한 얘기 아냐?"

"그래서 어떻단 말야?" 나는 아주 냉랭하게 말했다.

"어떻냐니, 무슨 소리야? 방이나 집에 대해 써달라고 했잖아?"

"묘사하는 문장을 써달라고 했잖아. 그래서 야구 글러브에 대해 썼는데 그게 어떻다는 거야?"

"제기랄!" 그는 정말 화가 나 있었다. "너는 항상 모든 것을 뒤죽박죽으로 한단 말이야." 그는 말을 끊고 나를 바라보더니 "그러니 학교에서 쫓겨나는 것도 당연하지. 한 가지 일도 제대로 하는 것이 없어. 단 한 가지 일도."라고 했다.

"그럼 도로 돌려줘." 하고 나는 그에게로 가서 그 녀석 손에서 종이를 빼앗아 그것을 갈기갈기 찢어버렸다.

"왜 그러지?" 하고 그가 물었다.

나는 대꾸조차 하지 않았다. 다만 그 종이 조각을 휴지통에 던져넣었을 뿐이다. 그러고는 침대에 벌렁 드러누웠다. 우리는 오랫동안 아무 말도 하지 않았다. 녀석은 거의 벌거벗은 채 팬티 바람으로 있었고, 나는 침대에 누운 채 담배에 불을 붙였다. 기숙사에서는 담배를 피우지 못하게 되어 있었다. 그러나 모두 잠들거나 외출해서 담배 냄새를 맡을 사람이 없는 늦은 시간에는 예외였다. 게다가 나는 스트라드레이터를 괴롭히고 싶었다. 녀석은 규칙을 어기면 미쳐버리는 놈이었다. 그 녀석은 기숙사에서 절대로 담배를 피우지 않았다. 담배를 피우는 사람은 오직 나 혼자뿐이었다.

그 녀석은 여전히 제인에 대해서는 일언반구도 비치지 않았다. 결국은 내가 입을 열었다.

"그 애는 아홉 시 반까지 외출 허가를 받았다더니, 꽤 늦게 들어왔네. 그 애의 귀가 시간도 늦게 만든 거 아냐?"

침대 끝에 앉아 발톱을 깎던 녀석이 말했다. "2, 3분쯤 늦었을까? 토요일 밤에 아홉 시 반까지만 외출 허가증을 떼어주는 사람이 어디 있어? 망할 자식 같으니!"

"뉴욕엔 갔었어?" 내가 말했다.

"너 돌았니? 그 애가 아홉 시 반까지 외출 허가를 받았는데 어떻게 뉴욕까지 갈 수 있었겠냐?"

"안됐군."

그가 내 얼굴을 쳐다보았다. "이봐!" 하고 그가 다시 말했다. "방 안에서 담배를 피우느니 차라리 세면장에 가서 피우는 게 어때? 너야 여기서 나갈 신세지만 나는 오래오래 붙어 있다가 졸업까지 해야 될 몸이니까."

나는 마이동풍이었다. 정말 그랬다. 나는 미친놈처럼 마구 담배를 피워댔다. 그러고는 옆으로 누워 녀석의 발톱 자르는 꼴을 지켜보았다. 학교랍시고 이건! 발톱을 자른다든가 여드름을 눌러 짠다든가 하는 꼴을 언제라도 구경할 수 있는 학교였다.

"내 안부 전해주었냐?" 내가 물었다.

"응."

잘도 전해줬겠다. 개새끼.

"뭐라고 그러든? 지금도 킹은 모조리 뒷줄에 늘어놓느냐고 물어봤어?" 내가 다시 물었다.

"아니, 그건 묻지 않았어. 우리가 저녁 내내 뭘 했다고 생각하니? 체커 따위나 했는 줄 알아?"

나는 들은 척도 하지 않았다. 정말 그 녀석이 미웠다.

"뉴욕에 가지 않았다면 그 앨 데리고 어딜 갔었냐?"

잠시 후 나는 다시 물었다. 목소리가 마구 떨리는 것을 어찌할 수가 없었다. 젠장! 나는 초조해지고 있었다. 무언가 우습게 되고 만 듯한 느낌이 들었던 것이다.

그 녀석은 발톱을 다 자르고 나자 팬티 바람으로 침대에서 일어나 이번에는 짓궂게 장난을 치기 시작했다. 내 침대 옆으로 와서 나를 향해 몸을 기울이는가 했더니 권투하듯이 장난 삼아 내 어깨를 치기 시작했다.

"그만둬." 하고 내가 말했다. "뉴욕에도 가지 않았으면 넌 그 애랑 어디 갔었는데?"

"아무 데도 가지 않았어. 다만 차 안에 있었어." 그는 다시 장난 삼아 펀치를 내 어깨에 먹였다.

"그만둬." 하고 나는 말했다. "누구 차 말야?"

"에드 뱅키의 차."

에드 뱅키는 펜시의 농구 코치였다. 스트라드레이터는 학교 팀의 센터였기 때문에 그에게 귀여움을 받는 선수 중의 하나였다. 그래서 스트라드레이터는 차를 쓸 일이 생기면 언제나 그의 차를 빌릴 수 있었다. 학생이 교직원의 차를 빌리는 것은 허용되지 않았지만 운동부 놈들은 하나같이 단결력이 강했다. 내가 다녀본 어느 학교에서든 운동부 놈들은 늘 단결되어 있었다.

스트라드레이터는 내게 계속 장난질을 했다. 손에 칫솔을 들고 있다가 그것을 입에 물고 그짓을 하는 것이었다.

"그래, 차 안에서 뭐 했냐?" 하고 내가 물었다. "에드 뱅키의 차 안에서 했니?" 내 목소리가 유별나게 떨리고 있었다.

"무슨 말을 그렇게 해? 그 주둥아리를 비누로 닦아줄까?"

"했어?"

"그건 직업상의 비밀에 속해. 닥쳐."

그 다음에 있었던 일은 잘 생각나지 않는다. 지금 기억나는 건 내가 세면장 같은 데 가는 척하면서 침대에서 일어난 일뿐이다. 다음 순간 있는 힘을 다하여 그 녀석의 목구멍이 찢어지라고 입에 물고 있는 칫솔을 후려갈겼다. 그러나 빗나가고 말았다. 명중시키지 못한 것이었다. 겨우 그 녀석의 머리 한 쪽을 때렸다. 조금은 아팠을 것이다. 그러나 내가 바라던 것만큼은 아프지 않았을 것이다. 꽤 아프게 할 수도 있었을 텐데 하필이면 오른손이 나갔던 것이다. 나는 오른손으로는 제대로 주먹질을 할 수 없는 형편이다. 전에도 말했지만 그 부상 때문이다.

어쨌든 다음으로 기억하는 것은 내가 마룻바닥에 나동그라졌고, 그 녀석이 얼굴이 벌겋게 상기된 채 내 가슴 위에 앉아 있었던 일이다. 녀석은 두 무릎으로 내 가슴을 누르고 있었는데 그 무게가 1톤은 되었다. 게다가 그 녀석이 내 손목을 쥐고 있어서 도무지 녀석을 때릴래야 때릴 수가 없었다. 그렇지만 않았어도 그 녀석을 죽여버렸을 것이다.

"대체 왜 이러는 거야?" 그 녀석은 이 말만 계속 되풀이했다. 그 바보 같은 얼굴은 점점 더 붉어지고 있었다.

"그 지저분한 무릎을 내 가슴에서 치우지 못해." 나는 고함치다시피 그에게 말했다. 정말 나는 고함을 지르고 있었다. "비켜! 비키지 못해! 이 지저분한 새끼야!"

그러나 그 녀석은 비키려고 하지 않았다. 녀석은 계속 내 손목을 쥐고 있었다. 나는 개새끼니 뭐니 하며 무려 열 시간 동안은 고함을 치고 있었다. 그때 한 말은 거의 기억에 없다. 인마, 너는 하고 싶으면 어떤 여자와도 할 수 있다고 생각하지, 하고 말했을 것이다. 그 애가 킹을 모조리 뒷줄에 늘어놓는다는 사실 같은 것은 전혀 문제삼지 않는 놈이 바로 너야, 라고도 말해주었을 것이다. 그런 데에 관심조차 없는 것은 바보천치이기 때문이라고 말했을 것이다. 그 녀석은 바보천치라고 하면 화를 냈다. 바보천치들이란 하나같이 남들에게 바보천치라는 말을 들으면 화를 내는 법이다.

"닥쳐! 홀든." 녀석의 커다란 얼굴이 붉게 달아올랐다. "닥쳐."

"넌 그녀가 제인인지 진인지도 모르는 바보천치란 말야."

"이제 닥쳐, 홀든. 이거 미치겠는데— 이제 경고한다." 하고 그가 말했다. 이제 그 녀석도 약이 올라 있었다. "입 닥치지 않으면 두들겨 팰 테다."

"네놈의 지저분한 바보 같은 무릎이나 치워!"

"놓아주면 닥칠래?" 나는 대구하지 않았다. 그 녀석은 다시 반복했다. "놓아주면 주둥아리 닥칠래?"

"응."

그 녀석은 나를 풀어주고 일어섰다. 나도 일어섰다. 녀석의 더러운 무릎 때문에 가슴이 지독히 아팠다. "너는 정말 더러운 바보천치야." 하고 나는 다시 말했다.

그러자 그 녀석은 정말 미쳐버렸다. 그 녀석은 크고 얼간이 같은 손가락을 내 얼굴 앞에다 흔들었다. "홀든, 이거 정말! 다시 한번 경고한다. 이게 마지막이야. 입 닥치지 않으면 내⋯⋯"

"미쳤다고 닥쳐?" 하고 내가 말했다. 나는 개처럼 깨갱거리고 있는 거나 마찬가지였다.

"그게 바로 너 같은 바보천지들의 문제야. 무엇이고 말로 하기를 싫어한단 말야. 그런 걸 보면 바보천치인지 아닌지를 구별할 수 있지. 무엇이건 지성적으로 토론하기를 싫어……"

그때 녀석은 정말 나를 두들겨 팼다. 다음 순간 내가 깨달은 것은 내가 바닥에 나가떨어져 있다는 사실이었다. 잠깐 기절했는지 어쩐지는 잘 기억할 수 없다. 그러나 지금 생각으로는 그렇지는 않았을 것이다. 영화에서라면 몰라도 그렇게 간단히 사람을 기절시킬 수는 없는 법이다. 하지만 코피가 줄줄 흐르고 있었다.

고개를 들어 위를 바라보니 스트라드레이터가 내 바로 위에 서서 내려다보고 있었다. 그 녀석은 세면도구를 겨드랑이에 낀 채 내려다보고 있었다.

"닥치라고 했는데 왜 닥치지 않느냐 말야." 좀 불안에 떠는 목소리였다.

내가 바닥에 나동그라졌을 때 혹시 두개골이라도 박살나지 않았나 해서 겁을 먹은 모양이었다. 유감스럽게도 박살은 나지 않았다. "네가 자청한 거야. 제기랄!" 하고 그 녀석이 말했다. 그러면서도 매우 근심스러운 표정이었다.

나는 애써 일어나려 하지 않았다. 그냥 그대로 잠시 바닥에 누워 있었다. 그러면서 계속 그 녀석에게 바보 멍청이라고 소리지르고 있었다. 나는 어찌나 화가 나는지 실상 고래고래 소리만 지르고 있었던 것이다.

"이봐, 가서 세수하고 와." 스트라드레이터가 말했다. "내 말 듣고 있냐?"

나는 네 천치 같은 얼굴이나 씻고 오라고 말했다. 그건 어린애같은 말이었지만 나는 지독히 화가 나 있었다. 또 세면장에 가면서 슈미트 부인하고도 한번 하고 가라고 말했다. 슈미트 부인이란 수위의 부인이었는데, 나이가 예순다섯 가량 되는 늙은이였다.

나는 그대로 바닥에 앉아 있었다. 마침내 스트라드레이터 놈이 문을 닫고 복도를 따라 세면장으로 내려가는 소리가 들렸다. 그제야 나는 일어섰다. 그놈의 사냥모자를 찾았지만 좀처럼 보이지 않았다. 그러다가 결국 모자를 찾았다. 침대 밑에 들어가 있었다.

그놈의 모자를 내가 흔히 하듯이 챙을 뒤로 돌리고 뒤집어썼다. 그러고는 거울 앞에 가서 내 바보 같은 몰골을 비추어 보았다. 평생 그런 피투성이는 보지 못했을 것이다. 입이고 턱이고 심지어 파자마와 목욕 가운까지도 온통 피투성이였다. 겁도 났지만 한편으로는 재미도 있었다. 피투성이가 되고 엉망진창이 된 것이 어딘가 나를 강인하게 보이게 했다. 나는 평생 두 번밖에 싸워본 적이 없다. 그런데 두 번 다 지고 말았다. 나는 그다지 강하지 못하다. 사실대로 말하자면 나는 평화주의자이다.

어쩌면 애클리 녀석이 이 소동을 모두 듣느라고 깨어 있을지도 몰랐다. 그래서 그 녀석이 무슨 짓을 하고 있나 보려고 샤워 룸의 커튼을 제치고 녀석 방으로 들어갔다. 내가 그의 방으로 건너간 적은 거의 없었다. 워낙 너저분해서 그의 방에서는 항상 고약한 냄새가 진동하기 때문이다.

7

샤워 룸의 커튼을 통해 한 가닥 불빛이 들어오고 있었는데, 그것은 우리 방에서 새어나오는 것이었다. 그래서 나는 애클리가 침대에 누워 있는 것을 볼 수 있었다. 그 녀석이 눈을 뜨고 있는 것을 뻔히 알 수 있었다.

"애클리, 깨어 있지?"

"그래."

매우 어두워서 바닥에 놓인 누군가의 구두를 밟고 하마터면 넘어질 뻔했다. 애클리는 어정쩡하게 일어나 앉아 팔에다 몸의 중심을 실었다. 얼굴에 무언가 흰 것을 잔뜩 바르고 있었다. 여드름 약이었다. 어둠 속에서 보니 꼭 도깨비 같았다.

"도대체 뭘 하고 있는 거야?" 하고 내가 말했다.

"뭐하고 있다니, 자려던 참인데 너희들이 소동을 벌였잖아. 도대체 왜 싸우냐?"

"전등은 어디 있니?" 나는 전기 스위치를 찾을 수 없어 벽의 한 면을 손으로 더듬으며 물었다.

"불은 켜서 뭐 해? 네 손 바로 옆에 있잖아."

결국 스위치를 찾아 불을 켰다. 애클리는 눈이 부신지 손으로 눈을 가렸다.

"저런! 어떻게 된 거야?" 그는 피범벅이 된 나를 보고 그렇게 말했다.

"스트라드레이터와 좀 싸웠어." 하고 말하며 나는 바닥에 주저앉았다. 그 방에는 의자가 하나도 없었다. 놈들이 의자로 무엇을 했는지 나는 알 길이 없었다.

"이봐, 나와 커내스터* 한 판 안 할래?" 하고 내가 말했다. 그 녀석은 커내스터 광이었다.

"넌 아직 피를 흘리고 있어. 뭘 좀 바르는 게 좋겠다."

"멎겠지 뭐. 이봐, 커내스터 한 판 안 하겠어?"

"커내스터? 도대체 지금이 몇 신 줄이나 알아?"

"아직 늦지 않았어. 겨우 열한 시나 열한 시 반일 텐데 뭐."

"겨우라니?" 하고 애클리가 말했다. "난 내일 아침 미사에 나가야 돼. 너희들은 한밤중에 소리소리 지르며 싸우기나 하지만. 근데 도대체 뭣 때문에 싸웠니?"

"얘기하자면 길어. 너를 지루하게 만들고 싶지 않아. 애클리, 너

---

* 두 벌의 트럼프로 하는 카드 놀이

를 위해서 하는 소리야." 하고 나는 말했다. 나는 이 녀석과 사적인 일에 대해 얘기한 적이 없었다. 무엇보다 이놈은 스트라드레이터보다 더한 바보천치였기 때문이다. 애클리에 비하면 스트라드레이터는 천재였다.

"어이." 하고 나는 입을 열었다. "나 엘리 침대에서 자도 괜찮겠니? 내일 저녁까진 안 돌아올 테니까." 엘리가 안 돌아올 것을 나는 잘 알고 있었다. 그는 주말마다 집에 가기 때문이다.

"엘리가 언제 돌아올지 누가 아니?" 하고 애클리가 말했다.

젠장! 이건 나를 화나게 하는 말이다. "언제 돌아올지 모른다니 그게 무슨 말이지? 엘리는 일요일 밤까지 돌아오지 않잖아?"

"그야 그렇지. 하지만 다른 사람이 그 애의 침대에서 자고 싶어한다고 내게 그걸 허락할 권리가 있는 건 아냐."

이 말엔 나도 야코가 죽었다. 나는 바닥에 앉은 자세로 손을 뻗어 가볍게 그 녀석의 어깨를 두들겼다. "넌 정말 왕자님이야, 애클리 자식. 너도 그 점은 알고 있지?" 하고 내가 말했다.

"관둬. 나는 진짜로 말하는 거야. 자도 좋다고 내 입으로 말할 순 없잖아?"

"넌 정말 왕자님이야. 신사에다 학자야." 하고 내가 말했다. 그는 정말 그 말 그대로였다. "근데, 너 혹시 담배 가지고 있니? 없다고 해. 있다고 하면 나는 기절해서 죽을 테니까."

"없어. 정말이라니까. 그건 그렇고 대체 왜 싸웠니?"

나는 대꾸하지 않았다. 나는 일어나 창문으로 가서 창 밖을 내다보았을 뿐이다. 갑자기 외톨이가 된 기분이었다. 죽고 싶었다.

"도대체 왜 싸웠냐니까?" 애클리가 다시 물었다. 벌써 쉰 번이나 물었을 것이다. 진짜 따분한 자식이었다.

"너 때문에. 나는 네 명예를 옹호했던 거야. 스트라드레이터 놈이 너를 지저분한 성격을 가진 놈이라고 말하더군. 그런 말을 함부로 하도록 놔둘 수는 없었지."

이 말을 듣자 그 녀석은 흥분했다. "그놈이 그랬어? 농담하는 거 아니겠지? 정말 그랬어?"

나는 농담이라고 말했다. 그러고는 엘리의 침대로 가서 누웠다. 정말 따분하고 외로웠다.

"이 방에선 썩는 냄새가 나는걸. 이렇게 멀찌감치서도 네 양말 냄새가 나는군. 생전 양말을 세탁소에 주지 않나 보지?" 하고 내가 말했다.

"이 방이 맘에 안 들면 어떻게 하면 되는지 알고 있겠지?" 하고 애클리가 말했다. 지독히 재치 있는 놈이었다. "그 불을 끄는 게 어때?"

나는 불을 당장 끄지는 않았다. 그대로 엘리의 침대에 누운 채 제인에 대한 온갖 것을 생각하고 있었다. 그 푹신한 에드 뱅키의 차를 어딘가에 세워놓고 그 안에 나란히 있었을 스트라드레이터와 그녀를 생각하니 정말 미쳐 죽을 것만 같았다. 그 생각이 떠오를 때마다 창 밖으로 뛰어내리고 싶었다. 나는 스트라드레이터가 어떤 놈인지 잘 안다. 펜시에 다니는 대부분의 자식들은 여자와 섹스를 해봤다고 입으로만 지껄인다. 예컨대 애클리가 그랬다. 그런데 스트라드레이터 놈은 실제로 그것을 한 놈이었다. 나는 그놈과 그짓을 한 여자들 중 적어도 두 명은 직접 알고 있다. 이건 거짓이 아니다.

"야, 인마. 신났던 네 인생 얘기 좀 들어보자." 내가 말했다.

"그놈의 불 좀 꺼. 난 내일 아침 미사 때문에 일찍 일어나야 된다니까."

나는 일어나서 불을 껐다. 그래야 그 녀석이 행복하다니 말이다. 그러고는 다시 엘리의 침대에 누웠다.

"너 어떻게 할 거야? 엘리의 침대에서 잘 거야?" 애클리가 말했다. 젠장! 제법 주인 행세를 하고 있잖아.

"그럴지도 모르고 그러지 않을지도 모르고. 걱정 마."

"걱정하는 게 아냐. 다만 엘리가 별안간 나타나서 자기 침대에 누군가가 누워 있는 것을 보게 되면…… 난 그게 싫단 말이야."

"안심해. 여기서 자지 않을 테니까. 너의 친절한 환대를 악용하지 않을게."

1, 2분이 지나자 그 녀석은 요란하게 코를 골기 시작했다. 그러나 나는 어둠 속에 누워, 에드 뱅키의 차 안에 있었던 제인과 스트라드레이터에 대한 생각을 지워버리려고 노력했다. 그러나 그것은 거의 불가능했다. 문제는 내가 그 녀석의 기교를 누구보다 잘 알고 있다는 점이었다. 그래서 더욱 괴로웠다.

한번은 에드 뱅키의 차 안에서 더블 데이트를 한 적이 있었다. 그때 스트라드레이터는 파트너와 뒷좌석에 있었고 나는 내 파트너와 앞좌석에 있었다. 정말 그 녀석의 기교는 대단했다. 어떻게 했는가 하면, 아주 부드럽고 성실한 목소리로 여자를 유혹하기 시작했다 — 자기는 미남일 뿐만 아니라 얌전하고 성실한 녀석인 것처럼. 그 목소리를 듣고 있자니 구역질이 나왔다. 상대편은 "안 돼 — 제발, 제발 그러지 마." 하고 말했지만 스트라드레이터는 에이브러햄 링컨 같은 성실한 목소리로 계속 유혹하고 있었다. 그러다 마침내 뒷좌석이 무섭게 조용해졌다. 이건 정말 어안이벙벙해질 일이었다. 그날 그 녀석이 그녀와 했다고는 생각지 않는다. 그러나 거의 그와 비슷한 짓까지는 했을 것이다.

이런 생각을 하지 않으려고 애쓰며 누워 있을 때 스트라드레이터가 세면장에서 돌아와 방으로 들어가는 소리가 들렸다. 너저분한 세면도구를 치우고 창문 여는 소리도 들을 수 있었다. 그 녀석은 맑은 공기라면 사족을 못 쓰는 놈이었다. 잠시 후 그는 불을 껐다. 그 녀석은 나는 찾아보려는 시늉조차 하지 않았다.

바깥 거리는 더욱 침통했다. 이제는 자동차 소리조차 들리지 않았다. 너무 고독하고 따분해서 나는 애클리 놈을 깨우고 싶은 생각마저 들었다.

"헤이! 애클리." 나는 커튼 저편의 스트라드레이터에게 들릴까 봐 속삭이듯 말했다.

애클리는 내 목소리를 듣지 못했다.

"야! 애클리!"

여전히 그 녀석은 듣지 못했다. 바위처럼 잠만 자고 있었다.

"야! 애클리!"

이번엔 그의 귀에 들리고야 말았다.

"왜 그래? 도대체 무슨 일이야. 자고 있는 사람더러." 그가 말했다.

"저 말야, 수도원에 들어가려면 어떡하는 거지?" 내가 물었다. 수도원에 갈까 하고 생각했기 때문이다. "천주교 신잔가 뭔가 하는 것이 되어야 하나?"

"물론 천주교 신자가 되어야지. 자식, 그따위 질문 때문에 날 깨우다니……"

"알았어. 그럼 자라구. 하여튼 난 수도원에 가진 않을 테니까. 나 같이 운 나쁜 놈은 수도원에 들어간다 해도 못된 수도승들만 와글거리는 곳에 가게 될 거야. 모두 바보 같은 놈들일 거야. 아니면 그냥 개새끼들뿐일 거고."

내가 이렇게 말하자 애클리는 침대에서 발딱 일어났다. "이봐." 하고 그가 말했다. "나한테는 뭐라고 지껄여도 괜찮지만, 내 종교에 대해서 빈정거리면 난 정말……"

"진정해. 아무도 네 종교에 대해 빈정거리지 않아." 하고 말하고 나는 엘리의 침대에서 일어나 문으로 걸어갔다. 더 이상 그런 바보 같은 분위기 속에서 빈들거리고 싶지 않았다. 그러나 발걸음을 멈춘 채 애클리의 손을 잡고 허위에 찬 요란한 악수를 해주었다. 그는 손을 뿌리쳤다.

"대관절 이건 뭐야?" 하고 그가 말했다.

"아무것도 아냐. 네가 워낙 훌륭한 왕자님 같아서 감사하고 싶다는 것뿐이야." 하고 내가 말했다. 나는 매우 성실한 목소리로 말했다. "넌 정말 에이스야, 애클리 자식, 너도 그걸 아니?"

"똑똑한 녀석, 그러다가 언젠가 또 어느 놈이 너의……"

나는 구태여 그 녀석의 말을 들으려 하지 않았다. 그대로 문을 쾅 닫고 복도로 나왔다.

모두 잠들었거나 외출했거나 아니면 주말이라 집에 가 있었다. 복도는 너무나 조용하고 따분했다. 리히와 호프만의 방 앞에는 콜리노스의 빈 치약 케이스가 있었다. 나는 계단 쪽으로 가면서 양가죽을 댄 슬리퍼로 그 빈 케이스를 걷어찼다. 나는 아래로 내려가서 맬 브로서드가 뭘 하고 있는지 알아보려고 했다. 그런데 갑자기 마음이 변했다. 갑자기 무엇인가를 결심한 것이다. 바로 그날 밤 안으로 펜시에서 도망치자는 것이었다. 수요일까지 기다리지 않겠다는 뜻이다. 더 이상 우물쭈물하고 싶지 않았다. 너무나 슬프고 외로웠기 때문이다. 그런 다음 내가 우선 할 일은 뉴욕에 가서 호텔에 드는 것이었다. 아주 값싼 호텔 같은 것을 잡는다. 그리고 수요일까지 푹 쉬는 것이다. 수요일이 되면 원기왕성해져서 집으로 돌아가는 것이다.

퇴학 처분을 알리는 서머 교장의 편지는 화요일이나 수요일은 되어야 부모님 손에 닿을 것이다. 부모님이 그 편지를 받고 완전히 알고 난 다음에야 집에 들어가겠다. 그 편지가 도착할 즈음에 집에 들어가 부모님 근처에서 어슬렁거리고 싶지는 않았다. 엄마는 히스테리가 굉장히 심하신 분이다. 그러나 다 알고 난 후 사태를 받아들이고 나면 그다지 날뛰진 않는 분이다. 게다가 나는 얼마간의 휴식이 필요했다. 신경을 너무 혹사했기 때문이다.

어쨌든 내가 결심한 것은 그런 것이었다. 그래서 방으로 되돌아가 불을 켜고 짐을 꾸리기 시작했다. 이미 많은 것을 꾸려 놓은 상태였다. 스트라드레이터 녀석은 눈도 뜨지 않았다. 나는 담배에 불을 붙이고 옷을 입고 나서 내가 가진 두 개의 여행 가방에다 짐을 꾸렸다. 겨우 2분 걸렸다. 나는 짐 꾸리는 데 명수였다.

짐을 꾸리다 보니 한 가지 일로 인해 침울해졌다. 그건 엄마가 며칠 전에 보내준 새 스케이트를 꾸려야 했기 때문이다. 그건 정말 나를 침울하게 만들었다. 스폴링 운동구점에 들어가 판매원에게 이것저것 바보스러운 질문을 해대는 엄마의 모습이 눈에 선했다. 그런데 나는 또다시 퇴학을 당했으니. 이건 꽤 슬픈 일이었다. 엄마는 번지수가 다른 스케이트를 사 보내셨지만—나는 경주용 스케이트를 원했는데 엄마는 하키용을 사 보냈다—어쨌든 그것은 나를 슬프게 했다. 누군가 나에게 선물을 줄 때마다 항상 슬픈 결과로 끝나기 일쑤이다.

나는 짐을 꾸리고 난 다음 돈을 헤아려보았다. 정확히 얼마가 있었는지 기억나지 않지만 꽤 많은 돈을 가지고 있었다. 1주일 전에 할머니가 큰 돈을 보내주셨던 것이다. 나에겐 돈을 흥청망청 쓰는 할머니가 계시다. 이제 굉장히 늙어서 합죽 할멈이 되었지만 1년에 네 번이나 생일을 축하한다며 돈을 보내주셨다. 나는 꽤 많은 돈을 가지고 있었지만 그래도 언제 비상금이 필요하게 될지 모른다고 생각했다. 정말 그건 절대로 알 수 없는 일이다.

그래서 복도 저쪽에 있는 프레드릭 우드러프에게 가서 그 녀석을 깨웠다. 내 타자기를 빌려간 놈이었다. 나는 그에게 내 타자기를 얼마에 사겠느냐고 물었다. 그 녀석은 꽤 부자였다. 그런데도 그는 모르겠다고 말하는 것이었다. 게다가 그다지 사고 싶지도 않다는 것이다. 그러나 결국 그 녀석이 사주었다. 90달러 가량 주고 산 물건인데, 그 녀석이 나한테 내놓은 것은 단돈 20달러였다. 그 녀석은 자는

84

데 깨웠다고 투덜거렸다.

떠날 준비를 모두 마치고 가방 따위를 모조리 손에 들고는 다시 계단 옆에 서서 마지막으로 복도의 저쪽 끝까지 바라보았다. 울고 싶었다. 왜 그랬는지 지금도 모른다. 나는 빨간 사냥모자를 내가 좋아하는 식으로 모자 챙을 뒤로 돌려 쓰고 있는 목청을 다하여 큰 소리로 외쳤다. "이 바보들아, 잘들 자거라!"

2층에 있는 놈들은 모두 눈을 떴을 것이다. 그러고 나서 나는 뛰었다. 어떤 병신 같은 놈이 땅콩 껍질을 계단에다 버렸기 때문에 하마터면 모가지가 부러질 뻔했다.

8

시간이 너무 늦어 택시고 뭐고 부를 수가 없었다. 그래서 역까지 줄곧 걸었다. 역까지는 그다지 멀지 않았지만, 날씨가 지독히 추운 데다 눈 때문에 걷기가 힘들었다. 게다가 여행 가방이 두 다리에 걸리적거렸다. 그러나 밤 공기가 상쾌했다. 한 가지 문제는 추위 때문에 코가 얼얼해지고 스트라드레이터에게 한 대 맞은 윗입술이 아파 온다는 것이었다. 그 녀석이 이빨을 덮고 있는 윗입술을 정통으로 때렸던 것이다. 거기가 지독히 아팠다. 그러나 양쪽 귀는 말짱했고 따뜻했다. 내 모자에 달린 귀마개를 이용했던 것이다. 내 모습이 어떨까 하는 것에는 신경도 쓰지 않았다. 주위에는 아무도 없었다. 모두가 잠자리에 들었기 때문이다.

역에 닿았을 때 나는 운이 좋았다. 10분만 기다리면 열차가 올 예정이었다. 기차를 기다리는 동안 나는 눈을 약간 집어 얼굴을 닦았다. 아직 피가 잔뜩 묻어 있었다.

나는 언제나 기차 타기를 좋아한다. 특히 야간열차가 좋다. 불이 켜 있고, 창문은 먹지처럼 까맣고, 판매원이 통로를 지나가면서 커피나 샌드위치나 잡지를 팔기 때문이다. 나는 보통 햄 샌드위치를 한 개 사고 잡지를 네 권 가량 산다. 야간에 열차를 타면 그런 잡지에 실린 지루한 소설도 그럭저럭 읽게 된다. 왜 그런 거 있지 않은가? 엉터리 같고 턱이 홀쭉한 데이비드라는 놈과 항상 그놈의 파이프에 불을 붙여주는 린다니 마르시아니 하는 여자들이 등장하는 소설 말이다. 그런 지저분한 소설도 밤차 안에서는 읽을 수 있다. 그런데 이번엔 사정이 달랐다. 전혀 읽고 싶지 않았다. 나는 아무것도 하지 않고 그냥 앉아 있었다. 내가 한 것이라곤 사냥모자를 벗어 주머니에 집어넣은 것뿐이었다.

그런데 뜻밖에도 한 부인이 트렌턴에서 차에 오르더니 내 옆에 자리를 잡았다. 너무 늦은 시간이어서 차 안은 텅 비어 있었다. 그런데도 그 부인은 빈 자리에 가 앉지 않고 내 옆자리에 앉는 것이었다. 그 여자는 큰 가방을 가지고 있었고 나는 앞쪽에 앉아 있었기 때문이다. 그 부인은 가방을 통로 한가운데다 놓아 두었다. 그러니 차장이나 승객은 누구든 그것을 뛰어넘어 지나 다녀야 했다. 그 부인은 방금 큰 파티에라도 갔다온 것처럼 난초꽃을 달고 있었다. 나이는 마흔에서 마흔대여섯 살쯤 되어 보였는데, 굉장한 미인이었다. 나는 여자라면 꼼짝 못 한다. 그건 정말이다. 그렇다고 과잉성욕자 따위는 아니다. 내가 꽤 섹시한 건 사실이지만. 난 그저 여자들을 좋아할 뿐이다. 여자들은 항상 그놈의 가방을 통로 한가운데에 내버려두기 일쑤이다.

어쨌든 그렇게 앉아 있었는데, 갑자기 그녀가 나에게 말을 걸었다. "실례합니다. 저건 펜시 고등학교 스티커가 아닌가요?" 이렇게 말하면서 그녀는 시렁 위에 올려놓은 내 여행 가방을 올려다보았다.

"네, 그런데요." 하고 내가 대답했다. 그녀의 말이 맞다. 내 여행 가방 위에는 펜시의 스티커가 하나 붙어 있었다. 정말 바보 같은 짓이었다.

"그럼 펜시에 다니나요?" 좋은 음성이었다. 전화에 알맞은 목소리였다. 그녀는 전화를 휴대하고 다녀야 할 것이다.

"네, 그렇습니다." 내가 말했다.

"어머! 이럴 수가! 그럼 우리 아들을 알겠네. 어니스트 모로라는 학생? 펜시에 다니지."

"네, 압니다. 우리 반입니다."

그녀의 아들은 펜시 고등학교의 창립 이래 처음 보는 최고 얼간이 학생이었다. 샤워를 마치고 복도를 걸어오면서 축축한 수건으로 사람들의 엉덩이를 후려갈기곤 하는 작자였다. 그놈은 바로 그런 잡놈이었다.

"참 잘됐군!" 하고 그녀가 말했다. 그 말투는 전혀 따분하지 않았다. 그냥 애교에 찬 말투였다. "우리가 만났다는 말을 어니스트에게 해야겠어." 하고 말하고는 다시 "그럼 이름이 뭐지?" 하고 물었다.

"루돌프 슈미트라고 합니다." 하고 나는 대답했다. 나는 그녀에게 내 신상을 밝히고 싶지 않았다. 루돌프 슈미트는 우리 기숙사 수

위 아저씨의 이름이었다.

"펜시를 좋아하나?" 하고 그 부인이 물었다.

"펜시 말입니까? 그다지 나쁘진 않아요. 천국 같은 곳은 아니지만 대부분의 학교하고 마찬가지겠지요. 몇몇 선생님은 꽤 양심적이거든요."

"어니스트는 입에 침이 마르도록 학교를 칭찬하던데."

"그럴 겁니다." 내가 말했다. 그런 다음 약간 허튼소리를 늘어놓기 시작했다. "어니스트는 무슨 일에도 잘 적응합니다. 정말입니다. 적응하는 방법을 잘 알고 있다는 뜻입니다."

"그래?" 내 말에 지독히 흥미를 느끼는 듯한 음성이었다.

"어니스트 말입니까? 그렇다니까요." 하고 내가 말했다. 다음 순간 그녀가 장갑을 벗는 것을 보았다. 아이쿠! 손가락에는 보석투성이였다.

"차에서 내리다가 손톱을 다쳐서……" 하고 그녀가 말했다. 그러고는 나를 쳐다보고 미소를 지었다. 그 미소는 기막히게 멋진 미소였다. 그건 정말이다. 대부분의 인간들은 미소를 전혀 짓지 않거나, 짓는다 해도 천박한 미소에 불과하다. "어니스트의 아버지와 나는 자주 그 애에 대해 걱정한단다." 하고 그녀가 말했다. "그 앤 친구들과 잘 어울리지 못할 거라는 생각이 들거든."

"무슨 말씀이시죠?"

"글쎄, 그 앤 아주 예민한 아이야. 다른 아이들과 잘 어울린 적이 한 번도 없어. 나이에 비해 사물을 지나치게 진지하게 받아들이거든."

예민하다니! 사람 죽이는군! 그 모로 자식이 예민하다면, 화장실의 변기도 그만큼은 예민할 거다.

나는 그녀를 자세히 쳐다보았다. 그녀는 바보 같은 여자로 보이지는 않았다. 자기 아들이 얼마나 얼간이인가 하는 정도는 깨달을 만한 엄마의 얼굴이었다. 그러나 그것은 알 수 없는 일이다. 이 세상의 엄마란 누구나 약간씩은 머리가 돈 존재이다. 그러나 나는 모로의 엄마가 마음에 들었다. 괜찮은 여자였다. "담배 한 대 피우시겠습니까?" 하고 내가 물었다.

그녀는 주위를 둘러보았다. "루돌프, 이곳은 흡연실이 아닌 것 같아." 그녀가 말했다. 루돌프? 이건 정말 죽이는 말이었다.

"괜찮습니다. 사람들이 고함지를 때까지 피우다가 끄면 됩니다." 하고 내가 말했다. 내가 내민 담배를 한 개비 뽑길래 불을 붙여주었다.

담배 피우는 그녀의 모습은 아주 멋있었다. 그 나이 또래의 다른 여자들처럼 연기를 빨아당기기가 무섭게 삼키지 않았다. 매력이 넘치는, 정말 성적 매력이 물씬물씬 풍기는 여자였다.

그녀는 나를 약간 우습다는 듯이 바라보았다. "내가 잘못 보았는지 모르지만 학생의 코에서 피가 흐르는 것 같아." 하고 그녀가 갑자기 말했다.

나는 고개를 끄덕이며 손수건을 꺼냈다. "눈덩이에 맞았어요. 완전히 얼음 덩어리에 말이에요." 하고 말했다. 사실을 이야기하고 싶기도 했지만, 그러려면 시간이 오래 걸릴 것 같았다. 어쨌든 나는 그녀가 좋았다. 내 이름을 루돌프 슈미트라고 말한 것이 조금씩 후회스러워졌다. "저 어니스트 이야긴데요. 그 애는 펜시에서 제일 인기 있는 학생에 속합니다. 아세요?"

"아니, 모르고 있었어."

나는 고개를 끄덕였다. "사실 누구든 그 애를 아는 데 긴 시간이 걸립니다. 좀 우스운 아이지요. 여러 가지 면에서 괴상하지요. 제 말 뜻을 아시겠어요? 제가 처음 그 애를 만났을 땐 그랬어요. 처음 보았을 때 좀 건방져 보이더군요. 그게 제가 느낀 인상이었습니다. 그런데 사실은 그렇지 않더군요. 단지 독특한 개성을 가지고 있어서 이해하는 데 시간이 걸렸어요."

모로 부인은 아무 말도 하지 않았다. 정말 그때 그녀의 모습을 봤어야 한다. 나는 그녀를 좌석에 얼어붙게 만들었던 것이다. 엄마란 존재는 다 마찬가지여서 자기 아들이 얼마나 똑똑한가 하는 이야기를 듣고 싶어하는 법이다.

그런 다음 나는 정말 허튼소리를 마구 늘어놓았다. "어니스트가 선거 이야기를 하지 않던가요? 반장 선거 말이에요."

그녀는 고개를 저었다. 나는 그녀를 최면에 빠뜨렸던 것이다. 말하자면 그렇다.

"저, 우리 반 학생의 대부분은 어니스트가 반장이 되기를 바랐어요. 만장일치로 그 애를 선출하려 했던 거예요. 반장 일을 맡을 사람은 어니스트밖에 없었다는 말입니다." 하고 말했다. 지독히 꾸며댔던 것이다. "그런데 난데없이 해리 펜서라는 학생이 선출되었어요. 그 애가 선출된 이유는 간단해요. 어니스트가 자기가 지명되는 것을 허용하지 않았다 이겁니다. 그 앤 수줍어하고 겸손하기 때문입니다. 그 애가 거절했다니까요. 그 앤 너무 수줍어해요. 그 점을 극복하도록 어머니께서 노력하셔야 할 겁니다." 여기까지 얘기하고 나는 부인의 얼굴을 쳐다보았다. "그런 얘기 하지 않던가요?"

"아니, 전연."

나는 고개를 끄덕였다. "어니스트답군요. 그 앤 그런 말을 하지 않을 겁니다. 그것이 그 애의 유일한 결점이죠. 너무 수줍고 겸손한 것 말입니다. 이따금 마음을 느긋하게 먹도록 어머니께서 도와주셔야 할 겁니다. 그건 정말입니다."

마침 그때 차장이 와서 모로 부인의 차표를 검사했다. 나는 그 기회를 포착하여 지껄이기를 그쳤다. 그러나 잠시나마 그런 엉터리 이야기를 지껄이게 된 것을 잘된 일이라고 생각했다. 언제나 젖은 수건으로 남의 엉덩이나 후려갈기는 모로 같은 놈을 생각해보라. 그놈은 정말 사람을 해치려 드는 놈이다. 그런 놈은 어렸을 때만 쥐새끼 같은 게 아니라 평생 쥐새끼 같은 인간으로 남는 법이다. 그러나 내 허튼소리를 듣고 난 후부터 모로 부인은 그 자식을 우리가 반장으로 지명하려 해도 그것을 허용치 않을 만큼 매우 수줍고 겸손한 놈이라고 생각할 것이다. 아마 그럴 것이다. 확실히는 알 수 없지만…… 세상의 엄마란 이런 문제에는 그다지 예민하지 못한 법이다.

"칵테일 같은 거 드시고 싶지 않으세요?" 내가 부인에게 물었다. 한잔 하고 싶었기 때문이다. "사교칸에 가면 될 거예요. 어떻습니까?"

"술을 주문해도 될까?" 하고 부인이 나에게 물었다. 그러나 그 부인은 너무나 매력적이어서 그런 질문도 불쾌하지 않았다.

"엄밀히 따지면 안 되죠. 하지만 이렇게 키가 큰 데다가 흰 머리칼도 많거든요." 나는 옆으로 얼굴을 돌려 흰 머리칼을 그녀에게 보여주었다. 그녀는 정말 감탄하는 것이었다. "같이 가시죠. 괜찮지요?" 하고 내가 말했다. 그녀와 함께 있을 수 있다면 아주 좋을 것 같았다.

"나는 그만두는 게 좋겠어. 고맙기는 하지만." 그녀가 말했다. "어쨌든 사교칸은 틀림없이 닫혀 있을 거야. 시간이 너무 늦었으니까." 정말이었다. 나는 시간 가는 줄도 모르고 있었던 것이다.

다음 순간 그녀는 나를 쳐다보았다. 그러고는 그녀가 묻지 않을까 걱정하던 것을 물었다.

"어니스트의 편지로는 수요일에 돌아오는 걸로 되어 있던데, 크리스마스 휴가는 수요일부터라고……" 하고 말을 했다. 그리고 곧 이어서 "설마 가족 중의 누가 아파서 갑자기 불려가는 것은 아니겠지?" 하면서 그야말로 걱정스러운 표정을 지었다. 그녀는 남의 일에 대해 캐묻는 여자는 아니었다. 그건 분명했다.

"아닙니다. 모두 잘 계십니다. 문제는 저예요. 수술을 받아야 하거든요."

"어머! 그거 안됐군." 부인이 말했다. 그건 진심에서 나온 말이었다. 나는 그런 말을 한 것을 이내 후회했다. 그러나 이미 때는 늦었다.

"그다지 중한 것은 아닙니다. 뇌에 조그만 종양이 생겼을 뿐입니다."

"저런!" 그녀는 손으로 자신의 입을 막았다.

"괜찮을 겁니다. 그건 뇌의 바깥쪽 가까이에 있어요. 아주 작은 종양입니다. 떼어내는 데 2분이면 될 겁니다."

그러고 나서 나는 주머니에 넣어둔 시간표를 읽기 시작했다. 이 젠 거짓말을 그만 하기 위해서였다. 일단 거짓말을 시작했다 하면 나는 몇 시간이라도 계속할 수 있다. 이건 농담이 아니다. 정말 몇 시간이고 문제 없다.

그 후 우리는 별로 이야기를 하지 않았다. 그녀는 가지고 있던 《보그》라는 잡지를 읽기 시작했고 나는 잠시 차창 밖을 내다보았다. 그녀는 뉴워크에서 내렸다. 내리면서 수술이 순조롭기를 빈다 고 인사를 하는 것이었다. 그녀는 계속 나를 루돌프라고 불렀다. 그 리고 여름방학에 어니스트를 방문하라고 초대했다. 매사추세츠주 그로체스터에 산다고 했다. 집은 바닷가에 있고 테니스 코트를 비 롯해서 무엇이든 다 있다고 했다. 나는 고맙지만 할머니와 남미로 가게 되어 있다고 대답했다. 지독한 허풍이었다. 왜냐하면 할머니 는 낮에 하는 공연에나 가는 것말고는 집 밖에 나가는 법이 거의 없 었기 때문이다. 내가 아무리 절망에 빠진다 해도, 세상 돈을 다 준대 도, 그 개새끼 같은 모로 녀석은 결코 방문하지 않을 것이다.

9

펜역에 내리자마자 나는 공중전화 부스에 들어갔다. 누군가에게 전화를 걸고 싶었다. 나는 안에서도 보이도록 가방을 전화 부스 바로 옆에 놓았다.

그런데 안에 들어가자 누구에게 전화를 걸어야 할지 생각나지 않았다. 형 D.B.는 할리우드에 있었고, 누이동생 피비는 아홉 시경에 잠자리에 들기 때문에 그 애에게 전화할 수도 없었다. 그 애를 깨워도 별 문제는 없지만 곤란한 것은 그 애가 전화를 받지 않을 수도 있다는 점이었다. 아버지나 엄마가 먼저 전화를 받을지 모른다. 그러니 그것은 다 틀려버린 노릇이었다.

다음에는 제인 갤러허의 엄마에게 전화해서 제인의 휴가가 언제부터냐고 묻고 싶었다. 그러나 그러고 싶지 않았다. 게다가 전화하기엔 너무 늦은 시간이었다.

전에 자주 같이 다녔던 샐리 헤이스라는 애를 불러볼까 하는 생각도 들었다. 그녀의 크리스마스 휴가가 이미 시작되었다는 것은 알고 있었다. 그녀는 긴 엉터리 편지를 나에게 띄워 크리스마스 이브에 크리스마스 트리를 만들려고 하는데 와서 도와달라고까지 했던 것이다. 그러나 이번에도 그녀의 엄마가 받을 것 같았다. 그녀의 엄마는 우리 엄마와 친한 사이였기 때문에 전화통으로 급히 달려가서 당신 아들이 뉴욕에 와 있다고 우리 엄마에게 알릴 모습이 눈에 선했다. 게다가 헤이스 부인과 전화로 이야기하고 싶지 않았다. 언젠가 그 부인은 샐리에게 내가 난폭하다고 말한 적이 있었다. 난폭한 데다 인생의 방향을 못 잡고 방황하고 있다는 이야기를 딸에게 했던 것이다.

다음으로 내가 후턴 고등학교에 다닐 때 그 학교에 있던 칼 루스라는 놈에게 전화할까 생각해보았지만 그놈은 별로 마음에 들지 않았다. 결국 나는 아무한테도 전화하지 않았다. 나는 20분 정도 전화 부스에 있다가 다시 나와서 가방을 들고 택시가 있는 터널까지 걸어가서 택시를 한 대 잡았다.

나는 얼떨떨한 상태였다. 운전기사에게 우리 집 주소를 댔던 것이다. 아마 습관 때문이었을 것이다. 2, 3일 호텔에 처박혀 휴가가 시작될 때까지 집에 가지 않겠다던 계획을 까맣게 잊고 있었다. 내가 그것을 알아차렸을 때 차는 이미 공원 중간쯤을 달리고 있었다. "아저씨, 차를 돌릴 수 있는 곳에서 좀 돌려주지 않겠어요? 주소를 잘못 말했어요. 시내로 돌아가고 싶군요."

운전기사는 좀 약은 사람이었다. "여기서는 회전이 안 돼요. 일방

통행이니까. 여기서는 결국 90번가까지 가야 돼요."

나는 다투고 싶지 않아서 좋다고 말했다. 그때 갑자기 무언가 머리를 스쳤다. "이봐요, 아저씨. 저 센트럴 파크 남쪽에 있는 연못의 오리 있잖아요? 그 작은 호수 말이에요. 그 연못의 물이 얼면 오리들이 어디로 가는지 아시나요? 이상한 것을 질문하는 것 같지만 혹시 알고 계세요?" 나는 그가 알고 있을 가능성은 백만 분의 일이라고 믿었다.

운전기사는 몸을 돌려 나를 바라보았는데, 마치 미친 사람이라도 바라보듯 했다. "무슨 짓을 하려는 거지? 날 놀리는 건가?" 하고 그가 말했다.

"아뇨, 그런 것에 흥미가 있어서요."

그는 더 이상 아무 말도 하지 않았다. 나도 가만히 있었다. 그러는 동안 차는 공원을 지나 90번가에 다다랐다. 그러자 운전기사는 "자, 어디로 갈까요?" 하고 물었다.

"실은 이스트 사이드 근처 호텔엔 들고 싶지 않군요. 아는 사람이라도 만나면 곤란해요. 아무도 모르게 여행하고 있는 중이니까요." '아무도 모르게 여행한다'는 말은 쓰고 싶지 않았다. 그러나 진부한 것들과 함께 있을 때는 나 역시 김빠진 짓을 하곤 한다. "혹시 지금 태프트나 뉴요커 극장에 어떤 밴드가 출연하는지 아세요?"

"모르겠는데."

"그럼 에드몬트 호텔로 데려다 주세요." 하고 나는 말했다. "도중에 차를 세워놓고 칵테일 한잔하지 않으실래요? 내가 사죠. 돈은 있으니까요."

"그건 안 되겠어요. 미안해요." 그 운전기사는 제법 말상대가 되는 인물이었다. 성격도 괜찮았다.

우리는 에드몬트 호텔에 당도했다. 나는 그곳에 머무르기 위한 수속을 마쳤다. 나는 차에 있을 때는 별 의미도 없이 빨간 사냥모자를 쓰고 있었지만, 호텔에 들어갈 때는 그것을 벗었다. 괴상한 인간으로 보이기 싫어서였다. 그런데 어처구니없는 일이 전개되고 있었다. 그때는 미처 몰랐지만 그 호텔은 변태와 얼간이로 가득 차 있었다. 괴상한 놈들이 우글대고 있었다.

내가 든 방은 더럽기 짝이 없었다. 창문 밖으로 볼 수 있는 것은 오직 그 호텔의 후면뿐이었다. 나는 너무나 의기소침해져서 전망이 좋은지 나쁜지조차 분간하지 못했다. 나를 방으로 안내한 벨보이는 예순다섯은 되어 보이는 늙은이였다. 이 늙은이는 그 방보다 더 초췌해 보였다. 대머리를 감추기 위해 머리칼을 한쪽에서 반대쪽으로 빗는 그런 대머리들의 축에 끼는 사람이었다. 나 같으면 그런 수고를 하느니 차라리 대머리로 다닐 텐데…… 어쨌든 예순다섯도 더 된 사람에게 이 얼마나 화려한 직업인가! 손님의 가방을 들어다 주고 손님에게서 팁을 기대하다니. 그다지 머리가 좋지 않은 늙은이라는 생각이 들었지만 어쨌든 끔찍한 일이었다.

벨보이가 나간 후 나는 외투를 걸친 채 잠시 창 밖을 내다보았다. 나에겐 별로 할 일이 없었기 때문이다. 그런데 호텔 맞은편 방에서 벌어지는 어떤 광경을 목격하게 되었다. 아마 그 광경을 본 사람이면 누구나 다 깜짝 놀랐을 것이다. 놈들은 커튼을 내릴 생각도 하지 않았다. 머리가 허옇게 세고 의젓해 보이는 한 남자가 팬티 바람으로 어떤 짓을 하고 있었다. 아마 내가 말해도 믿지 않을 것이다.

그 남자는 먼저 가방을 침대 위에 내려놓았다. 그런 다음 그 가방에서 여자 옷을 꺼내더니 그것들을 입었다. 실크 스타킹, 하이힐, 브래지어, 게다가 여러 가지 끈이 달린 코르셋을 입는 것이었다. 이번에는 그 위에 몸에 꽉 끼는 이브닝드레스를 입었다. 이건 정말이다. 맹세코 거짓이 아니다. 그러고는 방안을 이리저리 왔다갔다 하는 것이었다. 여자의 걸음걸이처럼 작은 스텝으로 말이다. 그리고 담배를 피우면서 거울 속의 자신을 들여보았다. 그도 나처럼 혼자였다. 누가 화장실에 있었다면 별 문제지만. 그것까지는 볼 수 없었다.

다음에는 그 여장 남자의 방에서 비스듬히 위쪽으로 위치한 방이었다. 그 창가에서는 한 쌍의 남녀가 서로 입에서 물을 뿜어내고 있었다. 물이 아니라 하이볼이었는지도 모른다. 유리잔에 든 것이 무엇인지는 알 수 없었다. 우선 남자가 한 모금 마시고 그것을 여자를 향해 뿜으면 다음에는 여자가 남자에게 뿜어댔다. 그짓을 교대로 하고 있었다. 한마디로 볼 만했다. 세상에 이렇게 재미있는 일이 어디 있냐는 듯이 그야말로 히스테리컬하게 그 짓을 계속하는 것이었다. 이건 거짓말이 아니다. 그놈의 호텔에는 변태들이 우글거렸다. 그곳에서 정상적인 인간은 아마 나 혼자뿐이었을 것이다. 이건 지나친 말이 아니다. 하마터면 스트라드레이터 놈에게 전보를 쳐서 첫차로 뉴욕에 오라고 할 뻔했다. 그놈이 왔다면 이 호텔의 왕자가 되었을 것이다.

문제는 그런 너절한 짓이 이 세상에서 자취를 감췄으면 하고 간절하게 소망하면서도 구경거리가 된다는 점이다. 예컨대 얼굴에 온통 물벼락을 맞고 있는 그 여자가 꽤 미인이라는 뜻이다. 그게 큰 문제였다. 내 생각에 나는 최고의 색골인 것 같다. 나도 기회가 있을 때면 지독하게 지저분한 일을 생각하기도 한다. 여자와 서로의 얼굴에 물을 뿜어대는 그런 지저분한 일에서도 재미를 느낄 것이다. 게다가 둘 다 곤드레만드레가 되었을 때는 정말 재미있으리라는 것도 알 수 있다.

그러나 문제는 내가 그런 착상을 좋아하지 않는다는 점이다. 분석해보면 그런 짓거리에서 악취가 풍긴다. 좋아하지 않는 여자와는 어울려 놀아서는 안 되며, 정말 좋아하는 경우에는 그 좋아하는 사람의 얼굴에다 물을 뿜어대는 지저분한 짓거리는 삼가야 한다고 생각한다. 그런데도 그런 지저분한 짓거리가 때로 지독히 재미있다는 것이 문제다. 남자가 지저분하게 굴지 않으려고 노력할 때, 다시 말해서 정말로 좋은 것을 망치지 않으려고 노력할 때, 여자라는 존재는 별로 도움이 되지 못한다. 2, 3년 전에 한 여자애를 알았는데, 그 애는 나보다 더 지저분했다. 정말 지저분했다. 그러나 그 애 덕분에 한동안 무척 재미있게 보냈던 건 사실이다. 지저분하다는 의미에서 그랬다는 말이다.

섹스는 내가 확실히 이해하지 못하는 그 무엇이다. 자신이 어디에 와 있는지 모르게 하는 것이 그것이다. 나는 밤낮 섹스에 관한 규칙을 만들면서도 이내 그 규칙을 어기고 만다. 작년의 일이다. 나는 골 때리는 여자애들하고는 절대로 어울리지 않겠다고 규칙을 정했는데, 그 주일이 채 가기도 전에 규칙을 어겼던 것이다. 사실은 바로 규칙을 만든 그날 밤에 규칙을 어겼다. 그날 밤 나는 애니 루이스 셔

먼이라는 이만저만 엉터리가 아닌 여자애와 밤새도록 끌어안고 지냈던 것이다. 섹스란 도무지 알다가도 모를 것이다. 맹세코 알 수 없다는 말이다.

나는 그곳에 선 채 제인에게 전화를 걸까 말까 하는 고민을 다시 시작했다. 그 애 엄마에게 전화해서 언제 그 애가 돌아오느냐고 묻는 대신 그 애가 있는 볼티모어로 장거리 전화를 걸어보겠다는 생각이었다. 늦은 밤이라 전화를 받을 수는 없겠지만 그 점도 미리 계산에 넣었다. 누가 전화를 받건 나는 그녀의 삼촌이라고 말할 참이었다. 숙모가 자동차 사고로 죽었기 때문에 급히 알려야 한다고 말할 생각이었다. 그런 작전을 썼다면 일이 순조롭게 돌아갔겠지만, 나는 그렇게 하지 않았다. 왜냐하면 그럴 기분이 나지 않았던 것이다. 그런 일은 기분이 나지 않으면 도저히 할 수 없는 일이다.

잠시 후 나는 의자에 앉아 담배 몇 개비를 피웠다. 어딘가 상당히 꼴렸다. 그런데 갑자기 생각이 떠올랐다. 나는 수첩을 꺼내 지난 여름 어느 파티에서 만난 친구, 그러니까 바로 프린스턴에 가 있는 친구가 내게 주었던 주소 쪽지를 찾아냈다. 수첩이 물이 들어 이상한 색깔로 변해 있었지만, 내용은 읽을 수 있었다. 그건 어떤 여자의 주소였다. 그 여자는 매춘부는 아니지만 때로는 그런 짓도 서슴지 않는다는 이야기를 그 프린스턴 녀석한테서 들었다. 한번은 그녀를 프린스턴의 댄스 파티에 데리고 갔는데, 그런 여자를 데리고 왔다고 하마터면 쫓겨날 뻔했다는 것이다. 스트립쇼 경력도 있는 여자라고 했다.

나는 전화통으로 가서 그녀에게 전화하고 말았다. 여자의 이름은 페이스 캐번디시였고, 주소는 브로드웨이 65번가의 스탠포드 암스 호텔이었다. 틀림없이 쓰레기통 같은 곳이겠지.

그녀는 집에 없구나 하는 생각이 들었다. 잠시 동안 아무도 전화를 받지 않았다. 그러다가 이윽고 누군가가 수화기를 들었다.

"여보세요." 어느 누구도 내 나이를 짐작하지 못하도록 낮고 굵은 목소리로 말했다. 내 목소리는 꽤 굵었다.

"여보세요." 하는 여자 목소리가 들렸다. 그다지 다정한 목소리는 아니었다.

"페이스 캐번디시입니까?"

"누구죠?"그녀가 말했다. "이 밤중에 나한테 전화하는 분이 도대체 누구죠?"

이 말에 나는 좀 찔끔했다. "늦은 것은 잘 알고 있습니다." 하고 나는 어른스런 목소리로 말했다. "용서해주기를 바라오. 하지만 당신과 꼭 연락을 하고 싶어서 전화했어요." 나는 퍽 상냥하게 말했다. 정말 상냥하게 굴었다.

"대체 누구시죠?"

"댁은 나를 모를 겁니다. 하지만 난 에디 버드셀의 친굽니다. 그 친구가 내게 뉴욕에 가거든 당신과 칵테일 한두 잔 나누는 게 좋을 거라고 말하더군요."

"누구요? 누구 친구라구요?" 그 여자는 진짜 암호랑이였다. 암호랑이와 전화하는 기분이었다. 나에게 고함치고 있는 것 같았다.

"에드먼드 버드셀, 에디 버드셀요." 나는 그 친구 이름이 에드먼드였는지 에드워드였는지 기억할 수가 없다. 단 한 번, 그것도 엉터리 같은 파티에서 만났을 뿐이니까.

"그런 사람 몰라요. 이런 밤중에 깨워서 좋아할 거라고 생각하세요?"

"에드 버드셀이던가? 프린스턴의……" 내가 물었다.

그녀가 머릿속으로 열심히 그 이름을 더듬고 있음을 직감할 수 있었다.

"버드셀, 버드셀…… 프린스턴대학의?"

"그렇습니다."

"당신도 프린스턴대학에 다니나요?"

"글쎄, 그런 거나 마찬가지입니다."

"그래요…… 에디는 어떻게 지내나요?" 하고 그녀가 물었다. "하지만 지금은 전화 걸기에 야릇한 시간 아녜요? 참!"

"그는 잘 지내고 있습니다. 댁에게 안부 전하더군요."

"고맙군요. 그분에게도 안부 전해주세요." 하고는 이어 "그인 참 훌륭한 사람이에요. 근데 그인 지금 무얼 하고 있나요?" 하고 갑자기 상냥하게 말했다.

"그야 아시다시피 여전합니다." 하고 나는 말했다. 그가 뭘 하고 있는지 내가 어떻게 안단 말인가! 거의 모른다고 할 수 있는 사람을. 아직 프린스턴에 있는지조차 모르는 처지였다. "이봐요, 어디서 만나 칵테일이라도 한 잔, 어떻습니까?" 하고 내가 다시 말했다.

"지금 몇 신지나 알고 그러세요? 그건 그렇고 댁은 누구시죠?" 하고 그녀는 영국식 말투로 말했다. "좀 젊은 분인 것 같은데."

나는 웃었다. "그렇게 칭찬의 말씀을 해주시니 감사합니다." 나도 지극히 상냥하게 말했다. "홀든 콜필드라고 합니다." 가명을 댔어야 했는데, 그땐 미처 그 생각을 못했다.

"이봐요. 코플 씨. 저는 한밤중에는 약속하지 않아요. 직장 여성 이니까요.

"내일은 일요일입니다." 내가 말했다.

"어쨌든 전 미용을 위해 잠을 자야 해요. 무슨 말인지 아세요?"

"칵테일 한 잔쯤 같이 하면 좋겠다고 생각했습니다. 그다지 늦지 도 않았구요."

"글쎄, 참 고맙군요. 어디서 전화하시는 거죠? 지금 어디에 계 세요?"

"나 말입니까? 전화 부스 안에 있습니다."

"저런!" 하고 말하고 그녀는 한참 말이 없었다. "코플 씨, 언젠가 꼭 만나뵙고 싶군요. 아주 매력적인 남자처럼 느껴지는군요. 아주 매력 있는 분인가 봐요. 하지만 오늘 밤은 너무 늦었어요."

"제가 그리로 갈 수도 있는데요."

"여느 때 같으면 좋다고 환영하겠죠. 칵테일을 마시러 들러주 시면 고맙겠지만, 방을 같이 쓰는 친구가 지금 앓아 누워 있어요. 밤새 잠 한숨 자지 못하다가 지금 막 눈을 붙였어요. 그러니까 제 말은……"

"그것 참 안됐습니다."

"어디에 묵고 계시나요? 내일이라면 함께 어울려 칵테일을 마실 수 있겠는데."

"내일은 안 될 겁니다. 사정상 오늘 밤뿐입니다." 하고 내가 말했다. 그렇게 말하다니 정말 난 바보였다. 그렇게 말해서는 안 되는 것을!

"정말 유감이군요."

"에디에게 대신 안부 전해 드리겠습니다."

"그래 주시겠어요? 뉴욕에서 재미있게 지내세요. 여긴 굉장한 도시니까요."

"알고 있습니다. 고마웠습니다. 안녕."

나는 수화기를 내려놓았다. 난 이렇게 망해버린 것이었다. 적어도 칵테일 정도는 같이 나눌 기회를 포착했어야 하는 건데……

10

아직 꽤 이른 시각이었다. 몇 시인지는 잘 몰랐지만 그다지 늦은 시각은 아니었다. 내가 싫어하는 일이 하나 있다면, 그것은 피곤하지도 않은데 잠자리에 드는 일이다. 그래서 나는 여행 가방에서 셔츠를 꺼내 가지고 욕실로 들어가 몸을 닦고 옷을 갈아입었다. 무엇을 할까 생각하다가 아래층으로 내려가 그곳 라벤더 룸에서 무슨 일이 벌어지고 있는지 구경하기로 했다. 그 호텔에는 라벤더 룸이라는 나이트 클럽이 있었다.

셔츠를 갈아입는 동안 나는 하마터면 여동생 피비에게 전화를 할 뻔했다. 나는 그 애와 무척 이야기를 하고 싶었다. 그래도 그 애는 지각이 있는 아이였으니까. 그러나 위험을 무릅쓰고 그 애에게 전화할 수는 없었다. 왜냐하면 그 애는 아직 어릴 뿐만 아니라 전화 가까이에 있는 건 고사하고 지금 깨어 있을 리도 없었다. 부모님이 받으면 수화기를 내려놓으면 그만이지 하는 생각도 해보았지만, 그것도 잘될 것 같지 않았다. 그분들은 이내 내가 전화했다는 걸 알아차릴 것이다. 엄마는 언제나 알아차렸다. 엄마는 지독히 예민한 여자였다. 어쨌든 피비와 통화할 수 있다면 잠시 허튼소리를 지껄여도 좋을 것이다.

피비를 보여주고 싶다. 그처럼 귀엽고 영리한 아이는 평생 본 적이 없을 것이다. 정말 영리한 아이다. 사실 학교에 들어가서부터 줄곧 백 점만 맞았던 것이다. 진실을 말하자면 우리 식구 중 바보는 오로지 나뿐이다. 형 D.B.는 작가인가 뭔가 하는 작자이고 전에 말했던 동생 앨리는 죽었지만 그도 정말 천재였다. 나만 바보천치다.

하지만 피비는 직접 만나봐야 할 아이다. 앨리의 머리칼과 약간 비슷한 빨간 머리칼을 하고 있는데, 여름에는 머리를 짧게 깎아 귀 뒤에 찰싹 붙여버린다. 그러면 작고 귀여운 귀가 나타난다. 그러나 겨울에는 머리를 꽤 길게 기른다. 엄마는 그 애의 머리를 땋아줄 때도 있고, 그렇지 않을 때도 있다. 그래도 역시 어떻게 하든 보기 좋다. 그 애는 겨우 열 살이다. 나처럼 마른 편이지만 보기 좋게 말랐다. 한번은 그 애가 공원을 향해 5번가를 건너가는 것을 본 적이 있는데, 그것이 바로 피비의 실체였다. 롤러 스케이트에 어울릴 날씬함, 바로 그것이었다.

누구라도 그 애를 좋아할 것이다. 상대방이 무슨 말을 하든 그 애는 상대방의 말뜻을 정확히 알아차린다. 게다가 그 애는 어디든지 데리고 다닐 수가 있다. 예컨대 시시한 영화를 보러 가면 그것이 시시한 영화라는 것을 알고, 좋은 영화를 보러 가면 꽤 좋은 영화임을 알아차리는 아이이다. 한번은 D.B.와 내가 〈빵집 부인〉이라는 프랑스 영화를 보러 간 일이 있었다. 레이뮤가 출연하는 영화였다. 피비는 이 영화에 압도되고 말았다. 피비가 제일 좋아하는 영화는 로버트 도네트가 나오는 〈39 계단〉이라는 영화였다. 그 애는 그 영화를 처음부터 끝까지 암기하고 있을 정도다. 내가 그 영화를 보는 데 열 번이나 데리고 갔기 때문이다. 예를 들면 로버트 도네트가 경찰을 피해 도망치다가 스코틀랜드의 농가에 온다. 그러면 피비는 영화 도중에 큰 소리로 대사를 말하는데, 바로 영화 속에서 스코틀랜드 사람이 "당신, 청어 먹을 줄 아슈?" 하고 말하는 것을 동시에 똑같이 읊어대는 것이었다. 피비는 대사를 깡그리 외우고 있었다. 또 독일 스파이 노릇을 하는 교수가 가운데 관절이 좀 떨어져 나간 새끼손가락을 쳐들어 로버트 도네트에게 보이는 장면이 있었다. 이 장면에 이르면 피비는 항상 선수를 쳤다. 그 교수보다 먼저 자기 새끼손가락을 내 코 바로 앞에다 쳐드는 것이다. 정말 귀여웠다. 정말 누가 봐도 마음에 들 것이다.

한 가지 문제는, 그 애가 이따금 너무 다정하다는 점이다. 어린애 치고는 너무 감정적이다. 이건 정말이다. 그리고 그 애는 밤낮 글을 쓴다. 다만 끝내지 않을 뿐이다. 모두가 헤이즐 웨더필드라는 어린애에 관한 이야기이다. 그런데 피비는 헤이즐(hazel)을 'hazle'이라고 표기하는 것이 특징이다. 헤이즐 웨더필드는 여자 탐정이라고 한다. 그녀는 고아로 설정된 모양인데 그녀의 아버지가 밤낮 등장하곤 한다. 그 아버지는 '스무 살 가량의 키가 크고 매력적인 신사'라나. 사람 죽이는 글이다.

피비, 요것은 정말 마음에 들 것이다. 어렸을 때부터 영리했다. 아주 어렸을 때부터 나와 앨리는 그 애를 데리고 공원에 갔었다. 특히 일요일에 그랬다. 앨리는 일요일엔 장난감 범선을 가지고 놀았기 때문에 우리는 피비를 데리고 공원에 가곤 했다. 피비는 하얀 장갑을 끼고 마치 귀부인처럼 우리 사이를 걸어갔다. 앨리와 내가 이런저런 이야기를 하노라면 피비는 열심히 경청했다. 우리는 때로 피비가 옆에 있다는 것을 잊을 때가 있었다. 그 애가 하도 작았기 때문이다. 그러면 그 애는 자기가 있다는 사실을 알렸다. 계속 말참견을 하는 것이다. 앨리나 나를 쿡쿡 찌르거나 하면서 "누구 말이야? 누가 그랬지? 보비? 아니면 그 여자가?" 하고 참견했다. 우리가 그게 누구라고 말하면 "응, 그랬구나." 하고는 곧 다시 잠자코 경청하는 것이었다.

앨리도 피비한테는 사족을 못 썼다. 이제 열 살이 되었으니까 예전처럼 그런 아기는 아니지만 그 애는 아직도 모든 사람을 녹여버리는 아이이다. 지각 있는 사람을 모두 녹여버린다는 말이다.

하여간 피비는 항상 전화 걸고 싶은 상대이다. 하지만 아버지나 엄마가 전화를 받을 것 같았고 그렇게 되면 내가 펜시에서 쫓겨났다는 것을 알게 될까 봐 겁이 났다.

그래서 그냥 셔츠나 마저 입었다. 모든 준비를 마치자 나는 로비에서 무슨 일이 벌어지는가 알아보려고 엘리베이터를 타고 내려왔다.

포주처럼 생긴 두서넛의 사내와 창녀처럼 생긴 두서넛의 여자가 있을 뿐 로비는 거의 텅 비어 있었다. 그러나 라벤더 룸에서는 밴드의 연주 소리가 들렸다. 그래서 나는 안으로 들어갔다. 그곳은 그다지 혼잡하지 않았다. 나는 뒤쪽의 후미진 자리로 안내되었다. 수석 웨이터 놈의 코밑에다 1달러짜리 지폐라도 흔들어 보였어야 되는 건데. 뉴욕에서는 돈이 모든 것을 대변한다. 이건 과장이 아니다.

밴드는 썩은 생선 같았고 싱어도 마찬가지였다. 요란하고 번지르르했지만 시골티가 나는 번지르르함이었다. 내 또래는 눈 씻고 찾아도 없었다. 정말 한 놈도 없었다. 대개가 여자를 거느리고 보란 듯이 으스대는 나이 든 사람들이었다.

그런데 내 옆 테이블만은 서른 살쯤 된 여자 세 명이 앉아 있었다. 셋 모두가 하나같이 못생긴 것들이고 한결같이 뉴욕에 살지 않는다는 것을 알려주는 그런 모자를 쓰고 있었다. 다만 그중 하나는 금발이었는데 그다지 형편없어 보이진 않았다. 좀 귀여운 데가 있는 얼굴이었다. 그래서 그녀에게 눈짓을 좀 보냈다.

그때 급사가 주문을 받으러 왔다. 나는 스카치와 소다를 주문하고 섞지 말고 가져오라고 일렀다. 머뭇거리지 않고 빠른 템포로 말했다. 머뭇거리다가는 스물한 살 아래로 보여 도무지 술을 얻어 먹을 수 없기 때문이다. 그러나 일은 틀어지고 말았다. "실례지만……" 하고 급사가 말했다. "나이를 증명할 수 있는 것을 가지고 계십니까? 운전면허증이라도?"

나는 지독히 모욕을 당한 것처럼 그놈을 차갑게 노려보았다.

"내가 스물한 살도 안 되어 보이나?" 하고 내가 되물었다.

"미안합니다. 하지만 우리는 나름대로……"

"알았어, 알았어." 나는 포기하듯 말했다. "콜라나 한 잔 줘." 그놈은 내 자리에서 물러갔다. 나는 다시 그를 불렀다. "거기다 럼이나 그 비슷한 것 좀 떨어뜨려줄 수 없어?" 하고 물었다. 나는 아주 상냥하게 부탁했다. "이런 너절한 데서 어떻게 맨송맨송하게 앉아 있을 수 있나? 럼이나 뭐 그 비슷한 거라도 좀 섞어줘."

"죄송합니다만……" 이렇게 우물거리더니 그놈은 그냥 줄행랑을 치고 말았다. 그러나 나는 그에게 앙심을 품지는 않았다. 미성년자에게 술을 팔다가 발각되는 날이면 모가지가 달아나기 때문이다. 나는 빌어먹을 미성년자인 것이다.

나는 옆자리에 있는 그 무당 같은 세 여자들에게 다시 눈길을 보내기 시작했다. 다시 말해서 금발의 여자에게 그랬다는 뜻이다. 나머지들은 전혀 입맛을 돋우지 못했다. 그러나 눈길을 준다고 해서 노골적으로 그러지는 않는다. 지극히 냉정한 시선을 보냈을 뿐이다.

그런데 다음 순간 이것들이 갑자기 바보처럼 함께 킬킬거리는 것이었다. 내가 너무 어려서 사람을 한번 훑어볼 수도 없다고 생각한 모양이다. 정말 화가 났다. 내가 자기들하고 결혼이라도 하고 싶어 하는 줄 아나. 그들이 나를 무시했으니까 나도 당연히 그들을 무시했어야 했다. 그런데 나는 춤을 추고 싶었다. 이따금 춤추고 싶어 미칠 지경이 되는데, 그 순간이 바로 그런 경우였다.

그래서 나는 몸을 앞으로 기울이며 "누구 춤 한번 추지 않겠습니까?" 하고 말했다. 결코 무례하게 묻진 않았다. 오히려 무척 상냥하게 물었던 것이다. 젠장! 그런데 그들은 또다시 킬킬거리며 웃기 시작했다. 그것들 셋은 정말 바보였다. "자아." 하고 내가 다시 권했다.

"한 번에 한 분씩하고만 추겠습니다. 괜찮죠? 어때요? 자." 나는 정말 춤을 추고 싶었던 것이다.

마침내 금발의 여자가 나와 춤추기 위해 자리에서 일어섰다. 사실 내가 말을 건 것은 분명히 그 여자에게 한정된 것이었다. 우리는 댄스 플로어로 걸어나갔다. 이 모습을 보자 나머지 두 바보들은 히스테리를 일으켰다. 그런 것들을 상대하다니 나는 정말 굶주려 있었음에 틀림없다.

그러나 그럴 만한 가치는 있었다. 금발의 여자는 춤을 상당히 잘 췄다. 이제까지 상대해본 여자 중에서 제일 춤을 잘 추는 여자였다. 농담이 아니다. 병신 같은 여자하고 나왔다가는 바닥에 곤두박질하기 십상인 법이다. 그런데 정말 영리한 여자와 춤을 추게 되면 춤추는 시간의 반은 남자 쪽을 리드하려고 애쓴다. 그러나 대개 춤이 형편없이 서툴 경우가 많다. 그러니까 그런 여자와 상대하게 될 때는 그냥 테이블에 앉아 같이 퍼마시는 게 상책이다.

"춤을 정말 잘 추시는군요." 내가 금발에게 말했다. "프로 댄서가 되지 그러셨어요. 정말입니다. 전에 한번 프로와 춘 적이 있었지만 그 여자보다 두 배나 더 잘 추는 것 같습니다. 마르코와 미란다에 대해 들어본 적이 있습니까?"

"네?" 하고 그녀가 반문했다. 그녀는 내 말을 듣고 있지 않았다. 그냥 쉴새 없이 주위를 두리번거리고 있었다.

"마르코와 미란다에 대해 들어본 적이 있냐고 물었어요."

"몰라요. 정말 몰라요."

"그들은 댄서인데 그다지 춤을 잘 추지 못하는 댄서입니다. 뭐든지 추긴 추지만 그다지 잘 추지는 못하더군요. 어떤 여자가 춤을 잘 추는 여잔지 아세요?"

"뭐라구요?" 그녀는 내 말에 귀를 기울이지 않고 있었다. 마음은 딴 데 가 있었다.

"어떤 여자가 춤을 잘 추는 여잔지 아느냐고요."

"아이쿠! 사람 죽이네."

"이런 겁니다. 지금 내가 댁의 등에 손을 얹고 있지 않아요? 그런데 내 손 아래 아무것도 없다는 느낌, 그러니까 엉덩이도 다리도 발도 없다는 느낌이 들면, 그런 여자는 정말 춤을 잘 추는 여자라는 뜻입니다."

그러나 그녀는 내 말에 귀를 기울이지 않았다. 그래서 나도 잠시 그녀를 무시했다. 우리는 그냥 춤만 추었다. 그런데 이 바보 같은 여자가 춤은 귀신 같았다. 버디 싱어와 그의 악단은 〈연애도 가지가지〉라는 곡을 연주하고 있었는데 그들도 곡을 완전히 망치지는 않았다. 그건 정말 굉장한 노래다. 춤추는 동안 나는 기교를 부리려고 애쓰지 않았다. 사실 춤을 추면서 보란 듯이 요란하게 기교를 부리는 놈들을 나는 증오한다. 나는 다만 그녀를 많이 돌렸다. 그녀도 잘 따라왔다. 이상하게도 그녀 역시 나와의 춤을 즐기고 있다는 생각이 들었다. 그런데 갑자기 그녀가 바보 같은 소리를 내뱉는 것이었다.

"어젯밤 나와 친구들은 피터 로레를 봤어요. 영화 배우 말이에요. 직접 실물을 봤다구요. 신문을 사고 있더군요. 멋있었어요."

"운이 좋았군요." 내가 말했다. "정말 행운이었군요. 당신도 그걸 알고 있나요?" 이 여자는 정말 바보천치였다. 그러나 춤은 일품이었다. 나는 멍청한 그녀의 머리 위에 그러니까 가르마가 있는 바로 그 부분에 키스하고 싶다는 생각을 억누를 수 없었다. 그래서 키스를 했더니 그녀는 화를 냈다.

"어머! 이게 무슨 짓이야?"

"아무 의미도 없습니다. 당신은 정말 춤을 잘 추십니다." 하고 나는 말했다. "내게는 어린 여동생이 하나 있는데 초등학교 4학년입니다. 당신은 그 애만큼 춤을 잘 추는군요. 이 세상에 살아 있건 죽어 있건 그 애만큼 춤을 잘 추는 사람은 없을 겁니다."

"말도 안 되는 소리 하지 말고. 얌전하게 있어요."

아이쿠! 이건 대단한 숙녀였다. 아니 여왕이었다. 젠장!

"어디서 왔습니까?" 하고 그녀에게 물었다.

그녀는 대답하지 않았다. 아마 피터 로레가 나타나지나 않나 해서 두리번거리는 모양이었다.

"어디서들 오셨습니까?" 나는 다시 물었다.

"뭐라구요?" 하고 그녀가 되물었다.

"어디서들 왔느냐구요. 대답하고 싶지 않으시면 대답하지 않아도 좋아요. 억지로 대답할 필요는 없어요."

"워싱턴주 시애틀에서 왔어요." 하고 그녀가 대답했다. 굉장한 선심이라도 쓰고 있다는 말투였다.

"당신은 말을 썩 잘하시는군요." 하고 내가 다시 말했다. "그거 알고 있나요?"

"네?"

나는 말하려다 그만두었다. 어차피 그녀 머리 위로 스쳐가는 공허한 메아리가 될 테니까.

"빠른 곡이 나오면 지르박을 추시겠어요? 뛰고 날뛰는 엉터리 지르박말고 멋지고 안정된 지르박 말입니다. 빠른 곡이 나오면 모두 앉아버리고 노털들이나 뚱뚱보들만 남거든요. 그러면 공간을 넓게 잡고 춤을 출 수 있을 겁니다. 오케이?"

"아무래도 좋아요." 하고 그녀가 말했다. "그런데 대관절 몇 살이나 됐지요?"

나는 왠지 모르게 화가 났다. "참, 기분 잡치네. 젠장! 난 열두 살이라니까. 나이에 비해 조숙하죠." 하고 말해버렸다.

"이봐요. 아까도 말했잖아, 그런 말투는 질색이라고." 하고 그녀가 말했다. "계속 그런 말투로 말하면 난 내 친구들이 있는 데로 가서 앉겠어요."

나는 미친 사람처럼 사과했다. 밴드가 빠른 곡을 연주하기 시작했기 때문이다. 그녀는 나와 지르박을 추기 시작했다. 엉터리가 아닌 멋지고 안정되게 말이다. 그녀는 정말 춤을 잘 추었다. 나는 그냥 그녀를 건드리기만 하면 되었다. 게다가 그녀는 회전할 때 귀엽고 작은 엉덩이를 멋지게 비트는 것이었다. 그것은 가히 뇌쇄적이었다. 이건 과장이 아니다.

자리에 돌아와 앉을 무렵엔 나는 반쯤 그녀에게 반해 있었다. 여자란 바로 그런 것이다. 여자들이 무엇인가 예쁜 짓을 하면 별로 볼품이 없거나 바보 같은 것이라도 남자는 그만 그녀에게 반쯤 미치게 된다. 그렇게 되면 그 다음부터는 뭐가 뭔지 모르게 되는 법이다.

여자라는 것. 제기랄! 사람을 미치게 만드는 족속들이란 말이지. 정말이라니까.

여자들은 그쪽 테이블로 나를 초대하지 않았다. 그들이 워낙 무식했기 때문이다. 하지만 나는 그냥 가서 앉았다. 나와 춤을 추었던 금발의 이름은 버니스 크랩스인가 크레브스인가 뭔가였다. 나머지 못난이는 마티와 래번이라고 했다. 나는 그들에게 내 이름은 짐 스틸이라고 했다. 그리고는 그들을 좀 지적인 대화로 이끌려고 노력했다. 그러나 그것은 불가능했다. 그들의 팔을 비틀기라도 하면 되었을까? 게다가 그중에서 누가 제일 바보인지 판별하기도 불가능했다. 그들 세 명은 계속 홀 안을 두리번거리고 있을 뿐이었다. 마치 금방이라도 영화 배우가 떼를 지어 몰려들 줄로 아는 모양이다. 뉴욕에 오면 영화 배우들은 언제나 라벤더 룸에 죽치고 있을 것이라고 생각하는 모양이다. 스토크 클럽이나 엘 모로코 같은 곳이 아니고 이곳 라벤더 룸에서 어슬렁거릴 거라고 생각하는 모양이다.

그녀들이 어디에서 일하는가를 알아내는 데 무려 반 시간이 걸렸다. 그들은 같은 보험회사에 근무하고 있었다. 나는 그들에게 직장이 마음에 드느냐고 물어보았지만 그런 멍청이들한테서 지적인 대답을 기대하기란 불가능했다. 그 못난 마티와 래번에게 자매가 아니냐고 묻자 그들은 무슨 모욕이라도 당한 듯이 분개했다. 둘 다 상대방을 닮았다는 것이 싫은 모양이었다. 그것도 무리는 아니었다. 그러나 어쨌든 재미있었다.

나는 그녀들 모두와 춤을 추었다. 한 번에 한 명씩 돌아가며 추었다. 못난 것 중에서 래번은 그래도 서투르지 않았지만 마티는 사람 죽이는 것이었다. 마치 자유의 여신상을 질질 끌고 다니는 기분이었다. 그녀를 끌고 다니면서도 그럭저럭 즐길 수 있는 유일한 방법은 다소나마 내 자신을 즐겁게 하는 일이었다. 그래서 나는 방금 저쪽에서 영화 배우 게리 쿠퍼를 보았다고 말했다.

"어디?" 하고 그녀는 잔뜩 흥분해서 외쳤다. "어디?"

"아, 놓치셨어! 방금 나갔어요. 내가 말하자마자 봤어야지요!"

그녀는 사실상 춤추기를 포기하고 사람들 머리 너머로 계속 게리 쿠퍼를 찾았다. "아이, 분해!" 하고 그녀는 말했다. 마치 내가 그녀에게 실연을 안겨준 것 같았다. 그녀를 놀린 것이 후회되었다. 때론 놀림을 받아야 마땅할 경우에도 놀려서는 안 되는 사람이 있는 법이다.

그런데 정말 웃기는 일이 생겼다. 마티가 테이블로 돌아가서 나머지 두 여자에게 게리 쿠퍼가 방금 이곳에서 나갔다고 말한 것이었다. 그 말에 레번과 버니스는 거의 자살할 뻔했다. 그들은 온통 흥분하여 쿠퍼를 보았느냐고 마티에게 물었다. 마티는 힐끔 보았을 뿐이라고 대답했다. 이건 정말 죽이는 장면이었다.

바는 문을 닫기 시작했다. 그래서 나는 그 전에 술을 두 잔씩 가져오게 하고 내 몫으로 콜라 두 잔을 더 가져오게 했다. 테이블에는 유리잔이 즐비했다. 못생긴 래번은 줄곧 콜라만 마시고 있는 나를 놀려댔다. 제법 재치가 번득였다.

그녀와 마티는 그때가 12월 중순인데도 탐 콜린스를 마시고 있었다. 수준이 그 정도밖에 되지 않았다. 금발의 버니스는 버본에다 물을 섞어 마시고 있었다. 마치 두꺼비가 파리를 삼키듯 단숨에 꼴

깍 마셔버렸다. 셋은 그러고 있는 동안에도 계속 배우를 찾았다. 저희끼리도 거의 이야기를 주고 받지 않았다.

마티가 그래도 제일 많이 지껄였다. 그녀는 화장실을 '어린 소녀의 방'이니 뭐니 하면서 너절하고 지루한 이야기만 늘어놓았다. 그리고 버디 싱어 악단의 말라빠진 늙은 클라리넷 주자가 일어서서 몇 소절을 정열적으로 연주하자 아주 멋있다고 말했다. 그녀는 그의 클라리넷을 '감초의 줄기'라고 말했다. 정말 촌스러운 여자였다.

또 다른 못난이 래번은 자기가 재치 있는 타입이라고 믿고 있었다. 그녀는 계속 나더러 아버지에게 전화해서 오늘 밤 무엇을 하셨는지 물어보라고 했다. 오늘 밤 데이트를 했는지 안 했는지 물어보라는 것이었다. 그것도 네 번이나. 그녀는 확실히 재치 있는 여자였다.

금발의 버니스는 거의 입을 열지 않았다. 내가 무엇을 물으면 언제나 "뭐라고 하셨지요?" 하고 되물었다. 나중에는 그녀의 그런 태도가 신경에 거슬렸다.

그들은 술을 전부 마시고 나자 갑자기 일어나 이젠 가서 자야겠다고 했다. 아침 일찍 일어나서 라디오 시티 뮤직 홀에서 하는 첫 공연을 보러 가야 한다는 것이었다. 나는 좀 더 있다 가라고 했지만 내 말을 들으려 하지 않았다. 그래서 우리는 작별 인사를 했다. 나는 언젠가 시애틀에 가게 되면 찾아가겠다고 말했다. 만약에 가게 된다면 그러겠다고 했지만, 그렇게 될지 의심스러웠다. 혹시 가게 되면 찾아가겠다는 뜻이다.

담배니 뭐니 모두 합해서 13달러 정도 계산이 나왔다. 그녀들은 적어도 내가 합석하기 전에 마신 술값은 저희들이 내겠다고 나와야 되는 거 아닌가. 물론 그렇게 하도록 내버려둘 나도 아니지만 어쨌든 술값을 내겠다고 말이라도 했어야 되는 것이다.

하지만 나는 그까짓 것 신경쓰지 않았다. 그들이 워낙 무식한 데다가 서글프게도 웃기는 모자를 쓰고 있었기 때문이다. 게다가 라디오 시티 뮤직 홀의 첫 공연을 보기 위해 일찍 일어나야 한다는 이야기에 실망했던 것이다. 누구든, 이를테면 도깨비 같은 모자를 쓴 여자가 워싱턴주의 시애틀에서 뉴욕까지 와서는 고작 라디오 시티 뮤직 홀의 첫 공연을 보기 위해 아침 일찍 일어난다— 이건 나를 진짜 실망시키는 일이었다. 나는 도저히 참을 수 없었다. 그런 말만 하지 않았어도 나는 그들에게 술을 백 잔이라도 사주었을 것이다.

그들이 나가고 난 다음 나도 바로 라벤더 룸을 떠났다. 그곳은 문을 닫으려고 정리를 하고 있었고 밴드는 연주를 그만둔 지 오래였다. 춤을 같이 출 만한 사람이 있든지, 아니면 콜라 따위말고 진짜 술을 먹게 해주지 않는다면, 그곳은 더 이상 앉아 있을 수 없는 장소였다. 이 세상 어느 나이트 클럽이고 취하지 않고서 오랫동안 앉아 있을 수 있는 곳은 하나도 없는 법이다. 아니면 그야말로 사람을 기절시킬 정도의 여자와 같이 있든가……

11

　호텔 로비로 가는 도중 별안간 제인 갤러허가 다시 생각났다. 일단 내 의식을 사로잡은 그녀는 좀처럼 나를 놓아주지 않았다. 나는 로비의 구역질 날 것 같은 의자에 앉아, 에드 뱅키의 차에 타고 있던 그녀와 스트라드레이터를 생각했다. 스트라드레이터가 그녀와 갈 데까지 가지는 않았을 것이라고 확신하고 있었지만— 제인을 너무나 잘 알기 때문에 하는 말인데— 그래도 그녀의 일을 내 의식에서 털어버릴 수가 없었다.

　나는 제인을 너무나 잘 알고 있었다. 이건 정말이다. 체커 놀이말고도 그녀는 거의 모든 스포츠를 좋아했다. 그녀와 알게 된 후로는 여름 내내 오전에는 테니스, 오후에는 골프를 하며 시간을 보냈던 것이다. 그야말로 그녀와 나는 친밀했다. 그렇다고 육체적으로 어쩌고 하는 그런 관계는 아니다. 그건 아니었다. 우리는 그냥 밤낮 얼굴을 마주보고 있었던 것이다. 여자를 알기 위해 꼭 성적으로 놀아야 하는 건 아니다.

우리가 친해진 것은 그녀의 집에서 기르는 도베르만 때문이었다. 그놈이 자주 우리 잔디밭에 와서 똥오줌을 실례했던 것이다. 그럴 때마다 엄마는 신경질적이 되어서 제인의 엄마에게 전화해서 한바탕 소란을 피웠다. 그런 일에 대해서는 크게 호통을 쳐야 직성이 풀리는 분이었다.

그러고 나서 며칠 후 클럽 풀장 옆에 엎드려 있는 제인을 보았다. 그래서 나는 그녀에게 "안녕." 하고 인사했다. 그녀가 우리 집 바로 옆집에 사는 것은 알고 있었지만, 그 전엔 한 번도 이야기를 나눈 적이 없었다. 그런데 그날 내가 인사를 하자 그녀는 나를 쌀쌀하게 대하는 것이었다. 그래서 긴 시간을 들여서 그녀의 개가 어디다 뭐를 깔기든 나는 전혀 상관하지 않는다는 것을 이해시켰다. 설사 응접실에 와서 깔겨도 상관없다고 말했다. 어쨌든 그런 후에 제인과 나는 친구가 되었다.

바로 그날 오후 나는 제인과 골프를 쳤다. 그녀가 공을 여덟 개나 잃어버린 것이 지금도 기억난다. 여덟 개나 잃어버리다니! 공을 칠 때 눈을 뜨고 치게 만드는 데만도 굉장한 시간이 걸렸다. 하지만 내 덕분에 그녀도 골프를 썩 잘 치게 되었다. 나는 골프를 꽤 잘 친다. 내가 몇 타만에 일주하는가를 말하면 아마 곧이듣지 않을 것이다. 단편 영화에 출연할 뻔한 적도 있는데 마지막 순간에 마음을 고쳐 먹었다. 나같이 영화를 싫어하는 인간이 영화에 등장한다면 그거야 말로 엉터리 사기꾼이 될 것이기 때문이다.

그녀는 웃기는 여자였다. 제인 말이다. 엄밀한 의미에서 미인은 아니었지만 나를 뇌쇄시키는 여자였다. 그녀는 입이 큰 편이었다. 이야기하다가 흥분을 하면 그 입을 입술이고 뭐고 50가지 방향으로 움직이는 것이다. 그것도 나를 꼼짝 못하게 하는 죽이는 노릇이었다. 그녀는 그 입을 꼭 다무는 일이 결코 없었다. 골프채를 휘두르기 위해 자세를 취하거나 책을 읽을 때도 그놈의 입은 항상 약간 벌어져 있었다. 그녀는 늘 책을 읽었다. 그것도 양서만 읽었으며 시도 많이 읽었다. 내가 앨리의 야구 장갑에 쓰여 있는 시 구절까지 몽땅 보여준 사람은 우리 식구들말고는 그녀밖에 없었다. 그녀는 앨리를 본 적이 없다. 그녀는 그 해에 처음으로 메인 주에서 여름을 보냈기 때문이다. 그 전에는 케이프 코드에 가 있었다고 했다. 그래도 나는 그녀에게 앨리에 대해 많은 것을 말해주었다. 그녀는 그런 일에 관심이 많은 여자였다.

엄마는 제인을 그다지 좋아하지 않았다. 제인과 그녀의 엄마는 우리 엄마에게 인사를 하지 않았는데, 그 때문에 엄마는 그들이 자기를 깔보고 있다고 생각했다. 엄마는 그들 모녀와 마을에서 자주 마주쳤다. 제인이 라살르라는 콘버터블을 운전하고 그녀의 엄마와 장을 보러 나오기 때문이었다. 엄마는 제인이 예쁘다고 생각하지 않았다. 그러나 나는 그녀를 예쁜 여자라고 생각했다. 그녀의 모습이 내 마음에 들었다는 뜻이다. 단지 그뿐이다.

지금도 어느 날 오후가 기억난다. 제인과 내가 서로 껴안을 뻔했던 것은 그때뿐이었다. 어느 토요일이었다. 밖에는 비가 억수로 퍼붓고 있었다. 나는 그녀의 집에 가 있었다. 그녀의 집에는 스크린으로 햇빛을 차단한 큰 베란다가 있었는데, 우리는 바로 그곳에서 체커 놀이를 하고 있었다. 그녀가 킹을 뒷줄에다 박아놓고 움직이려 하지 않았기 때문에 이따금 나는 그녀를 놀렸다. 그렇다고 심하게 놀려대지는 않았다.

제인 앞에서는 아무도 그녀를 놀리고 싶은 마음이 생기지 않을 것이다. 나는 기회만 생기면 여자를 실컷 놀려주는 걸 즐기지만, 제인에게만은 그럴 마음이 생기지 않았다. 내가 제일 좋아하는 여자는 바로 놀려주고 싶은 마음이 생기지 않는 여자다. 이따금 여자들이 놀림받는 것을 좋아할 거라는 생각이 들 때가 있다. 사실 그들은 놀림받는 것을 좋아한다. 그러나 오랫동안 사귀면서 한 번도 놀려본 적이 없는 상대라면, 새삼스럽게 놀려댈 수는 없는 법이다.

어쨌든 제인과 포옹할 뻔했던 그날 오후의 일로 화제를 되돌리자. 그날은 비가 억수같이 쏟아지고 있었는데, 우리는 베란다에 나가 있었다. 그런데 갑자기 그녀의 엄마와 재혼한 그 주정뱅이가 나타나 집 안에 담배가 없느냐고 물었다. 나는 그 사람에 대해 아는 것이 없었다. 그러나 그는 필요한 것이 없을 때는 남에게 말조차 걸지 않는 유형의 사나이였다. 치사한 성격의 소유자였다.

제인은 담배가 어디 있느냐는 질문에 아무 대꾸도 하지 않았다. 그 사나이가 재차 물었는데도 제인은 여전히 대답하지 않는 것이었다. 제인은 심지어 체커 판에서 고개조차 들지 않았다. 결국 그는 그냥 집 안으로 들어가고 말았다.

나는 무슨 일 때문에 그러느냐고 제인에게 물었다. 제인은 나한테도 대답하지 않았다. 체커 판에서 다음 말을 어디로 옮길까를 골

똘히 생각하는 듯한 거동이었다. 그러나 그 순간 그녀의 눈에서 눈물 한 방울이 체커 판 위로 떨어졌다. 빨간 네모꼴 위에. 지금도 그것이 눈에 선하다. 그녀는 눈물 방울을 손가락으로 문질러버렸다. 나는 영문을 몰라 어리둥절했다.

나는 자리에서 일어나 그녀가 앉아 있는 의자 쪽으로 가서 그녀를 조금 옆으로 물러앉게 하고 바로 그 옆에 앉았다. 사실 그녀의 무릎 위에 앉은 거나 마찬가지였다. 그러자 그녀는 정말 울기 시작했다. 다음 순간 나는 그녀 얼굴에 키스를 했다. 눈이고 코고 이마고 눈썹이고, 닥치는 대로 키스한 것이다. 그러나 입에만은 하지 않았다. 그녀는 입 근처에 접근하는 것은 허락하지 않았다. 그래서 우리는 포옹에 가장 가까운 행위까지 갔던 것이다.

얼마 후 그녀는 몸을 일으키더니 집 안으로 들어가서 빨강과 흰색이 섞인 스웨터를 입고 나왔다. 그 옷맵시에 나는 녹아버렸다. 우리는 영화 구경을 갔다. 가는 도중 나는 커다히 씨가— 이것이 그 주정뱅이의 이름이었는데— 무슨 짓을 하려고 했는지 물어보았다. 그녀는 아직 어리지만 멋진 몸매를 가지고 있었기 때문에 커다히라는 놈의 구미를 자극했을 거라고 생각했다. 그러나 그녀는 그렇지 않다고 대답했다. 그러니 나는 도무지 무슨 일이 있었는지 알 수 없었다. 여자에 따라서도 무슨 일이 있었는지 도무지 종잡을 수 없을 때도 있다.

우리가 한 번도 서로 포옹하지 않았다든가 재미를 보지 않았다고 해서 그녀가 고드름 같은 여자라고 생각하면 안 된다. 그녀는 그런 여자가 아니다. 예컨대 나는 그녀와 항상 손을 잡고 다녔다. 손 잡는 것이 뭐 그리 대단하냐고 하겠지만 그녀와 손 잡는 기분은 기가 막힌 것이었다. 대부분의 여자들은 손을 잡으면 맥이 빠지고 만다. 그렇지 않으면 상대를 지루하게 만들지나 않을까 두려워 손을 계속 움직이는 여자애들도 있다. 하지만 제인은 달랐다. 영화관 같은 곳에 들어가면 자리에 앉자마자 우리는 즉시 손을 잡았다. 그러고는 영화가 끝날 때까지 놓지 않는다. 손의 위치를 바꾼다든가 요동을 부리는 일도 없이. 제인과 손을 잡고 있을 때는 손에 땀이 나든 안 나든 걱정할 필요가 없었다. 다만 우리가 알고 있는 것은 행복하다는 것뿐이었다. 정말 행복했다.

또 한 가지 생각나는 것이 있다. 한번은 영화관에서 제인이 나를 기절시킬 뻔했다. 뉴스가 상영되고 있었는데 갑자기 내 목에 누군가의 손이 와 닿는 것이 느껴졌다. 그건 바로 제인의 손이었다. 좀 웃기는 일이었다. 그녀는 아직 어린 소녀였다. 여자가 누군가의 목덜미에 손을 갖다 대는 것은 스물다섯이나 서른 살쯤 되어서 할 수 있는 일일 것이다. 그것도 대개는 자기 남편이나 어린애들에게나 하는 행동이다. 사실 나도 동생 피비에겐 가끔 그런 행동을 했다. 그런데 새파란 소녀가 그런 행동을 해오다니 내가 기절한 뻔한 것도 당연하지 않은가.

그렇게 나는 로비의 지저분한 의자에 앉아 지난 일들을 회상했다. 제인을 회상했던 것이다. 그녀가 그놈의 에드 뱅키의 차 속에서 스트라드레이터와 함께 있었다는 생각이 다시 떠오르자 나는 미칠 것만 같았다. 그녀가 스트라드레이터에게 일루를 밟도록 허락하지 않았으리라는 것은 알고 있었지만 그래도 미칠 것만 같았다. 사실 나는 이 일에 대해서는 이야기조차 하기 싫다.

로비에는 사람이 거의 없었다. 창녀처럼 생긴 금발의 여자들도 보이지 않았다. 나는 갑자기 그곳에서 뛰쳐나가고 싶었다. 너무나 따분했기 때문이다. 나는 고단하지도 않았다. 그래서 내 방으로 올라가 외투를 입었다. 그놈의 변태들이 아직도 뭘 하고 있는지 보기 위해 창 밖을 내다보았지만 이제 불이고 뭐고 모조리 꺼져 있었다.

나는 엘리베이터를 타고 내려와 택시를 잡아타고 어니 클럽까지 가자고 했다. 어니 클럽은 그리니치 빌리지에 있는 나이트 클럽인데, 형 D.B.가 할리우드에 팔려 가기 전에 자주 가던 곳이다. 형은 가끔 나를 데리고 그곳에 갔다. 어니는 피아노를 치는 덩치가 큰 뚱뚱한 흑인이다. 그놈은 지독한 속물이라서 상대가 일류 인사나 명사가 아니면 말상대조차 하지 않았다. 그러나 피아노만은 기막히게 쳤다. 너무 잘 치니까 정말 더럽게 잘 친다고 말할 수밖에. 사실 내가 한 말의 뜻도 잘 모르겠지만 하여튼 그랬다. 그의 연주 듣는 걸 좋아했지만 때로는 그놈의 피아노를 엎어버리고 싶을 때가 있었다. 그놈의 연주를 듣고 있으면 일류 인사 아니면 상대도 하지 않는 그놈처럼 그의 음악도 그렇게 들리기 때문이었다.

12

내가 탄 차는 방금 누군가가 그 안에다 토하기라도 한 것 같은 냄새가 나는 몹시 낡은 차였다. 밤 늦게 어딘가 갈라치면 언제나 이렇게 구역질나는 차를 타게 된다. 설상가상으로 토요일 밤인데도 거리에는 거의 아무도 없었다. 이따금 여자와 남자가 서로 허리를 감고 길을 건너가거나 아니면 깡패 같은 녀석들이 여자들을 데리고 우습지도 않은 일에 하이에나 같은 소리를 내며 웃고 있을 뿐이었다.

뉴욕은 밤 늦게 거리에서 누군가 웃으면 무시무시한 곳으로 변한다. 사방 몇 마일까지 소리가 울리는 곳이다. 그 소리는 사람을 외롭게 만들고 기를 죽인다. 아직도 집에 가서 피비와 잠시 지껄일 수 있으면 좋겠다는 생각을 털어버리지 못했다.

잠시 후 나는 운전기사와 대화를 나누게 되었다. 그의 이름은 호위트였다. 이 사람은 내가 먼저 탔던 택시의 운전사보다 훨씬 사람이 좋았다. 어쩌면 이 운전기사는 오리에 대해서 알지도 모른다는 생각이 들었다.

"저, 호위트 씨, 센트럴 파크의 초호를 지나가본 적이 있습니까? 센트럴 파크 남쪽 말입니다." 하고 내가 말했다.

"뭐라고 하셨습니까?"

"초호 말입니다. 조그만 연못같이 생긴 곳요. 오리가 있는 곳 몰라요?"

"아, 그게 어쨌다구요?"

"거기서 오리가 이리저리 헤엄치고 있잖아요? 봄 같은 때 말이에요. 그런데 혹시 겨울이 되면 그 오리들이 어디로 가는지 아시냐고요?"

"누가 어디로 간다고요?"

"오리요, 오리. 저 말이에요. 누가 트럭 같은 것을 가지고 와서 어디로 데리고 갈까요, 아니면 자기들끼리 어디로 날아갈까요…… 남쪽이나 그 어디 따뜻한 곳으로 말이에요."

호위트는 몸을 돌려 나를 바라보았다. 그는 성질이 급한 사나이였다. 그러나 나쁜 사람은 아니었다. "내가 그걸 알 까닭이 있소? 그런 바보 같은 것을 내가 어떻게 알겠소."

"화는 내지 마십시오." 하고 내가 말했다. 그가 화내고 있는 것 같았기 때문이다.

"누가 화를 냅니까? 아무도 화낸 사람 없어요."

나는 그런 것쯤 가지고 화를 낸다면 할 수 없지 싶어서 그와의 대화를 그만두었다. 그런데 이번에는 그쪽에서 이야기를 시작하는 것이었다. 그는 다시 몸을 빙글 돌려 나를 쳐다보았다.

"물고기가 가긴 어딜 간다고. 그것들은 있던 자리에 그대로 있는 거죠. 물고기들 말이오. 바로 그 호수 속에 있다 이 말이오."

"물고기? 그건 다르지요. 물고기는 달라요. 난 오리 이야기를 하고 있는 겁니다."

"다르긴 뭐가 다르단 말이오? 다를 게 하나도 없어요." 호위트가 말했다. 그가 하는 말은 모두 화가 난 것 같은 말투였다. "겨울에는 오리보다 물고기가 더 고달프다 이 말이오. 제발 머리 좀 쓰시오."

나는 잠시 아무 말도 하지 않았다. "알았어요. 그런데 그 작은 호수가 얼어붙으면, 사람들이 그 위에서 스케이트를 타며 놀 때 그놈들은 무엇을 하죠? 물고기 말입니다."

호위트는 다시 뒤돌아보았다. "무엇을 하다니?" 하고 그는 나에게 고함치듯 말했다. "있는 그 자리에 그대로 있지요."

"얼음을 무시할 수는 없을 겁니다. 얼음을 그냥 무시해버릴 수야 없죠."

"누가 무시한다는 말이오? 아무도 무시하지 않아요." 하고 호위트가 말했다. 그는 매우 흥분해 있어서 나는 그가 차를 곧장 전주 같은 것에 돌진시켜버리는 건 아닌지 겁이 났다. "그놈들은 얼음 속에서도 살아요. 그것이 본성이란 말이오. 그놈들은 겨울 내내 같은 자리에 가만히 있다는 말이오."

"그럴까요? 그러면 뭘 먹죠? 얼음 속에 꽁꽁 얼어 있으면 먹이를 찾아 헤엄칠 수도 없을 텐데요."

"몸뚱이가 있지 않소? 젊은이는 지금 돌았나 보군. 그들은 몸뚱이로 영양분이니 뭐니 닥치는 대로 취한단 말이오. 얼음 속에 있는 해초나 오물에서 말이오. 그것들은 항상 땀구멍을 열어놓고 있는데, 그것이 그들의 본성이지요. 이제 내 말을 알아들었소?" 이렇게 말하고 그는 다시 나를 돌아보았다.

 "아, 그래요?" 하고 나는 말을 끊었다. 차가 어디로 곤두박질치지나 않을까 겁이 났기 때문이다. 게다가 워낙 성미가 급한 사나이였기 때문에 무엇을 의논해봤자 재미가 없었다. "어디다 차를 세우고 한잔하시지 않겠습니까?"

 그는 대꾸하지 않았다. 아직 무엇을 생각하고 있는 모양이었다. 나는 다시 한번 청했다. 그는 꽤 좋은 사나이였다. 꽤 재미있는 사람이었다.

 "난 술 마실 시간이 없어요." 하고 그가 말했다. "도대체 몇 살이나 먹었소? 왜 집에 가서 자지 않지요?"

 "피곤하지 않아서요."

 어니 클럽 앞에서 택시비를 물었을 때 호위트는 다시 물고기 이야기를 끄집어냈다. 그는 확실히 그 문제를 되새기고 있었음에 틀림없다. "만일 젊은이가 물고기라면 자연의 엄마가 돌봐줄 것 아니오? 그렇지 않소? 겨울이라고 해서 물고기가 죄다 얼어 죽는다고는 생각하지 않겠죠?"

 "그건 그렇지만……"

 "됐어요. 그놈들도 죽지 않는다고 생각했으면 됐어." 호위트는 이렇게 말하고 지옥에서 튀어나온 박쥐처럼 차를 몰고 사라졌다.

그렇게 성질이 급한 사람은 생전 처음이었다. 무슨 말을 하든 모두 그를 화나게 하는 것이었다.

시간이 늦었지만 어니 클럽은 대혼잡을 이루고 있었다. 대부분의 고객은 고등학생 아니면 대학생이었다. 이 세상에 있는 거의 모든 학교가 내가 다니는 학교보다 일찍 크리스마스 휴가에 들어갔던 것이다. 외투를 맡길 수도 없이 만원이었다.

그러나 꽤 조용했다. 어니가 피아노를 연주하고 있었기 때문이다. 그가 피아노 앞에 앉으면 무슨 신성한 일처럼 여겨졌다. 아무도 그만큼 피아노를 잘 치는 사람은 없었기 때문이다. 나말고도 두서너 쌍이 테이블이 비기를 기다리고 있었는데, 그들은 모두 어니가 연주하는 모습을 보기 위해 발 끝으로 서 있었다. 어니는 피아노 앞에 커다란 거울을 달아놓고 거기에다 스포트라이트를 비추게 하여 연주하는 자기 모습을 누구에게나 잘 보이게끔 했다. 그래도 연주할 때 그의 손가락은 보이지 않았다. 그의 큼직하고 늙은 얼굴만 보였다. 내가 들어섰을 때 연주하던 곡이 무엇인지는 모르겠지만, 그것이 무슨 노래이건 간에 그는 그 곡에다 악취를 불어넣고 있었다. 높은 음을 칠 때는 바보 같은 잔물결 소리를 과시적으로 섞었고, 똥구멍이 간질거리게 하는 기만적인 기법을 잔뜩 섞었다.

그런데 연주가 끝났을 때 청중이 어떠했는지 보여주고 싶다. 그건 구역질이 날 지경이었다. 청중들은 열광하고 있었다. 영화를 보며 우습지도 않은 장면에서 하이에나처럼 웃는 얼간이들과 다를 바 없었다. 나는 맹세코 신에게 말할 수 있다. 내가 만일 피아니스트나 배우나 그 비슷한 나부랭이라면, 저런 백치 같은 것들이 나를 굉장하다고 인정할 때 나는 그들을 증오하리라. 그들이 나에게 박수를 보내는 것도 싫다. 인간은 항상 얼토당토 않은 것에 박수를 보낸다. 내가 피아니스트라면 차라리 벽장 구석에서 연주할 것이다.

어니의 연주가 끝나자 사람들은 정신이 나간 듯이 박수를 쳐댔다. 어니는 피아노 의자에서 몸을 돌려 겸손한 척, 가식적으로 인사를 했다. 마치 굉장한 피아니스트에다가 이를 데 없이 겸손한 인간이기나 한 것처럼. 그는 지독한 사기꾼이었다. 그는 지독한 속물이라는 뜻이다. 그런데 우습게도 그가 가엾다는 생각이 들었다. 사실 그놈은 자신의 연주가 제대로 된 것인지 아닌지조차 모를 거라는 생각이 들었기 때문이다. 그것은 그의 죄만은 아니다. 정신을 잃은 듯 박수를 치는 저 바보들에게도 책임이 있는 것이다. 그들은 기회만 있으면 누구든지 망쳐버리는 존재들이다.

나는 다시 기가 꺾이고 울적해지고 말았다. 그래서 외투를 찾아 입고 호텔로 돌아갈 뻔했지만 시간은 아직 일렀고 혼자 있고 싶지는 않았다.

마침내 나는 테이블로 안내되었다. 그곳은 바로 벽 쪽인 데다 기둥 뒤여서 아무것도 보이지 않는 지저분한 자리였다. 게다가 매우 좁아 옆 테이블에 있는 사람들이 일어나서 비켜주지 않으면 — 그놈들은 절대로 나가주지 않는 개새끼들이었다 — 나는 내 의자로 올라가서 의자를 밟고 지나가야 했다.

나는 스카치와 소다수를 주문했다. 그것은 내가 차가운 럼 칵테일 다음으로 좋아하는 것이었다. 어니 클럽에서는 설사 여섯 살밖에 안 된 아이라 해도 술을 마실 수 있다. 실내가 어두운 데다 나이 같은 건 아무도 상관하지 않았다. 마약 복용자라고 해도 마찬가지였다.

나는 결국 바보들에게 둘러싸인 셈이었다. 이건 농담이 아니다. 내 바로 왼쪽, 그러니까 내 머리 바로 위에 해당하는 위치에 있는 작은 테이블에는 우습게 생긴 사내와 우습게 생긴 여자가 한 쌍 앉아 있었다. 나이는 내 또래거나 아니면 조금 위 같았다. 정말 웃기는 것들이었다. 그들은 조금 남은 술을 너무 빨리 마셔버리지 않으려고 애를 쓰고 있는 것이 역력했다.

나는 달리 별로 할 일도 없어서 잠시 그들의 대화에 귀를 기울였다. 남자는 그날 오후에 관람한 프로 축구 시합에 관해 이야기하고 있었다. 그 사내놈은 시합에서 있었던 플레이를 일일이 다 설명하고 있었다. 이건 농담이 아니다. 그렇게 지루한 녀석은 내 평생 처음이었다.

여자는 그런 이야기 따위에는 전혀 흥미가 없는 것이 분명했지만, 여자가 더 우습게 생겼으므로 그 여자로서는 듣지 않을 수 없었다. 못생긴 여자란 진짜 고달픈 법이다. 때로 그들이 가엾게 느껴질 때가 있다. 얼굴을 쳐다볼 수 없는 때도 있다. 축구 시합 이야기나 하는 그런 바보와 함께 있을 때는 더욱 그렇다.

그런데 내 오른쪽에서 주고받는 이야기는 더욱 가관이었다. 오른쪽에는 예일대 학생 같은 녀석이 있었는데, 회색 플란넬 양복에다 경박한 바둑무늬 조끼를 입고 있었다. 아이비 리그에 다니는 놈들은 모두 비슷한 꼴이다.

아버지는 나더러 예일이나 프린스턴에 가라고 하시지만 난 죽어도 아이비 리그의 학교엔 가지 않을 참이다. 어쨌건 예일대 학생처럼 보이는 이놈은 아찔할 정도로 예쁜 여자를 데리고 왔던 것이다. 그녀는 정말 잘생긴 여자였다. 이들 둘이 주고받는 대화는 꼭 들어둘 만했다.

무엇보다 그들은 약간 취해 있었다. 그런데 남자놈이 무슨 짓을 하고 있었느냐 하면 테이블 밑으로 그녀의 것을 만지고 있었던 것이다. 그러면서 자기 기숙사에 있는 어느 남학생이 아스피린을 한 병 다 먹고 자살하려고 했다는 이야기를 하고 있었다. 한편 여자는 "저런 끔찍해라! ……안 돼요. 정말 안 돼요. 여기선 안 돼요." 하는 말을 계속하고 있었다. 상상해보라. 여자를 만지작거리면서 동시에 자살하는 사람 이야기를 하고 있는 꼴을! 나는 두 손 들고 말았다.

그러나 나는 확실히 경마장의 말처럼 초조해지기 시작했다. 완전히 외톨이로 그곳에 앉아 있었기 때문이다. 담배나 피우고 술을 마시는 것 이외에는 아무것도 할 일이 없었다. 그래서 나는 보이에게 어니가 나와 한잔할 생각이 없는지 물어보라고 했다. 내가 D.B.의 동생이라는 것도 전해달라고 당부했다. 그러나 그 보이가 내 말을 어니에게 전했을 리 없다. 그놈들은 말을 전해주는 법이 없는 놈들이니까.

갑자기 한 여자가 다가와서는 "홀든 콜필드가 아냐?" 하고 말했다. 릴리언 시몬스라는 여자였다. 전에 형 D.B.가 잠시 데리고 다니던 여자였다. 그녀는 무지하게 큰 젖통을 가진 여자였다.

"안녕하세요?" 하고 나도 말했다. 나는 물론 자리에서 일어나려 했지만 자리가 그 지경이어서 일어나는 것이 큰 일이었다. 그녀는 엉덩이에 쇠꼬챙이를 넣고 다니는 것 같은 해군 장교와 함께 있었다.

"여기서 만나다니 반갑기 한량없군." 하고 시몬스가 말했다. 그건 위선이었다. "형은 어떻게 지내지?" 사실은 그것을 알고 싶었던 것이다.

"잘 있어요. 할리우드에 있습니다."

"할리우드에? 그것 한번 멋지네. 뭘 하고 있지?"

"잘은 몰라요. 글을 쓴대요." 하고 내가 말했다. 난 그런 이야기는 하고 싶지 않았다. 그녀는 형이 할리우드에 있다는 것만으로도 굉장하다고 생각하고 있었다. 대부분의 인간들은 모두 그렇게 생각한다. 형의 소설을 읽어보지도 않은 인간들이 말이다. 이런 꼴은 언제나 나를 미치게 만든다.

"얼마나 멋져!" 하고 릴리언이 말했다. 그러고 나서 그녀는 나를 그 해군 장교에게 소개했다. 이름이 커맨더 블롭이라든가 뭐라고 했다. 그는 악수할 때 상대편의 손가락을 마흔 개 정도 부러뜨리지 않고는 직성이 풀리지 않을 그런 유형이었다. 나는 그런 인간들이 제일 싫다.

"혼자 있나요?" 하고 릴리언이 물었다. 그녀는 통로를 완전히 막고 있었다. 그렇게 길을 막고 사람이 지나다니지 못하게 하는 것을 좋아하는 게 분명했다. 웨이터는 그녀가 길을 비켜주기를 기다리고 있었지만 그녀는 아랑곳하지 않았다. 참 재미있었다. 웨이터는 분명히 그녀를 그다지 좋아하지 않았다. 해군 장교도 자기가 데이트하는 상대인데도 그녀를 그다지 좋아하지 않는 것 같았다. 나 또한 그녀를 그다지 좋아하지 않았다. 아무도 그녀를 좋아하지 않았다. 어느 면에서 그녀가 측은하다는 생각이 들었다.

"파트너가 없는 거야?" 하고 그녀가 나에게 물었다. 나는 이제 서 있는 자세였다. 그런데도 그녀는 나더러 앉으라는 말조차 하지 않았다. 그녀는 사람을 몇 시간이고 세워둘 타입이었다. "잘 생겼죠?" 하고 그녀는 해군 장교에게 말했다. 그러고 나서는 "홀든은 1분마다 더 미남이 되어가는군." 하고 나에게 말했다.

해군 장교가 그녀에게 길을 막고 서 있다는 것을 상기시켰다. "홀든, 우리 자리로 와. 그 술을 가지고." 하고 릴리언이 말했다.

"난 지금 나가려던 참이었어요." 하고 나는 말했다. "만날 사람이 있어요."

그녀는 나에게 친절하려고 애쓰는 것이 역력했다. 그녀가 친절하게 대해주었다는 이야기가 형에게 전달되기를 기대하고 그랬을 것이다.

"둘러대기도 잘하는군. 좋아, 형을 만나거든 내가 증오한다고 전해줘."

그녀는 내 자리를 떠났다. 해군 장교와 나는 서로 만나게 되어 반갑다는 인사를 나눴다. 이건 정말 죽고 싶은 짓이었다. 만나서 조금도 반가울 것이 없는 사람에게 "만나게 되어 반갑습니다"라는 말을 늘어놓고 있다니! 하지만 살아가고 싶으면 그런 말도 해야 하는 법이다.

그녀에게 만날 사람이 있다고 말한 이상 나는 그곳을 떠나는 도리밖에 없었다. 거기에 늘어붙어서 어니의 맵시 있는 음악을 더 들고 있을 수 없었다. 그렇다고 릴리언 시몬스와 그 해군 장교의 자리에 가서 앉을 생각은 추호도 없었다. 그건 지독히도 지루할 것이다. 그래서 나는 그곳을 떠났다. 외투를 받아 입으면서 공연히 화가 치밀었다. 인간들은 언제나 남의 일을 망친다니까.

13

나는 호텔까지 줄곧 걸었다. 41개의 찬란한 구간을 걸어간 것이
다. 걷고 싶었기 때문은 아니다. 또 한 대의 택시에 타고 내리는 것
이 귀찮았다. 택시 타는 일도 엘리베이터를 타는 것과 마찬가지로
싫증날 때가 있는 법이다. 갑자기 아무리 먼 곳이건, 아무리 높은 곳
이건 걸어서 가지 않으면 직성이 풀리지 않을 때가 있다. 어렸을 때
나는 우리 아파트의 방까지 자주 걸어서 올라가곤 했다. 12층이었
는데도.

눈이 내린 것 같지는 않았다. 인도 위에는 눈이 거의 없었다. 그러
나 날씨는 무섭게 추웠다. 그래서 나는 주머니에서 빨간 사냥모자
를 꺼내어 썼다. 맵시 따위에는 신경도 쓰지 않았다. 나는 귀덮개까
지 밑으로 내렸다. 나는 펜시에서 어떤 놈이 내 장갑을 훔쳐갔는지
알고 싶어졌다. 손이 꽁꽁 얼어붙고 있었기 때문이다. 내가 그놈을

알아낸다고 해서 무슨 조치를 취하겠다는 뜻은 아니다. 나야말로 겁이 많은 놈이니까. 겉으로 나타내지는 않지만 사실 나는 그런 놈이다.

예컨대 펜시에서 내 장갑을 훔쳐간 놈을 알아냈다고 치자. 나는 아마 그 사기꾼의 방까지 가서는 "내 장갑을 돌려주는 게 어때?" 하고 말할 것이다. 그러면 그 사기꾼은 시치미를 뚝 떼고 천진한 얼굴로 "장갑이라니, 무슨 장갑?" 하고 말할 것이다. 그러면 나는 그놈의 옷장에 들어가서 반드시 그 장갑을 찾아낼 거다. 가령, 덧신 같은 데다 감춘 것을 말이다. 나는 그것을 꺼내 가지고 그놈에게 내보이면서 "그래, 이게 네 장갑이냐?" 하고 말할 것이다. 그러면 그놈은 엉터리 같은 천진한 얼굴로 "그런 장갑은 처음 보는데. 네 것이면 가져가렴. 그따위 것 난 소용 없으니까." 하고 말할 것이다.

그렇게 되면 나는 5분쯤 가만히 서 있을 것이다. 나는 장갑을 손에 쥐고는 그놈의 턱을 향해 한 대 먹여야겠다고 생각할 것이다. 그놈의 턱을 부숴놓아야겠다고. 그렇지만 막상 그렇게 할 용기는 없을 것이다. 그냥 거기에 서서 험악한 인상을 지으려고 애쓸 것이다.

어쩌면 나는 아주 신랄하고 지저분한 욕을 퍼부어 그놈이 약이 오르게 하겠지. 그놈의 턱을 갈기는 대신에. 그래서 내가 신랄하고 지저분한 욕을 퍼부으면 그놈은 일어나서 내게 다가와 "임마, 콜필드. 너 나를 도둑놈 취급하는 거야?" 하고 소리칠 것이다. 그러면 나는 "그렇다. 이 더러운 도둑놈 같으니!" 하고 대답하는 것이 아니라 "아니, 내 말은 다만 내 장갑이 네 덧신 속에 들어 있었다 이 말이야." 라고 하는 게 고작일 것이다. 그러면 그놈은 내가 저를 때리지 않을 것을 확신하고 "이봐, 이건 정확히 해두자구. 그래 나를 도둑놈이라고 할 거야?" 하고 되묻는다. 그러면 나는 아마 "도둑놈이라고 말할 사람은 아무도 없을 거야. 다만 내 장갑이 네 덧신 속에 들어가 있었다고 말했을 뿐이야." 하고 말할 것이다.

이야기는 몇 시간이고 이런 식으로 계속될 것이다. 결국 나는 그 사기꾼을 때리지도 못하고 그냥 방을 나와버리겠지. 그러고는 세면장에 가서 몰래 담배를 피우면서 거울에 비친 자신의 모습을 한층 험상궂게 보이게끔 연기할 것이다.

호텔로 돌아가는 도중 나는 줄곧 그런 생각을 했다. 겁이 많은 것은 아무래도 재미없다. 아마 나는 지독한 겁쟁이는 아닐 것이다. 글쎄 잘 모르겠다. 약간 겁쟁이인지도 모른다. 그리고 장갑쯤은 잃어버려도 그다지 신경쓰지 않는 타입의 인간인지도 모른다. 문제는 내가 무엇을 잃어버리고도 그다지 신경쓰지 않는다는 점이다. 그래서 어렸을 때 간혹 엄마를 몹시 화나게 하곤 했다. 어떤 아이들은 잃어버린 것이 있으면 며칠이고 끈질기게 그것을 찾는다. 나는 잃어버렸을 때 속태울 만한 물건을 가져본 적이 없는 것 같다.

나는 좀 겁쟁이일지도 모르겠다. 그렇다고 변명하는 것은 아니다. 정말이다. 정말이지 겁쟁이는 되지 말아야 한다. 누구의 턱을 갈겨야 할 때라든가 갈기고 싶을 때는 반드시 갈겨야 한다. 그런데 나는 그 방면으로 소질이 없다. 턱을 갈기기보다는 차라리 창 밖으로 내던지든가 그놈의 모가지를 도끼로 잘라버리는 편이 낫겠다.

나는 주먹 싸움은 죽어도 싫다. 얻어맞는 것은 괜찮다. 물론 맞는 걸 좋아하는 건 아니다. 주먹 싸움에서 제일 겁나는 것은 상대편 얼굴이다. 나로서는 상대편 얼굴을 쳐다볼 수가 없다는 게 문제이다. 양쪽이 다 눈을 가리든가 한다면, 해볼 만도 하다. 생각해보면 이 방법은 야릇한 비겁함이다. 그러나 어쨌든 나는 비겁한 것임에 틀림없다. 그냥 농담으로 그러는 게 아니다.

장갑과 비겁함에 대해 생각할수록 나는 더욱 풀이 죽었다. 그래서 계속 걸으면서 어딘가 들러 한잔 더 해야겠다고 생각했다. 어니클럽에선 석 잔밖에 마시지 않았다. 그것도 마지막 잔은 마시지도 않고 나왔다.

나는 술에 무지하게 강하다. 밤새도록 마시고도 기분만 좋으면 마신 티가 전혀 나지 않는다. 후턴 고등학교에서 있었던 일인데, 레이먼드 골드팝이라는 놈과 둘이서 스카치 1파인트를 사다가 토요일 밤 예배당에서 마신 적이 있다. 거기라면 아무도 보는 사람이 없을 것이기 때문이었다. 그놈은 곤드레만드레 취했지만 나는 얼굴에 티도 나지 않았다. 나는 침착하고 냉정했다. 자기 전에 토하긴 했는데 그것도 억지로 토한 것이었다.

나는 호텔에 가기 전에 너저분한 바에 들어가려 했다. 그러나 안에서 지독하게 취한 두 사나이가 나와서 지하철이 어디 있는지 물었다. 그중 하나는 쿠바 사람처럼 보였는데, 길을 알려주는 내 얼굴에다 썩은 냄새가 나는 입김을 계속 뿜어대는 것이었다.

나는 그 술집에 들어가지 않기로 하고 그냥 호텔로 돌아왔다. 로비는 텅 비어 있었다. 그곳에는 마치 5천만 개의 담배 꽁초에서 내뿜는 듯한 냄새가 가득 차 있었다. 이건 정말이다. 나는 졸립거나 불편하지는 않았다. 그러나 어쩐지 기분이 언짢았다. 풀이 죽어 있었다. 차라리 죽고 싶었다.

그 후부터는 갑자기 엉망진창 속으로 말려들고 말았다.

내가 엘리베이터에 타자 엘리베이터 보이가 "재미보지 않겠어요? 좀 시간이 늦었나요?" 하고 내게 말하는 것이었다.

"무슨 말이죠?" 하고 내가 말했다. 나는 그가 무슨 말을 하는지 도무지 알 수가 없었다.

"오늘 밤, 여자에 관심 있으십니까?"

"나 말입니까?" 하고 내가 반문했다. 정말 바보 같은 대답이었지만 누군가 다짜고짜 그런 질문을 하면 정말 어리벙벙해질 수밖에 없다.

"몇 살이나 되셨죠?" 하고 보이가 물었다.

"그건 왜 물어요?" 하고 말한 후 "스물둘이오" 하고 대답했다.

"그래요? 어때요? 흥미 없나요? 잠깐은 5달러, 긴 밤은 15달러면 돼요." 그는 시계를 보았다. "잠깐 놀면 5달러고 정오까지 길게 놀면 15달러."

"좋아요." 하고 내가 말했다. 그것은 내 원칙에 어긋나는 일이었지만 하도 우울해서 원칙이고 뭐고 생각조차 하지 않았다. 그것이 문제였다. 사람은 풀이 죽어 있을 땐 분별이 없어진다는 것, 이것이 문제다.

"좋다면 어느 쪽을 하시겠소? 짧은 시간이오, 긴 시간이오? 우선 그것부터 알아야 되니까요."

"짧은 것."

"좋아요. 당신 방은?"

나는 열쇠에 달려 있는 빨간 딱지를 보았다. 그 위에 번호가 있었다. "1222호." 하고 내가 말해주었다. 나는 일이 이렇게 된 것을 벌써 후회하고 있었다. 그러나 때는 이미 늦었다.

"그럼 15분 후에 아가씨를 올려보내겠습니다." 그가 문을 열자 나는 엘리베이터에서 내렸다.

"헤이, 예쁜 여자요?" 하고 내가 물었다. "늙은 건 질색이야."

"늙지 않았어요. 그건 염려 마세요."

"돈은 누구에게 주지?"

"여자한테. 이제 됐습니까?" 하고 그놈은 문을 닫았다. 내 코가 문 틈에 낄 뻔했다.

나는 방에 들어가 머리에다 물을 좀 발랐다. 그러나 스포츠형 머리여서 빗질이 불가능했다. 그런 다음 입에서 썩은 내가 나지 않나 실험해보았다. 담배를 워낙 많이 피웠고 어니 클럽에서 스카치와 소다를 마셨기 때문이다. 테스트 하려면 입 아래 손을 대고 숨이 콧구멍 쪽으로 올라가게 하면 되었다. 그다지 썩은 내는 나지 않았다. 그래도 어쨌건 이를 닦았다. 그러고는 와이셔츠도 깨끗한 것으로 바꿔 입었다. 창녀 따위 때문에 치장까지 할 필요는 없다는 걸 알고 있었지만 그래도 뭔가 해야 한다는 생각이 들었다.

나는 약간 불안감을 느꼈다. 성적 흥분을 느꼈지만 그래도 불안했다. 사실 나는 숫총각이었다. 이건 정말이다. 총각 딱지를 뗄 기회는 꽤 많이 있었지만 아직 골인은 시키지 못한 상태였다. 언제나 방해하는 일이 일어나곤 했다. 예컨대 여자의 집에 가면 언제나 그녀의 부모가 엉뚱한 시간에 귀가했다. 또는 엉뚱한 시간에 돌아오지 않을까 두려워하기도 했다. 어떤 때는 친구와 차를 같이 쓰는데 앞자리에 있는 여자가 공연히 우리가 있는 뒷좌석에 신경을 쓰며 뒤에서 무슨 일이 벌어지는지 알려고 했다. 어쨌든 반드시 무슨 일이 일어났다.

그러나 진짜로 할 뻔했던 적이 몇 번 있었다. 특히 그중 한 번은 지금도 생생히 기억난다. 그러나 무언가가 어긋나고 말았다. 그것이 무엇인지 지금은 기억조차 할 수 없다. 실은 여자와, 그러니까 창녀 같은 여자가 아닌 여자와 막 하려고 할 때는 여자 쪽에서 계속 못하게 말린다.

그런데 문제는 내가 그녀의 말대로 정말 그만두고 마는 데 있다. 대부분의 새끼들은 그만두지 않지만, 나는 그렇지 않다. 여자 쪽이 정말 그쯤에서 그만두는 것을 원하는 것인지, 혹은 겁을 집어먹고 있는 것인지, 또는 그것을 하고 말았을 때 책임을 내 쪽에다 전가시키려고 그렇게 하는 것인지 도무지 알 수 없다.

어쨌든 나는 그만두고 만다. 여자가 불쌍하다는 생각이 들기 때문이다. 대부분의 여자는 머리가 좀 둔하다. 잠시 끌어안으면 여자는 그만 이성을 잃고 만다. 여자는 흥분하면 이성을 완전히 잃어버린다. 알다가도 모를 일이다. 여자가 그만두라고 해서 그만두는 것뿐이다. 여자를 집에 데려다주고 나서는 그만두지 말았어야 하는 건데, 하고 후회한다. 그러면서도 나는 늘 그런 식으로 그만두곤 했다.

나는 깨끗한 와이셔츠로 갈아입으면서 이번이야말로 절호의 기회라고 생각했다. 상대가 창녀니까 그녀를 상대로 나중에 다른 여자와 결혼을 하게 될 경우를 대비해서 연습을 할 수도 있을 거라고 생각했다. 나는 결혼에 대해 이따금 걱정할 때가 있다.

후턴 고등학교에 다닐 때 읽은 책 중에 세련되고 상냥하고 게다가 매우 섹시하게 생긴 사나이가 등장하는 책 한 권이 있었다. 지금도 기억하는데, 그의 이름은 무슈 블랑샤르였다. 지저분한 책이었지만 이 블랑샤르라는 사나이는 꽤 멋진 놈이었다. 유럽의 리비에라에 큰 별장을 가지고 있었고, 그가 여가 시간에 하는 일이란 곤봉으로 여자를 때리는 일이었다. 지독한 탕아였다. 그러나 그는 여자를 녹여버리는 것이었다.

그 사나이의 말을 빌면, 여자의 육체란 바이올린과 같아서 그것을 잘 연주하려면 우선 훌륭한 연주가가 되어야 한다는 것이다. 물론 엉터리 같은 책이라는 것은 나도 잘 안다. 그래도 바이올린과 같다고 말한 대목은 도무지 잊을 수가 없다.

그래서 결혼할 때를 대비해서 연습 좀 해보자는 생각이 들었던 모양이다. 콜필드와 그의 마법의 바이올린! 그럴 듯했다. 엉터리라는 것을 나도 깨닫고는 있지만 그렇다고 그다지 엉터리는 아닌 것 같았다. 그런 짓도 잘하면 나쁠 것이 없지 않은가. 사실 여자와 어울리고 있을 때 나는 내가 찾아야 할 곳을 찾는 데만도 무진 애를 먹었다. 예를 들면 아까 말한 그 할 뻔하다 못 한 여자의 경우, 그녀의 브래지어를 벗기는 데 한 시간이나 걸렸던 것이다. 겨우 벗겼을 때 그녀는 내 눈에다 침을 뱉을 것 같은 표정을 짓고 있었다.

나는 방안을 이리저리 서성거리면서 창녀가 나타나기를 기다렸다. 예쁜 여자이기를 계속 기원했다. 그러나 그것에 그다지 신경을 쓴 것은 아니다. 그냥 끝내버렸으면 하는 심정이었다. 드디어 문을 노크하는 소리가 들렸다. 문을 열어주러 가다가 바닥에 놓은 여행 가방에 걸려 넘어져서 하마터면 무릎을 박살낼 뻔했다. 나는 언제나 중요한 순간에 여행 가방 같은 것에 걸려 넘어지곤 한다.

문을 열자 창녀가 서 있었다. 폴로 외투를 걸치고 모자는 쓰지 않았다. 금발에 가까운 머리였지만 염색한 머리라는 것을 곧 알 수 있었다. 늙은 여자는 아니었다. "안녕하세요?" 하고 내가 말했다. 지독히 상냥한 목소리로.

"모리스가 말한 분이에요?" 하고 그녀가 물었다. 그다지 다정하진 않았다.

"엘리베이터 보이 말입니까?"

"그래요."

"그게 바로 나요. 자, 들어와요." 나는 차츰 태연한 느낌을 가질 수 있었다. 정말이다.

창녀는 방에 들어오자 외투를 벗어 팽개치듯 침대 위에 던져 놓았다. 외투 안에 입고 있는 옷은 초록색이었다. 그리고 나서 그녀는 책상에 달린 의자에 비스듬히 앉아 한쪽 발 끝을 올렸다 내렸다 하며 까불었다. 그러다가 다시 다리를 꼬고 앉아 위에 얹힌 다리를 흔들어댔다. 창녀치고는 불안해하고 있는 편이었다. 아마 아직 꽤 어린 나이였기 때문일 것이다. 내 나이 또래였다. 나는 그녀 옆의 큰 의자에 앉아 담배를 권했다.

"담배 안 피워요." 하고 그녀가 말했다. 아주 작은 모기 소리 같았다. 뭐라고 하는지 거의 들리지도 않았다. 도대체 무엇을 권해도 고맙다는 인사도 하지 않았다. 철이 들지 않은 여자였다.

"내 소개부터 해야겠군. 나는 짐 스틸이라고 해요." 하고 내가 말했다.

"시계 가지고 있어요?"라고 그녀가 물었다. 말할 것도 없이 내 이름 따위에는 관심도 없었다. "근데, 몇 살이나 되었죠?"

"나 말이오? 스물둘."

"웃기네."

이건 정말 재미있는 말이다. 어린애가 하는 말 같았기 때문이다. 창녀 같은 것들이 '사기 치지 마' 또는 '엉터리 같으니!' 하는 말을 하지 않고 '웃기네'라고 하다니!

"몇 살이나 되었지?" 내가 그녀에게 물었다.

"철이 들 만큼 먹었어요." 그녀가 말했다. 그녀는 정말 재치 있는 여자였다. "시계 있으세요?" 하고 그녀가 다시 물었다. 그리고는 일어서서 머리 위로 옷을 잡아당겨 벗었다.

그러자 내 기분은 묘해졌다. 그녀가 너무 갑작스레 그렇게 했던 것이다. 여자가 일어나서 옷을 벗으면 성적인 충동을 느끼게 된다고 생각할 것이다. 그러나 나는 전혀 충동을 느끼지 않았다. 성적 충동이라고는 조금도 느낄 수 없었다. 오히려 울적함을 느꼈다.

"시계 가지고 있어요?"

"없는데." 내가 대답했다. 정말 묘한 기분이 들었다. "이름이 뭐요?" 하고 내가 그녀에게 물었다. 그녀가 몸에 걸치고 있는 것이라고는 핑크색 슬립뿐이었다. 정말이지 나는 어리벙벙했다.

"서니라고 해요." 하고 그녀가 말했다. "자, 빨리 해요."

"이야기 좀 하지 않겠소?" 이건 어린애 같은 발언이었지만 그때 내 기분은 미묘했다. "그렇게 급해요?"

그녀는 미친 사람을 보듯 나를 보았다. "대체 무슨 말을 하자는 거예요?"

"글쎄, 특별한 것은 없어요. 난 혹시 이야기를 하고 싶지 않을까 해서……"

그녀는 다시 책상에 달린 의자에 가서 앉았다. 그녀는 그것이 싫은 모양이었다. 그녀는 다시 발을 까불기 시작했다. 정말이지 그녀는 무언가에 쫓기는 듯한 여자였다.

"담배 피우지 않겠소?" 하고 나는 말했다. 그녀가 담배를 피우지 않는다는 것을 잊었던 것이다.

"피우지 않는다니까요. 얘기 하려거든 어서 해요. 난 할 일이 있으니까요."

그러나 도무지 얘기할 건덕지가 생각나지 않았다. 어떻게 해서 매춘부 같은 것이 되었느냐고 묻고 싶었지만, 그걸 묻기는 겁이 났다. 그런 질문에는 대꾸도 하지 않을 것이다.

"뉴욕 출신 아니죠?" 하고 드디어 내가 물었다. 그것이 내가 고작 생각해낸 화제였다.

"할리우드." 하고 그녀가 말했다. 그러고는 일어서서 아까 자기 옷을 내려놓은 침대 쪽으로 걸어갔다. "옷걸이 있어요? 옷을 구기기 싫으니까. 이건 새로 드라이 클리닝한 거예요."

"물론 있어요." 하고 나는 바로 대답했다. 일어서서 무슨 일을 하게 된 것이 기쁘기만 했다. 나는 그녀의 옷을 가져다 옷장 안에 걸어주었다. 우습다는 생각이 들었다. 나는 그 옷을 걸어줄 때 좀 서글퍼졌다. 그녀가 옷가게에 들어가 그 옷을 사는 장면을 상상했던 것이다. 옷가게에서는 누구도 그녀가 창녀라는 사실을 몰랐을 것이다. 그런 생각이 나를 서글프게 했다. 이유는 잘 모르지만.

나는 다시 의자에 앉아 아까 그 이야기를 계속하려 했다. 그러나 그녀는 대화에 지독히 서툴렀다.

"매일 밤 일하나요?" 하고 물었다. 말하고 나서야 내가 지독한 질문을 했구나 하는 것을 깨달았다.

"네, 그래요." 그녀는 방안을 이리저리 서성거리다가 책상에서 메뉴판을 집어들고 읽었다.

"낮에는 뭘 하나요?"

그녀는 어깨를 약간 으쓱 했다. 상당히 마른 몸이었다.

"잠을 자든가 쇼를 보러 가요." 그녀는 메뉴를 내려놓고 나를 바라보았다.

"자, 어서 해요. 난 아직……"

"이봐요." 내가 말했다. "오늘 밤은 기분이 나지 않아. 여러 가지 문제로 시달린 밤이었어요. 맹세코 말하는데 돈은 주겠어요. 혹시 하지 않더라도 상관없겠죠? 별 상관 있을라고!"

문제는 내가 그냥 하고 싶지 않다는 데 있었다. 사실을 말하자면 성적 흥분보다는 우울함을 느끼고 있었다. 옷장에 걸려 있는 초록색 옷이라든가 그 밖의 것들로 인해 그녀는 나를 우울하게 했다. 게다가 온종일 바보 같은 영화관에 앉아 있는 그런 여자와는 할 수가 없었다. 정말 도저히 할 수 없다는 생각이 들었다.

그녀는 내 말을 믿을 수 없다는 듯이 우스운 표정을 짓고 내게로 다가왔다.

"어떻게 된 거예요?" 하고 그녀가 물었다.

"아니, 아무것도." 하고 말은 했지만 나는 점점 불안감을 느끼고 있었다. "사실은 최근에 수술을 받았거든."

"그래요? 어디를?"

"글쎄…… 뭐라더라…… 클라비코드라고 하더군."

"네? 그건 어디 있지요?"

"클라비코드 말이에요?" 하고 내가 설명했다. "그것은 척수관 안에 있어요. 척수관 아래쪽에 붙어 있어요."

"그래요? 아팠겠네요." 그녀는 이렇게 말하고 나서 내 무릎 위에 앉는 것이었다. "귀여운 남자로군요."

그녀는 점점 더 나를 불안하게 했다. 그래서 나는 열심히 거짓말을 꾸며댔다. "아직 회복기에 있어요."

"당신은 영화에 나오는 사람과 닮았군요. 그 남자 이름이 뭐라더라? 저, 그 남자 있잖아요?"

"모르겠는데요." 하고 내가 말했다. 여자는 내 무릎에서 내려가려 하지 않았다.

"잘 알면서. 멜빈 더글러스와 같이 영화에 나오는 그 사람 말이에요. 멜빈 더글러스의 동생으로 나오는 배우 있잖아요? 보트에서 떨어지는 남자 말이에요. 내가 누구를 말하는지 알고 있죠?"

"아니, 모르겠는데요. 나는 가능하면 영화관엔 가지 않거든요."

그러고 나서 그녀는 우스운 짓을 하기 시작했다. 이건 정말 노골

적이었다.

"그런 짓 하지 말아주었으면 좋겠어." 하고 내가 말했다. "아까도 말했지만 기분이 나지 않는다니까. 수술을 받았다니까."

그녀는 내 무릎에서 내려가지 않고 나를 무서운 표정으로 노려보았다. "이봐요, 나는 자고 있었어요. 자고 있는데 모리스가 깨운 거예요. 만약에 당신이 날……"

"그래서 말했잖아? 왔으니까 돈은 주겠다고 말야. 정말 준다니까. 돈은 얼마든지 있어요. 다만 중병에서 회복하는……"

"그럼 왜 모리스 놈에게 여자가 필요하다고 말했죠? 그 뭔지를 수술했다면서."

"몸이 훨씬 나았다고 생각한 거지. 계산 착오였어요. 농담이 아녜요. 미안해요. 자, 잠깐 일어나요. 지갑을 꺼내야 되니까."

그녀는 지독히 화가 나 있었다. 그러나 그녀가 내 빌어먹을 무릎에서 일어나주었으므로 나는 찬장으로 가서 지갑을 가져올 수 있었다. 나는 5달러짜리 지폐를 꺼내어 그녀에게 건네주었다.

"고마워요." 하고 내가 말했다. "무척 고마웠어요."

"이거 5달러 아녜요? 10달러를 줘야지요."

그녀가 이상하게 구는 것이 분명했다. 사실은 이런 일이 일어나지나 않을까 은근히 걱정하고 있었던 참이었다.

"모리스는 5달러라고 했어요." 내가 설명했다. "정오까지면 15달러이고 잠깐은 5달러라고 했어요."

"잠깐이 10달러예요."

"그 새끼가 5달러라고 했다니까. 미안하지만…… 정말 미안하지만 나는 그것밖에 낼 수 없어."

그녀는 전처럼 어깨를 약간 으쓱 했다. 그런 다음 "미안하지만 저 옷 좀 집어주지 않겠어요? 내가 너무 어려운 부탁을 하고 있나요?" 하고 냉랭하게 말했다.

그녀는 작은 도깨비 같았다. 작고 가는 목소리였지만 사람을 좀 오싹하게 만드는 무엇이 있었다. 짙은 화장에 덩치가 우람한 늙은 창녀라 해도 도깨비 같은 인상을 준다는 점에서는 그녀의 반도 따라오지 못했을 것이다.

나는 그녀의 옷을 가져다주었다. 그녀는 그것을 입고 나서 침대에서 폴로 외투를 집어들었다.

"그럼 안녕, 못난이." 그녀가 말했다.

"잘 가요." 하고 나도 말했다. 고맙다느니 뭐니 하는 따위는 생략했다. 그러기를 잘한 것이다.

14

서니가 나가고 난 다음 나는 잠시 의자에 앉아 담배 두서너 개비를 피웠다. 밖이 훤해지고 있었다. 정말 비참한 기분이 들었다. 내가 얼마나 침울했는지 상상할 수도 없을 것이다.

그 후에 내가 한 일은 앨리와 대화한 것이다. 소리를 내어 대화를 했다. 이건 내가 우울할 때 종종 하는 버릇이다. 집에 가서 자전거를 가지고 보비 폴론의 집 앞에서 만나자고 앨리에게 말했다. 보비 폴론은 메인주에 살 때 바로 우리 옆집에 살던 아이였다. 벌써 여러 해 전 이야기다.

어쨌든 실제로 나와 보비는 어느 날 서로의 자전거를 타고 세데베고 호수까지 가기로 되어 있었다. 도시락과 공기총을 가지고 가기로 했다. 우리는 아직 어린애들이었으니까. 그래서 우리는 공기총으로 뭔가 쏠 수 있을 것이라고 생각했다. 보비와 내가 이야기하는 것을 듣고 앨리는 저도 가고 싶다고 말했다. 나는 허락하지 않았다. 너는 아직 어리다고 말했다. 그래서 어쩌다 지금처럼 우울해질 때는 "그래 좋아. 집에 가서 네 자전거를 가지고 와. 보비네 집 앞에서 만나자. 빨리 서둘러." 하고 앨리에게 말하는 것이다. 그렇다고 그 무렵 내가 어디에 갈 때 앨리를 데리고 가지 않았다는 뜻은 아니다. 꼭 데리고 다녔다. 그런데 그날만은 데리고 가지 않았던 것이다. 동생 앨리는 화도 내지 않았다. 그 애는 어떤 일에도 결코 화를 내지 않았다. 그래서 어쩌다가 우울해질 때는 앨리 생각이 나곤 한다.

결국 옷을 벗고 침대에 들어갔다. 침대에 눕자 기도를 하고 싶었지만 그럴 수가 없었다. 기도를 하고 싶다고 해서 항상 할 수 있는 것은 아니다. 나는 일종의 무신론자였다. 나는 예수는 좋아하지만 성서 안에 기록된 대부분의 것은 그다지 좋아하지 않는다.

예컨대 열두 제자 같은 것은 좋아하지 않는다. 사실을 말하면 그 제자들은 질색이다. 예수가 죽은 후의 그들은 그래도 괜찮은 편이지만 예수가 살아 있는 동안은 예수의 밥이나 축내는 인간들에 불과했으니까. 그들이 한 일은 예수를 끌어내리는 일뿐이었다. 오히려 성서에 나오는 다른 인간들이 제자들보다 더 마음에 든다. 진실을 말하건대 성서에서 예수 다음으로 내가 제일 좋아하는 인물은 바로 무덤 속에 살면서 돌로 제 몸에 상처를 입히는 미치광이이다. 그 불쌍한 자가 사도들보다 몇십 배나 더 마음에 든다.

내가 후턴 고등학교에 다닐 때의 일인데, 아래층에 살던 아서 차일스라는 아이와 이 문제에 대해서 여러 번 토론을 벌인 일이 있다. 차일스 놈은 퀘이커 교도였는데, 밤낮 성서를 읽는 놈이었다. 그 애는 무척 좋은 애였고, 나도 그를 좋아했다.

그러나 성서의 내용에 관한 한 우리는 여러 가지 점에서 의견이 달랐다. 열두 사도에 대해 특히 그랬다. 내가 열두 사도를 좋아하지 않는다면 의당 예수도 좋아하지 않아야 한다는 것이었다. 예수가 열두 사도를 골랐으므로 우리는 사도들까지 좋아해야 한다는 주장이었다. 나는 예수가 그들을 고른 것은 알고 있지만 아무렇게나 고른 것이라고 말했다. 예수에겐 그네들을 하나하나 분석할 시간이 없었다고 말이다. 그렇다고 예수를 비난한다거나 하는 것은 아니라고도 말했다. 시간이 없었던 것은 예수의 잘못이 아니니까.

지금도 기억나는데, 나는 차일스에게 예수를 배반한 유다가 자살하고 난 다음 지옥에 갔을 거 같으냐고 물었다. 차일스는 물론이라고 대답했다. 바로 그 점에서 나는 그와 의견이 달랐다. 예수는 유다를 지옥에 보내지 않았을 거다. 나는 천 달러라도 걸겠다고 했다. 지금도 나는 천 달러를 걸겠다. 만약 천 달러가 있기만 하다면. 아마 사도들은 누구든지 유다를 지옥으로 보냈을 것이다. 그것도 아주 급하게 보냈을 것이다. 그러나 예수는 절대로 그런 짓은 하지 않았을 것이다.

차일스는 내가 교회에 가지 않는 게 문제라고 했다. 어떤 의미에서 그 애의 말은 옳았다. 사실 나는 교회에 가지 않는다. 우선, 내 부모는 종교가 각기 달랐고 자식들은 모두 무신론자들이었으니까. 나는 목사라는 자들에 대해 참을 수가 없다. 내가 다닌 학교마다 모두 목사가 있었는데, 모두 설교를 시작할 때마다 판에 박힌 거룩한 목소리를 만들어내는 것이었다. 나는 그게 싫었다. 왜 좀 자연스런 목소리로 말할 수 없는지를 아직도 모르겠다. 그들의 이야기는 정말 위선처럼 들린다.

나는 침대에 누웠지만 전혀 기도할 수가 없었다. 기도를 시작할 때마다 아까 그 서니라는 년이 날 보고 못난이라고 말하던 장면이 떠올랐다. 드디어 침대에서 일어나 앉아 다시 담배를 한 대 피웠다. 맛이 썼다. 펜시를 떠난 이래로 벌써 두 갑은 피웠을 것이다.

그렇게 담배를 피우고 있는데 갑자기 누군가가 문을 두드렸다. 내 방문이 아니기를 줄곧 바랐지만 그것이 내 방문이라는 것은 너무나 확실했다. 어떻게 알았는지 모르지만 어쨌든 알고 있었다. 그리고 노크하는 사람이 누구인지도 알고 있었다. 나에겐 신통력과 같은 예민한 감각이 있었으므로.

"누구세요?" 하고 내가 물었다. 몹시 겁이 났다. 이런 일에 대해서 나는 꽤 겁쟁이였다.

그러나 밖에서는 계속 노크만 했다. 점점 더 세게 두드렸다. 마침내 나는 파자마 바람으로 침대에서 나와 문을 열었다. 일부러 불을 켤 필요조차 없었다. 이미 날이 환하게 밝았기 때문에. 서니 년과 포주 같은 모리스가 거기 서 있었다.

"웬일입니까? 무슨 일이라도?" 제기랄! 목소리가 덜덜 떨렸다.

"별일은 아니오." 모리스가 말했다. "5달러만 내면……" 두 사람을 대표해서 모리스가 말하고 있었다. 서니 년은 그 바로 옆에서 입을 벌린 채 그냥 서 있었다.

"돈은 벌써 주었어요. 5달러를 그녀에게 주었어요. 물어봐요." 하고 내가 말했다. 제기랄, 목소리가 주책없이 떨렸다.

"10달러란 말야. 내가 그렇게 말했잖아? 한 번에 10달러지만 정오까지면 15달러라고. 그렇게 말하지 않았나?"

"그렇게 말하지 않았어요. 한 번에 5달러에다 정오까지면 15달러라고 들었어요. 난 분명히 그렇게 들었으니까……"

"좀 비켜."

"왜 그래요?" 이렇게 말은 했지만 심장이 어찌나 요란하게 뛰는지 방 밖으로 튕겨나갈 것 같았다. 적어도 옷이라도 입고 있었으면 싶었다. 그런 일이 벌어지는 마당에 파자마 바람이라니 생각만 해도 끔찍했다.

"좀 들어가자구." 모리스는 이렇게 말하더니 그 우람한 손으로 나를 밀어젖혔다. 나는 뒤로 곤두박질할 뻔했다. 그놈은 덩치가 무지무지하게 큰 놈이었다. 다음 순간 나는 그놈과 서니 년이 둘 다 내 방안에 들어와 있다는 걸 깨달았다. 둘은 마치 그곳이 저희들 방이라도 되는 것처럼 굴었다. 서니 년은 창틀 위에 앉아 있었고, 모리스 놈은 큰 의자에 앉아 목 뒤쪽 칼라를 잡아 늘이는 듯한 몸짓을 해 보였다. 그놈은 엘리베이터 보이의 제복을 입고 있었다. 나는 정말 불안했다.

"자, 내놓지. 난 일하러 가야 하니까."

"벌써 열 번이나 이야기하지 않았어? 난 1센트의 빚도 없어. 그녀에게 5달러를 이미 지불……"

"잔소리 마. 어서 내놓으라니까."

"왜 5달러를 더 내야 하지?" 내 목소리가 온 방안에 울렸다. "나를 속여먹으려고?"

모리스는 제복 상의의 단추를 다 풀었다. 밑에는 와이셔츠고 뭐고 아무것도 입지 않고 다만 와이셔츠의 칼라만 목에 매달고 있었다. 털이 무성한 비대한 배때기를 과시하고 있었다. "아무도 속여먹지 않아." 하고 그가 말했다. "자, 내놓으라니까."

"못 내놔."

내가 그렇게 말하자 그놈은 의자에서 일어나 나를 향해 걸어왔다. 몹시 지루하거나 귀찮은 표정이었다. 어쨌든 지독히 겁을 먹고 나는 팔짱을 끼었다. 파자마 바람만 아니었어도 형세가 그렇게 엉망이 되지는 않았을 거다.

"자, 어서 내놔." 그놈은 내게 바싹 다가섰다. 그놈은 그 말만 되풀이할 뿐 다른 말은 하지 않았다. "자, 어서 내놓으라니까."

"못 내놔."

"그렇다면 맛을 좀 보여줘야겠군. 이러고 싶지 않지만 어쩔 도리가 없군 그래." 하고 그가 말했다. "우리한테 빚진 5달러 말야."

"난 빚진 거 없어." 하고 내가 말했다. "내게 손 대면 소리칠 테니까. 호텔에 든 손님을 모두 깨우겠어. 경관이고 뭐고 다……" 이렇게 말하는 내 목소리가 지랄같이 떨리고 있었다.

"질러봐. 대가리가 터지도록 떠들어봐. 좋아." 하고 모리스 놈이 말했다. "네가 창녀와 하룻밤을 잤다는 것을 네 부모에게 알리고 싶어? 너 같은 상류 계급의 자식이?" 그놈은 어설프긴 했지만 나름대로 영리한 놈이었다. 정말 영리했다.

"상관 마. 처음부터 10달러라고 말했으면 문제는 달라. 하지만 네가 분명히……"

"내놓을 거야, 어쩔 거야?" 그놈은 나를 밀어 문까지 몰아갔다. 그놈의 배때기며 그 밖의 모든 것이 내 위에 서 있는 것 같았다.

"손 대면 가만히 있지 않겠어. 빨리 여길 나가지 못해?" 나는 여전히 팔짱을 끼고 있었다. 정말 나는 바보였다.

그때 서니 년이 처음으로 입을 열었다. "헤이, 모리스. 이 애 지갑을 잡아놓을까? 저, 뭐라고 하더라. 저 위에 있어."

"그래, 그걸 가지고 있어."

"지갑에 손 대지 마."

"벌써 손 댄걸." 서니 년은 이렇게 말하면서 5달러 지폐를 내게 흔들어 보였다. "봐요, 내게 빚진 5달러만 가졌어. 난 사기꾼이 아니니까."

나는 갑자기 울부짖기 시작했다. 나는 그러지 않기를 마음속으로 빌고 있었지만, 결국 울부짖었다. "그렇지, 사기꾼이 아니지. 그냥 5달러를 훔치고 있을 뿐……"

"닥쳐." 모리스가 말하며 나를 밀었다.

"이제 내버려둬요." 하고 서니 년이 말했다. "자, 이젠 됐어. 받을 걸 받았으니. 가자, 어서!"

"갈게." 모리스는 말은 그렇게 해놓고도 가지 않았다.

"가자니까, 모리스. 내버려둬요."

"누가 때린다니?" 하고 그놈은 천진한 표정으로 말했다. 그러고 나서 그놈은 손가락으로 내 파자마 위 어딘가를 콱 쥐어박는 것이었다. 그가 어디를 쥐어박았는지 정확히 알 수는 없었지만 지독히 아팠다. 나는 "이 멍청이 같은 백치놈."이라고 쏘아붙였다.

"뭐라구?" 하고 그놈이 말했다. 그놈은 귀머거리처럼 귀 뒤에다 두 손을 갖다 댔다. "뭐라구? 내가 뭐?"

나는 여전히 울부짖고 있었다. 어찌나 화가 나고 또 불안했는지 몰랐다. "넌 더러운 바보야. 바보 같은 사기꾼 같으니! 2년만 지나봐라. 너는 행인들에게 커피값을 구걸하는 뼈만 앙상한 거지가 될 거다. 더러운 외투 위에는 콧물이 질질 흐르고 너는……"

그때 그놈이 나를 쳤다. 나는 피하거나 몸을 숙이려고조차 하지 않았다. 다만 배에 들어온 강타를 느낄 수 있었다.

그렇다고 내가 완전히 뻗은 것은 아니다. 바닥에 내동댕이쳐져 있었지만 그것들 둘이 문 밖으로 나가는 것과 문이 닫히는 것을 쳐다보았던 기억이 난다. 나는 바닥에 오랫동안 그대로 누워 있었다. 스트라드레이터에게 얻어맞았을 때와 비슷했다. 다만 이번만은 이대로 죽는 것이 아닌가 하는 생각이 들었다. 정말이다. 나는 물에 빠져 익사하는 것 같았다. 도무지 숨을 쉴 수가 없었다. 드디어 일어났지만 목욕탕까지 가는 동안 허리를 굽히고 배를 움켜쥔 꼴을 연출해야 했다.

하지만 나는 미쳐 있었다. 맹세코 나는 미쳐 있었다. 목욕탕까지 반쯤 왔을 때 나는 배에 총탄이라도 박힌 듯한 시늉을 하기 시작했다. 모리스 놈이 쏜 총탄에 맞은 것이다. 이제 목욕탕에 가서 버번인가 뭐가 하는 것을 한 모금 마셔 신경을 진정시킨 다음 행동을 개시하는 것이다.

나는 완벽하게 옷을 입고 주머니엔 자동 권총을 지닌 채 목욕탕에서 약간 비틀거리며 나오는 내 모습을 상상해보았다. 그러고는 엘리베이터를 타지 않고 아래층으로 걸어 내려간다. 난간 따위를 붙들고 입가에는 피를 조금씩 흘리며 내려간다.

몇 층 아래까지 걸어 내려가는 것이다. 창자를 움켜쥐고 사방에 피를 흘리며 말이다. 다음에는 엘리베이터의 벨을 누른다. 모리스 놈이 문을 여는 순간 자동 권총을 손에 든 나를 본다. 그러고는 돼지 먹따듯 겁에 질린 목소리로 제발 쏘지 말아 달라고 애원한다. 그러나 나는 그를 쏘아버린다. 털이 무성한 살진 배때기에다 여섯 발을 발사한다. 그런 다음 권총을 엘리베이터 통로 아래로 던져버린다. 지문을 깨끗이 닦고 난 다음에 말이다. 다시 내 방으로 돌아간다. 거의 기어가듯 올라간다. 그러고는 전화로 제인을 오게 하여 내 배에 붕대를 감게 한다. 내가 계속 피를 흘리는 동안 제인이 내게 담배를 물려주는 장면을 상상의 화면에 그려본다.

이건 지랄 같은 영화의 장면이다. 영화란 사람을 망치는 것이다. 농담이 아니다.

나는 목욕을 하면서 한 시간 가량 목욕탕에 있었다. 그리고 나서 침대로 돌아갔다. 잠들기까지 오랜 시간이 걸렸다. 피곤하지도 않았다. 그러나 마침내 잠이 들었다.

하지만 내가 하고 싶은 것은 자살이었다. 창 밖으로 뛰어내리고 싶었다. 만일 내가 땅바닥에 떨어진 순간 누군가가 와서 내 시체를 덮어준다는 확신만 있었다면 정말 투신 자살을 했을 것이다. 피투성이가 된 나를 바보 같은 구경꾼들이 내려다보는 건 원치 않았다.

15

내가 눈을 뜬 것은 겨우 열 시경이었다. 그다지 오래 잔 것은 아니었다. 담배 한 대를 피우자마자 나는 허기를 느꼈다. 내가 마지막으로 먹은 음식이라고는 브로서드와 애클리와 함께 영화를 보러 어거스타운에 갔을 때 먹은 햄버거 두 개뿐이었다. 꽤 긴 시간이 흐른 것이다. 50년 전 일만 같았다.

전화가 침대 바로 옆에 있었기 때문에 아래로 전화해서 아침 식사를 올려오게 할까도 생각해보았지만 혹시 모리스 놈이 가져오지나 않을까 해서 겁이 났다. 미친놈이 아니라면 내가 그놈을 보고 싶어하리라고 생각하진 않을 거다. 나는 침대에 잠시 그대로 누워 있다가 담배를 한 대 더 피웠다. 제인에게 전화해서 집에 돌아왔는지 알아볼까 했지만, 그럴 기분이 나지 않았다.

결국 나는 샐리 헤이스에게 전화를 했다. 그녀는 메리 A. 우드러프에 다니고 있는데, 지금 집에 와 있는 게 분명했다. 2주일 전쯤 그녀에게서 편지를 받았던 것이다. 그녀를 그다지 좋아하진 않았지만 그래도 몇 해 동안 사귀어온 사이였다. 내가 워낙 바보인지라 나는 그녀를 꽤 똑똑한 여자라고 생각하곤 했다. 그녀가 연극이니 희곡이니 문학이니 하는 따위에 대해 여러 가지를 많이 알고 있었기 때문이다. 그런 것을 많이 알고 있는 여자라면 그녀가 우둔한지 아닌지를 판가름하는 데 오랜 시간이 걸린다. 샐리의 경우는 정말 여러 해가 걸렸다. 내 결점 중 하나는 껴안아본 여자는 모두 똑똑한 여자로 단정해버리는 버릇이다. 사실 이 두 가지는 하등의 관계가 없는데도 나는 여전히 그렇게 생각하고 있다.

어쨌든 나는 그녀에게 전화를 걸었다. 처음에는 하녀가 받고, 그 다음에는 그녀의 아버지가 받았다. 그러고 나서야 그녀가 나왔다. "샐리니?" 하고 내가 물었다.

"누구세요?" 하고 그녀가 물었다. 그건 약간 가식적이었다. 이미 그녀의 아버지에게 내 이름을 댔는데 말이다.

"홀든 콜필드야. 잘 지냈어?"

"어머! 홀든이니? 잘 지냈어. 그래 잘 있었어?"

"잘 있었어. 이봐, 어때? 학교 말야."

"아무 일 없어. 다 알면서……"

"잘됐군. 이봐, 오늘 바빠? 일요일이지만 한두 군데에서 낮 공연이 있을 거야. 자선 공연인가 뭔가 하는 것 말야. 가지 않을래?"

"야, 멋져라. 가고 싶어."

멋지다고! 내가 싫어하는 말이 하나 있다면 그것은 멋지다는 말이다. 그것은 가식적인 말이기 때문이다. 그 순간 나는 그녀에게 공연 따위는 잊어달라고 말하고 싶은 강렬한 유혹을 느꼈다. 그러나 우리는 한참 지껄이고 말았다. 그녀가 주로 지껄였기 때문에 말할 틈을 포착할 수도 없었다.

우선 그녀는 하버드 학생에 대해서 이야기했다. 아마 신입생이겠지만 그녀는 그런 언질은 전혀 주지 않았다. 그자가 계속 그녀를 귀찮게 한다는 것이었다. 밤이고 낮이고 전화를 건다는 이야기였다. 밤이고 낮이고 가리지 않는다는 말에 나는 손들고 말았다. 다음은 또 다른 남자 이야기였는데 웨스트 포인트에 다니는 놈으로 그녀 때문에 목을 맬 지경이라는 것이었다. 대단치도 않았다.

나는 두 시에 빌트모어의 시계탑 밑에서 만나자고 말했다. 쇼가 아마 두 시 반에 시작할 테니까 늦지 말라고 하곤 전화를 끊었다. 그녀는 늘 늦는 버릇이 있었다. 그녀는 전화로 나를 똥줄 타게 만들었지만 그래도 그녀는 미인이었다.

샐리와 데이트 약속을 한 다음 나는 침대에서 나와 옷을 입고 짐을 꾸렸다. 방에서 나오기 전에 우선 어젯밤의 변태들이 무엇을 하고 있나 보려고 창 밖을 내다보았다. 그러나 모두 커튼이 내려져 있었다. 그들은 아침이 되면 아주 얌전해진다. 나는 다시 엘리베이터를 타고 내려가 숙박료를 지불했다. 모리스 놈은 어느 곳에도 보이지 않았다. 내가 구태여 목을 빼면서까지 그 자식을 찾지 않은 것은 당연한 일이다.

호텔을 나와 택시를 잡아탔지만 어디로 갈지 막연했다. 갈 곳이 없었다. 아직 일요일인데 수요일까지는 집에 갈 수가 없었다. 빨라야 화요일쯤일까. 그렇다고 다른 호텔에 가서 머리를 짜낼 것까지는 없었다. 그래서 나는 운전기사더러 그랜드 센트럴역까지 가달라고 했다. 그곳은 내가 샐리와 만나기로 한 빌트모어에서 가까웠다. 그 역의 보관함에 여행 가방을 맡기면 열쇠를 줄 테니까 그것을 받고 나서 아침을 먹겠다는 계산이었다.

나는 배가 좀 고팠다. 차를 타고 가는 동안 나는 지갑을 꺼내어 돈을 세어보았다. 얼마가 남았었는지 지금은 기억나지 않지만 그다지 큰 돈은 아니었다. 그러니까 나는 2주 동안에 왕의 보석금만큼이나 엄청난 돈을 써버린 것이었다. 그건 사실이었다. 나는 원래 씀씀이가 헤펐다. 쓰지 않으면 잃어버리기라도 한다. 게다가 잔돈 받는 것을 깜빡 잊는 것이 두 번에 한 번 꼴은 된다. 그래서 부모님은 펄펄 뛰었다. 그들을 비난할 수는 없다.

그러나 아버지는 꽤 부자이다. 수입이 얼마나 되는지는 잘 모르지만 그런 거야 나와 이야기한 적이 없으니까. 그래도 수입이 상당히 많다는 것쯤은 알고 있다. 아버지는 모 회사의 고문변호사이고, 변호사들이란 마구 긁어들이는 족속이니까. 아버지가 부자임을 알 수 있는 또 하나의 일은 아버지가 항상 브로드웨이의 쇼에다 투자를 한다는 것이다. 그래봤자 늘 실패하고 말지만. 그래서 아버지가 투자하면 엄마는 펄펄 뛴다. 동생 앨리가 죽은 후부터 엄마는 건강이 좋지 못했다. 그래서 극히 신경질적이다. 내가 다시 퇴학당했다는 사실을 알리기 싫어하는 것도 그 때문이었다.

역의 보관함에다 여행 가방을 맡기고 작은 샌드위치 바에 들어가 아침을 먹었다. 나로서는 꽤 많이 먹은 셈이다. 오렌지 주스, 베이컨에다 달걀, 그리고 토스트와 커피 등. 여느 때 같으면 오렌지 주스만 마셨을 것이다.

나는 지독한 소식가이다. 정말이다. 그래서 이처럼 갈비만 남은 거다. 나는 체중을 늘리기 위해서 전분이고 뭐고 잔뜩 들어 있는 음식을 먹어야 되는데, 그렇게 해본 적이 없다. 어디 가서 외식할 때면 그냥 스위스 치즈 한 쪽과 맥아 우유를 먹을 뿐이다. 대단한 것은 아니지만 맥아 우유 속에는 비타민이 듬뿍 들어 있다. 그러니까 나는 H.V. 콜필드인 것이다. 즉, 홀든 비타민 콜필드가 내 본질이지 뭔가!

내가 달걀을 먹고 있을 때 가방을 든 수녀 두 명이 들어왔다. 다른 수녀원으로 옮겨 가느라 기차를 기다리는 거라고 짐작했다. 그들은 바로 내 옆에 앉았다. 가방을 어떻게 할지 몰라 하는 것 같아서 내 쪽에서 손을 빌려주었다. 그 가방은 아주 싸구려였다. 가죽도 가짜였다. 사실 별로 중요한 일은 아니지만 나는 싸구려 가방을 들고 있는 것이 보기 싫다. 이건 좀 잔인하게 들릴지 모르지만 싸구려 가방을 들고 있으면 들고 있는 사람까지 싫어진다.

엘크턴 힐스에 있을 때의 일이다. 방을 같이 쓰는 딕 슬래글이라는 친구가 있었는데, 그 녀석은 지독히 값싼 가방을 가지고 있었다. 그 녀석은 그 가방을 시렁에 올려놓지 않고 언제나 침대 밑에 박아놓았다. 내 가방과 나란히 있는 것을 보이고 싶지 않았던 모양이다. 그 사실이 나를 울적하게 했다. 그래서 내 것을 내버리든지 차라리 그 녀석 것과 바꾸어버리겠다는 생각을 늘 되씹곤 했다. 내 것은 진짜 가죽에다 마크 크로스 회사의 제품이었다. 값도 엄청났을 것이다. 결국 나는 가방을 시렁에서 내려 내 침대 밑에다 쑤셔 박았는데, 그래야 슬래글 녀석이 그 치사한 열등감을 느끼지 않을 것 같았다. 그런데 이상한 일이 생겼다. 녀석의 행동이 요지경이었다. 내가 가방을 내 침대 밑에 쑤셔 박았던 다음날, 그 녀석이 그것을 끌어내어 시렁 위에 도로 갖다 놓았던 것이다.

그가 왜 그런 짓을 했는지 깨닫는 데는 시간이 좀 걸렸다. 실은 내 가방이 제 것으로 보이게끔 하고 싶었던 것이다. 그렇게 녀석은 웃기는 놈이었다. 그 녀석은 내 가방에 대해 항상 못마땅해하며 비난어린 말을 해왔던 터였다. 너무 새것인 데다가 부르주아 냄새가 난다는 것이었다. 그 녀석은 부르주아라는 말을 즐겨 썼다. 어디서 읽었던가 아니면 주워들었던 모양이다. 내 물건은 모두 부르주아 냄새를 풍긴다는 것이었다. 심지어 내 만년필도 부르주아 냄새를 풍긴다고 했다. 항상 그것을 빌려 쓰면서도.

우리가 방을 함께 쓴 것은 불과 두 달뿐이었다. 둘 다 방을 옮겨달라고 요청했기 때문이다. 그런데 우스운 일은 막상 방을 옮기고 보니까 섭섭해지는 것이었다. 그 녀석에겐 유머 감각이 있었고 우리에게는 즐겁게 지낸 시간이 꽤 있었기 때문이다. 그 녀석도 나와 헤어져서 무척 섭섭했을 것이다.

처음 그가 내 물건을 두고 부르주아라고 했을 때 그건 단지 농담이었을 뿐이다. 그래서 나는 전혀 마음에 두지 않았다. 사실 그 말은 좀 재미있기도 했다. 그러나 시간이 지나자 그것은 농담으로만 그치지 않게 되었다. 자기 가방보다 훨씬 안 좋은 가방을 가진 아이와 같은 방을 써보라지. 정말 곤란하게 될 것이다. 내 것은 진짜 고급이고 친구의 것은 그렇지 않은 경우 말이다. 만일 그 친구가 똑똑하고 유머 감각이 있는 놈이라면 누구의 것이 더 고급이건 조금도 개의치 않을 거라고 생각할 것이다. 그러나 실은 그렇지 않다. 내가 스트라드레이터 같은 바보하고 같은 방을 쓰게 된 이유 중의 하나는 바로 그런 것이었다. 적어도 그 녀석의 가방은 내 것만큼 좋은 것이었기 때문이다.

그건 그렇다 치고, 조금 전 언급한 두 수녀가 내 옆에 앉았기 때문에 우리 사이엔 자연스럽게 대화가 오고갔다. 바로 내 옆에 앉은 수녀는 짚으로 만든 바구니를 가지고 있었다. 그것은 수녀들이나 구세군들이 크리스마스를 앞두고 모금하기 위해 사용하는 것이었다. 큰 백화점 앞이나 길모퉁이, 그러니까 5번가 같은 곳에 그들이 서 있는 것을 보았을 것이다.

내 옆에 앉은 수녀가 그 바구니를 떨어뜨렸기 때문에 나는 손을 뻗어 그것을 집어주었다. 그러고 나서 자선 사업인가 하는 것을 위해 모금하러 다니는 중이냐고 물었다. 그녀는 아니라고 대답했다. 여행 가방에 짐을 꾸리다가 아무래도 들어가지 않아서 손에 들고 다닌다는 것이었다. 그 수녀는 사람을 쳐다볼 때 예쁘고 상냥한 미소를 짓는 여자였다. 코가 컸으며 그다지 매력적으로는 보이지 않는 철테 안경을 쓰고 있었다. 그러나 무척 친절해 보이는 얼굴을 가졌다.

"혹시 모금을 하고 계시다면 저도 조금 기부하겠습니다." 하고 내가 말했다. "가지고 계시다가 모금할 시기에 이 돈을 넣어주셔도 되구요."

"어머, 고맙기도 해라." 하고 그녀가 말했다. 그러자 친구인 또 한 명의 수녀가 나를 쳐다보았다. 그 수녀는 커피를 마시면서 작고 까만 책을 읽고 있었다. 성서같이 보이기도 했지만 그러기엔 너무 얇았다. 어쨌든 성서 계통의 책이었다. 두 사람의 아침 식사는 토스트와 커피였다. 그것을 보는 순간 나는 우울해졌다. 내가 베이컨과 달걀 따위를 먹고 있을 때, 다른 사람이 토스트에다 커피만 먹고 있는 그런 상황이 싫었기 때문이다.

수녀들은 내가 헌금으로 낸 10달러를 받았다. 그렇게 해도 괜찮냐고 그들은 연거푸 물었다. 내게는 돈이 많이 있다고 말했지만 그 말을 믿는 것 같지 않았다. 그러나 결국 그들은 내 돈을 받았다. 두 수녀가 감사하다는 말을 자꾸 되풀이하는 통에 나는 오히려 부끄러워졌다. 나는 화제를 바꿔 어디로 가는 길이냐고 물었다. 그들은 학교 선생이며 시카고에서 왔다고 대답했다. 168번가인가 186번가인가 잘 기억나지 않지만, 변두리에 있는 어느 수녀원에 교사로 취임할 예정이라고 했다. 내 옆에 앉은 안경을 쓴 수녀가 말하기를, 자기는 영어를 가르치고 친구는 역사와 미국의 정치를 가르친다는 것이었다.

수녀가 영어를 가르치려고 책을 읽을 때는 도대체 어떤 생각을 하면서 읽을까 하는 궁금증이 생겼다. 책에는 성적인 부분이, 반드시 많이 있는 것은 아니지만 연인이니 뭐니 하는 것이 자주 등장하지 않는가. 예컨대 토마스 하디의 《귀향》만 해도 유스타시아 바이라는 연인이 나온다. 그녀는 그다지 선정적인 여자는 아니지만, 수녀가 그녀에 대해 읽을 때 어떤 느낌이 들까 하는 의문을 억제할 수 없었다. 그러나 그런 말은 결코 하지 않았다. 나는 다만 영어가 내가 제일 좋아하는 과목이라고만 말했다.

"그래요? 그거 반가운 말이군요." 안경을 낀 영어 담당이라는 여자가 말했다. "금년에 무슨 책을 읽었나요? 매우 알고 싶군요." 그녀는 정말 친절한 수녀였다.

"저, 대개는 앵글로 색슨족에 관한 책이었어요.《베오울프》《그렌델》《나의 아들 로드 랜달》 같은 것이었어요. 하지만 선택 과목으로 교과서 이외의 책도 이따금 읽어야 했어요. 제가 읽은 것은 토마스 하디의《귀향》이니《로미오와 줄리엣》,《줄리어스……》"

"《로미오와 줄리엣》을 읽었어요? 참 좋은 작품이죠? 재미있었지요?" 이렇게 말하는 그녀는 도무지 수녀 같지 않았다.

"네, 재미있었어요. 꽤 마음에 들었어요. 몇 군데 마음에 들지 않는 곳도 있었지만 전체적으로 괜찮았어요."

"어느 부분이 마음에 들지 않았나요? 기억할 수 있어요?"

그녀를 상대로《로미오와 줄리엣》에 대해 논한다는 것은 좀 쑥스러웠다. 그 희곡에는 군데군데 매우 성적인 부분들이 있다. 그런데 상대는 수녀니까 쑥스러울 수밖에. 하지만 그녀가 묻고 있으므로 하는 수 없이 잠시 그녀와 그 희곡에 대해 이야기했다.

"글쎄요. 나는 로미오와 줄리엣에겐 그다지 끌리지 않아요." 하고 내가 말을 이었다. "좋긴 한데…… 글쎄, 뭐라고 말하면 좋을까? 이따금 애가 타는 경우가 있었어요. 로미오와 줄리엣이 자살하는 장면보다 머큐시오가 죽는 장면이 더 애처롭더군요. 사실 머큐시오가 그 사람, 그러니까 줄리엣의 사촌에게 찔려 죽고 난 다음부터는 로미오에게 호감이 가지 않더군요. 그 줄리엣의 사촌 이름이 뭐였더라?"

"티볼트."

"네, 맞아요. 티볼트였어요." 언제나 그자의 이름이 생각나지 않았다. "그건 로미오의 잘못이었어요. 난 그 연극에서 머큐시오를 제일 좋아했거든요. 잘은 모르지만 몬태규 가문과 캐플릿 가문 사람들은 괜찮아요. 특히 줄리엣 말입니다. 하지만 머큐시오는 설명하기 어렵습니다. 그는 머리가 영리하고 재미있는 사람이었어요. 그런 사람이 살해되니 난 미칠 지경이었습니다. 특히 머리가 영리하고 재미있는 사람이 살해될 때는 더욱 그래요. 그것도 자기 잘못이 아니라 다른 사람의 잘못으로 살해될 때 말입니다. 로미오와 줄리엣의 죽음 ― 이것은 자기들의 잘못이었어요."

"어느 학교에 다녀요?" 하고 그녀가 물었다. 아마 로미오와 줄리엣에 관한 이야기에서 벗어나고 싶었나 보다.

나는 펜시라고만 했다. 그런데 그녀는 펜시를 알고 있었다. 매우 좋은 학교라는 것이었다. 좋은 학교라는 말에 구태여 반대하진 않았다. 그때 역사와 정치를 가르친다는 수녀가 이젠 떠나는 게 좋겠다고 말했다. 나는 그들이 먹은 전표를 빼앗았다. 그들은 내가 지불하는 것을 허락하지 않았다. 안경을 쓴 수녀가 억지로 전표를 되받아가는 것이었다.

"정말 고마웠어요." 그녀가 말했다. "정말 착한 학생이군요."

정말 좋은 여자였다. 내가 기차에서 만난 어니스트 모로의 엄마를 연상시키는 여자였다. 특히 미소지을 때가 그랬다. "이야기 참 재미있었어요." 하고 그녀가 말했다.

나도 이야기가 재미있었다고 말했다. 진심이었다. 내가 그때 불안감에 휩싸여 있지 않았다면 더욱 재미있었을 것이다. 그들과 이야기하는 동안 줄곧, 혹시 가톨릭 신자가 아니냐고 불쑥 묻지나 않을까 해서 불안했던 것이다. 가톨릭 신자들은 상대방이 가톨릭 신자인가 아닌가를 꼭 확인하려 드는 버릇이 있다. 나는 그런 경우를 여러 번 당했다. 내 성이 아일랜드 계통의 성씨이고 아일랜드 계통은 대부분 가톨릭 신자였기 때문이다.

사실 아버지는 한때 가톨릭 신자였다. 그러다가 엄마와 결혼할 때 가톨릭과 결별했던 것이다. 가톨릭 신자들은 상대방의 성은 몰라도 상대가 가톨릭이냐 아니냐는 알려고 애쓴다.

나는 후턴 고등학교에 다닐 때 루이스 샤니라는 가톨릭 신자를 알고 있었다. 그 애는 내가 그 학교에서 맨 처음 만난 아이였다. 개학하던 날 신체 검사를 받으러 진료소에 갔는데, 바깥에 놓인 맨 앞줄 의자에 그 애와 나란히 앉게 되었다. 우리는 테니스에 대한 이야기를 하게 되었다. 그 애는 테니스에 큰 흥미를 가지고 있었고, 나역시 그랬다. 그 애는 매년 여름 포리스트 힐스에서 개최되는 전국 대회를 관람하러 간다는 것이었다. 그래서 나도 그렇다고 말했다. 그리고 우리는 테니스 선수에 관한 이야기를 한참 주고받았다. 그 애는 나이치고 테니스에 조예가 깊었다. 정말 그랬다. 그런데 이야기 도중에 "너의 마을에 성당이 어디 있는 줄 아니?" 하고 묻는 것이었다. 묻는 말투로 보아 내가 혹시 가톨릭 신자인지를 알고자 하는 의도가 역력했다. 그리고 그것은 사실이었다. 그가 편견을 가졌다는 뜻은 아니다. 단지 내가 가톨릭 신자인지를 알고자 했을 뿐이다. 그는 테니스에 관한 이야기를 즐기고 있기는 했지만 혹시 내가 가톨릭 신자였다면 더욱 재미있어 했을 것이다. 가톨릭이니 뭐니 하고 캐묻는 일은 나를 미치게 만든다. 그렇다고 우리의 이야기가 김 샜다는 뜻은 아니다. 그러나 그 대화에 득이 되지도 않았다.

그래서 두 수녀가 내게 가톨릭 신자냐고 묻지 않은 것을 기쁘게 여겼다는 말이다. 설사 그걸 물었다 해도 대화를 망치지는 않았겠지만 이야기가 조금은 달라졌을 것이다. 그렇다고 가톨릭을 비난하는 것은 아니다. 절대로. 내가 가톨릭 신자라면 나도 마찬가지였을 것이다. 어떻게 보면 내가 아까 말한 가방 이야기와 같은 경우일 것이다. 다만 그런 것은 재미있는 대화에 아무 보탬이 되지 않는다는 말을 하는 것이다.

수녀 두 명이 떠나려고 일어났을 때 나는 정말 어리석고 당혹스러운 짓을 저질렀다. 나는 담배를 피우고 있었는데 작별 인사를 하려고 일어섰을 때 그만 실수로 수녀들의 얼굴에다 담배 연기를 뿜었던 것이다. 그럴 의도는 전혀 없었는데 그만 실수를 저지른 것이다. 나는 정신없이 사과했다. 그들은 내 사과에 대해 예의바르고 상냥하게 대했지만 나는 어쩔 줄을 몰랐다.

수녀들이 떠난 후 나는 10달러밖에 헌금하지 않은 것을 유감으로 생각하기 시작했다. 그러나 샐리 헤이스와 공연에 가기로 했고 표를 사려면 얼마간의 돈을 가지고 있어야 했다. 그래도 유감스런 마음에는 변함이 없었다. 돈이란 항상 끝판에 가서 사람을 우울하게 만든다.

16

식사를 했는데도 시간은 겨우 정오밖에 되지 않았다. 샐리와는
두 시에 만나기로 되어 있었으므로 나는 천천히 산책을 했다. 나는
두 수녀들에 대한 생각을 멈출 수 없었다. 그들이 수업이 없는 시간
을 틈타서 기부금을 걷으러 다닐 때 쓸, 그 밀짚 바구니를 잊을 수가
없었다. 엄마와 숙모, 또는 샐리 헤이스의 엄마 같은 여자가 어느 백
화점 앞에 서서, 그 형편없는 밀짚 바구니를 가지고 가난한 사람들
을 위해 모금하는 장면을 상상해보려고 애썼다. 그러나 그것은 불
가능했다. 우리 엄마는 그렇지 않을 수도 있지만, 다른 두 분의 경우
는 도저히 상상할 수 없었다.

우리 숙모는 상당한 자선가이다. 적십자의 일이니 뭐니 하며 여
러 가지를 지원했지만 옷차림 같은 것은 요란했다. 자선에 관련된
어떤 일을 할 때도 언제나 말쑥한 옷차림에 입술에는 루즈를 칠했

다. 검은 옷을 입고 루즈를 바르지 않은 숙모가 자선 사업을 하는 것은 상상할 수도 없다.

샐리의 엄마는 어떨까? 아이쿠 맙소사! 그녀에게 바구니를 들고 돈을 걷게 하려면 헌금하는 사람들 모두가 그녀의 궁둥이에 키스를 해야만 할 것이다. 만일 그렇게 하지 않고 그냥 바구니에 돈만 넣고 인사도 하지 않고 돌아선다면 그녀는 한 시간도 못 가서 모금 운동을 집어치울 것이다. 곧 싫증을 느낄 것이다. 바구니를 돌려주고는 뽐내며 점심이나 먹으러 가버릴 거다.

수녀들이 마음에 들었던 것은 바로 그런 점이다. 우선 그들은 점심 먹으러 거들먹거리며 식당으로 가지 않을 것이다. 이런 생각에 서글픈 느낌이 들었다. 그들은 점심 같은 것을 먹으러 으리으리한 곳으로는 절대로 가지 않을 것이다. 나는 그것이 중요하지 않다는 것을 알고 있었지만, 어쨌든 서글퍼졌다.

별 이유 없이 나는 브로드웨이를 향해 걷기 시작했다. 다만 요 몇 해 동안 그곳에 가본 적이 없었기 때문이다. 게다가 일요일에도 문을 여는 레코드 가게를 찾고 싶었다. 〈리틀 셜리 빈스〉라는 음반이 있는데, 그것을 피비에게 사주고 싶었다. 그것은 구하기가 꽤 어려운 레코드였다. 앞니 두 개가 빠져 창피하다는 이유로 밖에 나가기 싫어하는 어느 어린 소녀를 노래한 것이었다.

펜시에서 그 곡을 들은 적이 있었다. 마침 위층에 그 음반을 가진 애가 있었기 때문이다. 피비가 즐거워할 것을 기대하며 그 애에게 그걸 팔라고 했지만 그놈은 팔려고 하지 않았다. 약 20년 전에 에스텔 프레처라는 흑인 여자가 불렀으니까 매우 오래된 음반이었다.

그녀의 노래는 딕시랜드나 사창굴 냄새가 났지만 그렇다고 지저분한 냄새는 아니었다. 백인 여자가 부르면 아주 징그럽게 불렀을 테지만, 에스텔 프레처는 모든 것을 잘 알고 노래를 불렀다. 그래서 그 음반은 내가 들어본 것 중에 가장 훌륭한 음반이었다.

나는 문을 연 가게에 가서 그것을 사 가지고 공원으로 갈 작정이었다. 마침 일요일이었고, 여동생 피비는 일요일이면 롤러 스케이트를 타러 공원으로 나오곤 했기 때문이다. 피비가 어디쯤에서 왔다갔다 할지 나는 알고 있었다.

그날은 전날만큼 춥진 않았다. 아직 해가 나지 않아서 산책하기가 그다지 좋지 않았지만, 한 가지 좋은 일이 있었다. 한 가족이 보였는데, 방금 교회에서 돌아오는 것이 분명해 보이는 아버지와 엄마와 여섯 살 가량의 어린애가 내 앞에서 걸어가고 있었다. 좀 가난한 집안인 것 같았다. 아버지 되는 사람은 가난한 사람들이 그럴 듯해 보이고 싶을 때 쓰는 회색이 도는 진줏빛 모자를 쓰고 있었다. 남자는 아내와 이야기하면서 어린애에겐 전혀 관심도 없이 걸어가고 있었다.

그런데 어린애가 걸작이었다. 보도가 아니라 차도 위를 걷고 있었는데, 인도와 차도를 경계짓는 화강암턱 바로 곁이었다. 그 애는 모든 아이들이 그러듯이 직선 위를 걷고 있는 것 같았다. 그런데 걸으면서 계속 콧노래를 흥얼거리고 있었다. 나는 그 애가 무슨 노래를 부르는지 알아내기 위해 가까이 다가갔다. 〈호밀밭을 걸어오는 사람을 붙잡는다면〉이라는 노래를 부르고 있었다. 목소리도 아주 예뻤다. 아이는 별 이유 없이 그 노래를 부르고 있었다. 차들은 붕붕

하며 곁을 스쳐 가고 브레이크를 밟는 소리가 주변을 요란하게 진동시키고 있었다. 부모들은 아랑곳하지 않았다. 그 애는 차도 가장자리를 따라 걸어가면서 "호밀밭을 걸어오는 사람을 붙잡는다면" 하고 계속 노래하고 있었다. 그 광경은 내 마음을 한결 명랑하게 해주었다. 더 이상 나는 울적하지 않았다.

브로드웨이는 사람들로 들끓고 있었다. 일요일에다 겨우 열두 시였지만 그곳은 몹시 혼잡했다. 모든 사람들은 파라마운트라든가 에스터, 스트랜드, 캐피틀 등의 미친 장소로 영화를 구경하러 가고 있었다. 일요일이랍시고 모두가 정장을 하고 있었다. 바로 그것이 한심한 인상을 주었다. 그러나 제일 한심한 것은 그들 모두가 영화 보러 가기를 원한다는 점이었다.

그들의 모습을 참고 바라볼 수가 없었다. 개중에 할 일이 없어서 영화 구경 가는 사람도 있다는 것은 이해한다. 그러나 영화가 보고 싶어 걸음을 재촉하며 어서 영화관에 도착하려고 애쓰는 인간들을 보면 난 우울해진다. 특히 구름 같은 군중이 긴 행렬을 지어 무서운 인내력을 발휘하면서 좌석이 나기를 기다리고 있는 꼬락서니를 보면 더욱 우울해진다. 그러나 나는 브로드웨이를 빨리 벗어날 수가 없었다.

나는 운이 좋았다. 맨 먼저 들어간 레코드 가게에 〈리틀 셜리 빈스〉가 있었다. 5달러를 내라고 했지만 입수하기 어려운 것이라 상관없었다. 아니 오히려 갑자기 행복해졌다. 당장 그 길로 공원으로 달려가 피비를 찾아서 그것을 주고 싶어 죽을 지경이었다.

레코드 가게에서 나와서 드럭 스토어를 지나게 되었다. 나는 가게로 들어갔다. 제인에게 전화해서 그녀가 집에 돌아와 있는지 확인하고 싶었다. 그래서 전화통에 가서 전화를 걸었다. 그러나 하필이면 제인의 엄마가 전화를 받는 바람에 끊어버리지 않을 수 없었다. 그녀의 엄마와 긴 대화에 빠져들고 싶지 않았다. 나는 여자애의 엄마와 통화하기를 좋아하지 않는다. 하지만 적어도 제인이 돌아왔는지 정도는 물어봤어야 했다. 그걸 묻는다고 죽는 건 아닌데 말이다. 하지만 그럴 기분이 아니었다. 그런 일에는 그럴 만한 기분부터 생겨나야 하는 법이다.

나는 극장표를 사는 일이 남아 있었기 때문에 신문을 사서 어떤 연극이 공연되는가를 훑어보았다. 일요일이라 연극은 세 군데서밖에 하지 않았다. 그래서 나는 〈나의 애인은 누구누구〉라는 쇼의 특등석 표를 두 장 샀다. 그것은 자선 행사인가 뭔가 하는 것이었다. 나는 그런 것을 그다지 보고 싶지 않았다.

그러나 샐리는 엉터리 중의 엉터리 여왕이니까 내가 그 표를 샀다고 하면 침을 흘리며 마냥 좋아할 것이다. 런트 부부가 나오니 말이다. 그녀는 런트 부부가 나오는 걸 좋아하는 데다가 경박하고 투박한 쇼를 좋아했다. 그러나 나는 그런 걸 좋아하지 않는다. 나는 쇼라는 것을 좋아하지 않는다. 영화처럼 나쁜 것은 아니지만 그렇다고 이러쿵저러쿵 떠들어댈 만한 것도 못 된다. 무엇보다 나는 배우가 싫다. 배우는 인간답게 연기하지 않는다. 그들 딴에는 그렇게 연기한다고 생각할 것이다. 훌륭한 배우들 중에는 어느 정도 인간답게 연기하는 사람도 있기는 하지만 그렇다고 관람하기가 재미있다는 뜻은 아니다. 그런데 훌륭한 배우는 자신이 훌륭하다는 사실을 의식하는 모습이 너무나 역력하다. 그것이 모든 것을 망치고 만다.

이를테면 로렌스 올리비에도 그렇다. 나는 그가 분장한 〈햄릿〉을 보았다. 작년에 D.B.가 피비와 나를 데리고 갔었다. 점심을 사주고 그 다음에 그 연극에는 데리고 갔던 것이다. D.B.는 전에 이미 그 연극을 보았기 때문에 점심을 먹으면서 〈햄릿〉 이야기를 해주었다. 그의 이야기를 듣는 순간 보고 싶어 견딜 수가 없었다. 그러나 막상 나는 그다지 재미를 느끼지 못했다. 어째서 로렌스 올리비에가 굉장한지 전혀 알 수 없었다. 목소리는 우렁차고 굉장한 미남이었다. 걷는 모습이나 격투하는 모습도 보기 좋았다. 그러나 D.B.가 말한 것과는 거리가 멀었다. 그는 슬픔에 잠겨 찌든 인간이라기보다 오히려 무시무시한 장군 같았다.

이 연극에서 제일 좋았던 부분은 마지막에 햄릿과 결투하게 되는 오필리아의 오빠가 다른 곳으로 가게 되었을 때 그의 부친이 여러 가지 충고를 늘어놓는 장면이었다. 부친이 수다스런 충고를 늘어놓을 때 오필리아는 오빠하고 장난을 치면서 오빠의 단검을 칼집에서 빼보기도 하고 아버지 충고에 귀기울이려는 오빠를 놀린다. 그 장면은 좋았다. 정말 아찔하게 재미있었다. 사실 그런 장면은 흔하지 않다.

피비가 마음에 들어 한 장면은 햄릿이 개의 머리를 쓰다듬어주는 장면뿐이었다. 피비는 그 장면이 재미있고 좋았다고 했는데, 그건 사실이었다. 앞으로 내가 할 일은 그 희곡을 직접 읽어보는 것이다. 문제는 내가 혼자서 그것을 읽어야 한다는 점이다. 배우가 연극으로 보여주긴 하지만 나는 거의 대사를 경청하지 않는다. 나는 배우가 언제 또 엉터리 짓을 하지나 않나 하는 걱정을 떨쳐버리지 못하는 성미이다.

나는 런트 부부가 나오는 연극의 입장권을 사고 나서 택시를 잡아타고 공원으로 갔다. 돈이 얼마 남지 않았기 때문에 지하철을 탔어야 했다. 그러나 나는 될수록 빨리 브로드웨이를 빠져나가고 싶었다.

공원은 을씨년스러웠다. 그리 춥진 않았지만 아직 해가 비치지 않았다. 눈에 보이는 것이라곤 개똥과 늙은이들이 뱉어버린 가래와 담배 꽁초뿐인 것 같았고, 벤치는 앉으면 축축할 것 같았다. 정말 우울하게 만드는 장면이었다.

걷는 동안 이따금 별 이유도 없이 몸에 소름이 끼쳤다. 머지않아 크리스마스이건만, 크리스마스조차 다가오지 않을 것 같았다. 아무것도 다가올 것 같지 않았다. 그래도 나는 '나무그늘 길'까지 걸어갔다. 그곳은 피비가 공원에 올 때마다 늘 가곤 하는 곳이었다. 피비는 뮤직 홀 근처에서 스케이트 타기를 좋아했다. 재미있는 일이다. 나도 어렸을 때 바로 같은 장소에서 스케이트 타기를 좋아했기 때문이다.

그러나 그곳에 갔을 때 피비의 모습은 어디에도 보이지 않았다. 스케이트를 타는 아이들이 몇 명 있었고, 두 명의 소년이 소프트 볼로 공치기를 하고 있었지만, 피비는 없었다. 피비와 같은 또래의 소녀 하나가 혼자 벤치에 앉아 스케이트 끈을 조이고 있었다. 그 애가 혹시 피비를 알고 있어서 그 애에게 물어보면 피비가 어디 있는지 가르쳐줄지도 모른다는 생각이 들었다. 그래서 그 애에게 다가가 그 애 옆에 앉아 물었다. "혹시 피비 콜필드를 알고 있니?"

"누구?" 하고 그녀가 되물었다. 그 애는 진에다가 스웨터를 스무 개 가량 입고 있었다. 그 애 엄마가 손수 뜨개질한 옷이 분명했다. 그만큼 투박해 보였다.

"피비 콜필드. 71번가에 사는 올해 4학년생이야. 학교는……"

"피비를 아세요?"

"응. 내 동생이야. 지금 어디 있는지 알고 있니?"

"캘론 선생 반에 있는 애 아니에요?"

"글쎄, 난 몰라. 어쩌면 그런지도 모르지."

"그럼 박물관에 갔을 거예요. 우리는 지난 토요일에 갔었어요."

"어느 박물관?" 내가 물었다.

그 애는 어깨를 들썩이며 '모르겠다'는 말을 대신했다. "박물관이라니까요."

"나도 그건 알아. 그런데 그림이 있는 쪽이야, 인디언이 있는 쪽이야?"

"인디언이 있는 곳이에요."

"고맙구나." 이렇게 말하고 일어나서 떠나려는 순간 오늘은 일요일이라는 생각이 갑자기 떠올랐다. "오늘은 일요일이야." 하고 내가 말했다.

소녀는 나를 쳐다보았다. "어머, 그러면 거기 없을 거예요."

소녀는 스케이트 끈을 죄느라 애를 먹고 있었다. 장갑이고 뭐고 아무것도 끼지 않아 손이 빨갛게 얼어 있었다. 그래서 내가 좀 도와주었다. 스케이트 키를 만져본 지 몇 해가 되었는데도 전혀 어색하지 않았다. 가령 지금부터 50년 후에 어둠 속에서 스케이트 키를 손에 잡게 된다 해도 그것이 무엇인지 금세 알 것 같았다.

내가 스케이트 끈을 묶어주었더니 소녀는 고맙다고 했다. 예의바른 착한 소녀였다. 스케이트를 죄어준다든가 무엇인가를 대신 해주었을 때 아이들이 예의바르고 상냥하게 나오는 것이 참 좋다. 사실 아이들은 다 그렇다. 정말 그렇다. 그래서 나와 함께 따끈한 코코아라도 먹지 않겠느냐고 하자 소녀는 사양했다. 친구들을 만나야 한다는 것이었다. 어린애들은 늘 친구들을 만나지 않으면 안 된다. 여기엔 야코 죽지 않을 수 없다.

일요일이라 피비가 박물관에 가지는 않았을 것이고 날씨도 매우 습하고 을씨년스러웠지만, 나는 공원을 지나 자연과학 박물관까지 걸어갔다. 나는 스케이트 끈을 죄고 있던 소녀가 말한 박물관이 바로 이곳이라는 것을 알고 있었다.

이 박물관이라면 훤히 알고 있었다. 피비가 다니는 학교는 내가 어렸을 때 다닌 바로 그 학교이다. 나도 밤낮 그 박물관에 가곤 했다. 미스 에이글팅거라는 선생이 있었는데, 그분이 우리를 토요일마다 그리로 끌고 다녔던 것이다. 동물을 보는 때도 있었고 인디언들이 옛날에 만들어놓은 물건을 보는 때도 있었다. 도자기라든가 짚으로 엮은 바구니, 또는 그 밖의 다른 물건들이었다. 그때 일들을 생각하면 나는 행복해진다. 지금도 그렇다.

인디언이 만든 물건을 보고 나서는 커다란 강당에 가서 어떤 영화를 보았다. 콜럼버스가 아메리카 대륙을 발견하기까지의 경위를 보여주는 영화였다. 페르디난드와 이사벨라에게서 배를 살 자금을 빌리기 위해 애를 먹는 데다 나중에는 선원들이 폭동을 일으키기까지도 했다.

콜럼버스에 대해 그다지 관심이 있진 않았지만 캔디니 껌이니 하는 것들을 잔뜩 가지고들 갔기 때문에 강당 안은 구수한 냄새로 가득 차 있었다. 그것은 비가 오지 않는데도 밖에는 비가 오고 나만 비를 맞지 않는 아늑한 곳에 와 있다는 착각을 주는 냄새였다.

나는 그 박물관을 무척 좋아했다. 지금도 기억난다. 강당으로 가려면 인디언의 방을 통과하지 않으면 안 되었다. 그것은 길고 긴 방이었다. 여기서는 작은 소리로 속삭여야 했다. 선생이 맨 앞에 서고 학생들이 뒤를 따랐다. 우리는 짝을 맞춰 두 줄로 섰다. 대개 내 짝은 거트루드 레빈이라는 여자아이였다. 그 애는 언제나 내 손을 잡았고 그 애의 손은 언제나 끈적거리거나 땀이 흐르거나 했다.

박물관 건물 바닥은 온통 돌로 되어 있었다. 그래서 공깃돌을 쥐고 있다가 떨어뜨리기라도 하면, 공깃돌은 미친 사람처럼 사방으로 튀며 요란한 소리를 냈다. 그러면 선생은 우리를 멈춰 세우고 무슨 일이 생겼는지 확인하러 되돌아오곤 했다. 그래도 화를 내지는 않았다. 에이글팅거 선생 말이다.

우리는 인디언이 전쟁에 사용한 커다란 통나무 배 옆을 지나갔다. 캐딜락 세 대를 한 줄로 세워놓은 길이였고 20명쯤 되는 인디언이 그 안에 탄 채 노를 젓고 있었다. 그중에는 억센 얼굴의 인디언도 하나 있었고 모두가 하나같이 전쟁할 때 얼굴에 칠하는 물감을 바르고 있었다. 배의 맨 뒤에는 가면을 쓴, 귀신처럼 생긴 사나이가 타고 있었는데, 그 사람은 마술로 병을 고쳐주는 사람이었다. 그 인디언을 보면 등골이 오싹했지만 싫지는 않았다. 그리고 지나가다가 우리가 노 따위를 건드리면 감시인이 "손을 대지 마시오." 하고 말하곤 했다. 그런데 그것도 경찰과는 달리 부드러운 음성이었다.

다음에는 커다란 유리집을 지나쳤는데, 그 안에서는 인디언 남자가 막대기를 비벼 불을 일으키고 있었고 인디언 여자는 모포를 짜고 있었다. 모포를 짜는 인디언 여자는 몸을 조금 숙이고 있었기 때문에 젖가슴이 온통 들여다보였다. 우리는 그것을 몰래 훔쳐보며 지나갔다. 여학생들도 그랬다. 그 애들도 어린애에 불과했기 때문에 젖가슴은 우리 것과 별 차이가 없었기 때문이다.

강당에 들어가기 직전, 그러니까 문 바로 곁에는 에스키모가 있었다. 그는 얼어붙은 호수에 구멍을 뚫고 앉아 그 구멍에서 물고기를 낚아 올리고 있었다. 낚아 올린 물고기 두 마리가 구멍 옆에 놓여 있었다. 그 박물관에는 유리집이 정말 많기도 했다. 2층에는 더 많이 있었다. 물을 마시는 사슴이 들어 있고 겨울을 보내기 위해 남쪽으로 날아가는 새도 있었다. 가까이에 있는 새들은 모두 박제로 철사에 매달려 있었고 뒤쪽의 새들은 벽에다 그려놓은 것이었는데, 모두 진짜 남쪽을 향해 날아가고 있는 것 같았다. 고개를 돌려 밑에서 위로 새들을 쳐다보면 더욱 서두르면서 날아가는 것같이 보였다.

그러나 이 박물관에서 가장 좋은 것은 모든 것이 언제나 움직이지 않고 제자리에 있다는 점이다. 누구도 자리를 떠나지 않는다. 가령 10만 번을 가보아도 에스키모는 여전히 두 마리의 물고기를 방금 낚아내고 있을 것이고, 새는 여전히 남쪽으로 날아가는 중일 테고, 사슴은 여전히 예쁜 뿔과 날씬한 다리를 하고 물웅덩이에서 물을 마시고 있을 것이다. 또한 젖가슴을 드러낸 인디언 여자는 여전히 같은 모포를 짜고 있을 것이다. 아무것도 변하지 않을 것이다.

달라지는 것은 오로지 우리 쪽이다. 그렇다고 우리가 나이를 더 먹는다는 뜻은 아니다. 엄밀히 말해서 우리가 결코 더 나이를 먹을 수는 없을 것이다. 우리가 늘 변한다는 것뿐이다. 이번에는 우리가 외투를 입고 있다든지, 지난번 짝이었던 여자아이가 홍역에 걸려 다른 애와 짝이 되었다든지 하는 것이다.

또는 에이글팅거 선생 대신 다른 선생이 인솔한다든지, 또는 부모가 욕실에서 지독한 부부싸움을 벌이는 소리를 들은 다음이라든지, 또는 가솔린 무지개가 떠 있는 길가의 물웅덩이를 지나왔다든지 하는, 우리 쪽의 변화는 있을 것이다. 요컨대 우리는 뭔가 달라지고 있다. 잘 설명할 수는 없지만, 설사 설명할 수 있다 해도 설명할 기분이 날지는 의문이다.

나는 걸으면서 주머니에서 사냥모자를 꺼내 썼다. 나를 아는 사람을 만날 리 없다는 건 알고 있었지만 날씨가 매우 습했기 때문이다. 나는 계속 걸으면서 동생 피비가 옛날의 나처럼 토요일이면 그 박물관에 간다는 사실에 대해 생각했다. 옛날에 내가 본 바로 그 사물들을 피비는 어떻게 느끼고 있을까. 그리고 그것을 볼 때마다 피비는 어떻게 달라지고 있을까. 그런 생각이 나를 우울하게 하지는 않았지만 그렇다고 아주 명랑하게 하지도 않았다.

어떤 사물들은 언제까지나 그대로 있어야 한다. 저 유리집에다 넣어 그냥 그대로 간직해야 한다. 그것이 불가능하다는 것은 알고 있지만, 그 불가능이 너무나 안타깝다. 어쨌든 나는 걸어가면서 계속 그런 생각을 했다.

걸어가다가 유원지 옆을 지나치게 되었을 때 발을 멈추고 어린애 둘이서 시소를 타는 것을 바라보았다. 그중 하나는 뚱뚱한 몸집이었기 때문에 나는 무게를 맞춰주기 위해 다른 아이가 타고 있는 쪽에다 내 손을 갖다 댔다. 그런데 그 애들은 내가 곁에 있는 것을 달갑지 않게 생각했다. 그래서 그곳을 지나쳐버렸다.

그런데 이상한 일이 일어났다. 박물관까지 가자 갑자기 그곳에 들어가기가 싫어진 것이다. 1백만 달러를 준대도 싫었다. 그곳은 도무지 나에게 호소력이 없었다. 그렇게 즐거운 것을 기대하면서 공원을 거쳐 여기까지 왔는데도. 만약 피비가 있었다면 들어갔을 것이다. 그러나 피비는 없었다. 그래서 박물관 앞에서 택시를 잡아타고 빌트모어로 갔다. 그다지 가고 싶지 않았지만 샐리와 약속을 했으니 어쩔 수 없었다.

17

그곳에 도착했을 땐 아직 시간이 일렀다. 그래서 로비의 큰 시계 바로 옆에 있는 긴 가죽 의자에 앉아서 그곳에 있는 여자들을 쳐다 보았다. 여러 학교가 방학에 들어갔기 때문에 많은 여학생들이 그 곳에 앉거나 서성거리면서 남자 친구가 나타나기를 기다리고 있었다. 다리를 꼬고 있는 아이, 다리를 꼬지 않은 아이, 멋진 다리를 가진 아이, 형편없는 다리를 가진 아이, 어엿한 여자처럼 보이는 아이, 알고 보면 창녀인지도 모르는 아이 등등. 내 말 뜻을 이해할지 모르 겠지만 어쨌든 그것은 구경거리였다. 또 그것은 어떤 의미에서 나 를 우울하게 하는 광경이었다. 왜냐하면 이들에게 장차 어떤 일이 일어날까 하는 의문이 자꾸만 떠올랐기 때문이다. 저들이 고등학교 나 대학을 졸업했을 때 어떤 일이 일어날까 하고 말이다.

대부분은 아마 바보 같은 자식들과 결혼할 것이다. 내 차는 휘발유 1갤런에 몇 마일을 달릴 수 있다는 말이나 하는 놈들하고, 또는 탁구나 골프처럼 바보 같은 시합에서 지기라도 하면 곧 화를 내며 어린애같이 구는 놈들하고. 또 치사하기 짝이 없는 놈들이나 책과는 담싼 놈들, 지루하기 짝이 없는 놈들하고. 하지만 어떤 놈에 대해서 지루하다고 이야기할 때는 조심해야 한다. 나는 지루한 놈들은 이해하지 못한다. 이건 정말이다.

엘크턴 힐스에 있을 때 두 달 가량 해리스 매클린이라는 애와 같은 방에 있었다. 그 녀석은 머리가 굉장히 좋았는데도 내가 만난 애들 중에서 가장 지루한 놈 중의 하나였다. 그의 목소리는 신경을 건드리는 듯한 소리였는데 한시도 입을 다물지 않고 떠들었다. 말을 멈추는 적이 없었다. 특히 지겨운 것은 이쪽에서 듣고 싶은 이야기는 절대로 하지 않는다는 점이었다.

그런 녀석도 한 가지는 할 줄 알았다. 그 잡놈은 이 세상의 누구보다도 휘파람을 잘 불었다. 침대를 정돈하든지 옷장에 물건을 걸면서 ― 그 녀석은 항상 옷장에 무엇을 걸고 있었는데, 그것은 사람 미치게 하는 짓이다 ― 거친 목소리로 지껄이든지 아니면 휘파람을 불었다. 클래식 음악도 소화할 수 있었지만 대개는 재즈곡을 불렀다. 〈양철 지붕의 블루스〉 같은 재즈를 불면 기가 막혔다. 그것도 꼭 옷장에 무엇인가를 걸면서 말이다. 여기엔 나도 손들고 말았다. 그렇다고 네 휘파람은 기가 막히다고 말한 적은 없다. 일부러 가서 "네 휘파람은 기가 막히는구나." 하고 말할 사람이 어디 있겠는가? 그런데도 나는 그놈하고 두 달 정도 같은 방을 썼던 것이다. 그의 휘파람은 일찍이 들어보지 못했을 정도로 훌륭한 것이었기 때문에 반쯤 미칠 지경이었는데도 두 달이나 참았다.

그래도 역시 나는 지루한 인간에 대해서 아직 잘 모른다. 훌륭한 여자가 지루한 남자와 결혼한다 해도 너무 슬프게 생각해서는 안 될지도 모른다. 지루한 남자라 하더라도 대부분은 사람을 해치지는 않을 것이고 게다가 남몰래 휘파람 같은 것을 잘 불지도 모르니까 말이다. 누가 알겠는가?

마침내 샐리가 계단을 올라오는 모습이 보였다. 나는 그녀를 맞이하러 내려갔다. 그녀는 모양을 잔뜩 내고 있었다. 정말 그랬다. 검은 코트에 검은 베레모 같은 것을 쓰고 있었다. 그녀는 모자 쓰는 일이 거의 없었는데 그때의 베레모는 보기 좋았다. 우스운 이야기지만, 그녀를 보는 순간 결혼하고 싶다는 느낌이 들었다. 난 미친놈이다. 그다지 좋아하지도 않으면서 그녀에게 반한 듯한 느낌이 들어 그녀와의 결혼을 생각하다니, 난 좀 미친놈이다. 그 점은 시인한다.

"홀든!" 하고 그녀가 불렀다. "만나서 반가워. 오랜만이야." 그녀는 어느 곳에서든 만나면 나를 당황케 할 정도로 아주 큰 목소리로 말하는 여자였다. 굉장히 예뻤기 때문에 그럭저럭 견뎠지만, 그래도 그녀의 목소리는 나를 안절부절못하게 만들었다.

"만나서 반가워." 이건 진심이었다. "그래, 잘 지냈니?

"응, 잘 지냈어. 내가 좀 늦었나?"

늦지 않았다고 말했지만 실은 10분 가량 늦었던 것이다. 그러나 개의치 않았다. 《새터데이 이브닝 포스트》 같은 잡지에 실린 만화에는 길모퉁이에 남자가 서서 약속한 시간에 여자가 나타나지 않아 화를 내고 있는 그림이 있지만, 그런 것은 엉터리다. 만일 만날 여자가 멋진 여자라면 설사 시간에 늦는다 해도 잔소리할 남자가 어디 있겠는가? 그런 남자는 한 명도 없을 것이다.

"서두르는 게 좋겠어. 연극이 두 시 사십 분에 시작하니까." 하고 내가 말했다. 우리는 계단을 내려가 택시 있는 곳으로 갔다.

"뭘 보러 가는 거지?" 그녀가 물었다.

"나도 몰라. 런트 부부야. 그것밖에 표를 살 수가 없었어."

"런트 부부가 나오는 것 말야? 아이 좋아라!"

앞에서 말했듯이, 그녀는 런트 부부라는 말에 정말 좋아했다.

우리는 극장으로 가는 도중 택시 안에서 약간 탐색전을 폈다. 그녀는 루즈인지 뭔지를 칠했기 때문에 처음에는 원하지 않았다. 하지만 내가 워낙 끈덕지게 유혹하는 바람에 그녀로서도 별 도리가 없었다. 그런데 지랄 같은 택시가 두 번이나 급정거하는 바람에 나는 의자에서 떨어질 뻔했다. 운전사들은 저희가 가고 있는 앞도 보지 않는 자들이다. 그때 내가 얼마나 미쳐 있었느냐 하면, 힘껏 껴안은 포옹을 끝낼 무렵 내 입에서는 사랑한다느니 뭐니 하는 소리가 튀어나왔다. 물론 거짓말이지만, 그때 그 순간은 진심이었다. 난 미친놈이다. 하느님께 맹세코 난 미친놈이라니까.

"오, 달링, 나도 사랑해." 하고 그녀가 말했다. 그러고는 바로 그 말을 한 입으로 "머리를 기르겠다고 약속해. 스포츠형 머리는 촌티가 나. 그렇게 예쁜 머리칼을 가지고." 하고 말을 맺었다.

예쁘다니, 젠장!

연극은 이제까지 본 몇몇 연극만큼 엉터리는 아니었다. 그러나 시시한 건 마찬가지였다. 어느 노부부의 일생, 그러니까 한 50만 년이나 되는 긴 인생을 다룬 연극이었다.

젊은 시절부터 시작되는데, 여자의 부모가 반대하는 것을 무릅쓰고 여자는 그 남자와 결혼한다. 그리고 차츰차츰 나이를 먹어간다. 남편은 전쟁에 나가고 아내에겐 술주정뱅이 남동생이 있다.

나는 도무지 흥미를 느낄 수 없었다. 가족 중의 누가 죽거나 말거나 나는 별로 상관하지 않는다는 말이다. 어차피 모두 배우들이 하는 짓이니까. 남편과 아내는 매우 훌륭한 노부부였다. 기지가 넘치는 부부였다. 그래도 나는 그들에게 그다지 흥미를 느낄 수 없었다. 첫째 이유는 그 연극이 진행되는 동안 내내 그 부부는 차 같은 것을 마시고만 있었기 때문이다. 그들이 무대에 보일 때마다 요리장이 두 사람 앞에 차를 내오든지 아니면 부인이 누구에게 차를 따르고 있었다. 그리고 줄곧 사람들이 들락날락했다. 사람들이 계속 일어났다 앉았다 하는 것을 보려니까 어지러웠다.

알프레드 런트와 린 폰테인이 노부부의 역을 맡고 있었다. 그들은 훌륭하지만 나는 그들을 그리 좋아하지 않았다. 그런데 그들은 다른 사람과는 달랐다. 그것만은 말해야겠다. 그들은 실제 인간처럼 연기하지 않았지만 동시에 배우처럼 연기하지도 않았다. 이건 설명하기 어렵다. 자신들이 굉장한 유명인이라는 것을 의식하는 연기를 보이고 있었다. 말하자면 잘하기는 하는데, 지나치게 잘하더라는 말이다. 한 사람이 지껄이면 곧 다른 사람이 그 대사를 받아 재빨리 대사를 읊었다. 이것은 실제의 인간들이 서로의 말을 가로채며 지껄이는 실생활과 비슷했다. 다만 문제는 그것이 너무 지나치게 비슷하다는 것이었다. 연기는 아까 말한 그리니치 빌리지의 어니의 피아노 연주와 흡사한 것이었다. 무엇인가를 너무 잘하게 되면 사실 본인이 조심하지 않는 한 거드름만 피우게 되는 격이다. 그러면 훌륭한 연기나 연주와는 끝이다. 그래도 어쨌든 그 연극에서 진실로 두뇌를 가진 것처럼 보이는 사람은 역시 런트 부부뿐이었다. 그 점만은 나도 시인한다.

1막이 끝나자 우리는 다른 바보들과 함께 담배를 피우러 복도로 나갔다. 대단한 광경이었다. 평생에 그렇게 많은 엉터리들이 모인 것은 보지 못했을 것이다. 모두 담배를 피우며 자신들이 얼마나 똑똑한가를 모두에게 보이려는 듯이 귀가 떨어져 나갈 듯 큰 소리로 연극에 관해 지껄이고 있었다.

우리 옆에는 바보 같은 영화 배우 하나가 담배를 피우며 서 있었다. 이름은 모르겠지만 전쟁 영화에서 공격이 시작되기 직전에 항상 겁을 집어먹고 얼굴이 노래지는 역을 맡는 자였다. 굉장한 금발 여인과 함께 있었는데, 사람들이 자기들을 쳐다보고 있다는 사실을 모르는 체하기 위해 담담한 태도를 지으려고 애썼다. 지독히 겸손했다. 나는 한 대 얻어맞은 기분이었다.

샐리는 런트 부처를 격찬할 뿐 별로 지껄이지 않았다. 그건 여기저기 쳐다보며 매력 있는 자기 모습을 과시하기에 바빴기 때문이다. 그러다가 뜻밖에 로비 저쪽에서 아는 남자의 얼굴을 발견한 모양이었다. 쥐색 플란넬 옷에다 무늬 있는 조끼를 입은 녀석이었다. 아이비 리그에 다니는 것이 분명했다. 큼직한 물고기 같았다. 그놈은 벽에 붙어 서서 죽어라고 담배를 피우며 지독히 지루하다는 표정을 짓고 있었다. "나 저 사람 알아." 하고 샐리가 계속 지껄였다.

샐리는 어디를 데리고 가든 아는 사람이 있었다. 혹은 안다고 생각하는 사람이 있었다. 계속 그렇게 말하는 통에 급기야 나는 지루해져서 "아는 사람이면 가서 성대한 키스라도 해주지 그래. 저쪽도 좋아할 거야." 하고 말했다.

그녀는 발끈 화를 냈다. 그러나 결국 그 얼간이도 그녀를 알아차리고 가까이 다가와서 인사를 했다. 둘이 인사하는 모습은 참으로 가관이었다. 20년 만에 처음 만나는 사람들 같았다. 마치 어렸을 때 같은 욕조에서 목욕이라도 한 사이 같았다. 소꿉친구, 이건 구역질이 났다. 웃기는 것은 어쩌면 그들이 어느 엉터리 파티에서 단 한 번 만났을지도 모른다는 사실이다.

이렇게 너절하게 놀더니 마침내 샐리가 우리를 소개했다. 조지 뭐라는 이름이었는데, 앤도버에 다니는 놈이었다. 대단하더군. 샐리가 오늘 연극이 어떠냐고 묻자 그놈의 꼴은 볼 만했다. 엉터리 같은 그놈은 누구의 질문에 대답할 땐 어느 정도의 넓은 공간을 가져야 하는 그런 놈이었다. 그놈은 샐리의 질문을 받자 뒤로 물러났다. 그러다 바로 뒤에 서 있던 부인의 발을 밟고 말았다. 아마 그 여자의 발가락은 모조리 박살났을 것이다. 그놈은 말하기를, 연극 자체는 걸작이 못 되지만, 런트 부부는 말할 것도 없이 천사라는 것이다. 진짜 천사라는 것이었다. 어이가 없었다. 난 손을 들고 말았다. 그런 다음 그놈과 샐리는 서로 알고 있는 녀석들의 이야기를 시작했다. 그 따위 엉터리 이야기는 평생 들어보지 못했을 것이다. 그들은 서로 경쟁하듯 어느 지명이 머리에 떠오르면 그곳에 사는 자식들의 이름을 죄다 기억에서 끄집어냈다. 그때 다시 좌석으로 돌아갈 시간이 되었기에 망정이지 그렇지 않았다면 나는 먹은 것을 죄다 토해냈을 것이다. 정말이다.

다시 막간이 되자 그들은 아까의 그 대화를 지루하게 계속했다. 또다시 이곳저곳의 지명을 생각해내고 그곳에 사는 놈들의 이름을 늘어놓았다. 그런데 제일 나쁜 것은 그놈이 아이비 리그 특유의 엉터리 같은 목소리를 가지고 있다는 점이었다. 지친 듯하면서도 젠체하는 목소리를 구사하는 것이었다. 마치 계집애 같은 말투였다. 그놈은 염치도 없이 남의 데이트에 끼어들었다.

연극이 끝나자 나는 그놈이 우리 택시에 같이 타지나 않을까 우려했다. 왜냐하면 한두 구역 정도 우리를 따라왔기 때문이다. 그러나 칵테일을 마시기 위해 친구들과 만날 예정이라고 했다. 무늬 있는 조끼를 걸친 엉터리 자식들이 어느 술집에 모여 그 지친 듯한, 신사인 척하는 목소리로 연극이니 책이니 여자니 하는 것을 놓고 비평하는 꼴을 눈에 그릴 수 있었다. 그런 것들에겐 손을 들 수밖에.

우리가 택시를 잡아탄 것은 그 앤도버 엉터리 놈의 이야기를 열 시간이나 듣고 난 다음이었다. 그래서 나는 샐리를 증오했다. 이대로 곧장 그녀를 집으로 보낼까 생각했다. 정말이었다.

그런데 그녀는 "신나는 생각이 있어." 하고 말하는 것이었다. 그녀는 항상 신나는 생각을 떠올렸다. "이봐." 하고 그녀가 말했다. "저녁 식사에 몇 시까지 집에 돌아가야 해? 급한 일이 있는지, 어떤지 알고 싶어. 몇 시에 들어가야 해? 무슨 특별한 일이라도 있니?"

"아니, 없어." 이렇게 정직하게 대답해본 적이 없었다. "그건 왜 묻지?"

"그럼 라디오 시티로 스케이트 타러 가지 않을래?"

그녀에게 좋은 생각이란 언제나 이런 것이다.

"라디오 시티에서 스케이트를? 지금 당장 말야?"

"한 시간 정도만. 싫어? 싫으면……"

"싫다고 말하진 않았어." 하고 나는 말을 끊었다가 "좋아, 그게 소원이라면." 하고 말했다.

"정말? 마음 내키지 않으면 싫다고 말해. 난 어느 쪽이든 괜찮으니까."

괜찮긴 뭐가 괜찮다는 것인가?

"거기에 가면 예쁜 스케이트용 스커트를 빌려 입을 수 있대." 하고 샐리가 말했다. "지네트 킬츠도 지난 주에 빌려 입었대."

그녀가 그리 가고 싶어한 것은 이것 때문이었다. 엉덩이까지만 내려오는 그 스커트를 입고 싶었던 것이다.

그래서 우리는 그곳에 갔다. 스케이트를 빌리고 나서 샐리는 엉덩이만 살짝 덮이는 짧은 스커트를 빌렸다. 그것을 입은 샐리의 모습은 정말 멋있었다. 나도 그 점은 인정한다. 그녀도 그것을 의식하고 있었다. 그 작은 엉덩이가 얼마나 귀여운가를 내게 보이려고 내 앞에서 알짱거렸다. 사실 지독히 예뻐 보였다.

그런데 우스운 것은 우리가 그 스케이트 링크에서 제일 서투르게 타고 있었다는 점이다. 정말 최악이었다. 굉장히 잘 타는 사람도 몇 있었다. 샐리의 발목은 안으로 굽어져 얼음판에 닿았다. 정말 꼴불견이었다. 그러나 그보다도 지독하게 아팠을 것이다. 그것은 나도 마찬가지였다. 나는 아파서 죽는 줄 알았다. 그러니 우리 모습은 정말 가관이었겠지. 설상가상으로 근처에 서서 얼음판에 넘어지는 사람이나 구경하는 자식들이 적어도 2백 명은 되었다.

"저 테이블에 가서 뭘 한 잔씩 마실까?" 마침내 내가 말했다.

"좋은 생각이야. 최고로 좋은 생각을 떠올렸군." 하고 그녀가 말했다. 사실 샐리는 아파서 죽어가고 있었다. 잔인한 자살 행위였다. 정말 그녀가 가엾다는 생각이 들었다.

우리는 스케이트를 벗고 바 안으로 들어갔다. 거기서는 음료수를 마시면서 스케이트 타는 인간들을 구경할 수 있었다. 자리에 앉자마자 샐리는 장갑을 벗었다.

나는 그녀에게 담배를 권했다. 그녀는 그다지 유쾌한 표정이 아니었다. 웨이터가 오길래 그녀를 위해 콜라를 주문했다. 그녀는 술을 마시지 않았기 때문이다. 나는 스카치 소다를 주문했다. 그러나 그 잡놈은 도무지 주문에 응하려 하지 않았다. 그래서 나도 콜라를 마시기로 했다.

그러고 나서 나는 성냥을 그어댔다. 성냥에 불을 당겨서 더 이상 쥐고 있을 수 없게 될 때까지 타 내려가게 하고는 재떨이에 떨어뜨린다. 이건 내가 초조할 때 하는 버릇이다.

그때 갑자기 청천벽력처럼 샐리가 말했다. "이봐, 꼭 알아야겠어. 이번 크리스마스 이브에 날 도와주러 오는 거야, 안 오는 거야? 그걸 알아야 해." 스케이트를 타다 죽을 뻔한 그 발목 때문에 그녀는 아직도 뾰로통해 있었다.

"편지에 가겠다고 했잖아? 벌써 스무 번이나 물었어. 틀림없이 갈게."

"확실히 알고 싶어서 그래." 그녀는 이렇게 말하고 나서 바 안을 두리번거리기 시작했다.

갑자기 나는 성냥 장난을 멈추고 테이블을 가로질러 몸을 굽혔다. 이야깃거리가 많았기 때문이다.

"이봐, 샐리."

"뭔데?" 하고 그녀가 말했다. 그녀는 방 저쪽에 있는 어떤 여자를 바라보고 있었다.

"이젠 싫증이 났다는 기분이 든 적 있니?" 하고 내가 물었다. "내 말은 뭐든 하지 않으면 모든 게 엉망진창이 되어버릴지도 모른다는 불안을 느낀 적이 있느냔 말야. 그래, 학교 같은 것이 마음에 들어?"

"학교는 지겨워."

"학교를 증오하느냔 말야. 지겨운 곳이라는 건 나도 알아. 다만 그것을 증오하느냐 이 말이야."

"정확히 말해서 증오까지 하지는 않아. 넌 언제나……"

"난 증오해. 정말 증오하고 있어." 하고 내가 말했다. "그것뿐이 아냐. 모든 게 다 그래. 뉴욕에 사는 것도 싫어. 택시, 매디슨가의 버스들, 뒷문으로 내려달라고 항상 고함치는 운전사들에다 런트 부부를 천사라고 부르는 엉터리에게 소개되어야 하고, 밖에 잠깐 나가려 해도 엘리베이터로 올라갔다 내려갔다 해야 하고, 항상 부룩스에 가서 바지를 맞추어 입는 자식들, 항상……"

"그렇게 큰 소리로 고함치지 마." 샐리가 말했다. 웃기는군. 난 전혀 고함치지 않았는데……

"자동차를 예로 들지." 하고 나는 지극히 조용한 목소리로 말했다. "대부분의 인간들을 보라구. 그들은 자동차에 미쳐 있다, 이 말이야. 조금이라도 긁힐까 봐 걱정이지. 1갤론의 연료로 몇 마일을 달릴 수 있냐 하는 것이 언제나 화제거든. 새 차를 사고는 곧 또 새 것과 바꿀 생각이나 하고. 나는 차를 증오해. 자동차엔 전혀 관심이 없어. 차라리 말을 갖고 싶어. 말은 적어도 인간적이야. 말은 적어도……"

"무슨 얘긴지 난 통 모르겠다." 샐리가 말했다. "얘기가 두서없어……"

"모르겠어? 내가 지금 뉴욕에 와 있는 것은 오로지 너 때문이야. 네가 없었다면 아마 어디 멀리 가 있었을 거야. 숲속 같은 먼 곳에 말야. 내가 여기 있는 것은 실은 네가 있기 때문이다."

"아주 듣기 좋은 소린데." 하고 그녀가 말했다. 그러나 내가 화제를 바꾸기를 원하는 것이 분명했다.

"언제 시간 있으면 남학교에 가보는 게 좋을 거야." 하고 내가 말했다. "시험삼아 한번 가봐. 엉터리 자식들이 우글거릴 테니까. 놈들이 하는 일은 장차 캐딜락을 살 수 있는 신분이 되기 위해 공부하는 일뿐이야. 그리고 축구 팀이 지면 분해 죽겠다는 시늉이나 하고, 하루 종일 여자와 술과 섹스 얘기만 지껄여대는 거지. 게다가 더러운 파벌을 만들어 결속까지 하거든. 농구 팀은 그들대로 뭉치고, 천주교 신자들도 그들대로 뭉치고, 지랄 같은 지성인들도 그렇고 놀음하는 놈들은 저희끼리 뭉치거든. 심지어 월간 추천도서 클럽에 가입한 놈들도 끼리끼리 뭉친단 말이야. 그러니까 좀 똑똑하려면……"

"이봐." 하고 샐리가 말을 채뜨렸다. "학교 생활에서 그것보다 더 많은 것을 얻는 학생도 많아."

"그건 그래. 그 말에 나도 동감이야. 몇 명의 학생은 그래. 그렇지만 내가 얻은 것은 그런 것뿐이야. 그게 내 말의 요점이야. 바로 그거라니까." 하고 내가 말했다. "나는 어디서건 아무것도 얻지 못하거든. 난 엉망이야. 형편없이."

"확실히 그렇군."

그때 불현듯 어떤 착상이 떠올랐다.

"이봐, 내게 생각이 있어. 이곳에서 도망치면 어떨까? 좋은 생각이 있어. 그리니치 빌리지에 아는 놈이 있는데, 그놈의 차를 한 2주 동안 빌릴 수 있거든. 전에 같은 학교에 다녔는데, 그놈한테 10달러 받을 게 있어. 그러니까 어떻게 하느냐 하면, 내일 아침 매사추세츠나 버몬트나 그 근처로 드라이브를 하는 거야. 그 근방은 경치가 기가 막히거든. 정말이야." 그런 생각을 하면 할수록 나는 더 흥분했다. 그래서 손을 뻗어 샐리의 손을 잡았다. 나는 참 어리석었다.

"농담이 아냐." 하고 다시 말을 계속했다. "은행에 180달러 가량 예금이 있어. 내일 아침 은행 문이 열리는 대로 그것을 찾아 가지고 그놈한테 가서 차를 빌리는 거야. 농담이 아냐. 돈이 다 떨어질 때까지 오두막 같은 데 머무를 수 있을 거야. 돈이 떨어지면 내가 어디 가서 일자리를 구해 가지고 우리 둘이서 냇물이 흐르는 그런 곳에서 사는 거야. 그런 다음에 결혼이고 뭐고도 할 수 있을 거고, 겨울이 닥쳐오면 장작은 내가 팰 수 있을 거야. 정말 멋진 생활을 할 수 있을 거야. 어때, 너는? 나하고 함께 갈 거지? 말해보라니까."

"넌 그런 짓은 할 수 없어." 샐리가 말했다. 지독히 화난 목소리였다.

"왜 못 해? 왜 못 한다는 거야?"

"소리지르지 마, 제발." 하고 그녀가 말했다. 그건 거짓말이었다. 난 그녀에게 전혀 소리지르지 않았다.

"왜 안 된다는 거지, 왜?"

"넌 그럴 수 없으니까 그렇게 말하는 것뿐이야. 무엇보다 우리는 실상 어린애나 마찬가지야. 돈이 떨어지고, 만일에 일자리가 없다면 어떻게 할지 생각해봤어? 굶어 죽고 말 거야. 그건 너무 환상적인 이야기야. 그건……"

"환상이 아냐. 난 일자리를 얻게 될 거야. 그건 염려 마. 염려할 필요가 없어. 도대체 뭐가 어쨌다는 거야? 나하고 같이 가고 싶지 않아? 싫으면 그렇다고 말해."

"그런 뜻이 아냐. 전혀 그런 뜻이 아니야." 하고 샐리가 말했다. 나는 웬일인지 샐리가 미워지기 시작했다. "그런 일을 할 시간은 앞으로 얼마든지 있어. 시간은 있다니까. 내 말은 네가 대학에 가고 나서도 얼마든지 할 수 있단 뜻이야. 결혼을 하고 나서도 갈 만한 좋은 곳은 얼마든지 있을 거야."

"그렇지 않아. 갈 수 있는 곳이 얼마든지 있는 건 아냐. 그땐 사정이 달라질 거야." 나는 점점 우울해졌다.

"뭐라고 했어?" 하고 그녀가 말했다. "들리지 않아. 아까는 소리를 지르더니 이번엔……"

"대학에 간 다음에는 멋진 곳에 갈 수 없어진다고 말했어. 잘 들어봐. 사정이 판이하게 달라질 거라고. 우리는 여행 가방 같은 걸 들고 엘리베이터를 타고 내려갈 거야. 모든 사람에게 전화를 걸어 작별 인사를 하고 어떤 호텔에서는 그림 엽서도 띄워야 하겠지. 나는 회사에 취직해서 돈을 벌고, 택시나 매디슨가의 버스로 회사에 출근하고, 신문을 읽든지 밤낮 브리지 놀이를 하든지, 영화관에 가서 시시한 단편 영화나 예고편이나 영화 뉴스 같은 것들을 볼 거야. 영화 뉴스라는 것이 또 사람 잡지. 언제나 경마나 배의 진수식에서 어떤 귀부인이 배에다 대고 병을 깨뜨리는 장면이라든가 침팬지가 팬티를 입고 자전거를 탄다든가 하는 따위나 보여준단 말야. 전혀 같은 것이 아니야. 너는 내 말을 전혀 알아듣지 못한 거야."

"그럴지도 몰라. 너도 알아듣지 못한 거야." 하고 샐리가 말했다. 그쯤 되자 우리는 서로의 고집을 증오했다. 지적인 대화를 하려 해도 아무 의미가 없었다. 나는 그런 대화를 시작한 것을 몹시 후회했다.

"이제 나가자." 내가 말했다. "사실 말이지, 너와 함께 있으면 엉덩이가 근질근질해서 견딜 수가 없거든."

이 말에 그녀는 노발대발했다. 그런 말을 하지 말았어야 한다는 것은 알고 있다. 여느 때 같으면 그런 말을 입에 담지는 않았을 것이다. 그러나 그녀는 나를 지독히 울적하게 했던 것이다. 보통 때 같으면 여자에게 그런 속된 말은 절대로 안 한다. 제기랄, 그녀는 지독히 화가 났다. 나는 정신없이 사과했다. 그러나 그녀는 내 사과를 받아들이려 하지 않았다. 마구 울기까지 했다. 이 지경이 되자 나도 약간 겁이 났다. 그녀가 그 길로 집에 돌아가 자기 아버지에게 내가 저와 함께 있으면 엉덩이가 근질근질해 못 견디겠다고 말했다며 고자질하지나 않을까 겁이 났던 것이다. 그녀의 아버지는 몸집이 크고 말이 없는 사나이였는데 나를 별로 좋아하지 않았다. 언젠가 샐리에게 내가 시끄러운 자식이라고 말한 적이 있었다.

"농담이야. 미안해." 나는 몇 번이고 그녀에게 사과했다.

"밤낮 미안해? 우습군." 하고 그녀가 말했다. 그렇게 말하면서도 그녀는 아직 훌쩍거리고 있었다. 나는 갑자기 그런 말을 한 것은 정말 잘못이었다고 생각했다.

"자, 내가 집에까지 데려다줄게. 농담이었어."

"나 혼자서도 갈 수 있어. 내가 너더러 집에 데려다달라고 할 줄 알아? 그렇게 생각했다면 넌 돌았어. 평생 나더러 데려다주겠다고 한 사람은 하나도 없어."

생각해보면 이 모든 것이 좀 우스운 일이었다. 그래서 나는 갑자기 해서는 안 될 짓을 했다. 한바탕 웃음을 터뜨렸던 것이다. 내 웃음은 유난히 요란하고 바보스러웠다. 예컨대 영화관 같은 데서 내가 내 뒤에 앉아 있으면서 앞에 있는 나에게 몸을 기울이며 "여보시오, 거 좀 조용히 할 수 없소." 하고 말하고 싶은 그런 웃음이었다. 샐리는 아까보다 더 화를 냈다.

나는 얼마 동안 사과를 하며 용서를 빌었지만 그녀는 막무가내였다. 혼자 있게 내버려달라는 말만 되풀이했다. 그래서 마지막엔 하는 수 없이 해달라는 대로 했다. 안에서 구두 따위를 들고 와서 그냥 나 혼자 나와버렸다. 그래서는 안 되었지만 그때쯤 나도 지독히 지루함을 느끼고 있었다.

어째서 내가 그녀에게 그런 말을 했는지 모르겠다. 매사추세츠나 버몬트 같은 곳에 같이 가자고 한 것 말이다. 설사 같이 가겠다고 해도 나는 그녀를 데려가지 않을 것이다. 누군가와 같이 가더라도 그녀와는 같이 가지 않을 것이다. 그런데 문제는 내가 그녀에게 가자고 했을 때는 그게 진심이었다는 점이다. 그건 정말 문제다. 정말 나는 미친놈이라니까.

18

스케이트 링크에서 나오자 배가 좀 고팠기 때문에 나는 드럭 스토어에 들어가 스위스 치즈 샌드위치에 맥아 우유를 먹었다. 그러고 나서 전화 부스에 들어갔다. 제인이 집에 와 있는지 알고 싶었다. 그날 저녁은 완전한 자유의 몸이었기 때문에 만일 제인이 집에 있으면 춤을 추러 가거나 아니면 아무 데라도 데리고 가보겠다는 생각에서였다. 그녀를 알고 난 이래 나는 그녀와 한 번도 춤 같은 걸 춰 본 적이 없었다. 그러나 꼭 한 번 그녀가 춤추는 걸 본 적이 있었다. 그녀는 춤을 꽤 잘 추는 것 같았다.

7월 4일, 클럽에서 있었던 독립기념일 파티에서였다. 그때는 그녀와 잘 알지 못하는 사이였기 때문에 상대편 남자에게서 그녀를 가로채서는 안 된다고 생각하고 있었다. 그 남자놈은 초트에 다니는 알 파이크라는 지겨운 놈이었다. 나는 그놈을 잘 몰랐지만 그놈은 언제나 수영장 근처에서 맴도는 놈이었다. 라텍스와 같은 흰 수영 팬티를 입고 언제나 하이 다이빙을 하고 있었다. 하루 종일 똑같은 하프 게이너*만 하고 있었다. 그놈은 그것밖에 할 줄 모르면서도 자기가 제일인 줄 알고 있었다. 온통 근육만 있고 머리는 텅텅 빈 놈이었다.

하여튼 그날 밤 제인이 데이트 한 상대는 그런 놈이었다. 이해할 수 없었다. 도저히 이해할 수 없었다. 그 후에 제인과 어울리게 되자 나는 그녀에게 어째서 그 따위 알 파이크와 같이 으스대기만 하는 놈과 데이트를 하게 되었느냐고 물어본 적이 있다. 제인 말이 그 애는 전혀 으스대지 않는다는 것이었다. 오히려 그놈은 열등감이 강하다고 말했다. 그놈을 동정하는 것 같았지만 일부러 동정하는 척하지는 않았다. 그녀의 말은 진정에서 나온 것이었다.

여자들에겐 우스운 점이 있다. 분명히 개새끼인데, 그것도 지독히 비열하고 건방진 개새끼인데 그걸 지적해주면 여자들은 그때마다 그 남자는 열등감이 있는 남자라고 말한다. 하긴 열등감을 가지고 있는지도 모르겠지만, 내 의견으로는 그렇다고 개새끼가 아닌 것은 아니다. 계집애들이라는 것, 계집애들은 앞으로 무슨 생각을 할지 모른다.

한번은 내가 로버타 월슈라는 아이와 같은 방에 있는 여학생을 내 친구의 데이트 상대로 소개해준 일이 있다. 내 친구의 이름은 봅 로빈슨이었는데, 그 녀석은 정말 열등감이 심했다. 자기 부모가 'He

---

* 뒤로 재주넘듯 하는 다이빙

don't, 'She don't' 하면서 문법도 모르는 데다 그다지 돈도 많지 않은 것을 부끄럽게 여기는 녀석이었다. 그러나 그 애는 개새끼 같은 놈은 아니었다. 아니, 오히려 매우 좋은 놈이었다. 그런데 로버타 월슈의 친구인 그 여학생은 그를 전혀 좋아하지 않았다. 로버타에게 그가 너무 거만하다고 말했다는 것이다. 그녀가 친구에게 그가 거만하다고 말한 이유는 그가 우연히 자기가 토론 팀 부장을 맡고 있다고 말했기 때문이라는 것이다. 그런 하찮은 일로 그 녀석이 거만하다고 생각하다니, 이건 말도 안 된다. 여자들에겐 문제가 있다. 만일 남자에게 호의를 갖게 되면 아무리 지독한 개새끼를 놓고도 열등감이 있는 남자라고 말할 뿐만 아니라 반대로 남자가 싫으면 그놈이 아무리 훌륭하고 열등감을 가지고 있어도 그 남자는 거만하다고 말한다. 똑똑한 여자들마저 모두 그 지경이다.

하여튼 제인에게 다시 전화했지만 아무도 전화를 받지 않았다. 나는 하는 수 없이 수화기를 내려놓았다. 그러고는 주소록을 뒤져 그날 밤 누가 나와 시간을 보낼 수 있을지 찾기 시작했다. 그런데 문제는 내 주소록에는 불과 세 명밖에 적혀 있지 않았다는 것이다. 제인의 전화번호, 엘크턴 힐스에서 나를 가르친 앤톨리니 선생과 아버지의 회사 전화번호뿐이었다. 나는 사람들의 주소를 적어두는 것을 잊고 있었던 것이다.

마침내 내가 전화한 곳은 칼 루스에게였다. 칼 루스는 내가 퇴학 당하고 난 다음에 후턴 고등학교를 졸업한 애였다. 그는 나보다 세 살 가량 위였고, 내가 별로 좋아하는 친구는 아니었다. 그러나 머리가 굉장히 좋은 놈이었다. 후턴에서 지능지수가 제일 높았다. 그 녀석 같으면 어디 가서 저녁 식사를 나누면서 좀 지적인 대화를 나눌 수 있는 상대가 되지 않을까 생각했다. 지금 그는 콜럼비아에 다니고 집은 65번가였다. 나는 그 녀석이 집에 돌아와 있을 거라고 생각했다. 그에게 전화했을 때 그는 저녁은 같이 할 수 없지만 밤 열 시에 54번가 워커 바에서 만나 한잔하자는 것이었다. 나한테서 전화를 받고 꽤 놀랐을 것이다. 전에 한 번 내가 그에게 뚱뚱한 엉터리라고 말한 적이 있었으니까.

열 시가 되려면 아직 시간이 많이 남았기 때문에, 나는 라디오 시티 극장으로 갔다. 제일 형편없는 짓이었지만 그곳은 가까운 거리에 있었고 달리 할 일이 생각나지 않았기 때문이다.

안으로 들어갔을 때 마침 너절한 쇼를 하고 있었다. '더 로켓' 단원들이 한 줄로 쭉 늘어서서 서로의 허리를 감싸안고 다리를 힘껏 하늘로 쳐들고 있었다. 관중은 미친 듯이 박수를 보냈는데, 내 뒤에 앉은 어떤 남자는 자기 아내에게 "뭐가 볼 만한지 알아? 똑같이 정확한 동작을 한다는 점이야." 하고 거듭 말하고 있었다. 난 손발 다들지 않을 수 없었다.

'더 로켓' 공연이 끝나자 롤러 스케이트를 신은 사나이가 나와서는 작은 탁자를 잔뜩 늘어놓고 그 밑을 요리조리 빠져 나가며 타고 있었다. 또 그렇게 스케이트를 타면서 만담을 늘어놓기도 했다. 스케이트 솜씨는 훌륭했지만 나는 그다지 재미있지 않았다. 왜냐하면 그렇게 무대에 나와 스케이트를 타기 위해서 그가 열심히 연습하고 있는 장면이 눈앞에 떠올랐기 때문이다. 정말 바보 같은 짓처럼 보였다. 내 기분이 비정상이었는지도 모른다.

다음에는 라디오 시티에서 해마다 하는 크리스마스 쇼가 시작되었다. 천사의 무리가 사방에서 나왔는데, 손에 십자가를 든 사람이 몇천 명이나 나와 무대를 가득 채웠다. 그들은 일제히 〈기쁘다 구주 오셨네〉를 미친 듯이 불러댔다. 굉장했다. 이것이 종교적이며 매우 아름답다는 것은 알지만, 십자가를 들고 무대 전체를 채운 것은 결국 배우들이라는 사실에서 어떤 종교적인 것이나 아름다움 따위는 찾아볼 수 없었다.

다 끝내고 무대에서 퇴장하면 기다렸다는 듯이 담배를 피우기 시작할 것이다. 1년 전에도 샐리 헤이스와 함께 이걸 본 적이 있는데, 샐리는 무대 의상이나 장식이 참으로 아름답기 짝이 없다고 계속 말했다. 나는 예수가 이런 호화찬란한 의상 따위들을 본다면 아마 구토를 참지 못할 것이라고 말했다. 그랬더니 샐리는 나더러 신을 모독하는 무신론자라고 했다. 어쩌면 그런지도 모른다. 나는 예수께서 진정으로 좋아할 사람은 그 오케스트라에서 작은북을 치는 단원이 아닐까 하고 생각한다. 그 사람은 내가 여덟 살 때부터 죽 보아 왔는데, 부모와 함께 보러 갔을 때 나와 동생 앨리는 이 사람을 더 잘 보려고 자리를 옮기곤 했다. 그렇게 훌륭하게 북 치는 사람은 일찍이 본 적이 없다. 한 곡에서 북 치는 기회란 단 두 번밖에 없는데, 손을 쉬고 있을 때도 그는 절대로 지루한 표정을 짓지 않았다. 그러다가 북 치는 차례가 되면 심각한 표정을 하고 매우 멋지고 아름답게 북을 울려댔다. 언젠가 아버지와 함께 워싱턴에 갔을 때, 앨리는 그 사람에게 그림 엽서를 띄운 적이 있었다. 그렇지만 그의 손에 들어가지는 않았을 것이다. 주소가 확실치 않았으니까.

크리스마스 쇼가 끝나자 그 지랄 같은 영화가 상영되었다. 너무나 썩은 냄새가 나서 나는 그것에서 눈을 뗄 수가 없었다. 그것은 전쟁에 나갔다가 기억을 상실한 알렉 뭐라는 영국인 이야기였다. 그는 지팡이를 짚고 병원에서 나와 발을 절면서 런던 시내를 돌아다니는데, 자기가 누구인지 모른다. 실은 공작인데도 그는 그 사실을 모른다. 그러다가 버스 안에서 가정적이고 진실한 여자를 만난다. 여자의 모자가 날아가자 그가 그 모자를 잡아주는 것이다.

그리고 그들은 버스 위층에 올라가 앉아서는 찰스 디킨스에 대한 대화를 시작한다. 디킨스는 그들이 제일 좋아하는 작가였다. 남자는 디킨스의 《올리버 트위스트》 한 권을 가지고 다니는데, 여자도 그걸 가지고 다녔다. 나는 토할 뻔했다. 하여튼 두 남녀는 디킨스를 너무 좋아했기 때문에 서로 사랑에 빠진다. 그 후 남자는 여자의 출판업을 도와준다. 여자가 출판업자였으니까. 그러나 그녀의 오빠가 주정뱅이여서 돈을 다 써버리는 통에 그녀는 사업에 별로 열의를 갖지 못한다. 그 오빠라는 사나이는 원한에 사무친 사나이다. 전쟁 중에 군의로 활동하다가 신경을 다쳐 지금은 수술을 맡을 수 없기 때문이다. 그러나 보니 밤낮 술타령이다. 그러나 매우 기지가 풍부한 사나이다. 어쨌든 알렉이 책을 쓰면 그 여자는 그것을 출판하여 두 사람은 상당한 돈을 벌게 된다.

그런데 두 남녀가 결혼하려는 찰나에 다른 여자, 다시 말해서 알렉이 기억을 상실하기 이전의 약혼녀가 나타난다. 알렉이 책방에서 자기 책에 사인을 하고 있을 때 그녀가 그를 알아본 것이다. 그녀의 이름은 마샤이다. 그녀는 알렉에게 당신은 실은 공작인가 뭔가 하는 것이라고 가르쳐주지만 알렉은 그녀의 말을 믿지 않는다. 그의 엄마를 보러 같이 가자고 해도 듣지 않는다. 그의 엄마는 앞을 전혀 못 보는 장님이다. 후에 사귄 그 가정적인 여자는 그를 떠나보낸다. 그녀는 고귀한 마음씨를 가진 여자다. 그래서 알렉이 떠나게 된 것이다.

그러나 그가 기르던 개가 반기며 달려들어도, 엄마가 손가락으로 그의 얼굴을 만져도, 그가 어렸을 때 가지고 놀던 장난감 곰을 가져와도 그의 기억은 되돌아오지 않는다. 그러다가 어느 날 잔디밭에서 아이들이 하는 크리켓 시합을 보던 중 공이 날아와 그의 머리에 맞는다. 그 순간 기억이 되살아난다. 그는 집으로 달려들어가 엄마의 이마에 키스를 하고 야단법석이다. 그리하여 다시 정상적인 공작으로 되돌아가고, 출판업을 하는 그 가정적인 여자를 까맣게 잊는다.

나머지 스토리도 이야기해야 되겠지만 그걸 이야기하다가는 토해버릴 것 같다. 그렇다고 내가 영화를 망쳐놓는 것은 아니다. 망치고 말고 할 것도 없는 영화니까.

어쨌든 마지막에 가서 알렉과 그 가정적인 여자는 결혼하게 되고, 술주정뱅이 오빠는 다시 신경을 회복하여 알렉의 엄마를 수술한다. 그래서 엄마도 다시 세상을 볼 수 있게 된다. 게다가 이 주정뱅이 오빠와 마샤는 서로 사랑하는 사이가 된다.

맨 마지막 장면에 그 집의 개가 한 무리의 강아지를 거느리고 들어오는 것을 보고 긴 식탁에 앉아 있던 일동이 요절복통을 하는 것으로 영화는 끝난다. 모두 그 개가 수놈인 줄로 알고 있었던 모양이다. 내 말은 토해서 온몸을 엉망으로 만들고 싶지 않거든 그 따위 영화는 아예 보지 말라는 말이다.

나를 미치게 만든 것은 내 옆에 한 아주머니가 앉아 있었는데, 그 숙녀가 영화가 계속되는 동안 줄곧 울더라는 사실이다. 영화가 엉터리로 되어가면 갈수록 더 우는 것이었다. 그렇게 운다는 것은 그녀가 매우 착한 마음씨의 소유자라는 의미겠지만, 그녀 바로 옆에 앉아서 보니 그렇지도 않았다. 그 아주머니에겐 어린애가 딸려 있었는데, 그 아이가 지독히 지루해하고 있었고 화장실에 가겠다고 졸라대는데도 도무지 데리고 나갈 생각을 하지 않았다. 얌전하게 있으라고 타이르기만 하는 것이었다.

그녀의 마음씨는 무서운 늑대만큼은 부드러웠다. 영화의 엉터리 같은 이야기에 눈이 빠지도록 우는 사람들은 십중팔구 본질적으로 야비한 것들이다. 이건 농담이 아니다.

영화가 끝난 후 칼 루스와 만나기로 되어 있던 워커 바를 향해 걷기 시작했다. 걸어가면서 나는 전쟁이니 뭐니 하는 것을 곰곰이 생각했다. 전쟁 영화를 보고 나면 늘 그랬다. 전쟁터에 나가야 한다면 도저히 참을 수 없을 것 같다. 정말 참을 수 없을 거다. 전쟁터에 끌어내놓고 죽이든지 하면 오히려 나을 것이다. 그러나 군대에 가면 굉장히 오래 그 속에 있어야 할 텐데, 그것이 괴로운 것이다.

형 D.B.는 4년간이나 군대에 있었다. 전쟁터에도 나갔었다. 그는 D데이 상륙 작전에도 참가했다. 그러나 그는 전쟁보다 군대를 더 싫어했던 것 같다. 내가 아직 어렸을 때지만 형은 휴가차 집에 돌아오면 줄곧 침대에만 누워 뒹굴 뿐 거실에도 거의 나오지도 않았던 것이 기억난다. 후에 해외에 나가 전쟁에도 참가했지만 부상 하나 입지 않고 총 한 방 쏘아보지 못했다고 했다. 하루 종일 사령관의 차를 운전하며 카우보이처럼 생긴 장군을 모시고 다니는 게 고작이었다는 것이다.

언젠가 앨리와 나에게 한 말이지만, 만일 누군가 쏘아야 하는 경우가 있었다 해도 어느 방향으로 쏘아야 할지 몰랐을 거라고 했다. 군대는 나치만큼 더러운 자식들로 들끓고 있는 곳이라는 것이었다.

지금도 기억하는데, 앨리가 형에게 형은 작가니까 전쟁에 참가하면 작품 쓸 자료를 많이 얻을 수 있어서 좋지 않느냐고 물었던 적이 있다. 그러자 형은 앨리에게 야구 미트를 가져오게 하고는, 루퍼트 부루크와 에밀리 디킨슨 중에서 누가 훌륭한 전쟁 시인인가를 물었다. 앨리는 에밀리 디킨슨이라고 대답했다. 나는 시를 별로 읽지 않기 때문에 잘 알지 못하지만, 내가 군대에 들어가서 애클리나 스트라드레이터나 모리스 같은 놈들과 늘 함께 있으면서 행군인가 뭔가를 해야 한다면 나는 반드시 미쳐버리고 말 것이다. 그것만은 잘 안다. 난 전에 1주일 동안 보이스카웃에 들어간 일이 있었는데, 내 바로 앞에 있는 놈의 모가지를 쳐다보는 것만으로도 견딜 수 없었다. 항상 앞사람의 목덜미를 쳐다보라고 명령하는 것이었다. 만일 전쟁이 일어나 나를 끌어가야 한다면 차라리 사격 부대 앞에다 나를 세워두는 게 좋을 것이다. 그렇게 해도 나는 반대하지 않을 것이다.

형 D.B.의 트릿한 점은 그토록 전쟁을 싫어하면서 지난 여름엔 내게 《무기여 잘 있거라》라는 책을 읽어보게 한 사실이다. 형은 굉장한 작품이라고 했지만 그건 나로서는 알 수 없는 말이다. 헨리 중

위라는 사나이가 등장하는데 아주 좋은 사람이라는 것이다. 형은 군대니 전쟁이니 하는 것을 그토록 싫어하면서 왜 그런 엉터리 같은 책을 좋아하는지 도무지 알 길이 없다. 내 말은 그런 엉터리 같은 책을 좋아하면서 동시에, 예컨대 링 라드너의 작품이나 그가 미쳐 있는 또 하나의 책인《위대한 개츠비》같은 것을 어떻게 좋아할 수 있는지 알 수 없다는 뜻이다.

D.B.는 화를 내면서 넌 아직 어려서 그 작품을 제대로 감상할 수 없다고 말했지만, 난 그렇게 생각하지 않는다. 링 라드너나《위대한 개츠비》같은 것이라면 나도 좋아한다고 말했다. 사실 그랬다. 나는 《위대한 개츠비》를 미치도록 좋아한다. 개츠비 자식이 하는 올드 스포츠*라는 그 농담은 죽여준다. 여하튼 원자폭탄이 발명되어 기쁘다. 이번에 전쟁이 일어나면 나는 그 폭탄의 꼭대기에 올라타고 갈 테다. 지원하겠다니까. 하느님께 맹세코 지원하겠다니까.

---

* 대화 끝에 친근하게 부르는 말

19

뉴욕에 살지 않는 사람은 모르겠지만 워커 바는 시튼 호텔이라는 꽤 좋은 호텔 안에 있는 술집이다. 전에는 자주 갔지만 요사이는 잘 가지 않는다. 이곳이 지나칠 정도로 세련된 곳으로 알려지면서 속물들이나 모여드는 곳이 되어버렸다.

전에는 티나와 재닌이라는 프랑스 아가씨가 매일 밤 세 번씩 나와 피아노를 치며 노래했다. 하나는 피아노를 쳤는데, 그 솜씨는 엉망이었다. 또 하나는 노래를 불렀는데, 거의 다 지저분한 것이거나 프랑스어로 부르는 것이었다.

재닌은 노래하기 전에 언제나 마이크에다 대고 속삭이는 목소리로 말했다. "지금부터 부를 노래는 〈불리 부 프랑스〉입니다. 뉴욕과 같은 대도시에 와서 브루클린의 젊은이와 사랑에 빠지는 한 프랑스 아가씨의 이야깁니다. 여러분의 마음에 들었으면 좋겠습니다." 이처럼 작은 목소리로 속삭이듯 말하면서 꽤 귀여운 몸짓을 보인 다음 반은 영어, 반은 프랑스어로 바보 같은 노래를 불렀다. 그러면 그 자리에 있는 엉터리 속물들은 미친 듯이 환호했다.

그런 얼간이들이 갈채를 보내는 꼴을 한참 동안 앉아서 보고 있노라면, 이 세상의 모든 인간들이 싫어질 것이다. 게다가 바텐더란 놈도 더러운 놈이었다. 그놈은 지독한 속물이었다. 거물이나 명사가 아니면 말도 잘 하지 않았다. 그러나 거물이나 명사의 경우에는 더욱 구역질이 났다. 그놈은 알고 보면 자신도 굉장한 놈이기라도 한 것처럼 매력적인 웃음을 지으면서 "그래 코네티컷은 어떻습니까?" 또는 "플로리다는 어떻습니까?" 하고 물었다. 지독한 장소였다. 정말이다. 그래서 나는 서서히 발을 끊었다.

내가 그곳에 닿았을 때는 시간이 꽤 일렀다. 나는 바에 앉았다. 꽤 혼잡했다. 칼 루스 놈이 나타나기 전에 스카치 소다를 몇 잔 마셨다. 주문할 때는 내 키가 얼마나 큰가를 알려서 미성년자라는 의심을 덜 사려고 일부러 일어서서 주문했다. 그러고 나서 잠시 주위에 있는 엉터리들을 둘러보았다. 내 옆에 있는 놈은 데리고 온 여자에게 말로 비행기를 태우고 있었다. 그녀의 손은 귀족적이라고 계속 떠드는 것이었다. 사람 죽이는군. 바 건너편에는 남색가들이 들끓었다. 그들은 그다지 남색가처럼 생기진 않았다. 머리가 길다든가 하는 모양새가 아니었다. 그러나 그런 족속이란 것은 금방 알 수 있었다. 드디어 루스가 나타났다.

루스 자식. 굉장한 놈. 그는 후턴 고등학교 다닐 때 내 지도 학생이라는 위치에 있었다. 그러나 그 녀석이 한 것이라고는 밤 늦게 그의 방에 여럿이 모이면 섹스 이야기 따위나 하는 게 고작이었다. 그 녀석은 섹스에 대해 제법 알고 있었다. 특히 변태니 뭐니 하는 것에 대해서. 양하고 이상한 짓을 하는 추잡한 인간이라든가, 여자 팬티를 모자 안에다 꿰매고 다니는 놈이라든가 대충 그 따위의 이야기들을 늘어놓았다. 남자 변태들과 여자 동성애자들에 대해서도 거론했다.

루스는 미국에서 누구누구가 동성애자인가를 죄다 알고 있었다. 누구의 이름이든 괜찮았다. 이름을 대기만 하면 그 사람이 변태인지 아닌지 가르쳐주었다. 때로는 믿을 수 없을 정도였다. 그가 말하는 변태인지 뭔지 하는 사람들, 영화 배운가 뭔가 하는 사람들이 그렇다니 믿을 수 없었다. 그가 변태라고 말하는 사람들 중 몇몇은 기혼자였다.

"조 브로가 변태란 말야? 그 조 브로가? 언제나 갱이나 카우보이로 나오는 그 덩치 크고 우락부락한 사나이가?" 하고 우리는 되풀이해서 물었다. 그러면 루스는 "물론이지." 하고 대답하는 것이었다. 그놈은 언제나 "물론이지." 하고 대답했다.

루스의 말로는 기혼이든 미혼이든 그건 상관없다는 것이었다. 세상에 결혼한 사람의 반은 모두 변태인데 본인은 그것을 의식하지 못한다는 것이었다. 그런 기질 같은 것이 있으면 하룻밤 사이에도 진짜 변태가 된다고 했다. 그 녀석은 우리에게 지독히 겁을 주었다. 나도 변태가 되기 위해 대기하고 있는 것 같았다. 루스에게는 우스운 점이 있었는데, 혹시 그도 어느 면에서는 변태가 아닌가 하는 생각이 들었다.

그 자식은 복도를 걸어갈 때 언제나 "이 사이즈가 맞나 실험해봐." 하고 말하면서 손가락으로 남의 궁둥이를 찔렀다. 또 세면장에 가서는 우리가 이를 닦거나 하는 동안 문을 열어둔 채 변기에 앉아서 볼일을 보며 말을 걸곤 했다. 그것도 다소 변태라고 할 수 있다. 그건 사실이다. 나는 학교나 다른 곳에서 진짜 변태성욕자들을 꽤 많이 보았는데, 그 녀석들은 늘 그런 짓을 하고 있었다. 그래서 나는 루스도 변태가 아닌가 의심을 했다. 그러나 그 녀석은 머리가 좋았다.

그 녀석은 사람을 만날 때 잘 있었냐느니 하는 따위의 인사도 하지 않았다. 그 녀석이 앉자마자 처음 한 말은 몇 분밖에 앉아 있을 수 없다는 것이었다. 데이트 약속이 있다고 했다. 그러고 나서 드라이마티니를 주문했는데, 올리브를 넣지 말고 그냥 드라이하게 해달라고 바텐더에게 주문했다.

"말야, 널 위해 동성애자를 하나 얻어놨어." 하고 내가 입을 열었다. "저쪽에 앉아 있어. 보지 마. 너를 위해 마련해놨다니까."

"바보 같은 소리 마." 하고 그 녀석이 말했다. "콜필드, 넌 여전하군. 언제 어른이 될래?"

내가 그를 몹시 지루하게 하는 모양이었다. 그건 사실이다. 그러나 내 쪽에서는 재미있었다. 그 녀석은 나를 즐겁게 해주는 인간에 속했다.

"성생활은 잘돼?" 하고 내가 물었다. 그는 그런 것을 물으면 싫어하는 놈이었다.

"좀 가만히 있어. 제발 얌전히 앉아서 가만히 있으라구."

"이렇게 가만히 있잖아." 하고 내가 말했다. "컬럼비아는 어때? 마음에 들어?"

"물론이지. 맘에 들지 않으면 누가 다니겠니?" 하고 말했다. 그는 때로 이렇게 지루한 말을 하는 놈이다.

"뭘 전공하고 있니?" 하고 내가 물었다. "변태성욕 같은 거?" 그저 농담 삼아 한 말이었다.

"뭣 때문에 자꾸 그런 이야기를 하지? 놀리는 거야?"

"아냐. 농담이야." 하고 내가 말을 이었다. "이봐, 너는 머리가 좋잖아. 난 지금 충고가 필요하거든. 난 지금 지독히……"

그는 나를 향해 깊은 신음소리를 토했다. "이봐, 콜필드. 여기 있고 싶으면 얌전히 술이나 마셔. 조용히 이야기를 하고 싶으면……"

"알았어, 알았어." 하고 나는 말했다. "염려 마." 그 녀석은 나와 심각한 대화를 나눌 마음이 없는 게 분명했다. 이런 것이 똑똑한 인간들의 문제다. 놈들은 자기가 그럴 기분이 아니면 절대로 진지한 이야기를 하고 싶어하지 않는다. 그래서 나는 그와 일반적인 이야기를 시작했다. "이건 농담이 아닌데, 네 성생활은 어때?" 하고 내가 물었다. "후턴 다닐 때 자주 사귀던 그 여자하고 아직도 같이 다니냐? 왜 있잖아, 그 지독한……"

"천만에." 그가 말했다.

"왜? 그녀에게 무슨 일이 생겼어?"

"난 전혀 몰라. 네가 물으니까 말인데, 내 짐작으로는 지금쯤 뉴햄프셔의 창녀가 되었을걸."

"그건 너무 심하다. 항상 너하고만 섹스를 하는 얌전한 여자였다

218

면, 적어도 그렇게 말해서는 안 되지."

"아이쿠, 골치야!" 하고 루스가 말했다. "이거 다시 전형적인 콜필드식 대화를 시작하겠다고? 그것부터 당장 알아야겠는데."

"아냐. 하지만 그건 좀 심하잖아. 만약 그 애가 얌전하고……"

"이런 지긋지긋한 생각의 회로를 언제까지 계속해야 하는데?"

나는 가만히 있었다. 내가 닥치지 않으면 그 녀석이 벌떡 일어나 나 혼자 두고 나가버리지나 않을까 하는 두려움이 앞섰다. 그래서 나는 술을 한 잔 더 시켰다. 곤죽이 되도록 취하고 싶었다.

"그럼 지금은 누구하고 사귀는데?" 내가 물었다. "말해주고 싶지 않아?"

"넌 모르는 여자야."

"그러니까 이름이 뭐냐 말야. 내가 알지도 모르잖아."

"빌리지에 사는데 조각하는 여자야. 꼭 알고 싶다면."

"그래? 놀리는 거 아니지? 몇 살인데?"

"물어보지 않았어."

"그럼, 대략 몇 살이나 되느냐구."

"삼십대 후반쯤."

"삼십대 후반? 정말이야? 넌 그런 게 좋으냐?" 내가 물었다. "그렇게 나이 들어야 좋아?" 내가 그렇게 물은 것은 그 녀석이 섹스에 대해 정말로 잘 알고 있었기 때문이다. 그 녀석은 내가 아는 사람 중에서 그것에 대해 잘 알고 있는 몇 사람 중의 하나였다. 그는 열네 살 때 벌써 낸터킷에서 동정을 잃은 놈이었으니까. 이건 정말이다.

"그렇게 물으니까 말인데, 난 성숙한 여자가 좋아."

"그래? 왜? 이건 정말 궁금해서 묻는 건데, 그런 여자와의 섹스가 더 좋은 거야?"

"야, 한 가지만 분명히 해두자. 오늘 밤에는 콜필드식 질문에는 대답하지 않을 거야. 도대체 언제 어른이 될래?"

나는 잠시 잠자코 있었다. 잠시 그런 식의 말을 않기로 했다. 그러자 루스는 마티니를 한 잔 더 주문했고 바텐더에게 더 드라이하게 해달라고 부탁했다.

"이봐, 사귄 지는 얼마나 됐는데? 조각한다는 그 여자 말야." 나는 그에게 물었다. 나는 정말 관심이 있었다. "후턴에 다닐 때부터 알고 있었니?"

"아냐. 그 여자는 이 나라에 온 지 몇 달밖에 안 돼."

"그래? 어디서 왔는데?"

"상하이라는 곳에서 왔다더군."

"농담 아니지? 그럼 중국 여자야?"

"그래."

"정말이야? 넌 그런 걸 좋아하니? 중국인인데도?"

"물론이지."

"왜지? 난 정말로 그 이유가 궁금해."

"나는 서양 철학보다 동양 철학이 더 깊이가 있다는 것을 알게 됐거든. 네가 물으니까 하는 말이지만."

"그래? 네가 말하는 철학이 무슨 뜻이지? 섹스 같은 걸 말하는 거야? 중국 여자가 더 좋다는 거야? 네 말 뜻이 바로 그런 거냐?"

"반드시 중국 여자가 더 좋다는 뜻은 아냐. 나는 동양이라고 말했을 뿐이야. 우리가 이런 미친 대화를 계속해야 하니?"

"이봐, 나는 진지하게 말하고 있는 거야." 하고 내가 말했다. "농담하는 게 아냐. 왜 동양이 더 낫다는 거지?"

"그건 너무 복잡해서 간단히 말할 수 없어." 하고 루스가 말했다. "동양인은 섹스라는 것을 육체적인 경험과 동시에 정신적 경험으로 생각하고 있다 이 말씀이야. 만일 네가 나를 생각하기를……"

"동감이야. 사실 나도 섹스란…… 저, 네가 말하는…… 그 뭔가 육체적 경험이면서 동시에 정신적 경험일 거라고 생각해. 그러나 그건 상대가 누구냐 하는 것에 달려 있겠지. 내가 만일 좋아하지도 않은 상대와 그걸 한다면 난……"

"그렇게 큰 소리로 말하지 마, 콜필드. 낮은 목소리로 말할 수 없다면 이쯤에서 그만두자."

"좋아. 하지만 들어봐." 하고 내가 말했다. 나는 점점 더 흥분했다. 그리고 목소리도 조금씩 더 커지고 있었다. 나는 흥분하면 목청이 커지는 경향이 있다. "내 말 뜻은 이런 거야." 하고 나는 말을 이었다. "섹스란 정신적, 육체적 경험일 뿐만 아니라 예술적이기도 하다는 것을 난 알아. 하지만 내 말은 섹스란 아무하고나 할 수 없다는 거야. 어떤 여자의 목을 껴안았다고 해서 그것으로 다 되는 것은 아니야. 너는 어떠니?"

"그 이야기는 그만두자." 하고 루스가 말했다. "괜찮겠지."

"응, 하지만 들어봐. 그 중국 여자와 네 이야긴데, 둘 사이의 관계에서 어디가 좋지?"

"그만두자니까!"

나는 지나치게 사적인 이야기로 접어들었던 것이다. 그건 나도 인정한다. 그러나 그 점이 또한 루스가 우리를 화나게 만드는 점이다. 후턴에 다닐 때부터 그는 상대편에게 일어난 사적인 이야기는 뭣이든지 말하라고 하면서도 이쪽에서 저한테 일어난 일에 관해 질문하기 시작하면 화를 내곤 했다. 이런 지적인 자식들은 자기가 좌중을 지배하지 못하면, 지적인 대화를 하려 들지도 않는다. 자기가 입을 다물 때가 되면 상대편의 입도 닥치게 하려 든다. 자기가 자기 방으로 돌아가야 할 때면 다른 사람들도 각자 방으로 돌아가게 한다. 내가 후턴에 다닐 때도 녀석은 그랬다.

우리는 루스의 방에 모여 그에게서 섹스 강의를 듣곤 했는데, 이야기가 끝나고 나서도 각자 방에 돌아가지 않고 우리끼리 이야기를 되씹고 있으면 그놈은 싫어했다. 그가 싫어하는 게 역력했다. 우리란 루스를 제외한 아이들과 나를 의미한다. 어떤 다른 아이의 방에서 말이다. 루스는 그것을 지독히 싫어했다. 그는 언제나 주연으로서의 역할이 끝나면 다들 제 방으로 돌아가 가만히 있기를 바랐던 것이다. 그는 저 이외의 다른 사람이 자기보다 더 멋있는 이야기를 하지 않을까 두려워했다. 정말 재미있는 놈이었다.

"나도 중국에 가게 될지 몰라. 내 성생활은 엉터리니까." 내가 말했다.

"그것도 당연하지. 네 머리는 아직 미숙하니까."

"정말 그래. 그건 나도 알아." 하고 나는 다시 말을 시작했다. "내겐 문제가 있는데, 그게 무엇인지 알겠니? 난 좋아하지 않는 여자와는 결코 섹스하고 싶은 생각이 나지 않아. 그러니까 난 상대가 굉장히 마음에 들어야 돼. 마음에 들지 않으면 욕정이고 뭐고 다 사라지고 말아. 그래서 내 성생활은 무섭게 틀어지고 있다는 말이지. 내 성생활이 말야."

"당연한 일이야. 지난 번 만났을 때 네게 무엇이 필요한지를 내가 말해주지 않았어?"

"정신분석인지 뭔지를 받아보라는 말?" 내가 물었다. 그것이 내가 해야 할 일이라고 그 녀석이 말한 적이 있었다. 그의 아버지는 정신분석인가 뭔가를 하는 의사였다.

"그건 네 생각에 달려 있어. 네가 네 인생을 어떻게 요리하든 내가 관여할 일은 아니니까."

나는 잠시 아무 말도 하지 않았다. 무언가 생각에 잠겨 있었다.

"가령 내가 너의 아버지한테 가서 그 정신분석인가 뭔가를 받는다고 한다면 너의 아버지는 나를 어떻게 하는 거야? 나한테 무엇을 하실 거냐 이 말이야." 하고 내가 말했다.

"별로 하는 것은 없을 거야. 다만 너에게 이야기를 할 것이고 너도 이야기만 하면 될 거야. 한 가지 예를 들자면 스스로 네 정신의 형태를 인식하도록 도와줄 거야."

"뭘 도와?"

"정신의 형태 말이야. 너의 정신이 작용하는 틀 말야. 이봐, 난 정신분석학의 기초를 강의할 생각은 없어. 혹시 흥미가 있으면 우리 아버지에게 전화해서 시간 약속을 해. 흥미없으면 하지 말고, 솔직히 말해서 난 전혀 흥미가 없으니까."

나는 그의 어깨에 손을 얹었다. 정말 그 녀석은 재미있는 녀석이었으니까. "넌 정말 내 친구야." 하고 나는 그에게 말했다. "너도 그건 알고 있지?"

그 녀석은 손목시계를 들여다보고 있었다. "이젠 가야겠어." 그는 자리에서 일어났다. "만나서 기쁘다." 하고 말하더니 바텐더에게 자기의 계산서를 가져오라고 했다.

"루스." 나는 그가 도망치기 전에 입을 열었다. "너의 아버지께선 너의 정신도 분석해보셨니?"

"나? 그건 왜 묻지?"

"이유는 없어. 그래, 분석해주셨어?"

"엄밀한 의미에서 했다고는 할 수 없어. 어느 정도 순응하도록 도와주었지만 전반적인 정신분석은 아직 필요하지 않대. 왜?"

"이유고 뭐고 없어. 그냥 궁금했던 거야."

"그럼, 잘 놀다 가." 하고 그가 말했다. 그는 팁을 남겨두고 막 그자리를 떠나려는 참이었다.

"한 잔 더 하고 가지 그래. 난 지독히 외로워. 그냥 하는 소리가 아냐." 그러나 그 녀석은 그럴 수 없다고 했다. 이미 약속에 늦었다는 것이었다. 그리고는 가버렸다.

루스. 이 녀석은 정말 나를 화나게 만드는 녀석이었다. 그러나 녀석은 이야깃거리를 많이 가지고 있는 녀석임에는 틀림없다. 내가 후턴에 다닐 때 알았던 어떤 자식들보다 어휘가 풍부한 녀석이었다. 하긴 그 학교에는 어휘 테스트라는 것이 있었으니까.

20

나는 그곳에 그대로 눌러앉아 취해가면서 티나와 재닌이 나와서 노래하기를 기다렸다. 그러나 그들은 그 바에 없었다. 고수머리에 남색가처럼 생긴 남자가 나와 피아노를 치고 발렌시아라는 새로운 얼굴의 여자가 나와서 노래를 불렀다. 그다지 잘하지는 못했지만 티나와 재닌보다는 나은 편이었고, 선곡도 좋았다. 피아노가 내가 앉아 있는 바로 옆에 있었기 때문에 발렌시아도 내 옆에 서 있었다.

나는 그녀에게 눈짓을 보냈다. 그러나 그녀는 나 같은 건 본 체도 하지 않았다. 나도 여느 때 같으면 그런 짓은 하지 않았을 텐데, 그땐 지독히 취해 있었다. 그녀는 노래를 끝내자마자 번개처럼 사라졌기 때문에 같이 한잔하자고 청할 틈도 없었다. 나는 웨이터를 불러 그녀가 나와 한잔할 생각이 있는지 물어보라고 부탁했다. 그놈은 그렇게 하겠다고 말했다. 그러나 그놈은 내 말을 전하지도 않앉을 것이다. 인간들은 다른 사람의 말은 절대로 전해주지 않는다니까.

나는 지독히 취한 채 새벽 한 시경까지 그 바에 앉아 있었다. 나는 앞을 거의 똑바로 볼 수가 없었다. 그래도 내가 한 가지 주의한 것은 떠들어대거나 소란 따위를 피우지 않으려고 애쓴 것이었다. 누구의 주목을 끌거나 해서 몇 살이나 되었냐는 질문을 받기는 싫었기 때문이다. 아, 그런데 도무지 앞을 똑바로 볼 수가 없었다.

그런데 정말 지독히 취하자 나는 또다시 내 창자에 탄알이 박힌 듯 구는 그 어리석은 짓을 하기 시작했다. 창자에 탄알이 박힌 사람은 바에서 나 혼자였다. 나는 재킷 밑에 손을 넣어 피가 사방으로 뚝뚝 떨어지지 않도록 배를 움켜쥐는 시늉을 했다. 부상당한 사실을 사람들에게 알리고 싶지 않았다. 부상당한 개새끼라는 사실을 감추고 제인에게 전화해서 그녀가 집에 와 있는지 알아내야 한다. 그래서 계산을 마치고 바에서 나와 전화 있는 곳까지 걸어갔다. 그 동안에도 피가 떨어지지 않도록 계속 재킷 밑에 손을 쑤셔 넣었다. 정말 나는 엉망으로 취해 있었다.

그러나 막상 전화 부스에 들어가자 제인에게 전화하고 싶은 기분이 사라졌다. 아마 너무 취했던 모양이다. 그래서 어떻게 했느냐 하면 샐리 헤이스에게 전화했다.

제대로 통화하기까지 무려 스무 번이나 다이얼을 돌려야 했다. 아, 이거 도무지 앞이 보이지 않는 것이었다.

"여보세요." 누군가 전화를 받자 나는 거의 고함치듯 말했다. 그만큼 취해 있었다.

"누구세요?" 냉랭한 숙녀의 음성이 말하고 있었다.

"홀든 콜필드인데요, 샐리 좀 바꿔주세요."

"샐리는 자고 있어. 난 샐리의 할머니야. 홀든, 왜 이런 시간에 전화하지? 지금 몇 신 줄 아니?"

"네, 샐리에게 할 얘기가 있어서요. 매우 중요한 일이에요. 바꿔주세요."

"샐리는 자고 있다니까. 내일 걸어라. 안녕."

"깨우세요! 깨우세요! 제기랄!"

그러자 다른 목소리가 들려왔다. "홀든, 나야." 샐리였다. "도대체 어떻게 된 거니?"

"샐리니? 정말 너야?"

"나야. 소리지르지 마. 취했니?"

"응 이봐, 내 말 들어봐. 크리스마스 이브에 갈게. 됐지? 크리스마스 트리에 장식을 해주러 말야. 알았어? 샐리, 듣고 있어?"

"그래, 취했구나. 가서 자. 지금 어디 있니? 누구하고 있어?"

"샐리, 크리스마스 트리에 장식하러 갈게. 알았지? 듣고 있어?"

"알았어. 이제 가서 자. 어디 있는 거야? 누구하고 있니?"

"아무하고도 같이 있지 않아. 나와 나 자신과 나뿐이야." 정말 취해 있었다. 그러나 나는 아직 창자를 움켜쥐고 있었다. "난 맞았어. 로키 패거리들에게 맞았어. 알겠어, 샐리? 알겠어?"

"들리지도 않아. 이제 가서 자. 이제 끊어. 내일 걸어."

"샐리, 이봐, 내가 크리스마스 트리 장식하는 거 도와주기를 원해? 그걸 바라고 있는 거니, 응?"

"응, 잘 자. 집에 가서 자라니까."

그녀는 전화를 끊었다.

"잘 자, 잘 자, 귀여운 샐리, 내 사랑하는 샐리. 우리 애인……" 하고 나는 말했다. 이쯤이면 내가 얼마나 취했는지 상상할 수 있겠는가? 나도 전화를 끊었다.

나는 그녀가 방금 데이트를 하고 돌아왔을 거라고 생각했다. 그녀가 런트 부부와 함께 어딘가를 함께 가는 것을 머릿속에 상상해보았다. 다음에는 앤도버라는 새끼와 함께 가는 것을 상상해보았다. 모두 찻잔을 가운데 두고 수영하면서 얄팍한 재치를 발휘하는 이야기를 나누며 매력 있는 척 속물처럼 노는 꼴을 상상해보았다. 그녀에게 전화하지 말 걸 하는 생각이 엄습했다. 취하면 난 미치광이가 된다니까.

나는 그놈의 전화 부스 속에서 꽤 오랫동안 있었다. 전화통에 매달려 있었던 것이다. 정신을 놓고 쓰러지지 않기 위해서였다. 사실을 말하면 기분이 과히 좋지 않았다. 마침내 그곳에서 나와 바보처럼 비틀거리며 화장실에 들어가 세면대에 찬물을 가득 채웠다. 그런 다음 그 속에다 머리를 처박았다. 찬물이 귀까지 넘쳤다. 나는 물에서 쳐든 머리를 닦으려고도 하지 않았다. 물방울이 떨어지도록 그냥 내버려두었다.

나는 창가에 있는 라디에이터로 가서 그 위에 걸터앉았다. 따뜻하고 기분이 좋았다. 생쥐처럼 떨고 있었기 때문에 기분이 좋았다. 웃기는 일이지만 나는 술에 취하면 온몸을 덜덜 떨곤 한다.

달리 할 일이 없어서 나는 그냥 라디에이터 위에 걸터앉아 바닥에 깐 작은 네모꼴 타일의 수를 헤아렸다. 온몸이 물에 흠뻑 젖고 있었다.

1갤런쯤 되는 물이 목덜미를 따라 내려가며 칼라니 넥타이니 할 것 없이 죄다 적시고 있었다. 그런데도 나는 전혀 신경쓰지 않았다. 너무 취해서 신경을 쓸 겨를이 없었다. 얼마 후 발렌시아의 피아노 반주를 하던 고수머리의 남색가 같은 남자가 들어와서 금발 머리를 빗었다. 그가 빗질하는 동안 우리는 대화를 나누게 되었다. 그놈은 나한테 별로 친절하게 굴지 않았다.

"이봐요, 바에 들어가면 그 발렌시아를 만나겠지요?" 하고 내가 그에게 물었다.

"아마 그럴 거요." 그가 대답했다. 자식! 내가 만나는 놈들은 모두 재치가 있는 개새끼들이란 말야.

"그 여자에게 안부 전해주시오. 그리고 그놈의 웨이터가 내 말을 그 여자한테 전달했는지도 물어봐주시겠소?"

"왜 집에 돌아가지 않지? 도대체 몇 살이나 되었어?"

"여든여섯. 이봐요, 그 여자에게 안부를 부탁해. 알았소?"

"왜 집에 돌아가지 않냐고."

"집에는 안 가. 이봐, 피아노 한번 잘 치던데." 하고 나는 그에게 말했다. 그냥 추켜세웠던 것이다. 사실 그의 피아노 실력은 엉망이었다. "방송에 나가야겠소, 그렇게 잘생겼으니. 게다가 금발이고…… 혹시 매니저 필요해?"

"집에 돌아가지 그래. 집에 가서 얌전하게 자라니까."

"갈 집이 있어야지. 농담이 아냐. 매니저가 필요하냐고 묻잖아."

그는 대꾸하지 않았다. 그냥 그곳에서 나가버렸다. 머리를 빗고 쓰다듬고 하더니 그냥 나가버린 것이다. 스트라드레이터처럼. 미남인 놈들은 다 그 모양이다. 머리만 빗고 나면 그냥 나가버린다.

마침내 라디에이터에서 내려와 휴대품 보관소로 갔다. 그런데 도중에서 울고불고 했다. 왜 그랬는지는 몰라도 하여튼 운 것이다. 지독하게 울적하고 외로웠던 모양이다. 보관소에 갔지만 표를 어디다 두었는지 도저히 찾을 수가 없었다.

그러나 옷을 맡아주는 여자는 매우 친절했다. 그녀는 표가 없는데도 코트를 내주었다. 그리고 〈리틀 셜리 빈스〉의 레코드도 내주었다. 나는 계속 그걸 들고 다녔던 것이다. 나는 여직원에게 팁으로 1달러를 주려고 했다. 그러나 그녀는 받으려 하지 않았다. 계속 집에 가서 자라고만 말하는 것이었다. 근무 시간 후에 데이트를 하자고 했지만 그녀는 응하지 않았다. 그녀는 내 엄마뻘이라고 말하는 것이었다. 나는 내 흰 머리를 보여주며 마흔둘이라고 했다. 물론 장난 삼아 한 말이었다. 하여튼 그녀는 친절한 여자였다. 사냥모자를 보여주었더니 그녀는 멋지다고 말했다. 내 머리가 아직 섲어 있었기 때문에 바깥에 나가기 전에 그녀는 그 모자를 씌워주었다. 그런 여자라면 괜찮았다.

바깥으로 나오자 술이 조금씩 깨는 것 같았다. 그러나 어찌나 추운지 이빨이 부딪치면서 소리를 내기 시작했다. 떨리는 이빨을 멈출 수가 없었다. 매디슨 가까지 걸어가서 버스를 기다렸다. 얼마 남지 않은 돈을 택시 요금 따위로 날릴 수는 없었다. 하지만 그놈의 버스는 타고 싶지 않았다. 게다가 어디로 갈지조차 정하지 못한 상태였다.

그래서 나는 공원을 향해 걷기 시작했다. 작은 연못가를 지나면서 오리들이 뭘 하고 있는지 지금도 거기에 있기나 한지 알아봐야겠다고 생각했다. 그때까지도 나는 오리가 정말 있는지 없는지조차 모르고 있었다. 공원까지는 그리 멀지 않았다. 또 별로 갈 곳이 없었고 어디서 잘지도 몰랐다. 그래서 그곳으로 가기 시작했다. 피곤은 느끼지 못했다. 다만 지독히 우울했다.

그런데 공원에 도착하자마자 놀랄 일이 생겼다. 피비에게 줄 레코드를 그만 떨어뜨린 것이다. 레코드는 쉰 조각으로 박살났다. 큰 종이 봉투에 넣었는데도 부서지고 말았다. 나는 더 이상 견딜 수가 없어 그만 소리내어 엉엉 울 뻔했다. 부서진 조각들을 봉투에서 꺼내어 코트 주머니에 집어 넣었다. 아무 소용도 없는 짓이었지만 왠지 버리고 싶지 않았다. 공원 안으로 들어갔다. 굉장히 캄캄했다.

나는 세상에 태어나서 줄곧 뉴욕에서 살아왔다. 센트럴 파크는 손바닥 들여다보듯 훤히 알고 있었다. 거기서 항상 롤러 스케이트를 탔고 어렸을 땐 자전거를 타기도 했기 때문이다. 그러나 그날 밤엔 연못을 찾는 데 무척 애를 먹었다. 어디 있는지는 알고 있었다. 센트럴 파크 남쪽에 있다는 것은 알고 있었지만 좀체로 찾을 수 없었다.

생각보다 더 취해 있었음에 틀림없다. 나는 계속 걸었다. 걸으면 걸을수록 더 어두워졌고 기분은 점점 을씨년스러워졌다. 공원에 있는 동안 개미 새끼 하나 만나지 못했다. 하지만 오히려 그게 좋았다. 만일 누굴 만났다면 1마일 가량 펄쩍 뛰어올랐을 것이다.

마침내 나는 연못을 발견했다. 반은 얼고 반은 얼지 않은 상태였다. 그러나 오리는 보이지 않았다. 연못을 한 바퀴 돌아보았다. 그러다 빠질 뻔하기도 했다. 만일 오리가 있다면 반드시 물가나 풀섶 가까이에서 자고 있을 거라고 생각했다. 그래서 하마터면 물 속에 빠질 뻔한 것이다. 그런데도 전혀 찾을 수가 없었다.

결국 조금 밝은 곳에 있는 벤치에 앉았다. 나는 여전히 바보처럼 덜덜 떨고 있었다. 빨간 사냥모자를 쓰고 있었지만 작은 얼음 덩어리가 머리에 가득 차 있는 것 같았다. 은근히 겁이 나기 시작했다. 폐렴인가 뭔가 하는 것에 걸려서 이대로 죽어버리는 건 아닌가 하는 생각이 들었다.

내 장례식에 바보들이 구름떼처럼 몰려드는 광경을 상상하기 시작했다. 디트로이트에 있는 할아버지 — 같이 버스를 타고 가노라면 거리의 번호를 일일이 큰 소리로 읽으신다 — 그리고 숙모들이 모여들 것이다. 숙모가 50명 가량 되었으니까. 그리고 사촌들이 몰려들 것이다. 동생 앨리가 죽었을 때도 모두 왔으니까. 그 바보 같은 무리가 구름떼같이 왔었다. 입 냄새를 지독히 풍기는 숙모가 있었는데 그녀는 앨리가 참으로 고요하게 잠들어 있다고 몇 번이나 말하더라고 D.B.가 나에게 이야기해주었다. 나는 그 자리에 없었다. 손을 다쳐 병원에 입원해 있었다.

하여튼 머리에 얼음 덩어리가 매달려 있으니 폐렴에 걸려 죽는 것이 아닌가 하는 걱정이 들었다. 아버지와 엄마가 불쌍했다. 특히 엄마가 불쌍했다. 엄마는 앨리의 죽음이 안겨준 슬픔에서도 아직 벗어나지 못했다. 내 옷이나 운동 기구 따위를 어떻게 처분할지 몰라 쩔쩔맬 엄마의 모습이 눈앞에 어른거렸다. 한 가지 다행인 것은 피비가 아직 어리기 때문에 내 장례식에 오지 못하게 될 것이 분명하다는 사실이었다. 그것만이 좋은 점이었다.

그 다음에 여러 사람이 덤벼들어 나를 무덤에 집어넣고 묘비에 이름을 새기고 하는 장면을 생각했다. 주위는 온통 죽은 사람들로 가득할 것이다. 사람이 죽으면 모든 사람이 돌봐주기 마련이다. 내가 죽으면 강 같은 데다 나를 집어던질 만한 양식을 가진 사람이 있기를 간절히 바란다. 무덤 속에 밀어 넣는 것만은 질색이다. 일요일이면 모두들 와서 배 위에다 꽃다발을 얹어놓든가 하는 그런 바보짓을 할 것이다. 죽어서 꽃을 원하는 사람이 어디 있느냔 말이다. 아무도 없을 것이다.

날씨가 좋을 때면 아버지와 엄마는 앨리의 무덤으로 가서 그 위에 꽃다발을 얹어놓았다. 처음엔 나도 몇 번 같이 갔지만 결국 그만두고 말았다. 무엇보다 그런 엉뚱한 장소에 있는 앨리를 본다는 것이 마음에 들지 않았다. 죽은 자들이니 비석이니 하는 것들에 둘러싸여 있는 모습이 좋아 보이지 않았다.

해가 비칠 때는 그다지 나쁘지 않았지만 그곳에서 두 번이나, 글쎄 두 번이나 비를 만났던 것이다. 무시무시했다. 앨리의 비석에도 비가 내리고, 앨리의 배 위에서 자라는 잔디 위에도 비가 내렸다. 공동묘지 구석구석에 비가 내렸다. 그러자 묘지에 온 수많은 사람들은 미친 듯이 자기 차가 있는 곳으로 달려가는 것이었다. 그것이 나를 미치게 했다. 사람들은 자동차 안에 들어가서 라디오를 틀고 곧 저녁을 먹으러 근사한 장소로 향할 것이다. 앨리만 빼놓고 말이다.

내게는 그것이 참을 수 없는 일이었다.

묘지에 있는 것은 동생의 육첸가 뭔가 뿐이고 영혼은 천국인가 뭔가 하는 곳에 갔다느니 하는 따위의 시시껄렁한 이야기는 알고 있다. 그러나 나는 참을 수 없었다. 나는 동생이 거기 없기를 바랄 뿐이었다. 다른 사람들은 그 애를 모른다. 만일 알면 내 말을 이해할 것이다. 해가 있을 때는 그런 대로 괜찮지만, 해는 자기가 나오고 싶을 때만 나온다.

폐렴에 걸릴지 모른다는 생각에서 벗어나기 위해 돈을 꺼내서 가로등의 희미한 불빛 아래서 헤아려보았다. 수중에 있는 것은 1달러짜리 지폐 세 장과 25센트짜리 은화 다섯 개, 그리고 5센트짜리 백동전 한 개뿐이었다. 그러니까 나는 펜시를 떠난 이래 막대한 재산을 탕진한 셈이었다. 나는 연못가에 내려가 아직 얼지 않은 수면을 가로질러 25센트짜리 동전을 평행으로 던졌다. 왜 그런 짓을 했는지 모르겠지만 어쨌든 그런 장난을 했다. 그렇게 하면 폐렴으로 죽을지 모른다는 생각이 머릿속에서 사라질 것이라고 생각했던 모양이다. 그러나 그 생각은 사라지지 않았다. 내가 폐렴에 걸려 죽는다면 피비의 심정이 어떨까 하는 생각이 들었다. 그건 어린애 같은 생각이다. 그러나 그런 일이 생기면 피비는 몹시 슬퍼할 것이다. 그 애는 나를 굉장히 좋아하니까. 나를 한없이 따르는 아이라는 말이다. 이건 정말이다.

이런 생각이 머리에서 떠나지 않았기 때문에 결국 나는 내가 죽을 경우에 대비해서 몰래 집으로 돌아가 피비를 한번 만나봐야겠다고 생각했다. 열쇠가 있으니까 몰래 아파트에 들어가 잠시 피비와 이야기라도 나누자는 것이었다. 한 가지 염려되는 것은 우리 집 현관문이었다. 우라지게 삐걱거리는 문이었기 때문이다. 오래된 아파트인 데다가 관리인이란 게 지독히 게을러서 모든 것이 삐걱거리고 끼익끼익거렸다. 내가 몰래 들어가는 소리를 혹시 아버지나 엄마가 듣지나 않을까 걱정스러웠지만, 어쨌든 생각대로 해보기로 했다.

나는 공원을 빠져 나와 집으로 향했다. 줄곧 걸었다. 그다지 멀지 않았고 피로하지도 않았고 이젠 술도 완전히 깼다. 다만 몹시 춥고, 어디를 봐도 사람의 그림자가 보이지 않았을 뿐이다.

21

지난 여러 해를 통틀어 가장 운 좋은 일이 일어났는데, 그것은 엘리베이터 보이인 피트라는 자가 그날따라 야근을 하지 않았다는 것이다. 처음 보는 사람이 엘리베이터를 움직이고 있었다. 그러니까 부모님과 부딪히지만 않으면 피비에게 잘 있었느냐는 인사를 하고 도망쳐 나오더라도 내가 왔다갔다는 사실은 아무도 모를 것이라고 생각했다. 이것은 지독한 행운이었다. 게다가 더욱 잘된 일은 그 엘리베이터 보이는 좀 모자라는 편이었다. 나는 천연덕스러운 목소리로 딕스타인의 집까지 데려다달라고 말했다. 딕스타인은 우리와 같은 층에 살고 있는 사람이었다. 그때 나는 빨간 사냥모자를 벗고 있었다. 수상하게 보인다든가 하는 일이 없도록 하기 위해서였다. 나는 무언가 급히 서두르고 있는 사람처럼 엘리베이터를 탔다.

그는 엘리베이터의 문을 닫고 막 위로 올라가려고 하려다 내게로 돌아서서 "그분들은 집에 안 계십니다. 14층 파티에 갔습니다." 하고 말했다.

"괜찮아요. 나는 기다리기로 되어 있으니까. 난 그 집 조카 되는 사람이에요."

그자는 다소 의심스러운 듯한 바보 같은 표정으로 물었다. "로비에서 기다리는 게 좋지 않을까요?"

"나도 그랬으면 정말 좋겠지만." 하고 내가 말했다. "다리가 아파서 편한 자세를 취해야 되거든요. 그러니까 입구 앞에 있는 의자에 앉아 있는 게 나을 것 같아요."

그놈은 내가 무슨 말을 하는지 모르고 있었다. 그저 "그래요?" 하고 말할 뿐 그냥 위로 올라갔다. 나쁘진 않았다. 정말 우습기도 했다. 그러니까 아무도 이해하지 못하는 말을 하기만 하면 상대편은 이쪽에서 원하는 대로 해주게 마련이다.

나는 우리 집이 있는 층에서 내렸다. 바보처럼 다리를 절면서. 그러고는 딕스타인의 집 쪽으로 걸어가기 시작했다. 그러나 엘리베이터 문이 닫히는 소리가 들리기가 무섭게 나는 발길을 돌려 우리 집 쪽으로 되돌아갔다. 모든 게 척척 진행되었다. 이젠 술도 깨어 있었다. 나는 열쇠를 꺼내어 현관문을 가만히 열었다. 그러고는 아주 조심스럽게 들어가서 문을 조심스럽게 닫았다. 이건 완전히 좀도둑 같았다.

거실은 캄캄했다. 당연한 일이었다. 나는 불을 켤 수 없었다. 그것도 당연했다. 나는 무엇에 부딪혀 요란한 소리를 내게 될까 봐 무척 조심했다. 그러나 여기가 우리 집이라는 것은 확실히 알 수 있었다.

우리 집 거실에서는 다른 집에서 도저히 맡을 수 없는 냄새가 난다. 그것이 무슨 냄새인지는 모른다. 콜리꽃 냄새도 아니고 향수 냄새도 아니다. 그러나 집에 돌아왔다는 것만은 알게 해주는 냄새였다.

나는 코트를 벗어 현관 옷장에 걸고 싶었지만 이 옷장에는 옷이 잔뜩 걸려 있어서 문을 열면 미친 듯이 덜거덕거렸다. 그래서 코트는 벗지 않기로 했다. 아주 천천히 피비의 방 쪽으로 걸어갔다. 하녀에겐 들킬 염려는 없다. 그녀는 고막이 한쪽밖에 없었기 때문이다. 그녀에겐 오빠가 있는데 어렸을 때 그놈의 오빠가 지푸라기를 그녀의 귀에다 집어넣었다는 이야기를 들은 적이 있었다. 그래서 그녀는 귀머거리나 마찬가지였다.

그러나 우리 부모는, 특히 엄마는 사냥개 같은 귀를 가지고 있었다. 그래서 부모의 방문 앞을 지날 때는 서두르지 않고 조용조용 지나갔다. 숨도 완전히 죽이고. 아버지는 머리를 의자로 맞는다 해도 눈을 뜨지 않겠지만 엄마의 경우는 시베리아에서 기침하는 소리까지 다 듣고 계실 정도였다. 엄마는 신경이 너무나 예민했다. 어떤 때는 밤새 일어나서 담배만 피우실 때도 있다.

약 한 시간이 지나고 나서야 피비의 방에 도달했다. 그러나 피비는 그 방에 없었다. 오빠의 방에서 잔다는 것을 나는 까맣게 잊고 있었다. D. B.가 할리우든가 뭔가에 가고 없을 때엔 피비가 D. B.의 방에서 잤던 것이다. 피비는 그 방을 좋아했다. 우리 집에서 제일 큰 방이었으니까. 게다가 그 방에는 D. B.가 필라델피아의 어느 알코올 중독자 여자에게서 구입했다는 큰 책상이 있는 데다 가로가 10마일은 될 것 같은 거대한 침대가 있었다. 나는 형이 이 침대를 어디서 샀는지 모른다. 어쨌든 피비는 형이 없을 땐 형의 방에서 자는 걸 좋아했고 D. B.도 그것을 허용했다.

피비가 이 미치광이 같은 책상에 앉아 숙제를 하는 모습은 정말 가관이었다. 거의 침대만한 책상이었기 때문에 숙제를 하는 피비의 모습은 보이지도 않았다. 그러나 피비는 그것을 좋아했다. 자기 방은 너무 작아서 마음에 들지 않는다는 것이다. 자기는 늘어놓기를 좋아한다나. 여기엔 손 들고 말았다. 도대체 피비가 늘어놓을 게 뭐가 있단 말인가? 아무것도 없다.

나는 조용히 D. B.의 방으로 들어가서 책상 위의 전등을 켰다. 피비는 눈도 뜨지 않았다. 불이 들어오자 나는 피비를 잠시 바라보았다. 그 애는 얼굴을 베개에 약간 파묻은 채 자고 있었다. 우습게도 입을 벌리고 자고 있었다. 어른이 입을 딱 벌리고 자면 꼴불견이지만 어린애는 그렇지 않다. 어린애는 베개에 침을 마구 흘리고 자도 우습게 느껴지지 않는 법이다.

나는 잠시 방안을 살금살금 걸어다니면서 여러 가지를 보았다. 기분 전환이라도 한 듯이 기분이 썩 좋아졌다. 폐렴인가 뭔가에 걸릴 것 같은 기분도 사라졌다. 별난 세계에 온 것처럼 기분이 좋았다. 피비가 벗어놓은 옷이 침대 바로 옆에 있었다. 어린애치고는 매우 깔끔했다. 다른 애들과는 달리 피비는 함부로 옷을 팽개치지 않는다. 피비는 지저분한 애가 아니다.

엄마가 캐나다에서 사다 준 황갈색 슈트에 어울리는 재킷은 의자 등받이에 걸려 있고, 블라우스는 시트 위에 있었다. 그리고 구두와 양말은 그 의자 바로 밑에 가지런히 놓여 있었다. 구두는 내가 본 적

없는 새 것이었다. 내가 신고 있는 것과 비슷한 진한 갈색 단화였는데, 엄마가 캐나다에서 사다 준 슈트와 잘 어울렸다.

엄마는 피비에게 옷을 잘 입힌다. 이건 정말이다. 엄마는 어떤 일에 있어서는 안목이 꽤 높았다. 스케이트 같은 것을 사는 데는 소질이 없어도 옷을 고르는 데는 도사였다. 피비가 입고 있는 옷에 탄복하지 않을 수 없다. 대부분의 어린애들을 보면 부모가 부자라 할지라도 대개 촌스러운 옷을 입고 있지 않은가? 엄마가 캐나다에서 사온 옷을 입은 피비의 모습, 이건 정말 보여주고 싶다. 농담이 아니다.

나는 D. B.의 책상에 걸터앉아 책상 위의 물건을 훑어보았다. 대부분은 피비의 물건으로 학교 생활과 관련된 것이었다. 그래봤자 대부분이 책이었다. 제일 위에 있는 것은《산수는 재미있다!》라는 책이었다. 나는 첫 페이지를 열고 들여다보았다. 거기엔 피비의 글씨로 다음과 같이 쓰여 있었다.

피비 웨더필드 콜필드

4B-1

나는 두 손 들고 말았다. 피비의 가운데 이름은 조세핀이다. 결코 웨더필드는 아니다. 그러나 피비는 조세핀이란 이름을 싫어했다. 내가 볼 때마다 새 이름을 고안해서 가운데 이름으로 쓰고 있었다.

산수책 밑에는 지리책이, 지리책 밑에는 철자법책이 있었다. 피비는 훌륭한 철자법 실력이 있었다. 어느 과목이든 잘했지만 그중에서도 철자법에 가장 뛰어났다. 철자법책 밑에는 공책이 쌓여 있었다. 피비는 공책을 약 5천 권 정도는 가지고 있다. 그처럼 많은 공책을 가진 애는 아마 누구도 보지 못했을 것이다. 나는 맨 위의 공책을 열고 첫 페이지를 보았다. 거기에는 다음과 같이 적혀 있었다.

버니스야, 점심 시간에 날 만나러 오렴.

매우 중요한 이야기가 있으니까.

그 페이지에 적힌 것은 그것이 전부였다. 다음 페이지에는 이렇게 적혀 있었다.

왜 알래스카 동남부에는 통조림 공장이 그렇게 많이 있는가?

연어가 많이 잡히기 때문이야.

왜 귀한 삼림이 있을까?

기후가 알맞으니까.

우리 정부는 알래스카 에스키모의 생활을 편안하게 하기 위해 무엇을 해주었나?

내일 조사해올 것!

피비 웨더필드 콜필드.

피비 웨더필드 콜필드.

피비 웨더필드 콜필드.

피비 W. 콜필드.

피비 웨더필드 콜필드.

설리에게 전해!

설리 너는 사수자리라고 했어.

그러나 넌 황소자리야.

우리 집에 올 때 스케이트를 가져와.

나는 D. B.의 책상에 걸터앉아 그 공책을 처음부터 끝까지 읽었다. 그다지 오래 걸리진 않았다. 피비의 것이건 누구의 것이건 애들의 공책이란 온종일, 그리고 밤을 새워 읽을 수 있다. 애들의 공책에는 손을 들지 않을 수 없다. 그런 다음 담배에 불을 붙였다. 그것이 마지막 남은 한 개비였다. 난 그날 담배를 세 갑은 피웠음에 틀림없다.

나는 마침내 피비를 깨웠다. 책상 위에 앉아 내 남은 여생을 보낼 수도 없는 노릇이고, 또 언제 아버지나 엄마가 들이닥칠지 모르는 일이었기 때문에, 그런 일이 생기기 전에 안녕이라는 말이라도 한마디 하고 싶었던 것이다.

피비는 간단히 눈을 뜨는 애였다. 그래서 큰 소리 같은 것은 지르지 않아도 되었다. 침대 가에 앉아서 "피비야, 일어나." 하고 말하기만 하면 된다. 그러면 대개의 경우 틀림없이 눈을 뜬다.

"오빠!" 하며 피비가 팔로 내 목을 감고 껴안았다. 그 애는 정이 많은 아이다. 어린애치고는 너무 정이 많았다. 때로는 지나칠 정도다. 나는 살짝 키스를 해주었다. 그러자 그 애는 "언제 왔어?" 하고 물었다. 나를 보고 몹시 좋아하고 있었다. 그것은 분명했다.

"큰 소리 내지 마. 방금 왔어. 그래 어떻게 지냈니?"

"잘 있었어. 오빠, 내 편지 받았어? 다섯 장이나 썼는데……"

"응. 그런데 그렇게 큰 소리로 말하지 마. 편지는 고마웠다."

피비는 내게 편지를 띄웠지만 나는 답장을 쓸 기회가 없었다. 그 편지들은 모두 그녀가 학교에서 하는 연극에 관한 것이었다. 오빠가 그것을 꼭 봐야 하니까 금요일 밤에는 누구와 만날 약속 같은 것은 하지 말라는 내용이었다.

"연극은 어때?" 하고 내가 물었다. "제목이 뭐였지?"

"〈미국인을 위한 크리스마스 행사〉야. 재미없는 연극이지만, 거기서 내가 베니딕트 아널드의 역을 해. 그게 제일 중요한 역이야."
이제 피비는 잠에서 완전히 깬 상태였다. 이런 이야기를 하면 피비는 몹시 흥분했다.

"내가 죽어가는 데서 시작하는 연극이야. 크리스마스 이브에 유령이 찾아와서 부끄럽게 느끼는 게 있지 않냐고 내게 묻는 거야. 그건 자기 나라를 배반한 것에 대해 묻는 질문이야. 오빠, 보러 오는 거지?" 피비는 침대에서 똑바로 일어나 앉았다. "그래서 편지 썼어. 오는 거지?"

"물론 가지. 틀림없이 갈게."

"아빠는 못 오신대. 비행기 타고 캘리포니아에 가셔야 한대." 아이쿠, 이젠 잠에서 완전히 깨어 있었다. 피비는 잠에서 깨는 데 2초도 걸리지 않는다. 침대 위에 일어나 앉았는데 무릎을 꿇은 자세로 내 손을 꼬옥 잡았다. "엄마는 오빠가 수요일에 온댔어. 수요일이라고 그랬다고."

"조금 빨리 왔어. 그렇게 큰 소리로 말하지 마. 다들 깨겠다."

"지금 몇 시야? 엄마는 늦게 돌아온다고 했어. 아빠와 코네티컷의 노워크의 파티에 가셨어." 하고 피비가 말했다. "오늘 오후에 나 뭐 했게? 무슨 영화 봤게? 알아맞혀봐!"

"모르겠는걸. 그래, 몇 시쯤 돌아오신다고 말씀하시지는 않든?"

"〈의사〉라는 영화야." 하고 피비가 말했다. "리스터 재단에서 상영한 특별 영화야. 하루만 했는데 바로 그게 오늘이야. 켄터키의 어느 의사 이야긴데, 절름발이여서 걷지 못하는 어린애 얼굴에다 담요를 덮어씌웠어. 그래서 그 의사는 감옥에 가. 참 멋진 영화였어."

"피비야, 언제 돌아오신다고 말하지 않든?"

"의사는 아이를 불쌍하게 여긴 거야. 그래서 그 여자아이 얼굴에다 담은가 뭔가를 덮어씌워 질식시킨 거야. 그런 다음 종신형을 받고 형무소에 갇혀. 그런데도 머리에 담요를 썼던 그 아이는 항상 그 의사를 찾아가. 그리고 의사가 한 짓에 대해 감사해. 의사는 말하자면 자비로운 살인자였어. 그 사람도 자기가 형무소에 갈 만한 짓을 저질렀다는 것을 알고 있어. 아무리 의사라 해도 하느님이 하시는 일을 가로챌 수는 없으니까. 우리 반 아이 엄마가 우릴 데리고 갔어. 앨리스 홈보그라는 애야. 나와 제일 친한 애야, 그 애만이……"

"잠깐!" 하고 내가 말을 가로막았다. "내가 물었잖아. 몇 시에 돌아온다고 하시든? 그런 말 안 하시든?"

"몇 시라고 말하진 않고 굉장히 늦을 거라고 하셨어. 아빠는 기차 걱정을 하지 않으려고 자동차를 가지고 갔어. 차에는 라디오를 달았는데, 운전 중에는 틀지 못한다고 엄마가 그랬어."

나는 다소 마음이 놓였다. 집에 온 사실이 발각될까 봐 걱정했는데, 이제 안심할 수 있었다. 이제 될 대로 되라는 기분이 들었다. 들키면 들키는 거다.

피비의 모습을 보아야 한다. 칼라에 코끼리 무늬가 있는 파란 파자마를 입고 있었다. 코끼리는 피비가 제일 좋아하는 동물이다.

"그래 좋은 영화였니?" 하고 내가 물었다.

"참 좋았어. 앨리스가 감기에 걸려서 그 애 엄마가 자꾸만 그 애에게 춥지 않으냐고 물었어. 영화가 한창 계속되고 있는데. 중요한 장면이 나오면 언제나 내 쪽으로 몸을 기울이고는 앨리스에게 춥지 않으냐고 물어보는 거야. 신경질 나서 혼났어."

나는 피비에게 레코드 이야기를 했다. "너 주려고 레코드를 한 장사 왔는데……" 하고 내가 말했다. "오는 도중에 그만 깨먹고 말았어." 나는 코트 주머니에서 레코드 조각을 꺼내어 보였다. "내가 취해 있었거든."

"그 조각 이리 줘." 하며 피비가 손을 내밀었다. "내가 가지고 있을게." 이렇게 말하고 피비는 내 손에서 그 조각들을 가져다가 책상서랍에 넣었다. 피비한텐 손 들지 않을 수가 없다.

"D.B.는 크리스마스에 온대?" 내가 물었다.

"올지도 모르고 안 올지도 몰라. 엄마가 그랬어. 할리우드에 남아서 아나폴리스에 대한 영화 시나리오를 써야 할지 모른데."

"뭐, 아나폴리스에 관한 영화라고?"

"연애 이야기 같은 거래. 누가 주연으로 나올지 맞혀봐. 어떤 배운가 맞혀봐!"

"난 흥미 없어. 아나폴리스라고? 그런데 아나폴리스에 대해

D.B.가 무엇을 알지? D.B.가 쓰는 소설하고 무슨 관계가 있다는 거지?" 이런 이야기는 나를 미치게 만든다. 망할놈의 할리우드. "팔은 왜 그러니?" 나는 피비에게 물었다. 팔꿈치에 큼직한 반창고를 붙이고 있는 게 보였던 것이다. 피비가 소매 없는 파자마를 입고 있었기 때문에 나는 그걸 볼 수 있었다.

"공원 계단을 내려가는데 우리 반의 커티스 웨인트로브라는 남자애가 나를 떠밀었어." 피비가 대답했다. "보여줄까?" 하고 말하면서 피비는 반창고를 떼기 시작했다.

"그대로 둬. 그 애가 왜 너를 떠밀었니?"

"모르겠어. 내가 미우니까 그랬을 거야." 하고 피비가 말했다. "나하고 내 친구 셀마 애터베리라는 애하고 둘이서 그 애 운동복에다 잉크를 잔뜩 묻혀버렸거든."

"그건 잘못했구나. 아무리 어린애라도."

"잘못했어. 하지만 그 앤 내가 공원에 갈 때마다 나를 따라와. 항상 쫓아다닌단 말야. 정말 신경질나게 만들어."

"너를 좋아하는 모양이구나. 그렇다고 잉크 칠을 할 것까지는……"

"난 그 애가 날 좋아하는 걸 원치 않아." 하고 피비가 말했다. 그러고는 이상한 얼굴로 나를 쳐다보기 시작했다.

"오빠, 왜 수요일에 집에 오지 않았어?"

"뭐라고?"

이거 원! 피비에겐 잠시라도 방심할 수 없다. 그 애를 영리하지 않다고 생각하는 사람은 정신 나간 놈이나 마찬가지다.

"왜 수요일에 오지 않고 오늘 왔어?" 피비가 내게 물었다. "설마 퇴학 같은 거 당한 거 아냐?"

"학교 전체가 일찍 방학했어. 그렇게 말했잖아."

"쫓겨난 거야! 그렇지?" 피비는 그렇게 말하더니 주먹으로 내 다리를 쳤다. 피비는 치고 싶으면 바로 주먹질을 한다. "말해봐. 그렇지? 오빠." 이렇게 말하고 손을 입에 갖다 댔다. 피비는 흥분을 잘한다.

"누가 퇴학당했다는 거야? 아무도……"

"틀림없어. 퇴학을 당한 거야." 피비는 다시 그 말을 반복하면서 주먹으로 나를 때렸다. 아프지 않을 거라고 생각하면 큰 오산이다. "아빠는 오빠를 죽이고 말 거야." 피비는 이렇게 말하고는 침대 위에 엎드려버렸다. 그러고는 베개를 머리 위로 끌어당겼다. 자주 하는 짓이었다. 피비는 진짜로 미칠 때가 있다.

"이제 그만둬." 하고 내가 말했다. "날 죽일 사람은 없어. 누구도 나를…… 피비야, 그런 생각은 버려. 아무도 날 죽이지 않을 테니까."

그러나 피비는 베개를 머리에서 치우려 하지 않았다. 그 애는 자기가 하기 싫은 일은 누가 뭐래도 하지 않는다. 그리고는 "아빠는 오빠를 죽이려 들 거야." 하고 계속 말했다. 그렇게 베개를 머리 위에 눌러 얹고 있는 피비는 아무래도 이해할 수가 없었다.

"누구도 날 죽이지 않을 거야. 머리를 써. 우선 나는 여기 있지 않을 거다. 어떻게 하느냐 하면, 얼마 동안 농장 같은 데서 일할 거야. 친구가 하나 있는데 그 애 할아버지가 콜로라도에서 농장을 하셔. 거기에 가면 일자리를 얻을 수 있을 거야." 하고 내가 말을 이었다. "내가 그곳에 가더라도 너하고는 늘 연락을 할 거다. 자, 그걸 머리에서 치워. 자, 피비, 제발."

피비는 베개를 치우려 하지 않았다. 나는 베개를 빼내려고 했지만 그 앤 완강했다. 피비와 싸우면 싸우는 우리 쪽이 언제나 지쳐버린다. 그 애가 머리에 베개를 얹은 채 있고 싶어하면, 그것은 어쩔 수 없는 일이다. "피비, 자, 얼굴을 보여줘." 나는 몇 번이고 되풀이했다. "자, 어서, 웨더필드. 자, 얼굴을 보여달라니까."

그러나 피비는 얼굴을 내놓으려 하지 않았다. 아무리 타일러도 통하지 않는 때가 있다. 하는 수 없이 나는 일어서서 거실로 갔다. 테이블 위의 담배 상자에서 담배 몇 개비를 꺼내 주머니에 넣었다.

22

내가 돌아왔을 때 피비는 베개를 치우고 있었다. 그럴 줄 알고 있었지만 그래도 고개는 여전히 내 쪽으로 돌리지 않았다. 이제 침대에 등을 대고 반듯이 누워 있으면서도 나를 쳐다보지 않았다. 내가 침대 가에 가서 앉자, 피비는 얼굴을 반대편으로 돌렸다. 나를 탄핵하고 있는 것이다. 내가 칼 따위를 모조리 지하철에 놓고 내렸을 때 펜시의 펜싱 팀 자식들이 하던 것과 똑같았다.

"그 헤이즐 웨더필드는 어떻게 됐니? 하고 내가 말했다. "그 애에 대해 무슨 새로운 이야기라도 썼니? 네가 보내준 것은 여행 가방 안에 있어. 역에 두고 왔지만 정말 잘 썼더구나."

"아빠는 오빠를 죽일 거야."

젠장! 피비는 무슨 생각을 했다 하면 거기서 벗어나질 않는다.

"그럴 리 없어. 기껏해야 뭐라고 나무랄 거고 그놈의 사관학교 같은 데에 보내는 게 고작일 거야. 기껏해야 그 정도일 거야. 무엇보다 나는 이곳에 있지 않는다니까. 딴 곳으로 갈 거야. 아마…… 콜로라도의 그 농장으로 가게 될 거야."

"웃기지 마. 말도 탈 줄 모르면서."

"누가 못 탄데? 난 말을 잘 탈 수 있어. 자신 있어. 2분만 배우면 탈 수 있을 거야." 하고 내가 말했다. "그건 떼지 마." 피비는 팔꿈치에 붙인 반창고를 떼고 있었다. "머리를 누가 잘라주었니?" 하고 내가 물었다. 누구의 솜씨인지, 바보 같은 머리 모양을 하고 있는 것을 그때야 알았던 것이다. 그 애의 머리는 너무 짧았다.

"참견하지 마." 하고 피비가 말했다. 피비는 때로 심술궂었다. 정말 심술이 대단했다. "오빠는 또 전과목에 낙제했지?" 하고 쏘아붙이는 것이었다. 이건 정말 심술궂다. 그러나 어느 면에서는 우습기도 했다. 때로 그 애는 학교 선생 같은 말투로 말한다. 머리에 피도 마르지 않은 것이……

"그럴 리가 있겠니?" 하고 내가 말했다. "영어 과목은 합격했어." 이렇게 말하고 나는 별 이유 없이 피비의 엉덩이를 꼬집었다. 저쪽을 향한 채 누워 있었기 때문에 엉덩이가 이쪽을 향하고 있었다. 그다지 세게 꼬집지 않았는데도 피비는 내 손을 때리려 했다. 그러나 나는 맞지 않았다.

"오빠는 왜 그런 꼴이 됐지?" 하고 피비가 갑자기 물었다. 왜 또 퇴학당했느냐는 얘기였다. 그 말에 좀 서글픈 생각이 들었다.

"오, 피비, 제발 묻지 마. 다들 그렇게 묻는 통에 나도 죽을 지경이다." 하고 나는 말했다. "이유야 많단다. 그 학교는 내가 다닌 학교

250

중에 제일 똥통 학교야. 바보들이 우글거리는 학교라고. 게다가 더러운 자식들이 많아. 넌 그런 지저분한 놈들은 보지 못했을 거야. 예를 들면, 누구의 방에서 우스운 대화를 하고 있는 경우를 생각해봐. 그때 누군가 들어오려고 하는데, 그놈이 멍청하고 여드름투성이라면 아무도 넣어주려 하지 않는단 말이야. 누가 들어오려고 하면 문에 자물쇠를 채우고 말지. 그리고 내가 너무 겁쟁이라 가입을 거절하지 못한 비밀 동지회라는 것이 있는데, 로버트 애클리라는 여드름투성이인 지루한 자식이 거기에 가입하려 했거든. 몇 번이고 들어오려 했지만 넣어주지 않았어. 단지 지루하고 여드름이 많다는 이유로 거절한 거야. 정말 말하기도 싫구나. 여하튼 지독한 냄새를 풍기는 학교야. 이건 진짜야.”

피비는 아무 말도 없었다. 그러나 내 말에 귀를 기울이고 있었다. 그 애의 목을 보면 경청하고 있다는 것을 알 수 있었다. 그 앤 누가 이야기를 하면 열심히 듣는 아이였다. 재미있는 것은 절반 정도는 상대가 무슨 말을 하는지 알면서 귀를 기울인다는 것이다. 이건 정말이다.

나는 펜시에 대해 계속 이야기했다. 공연히 지껄이고 싶었기 때문이다.

“좋은 선생이 두 분 계셨는데 그분들도 엉터리였어.” 하고 나는 말을 이었다. “스펜서라는 늙은 선생이 있었거든. 그 부인은 늘 핫초콜릿 같은 것을 대접해주었어. 두 분 다 좋은 분이야. 그런데 교장이 역사 시간에 교실에 들어와서 뒷자리에 앉을 때면 스펜서 선생의 얼굴은 가관이야. 교장은 교실에 들어와서는 한 삼십 분 가량 교실 뒤에 앉아 있곤 하지. 자기가 무슨 암행어사라도 되는 듯 말이야. 그리고는 스펜서 선생의 수업에 참견하면서 너절한 농담을 늘어놓는 거야. 스펜서 선생은 서머 교장이 개똥 같은 왕자라도 되는 듯 계속 웃고만 있었거든, 씨……"

"그런 쌍스런 말 좀 하지 마."

"너도 보면 구역질날 거다. 맹세코. 또 동창의 날이라는 게 있는데, 그날엔 아주 오래 전 펜시를 졸업한 선배들이 애들과 아내를 거느리고 와서 학교를 돌아다니지. 그중에 쉰 살쯤 된 사람이 있었는데 정말 너한테 보여주고 싶다. 그 사람이 우리 방에 들어와서 문을 노크하더니 세면장을 사용해도 되겠느냐고 묻는 거야. 세면장은 복도 끝에 있는데 왜 우리에게 묻는지 모르겠어. 그 사람이 뭐라고 말했는지 아니? 자기 이름 석 자가 아직도 화장실 문에 남아 있는지 한번 보고 싶다는 거야. 90년은 되었을 법한 먼 옛날 어느 화장실 문에다가 자신의 어리석고 슬픈 이름을 새겨두었다는 거야. 그게 아직도 있는지 보고 싶다는 거지. 그래서 나하고 방을 같이 쓰는 친구, 둘이서 세면장까지 안내했어.

그 사람이 자기 이름을 찾아 화장실 문을 모조리 조사하는 동안 우리는 내내 거기 서 있어야 했어. 그러는 동안 그 사람은 우리 들으라고 계속 지껄였지. 펜시에 다닐 때가 자기 생애에서 가장 행복한 시기였다느니 뭐니 하면서 말야. 그리고 우리의 장래에 대해 여러 가지 충고를 하더군. 정말 따분했어. 그 사람이 나쁜 사람이라는 뜻은 아냐. 사실 나쁜 인간은 아닐 테니까. 하지만 반드시 나쁜 사람만이 사람을 우울하게 만드는 것은 아니야. 착한 사람도 우울하게 할 수 있지. 우리를 우울하게 하는 데 필요한 것은 어느 화장실 문에 새긴 자기 이름을 찾으면서 계속 엉터리 같은 충고를 잔뜩 늘어놓는 거야. 그렇게만 하면 되는 거야. 글쎄, 그렇게 숨을 가쁘게 쉬지만 않았어도 그렇게 지겹지는 않았을지도 모르지. 그자는 계단을 올라오면서도 숨을 헐떡이고 있었어. 자기 이름을 찾는 동안에도 내내 헐떡이고 있었단다. 게다가 스트라드레이터와 나한테 펜시에서 얻을 수 있는 모든 것을 얻으라고 충고하는 동안에도 그 우습고 슬픈 콧구멍으로 가쁘게 숨을 쉬고 있더군. 원참! 피비야, 잘 설명할 수 없구나. 펜시에서 일어난 일은 무엇이건 덮어놓고 싶은 거야. 도저히 설명할 수가 없어."

그때 피비가 뭐라고 말했다. 그러나 나는 알아듣지 못했다. 그 애가 입언저리를 베개 위에 붙이고 있었기 때문에 도무지 무슨 말을 하는지 알아들을 수 없었다.

"뭐라고?" 하고 내가 말했다. "입을 떼야지. 입을 그렇게 하고 있으니 들을 수가 없잖아."

"오빠는 세상에서 일어나는 일이 다 싫다는 거야?"

그 애가 그런 말을 했기 때문에 나는 더욱더 우울했다.

"아냐. 그건 아냐. 그렇게 말하지 마. 왜 그런 말을 하니?"

"좋아하지 않으니까 그렇지. 오빠는 어느 학교든 다 싫어해. 오빠가 싫어하는 것은 백만 가지는 될 거야. 그냥 싫어하고 있어."

"아냐. 그게 바로 네가 잘못 생각하고 있는 점이야. 바로 그거야. 도대체 왜 그런 말을 하지?" 젠장! 피비가 나를 우울하게 하고 있었다.

"그러니까 그렇다는 거지." 하고 피비가 말했다. "좋아하는 것이 있으면 한 가지만 말해봐."

"한 가지? 내가 좋아하는 것 말야? 좋아, 말하지."

그런데 문제는 내가 도무지 정신을 집중할 수 없었다는 것이다. 나는 때로 정신 집중이 곤란할 때가 있다.

"내가 지독히 좋아하는 것 말야?" 내가 피비에게 다시 물었다.

그러나 피비는 대답하지 않았다. 침대 저쪽 끝에서 새침한 표정을 짓고 있었다. 1천 마일쯤 떨어져 있는 것 같았다. "자, 대답해볼까. 내가 지독히 좋아하는 것을 말하라는 거니? 아니면 그저 좋아하는 것을 말하라는 거니?"

"지독히 좋아하는 것."

"알았어." 하고 말했으나 정신을 집중할 수가 없었다. 내가 생각해낼 수 있었던 것은 낡은 짚 바구니에다 성금을 모으며 돌아다니던 두 수녀뿐이었다. 특히 철테 안경을 쓴 수녀가 더욱 그랬다.

또한 엘크턴 힐스에서 알게 된 바로 그 아이가 생각났다. 이름이 제임스 캐슬이었는데, 그 아이는 필 스태빌이라는 아주 거만한 자식에 대해 이야기한 것을 끝내 취소하지 않았다. 제임스 캐슬은 그놈이 거만한 자식이라고 말했다. 그런데 스태빌의 치사한 친구 하나가 그에게 가서 고자질을 했다. 그러자 스태빌은 더러운 자식들 여섯 명을 데리고 제임스 캐슬 방으로 몰려가 안에서 문을 잠그고는 그 애에게 그 말을 취소하라고 위협했다. 그러나 캐슬은 취소하려 하지 않았다. 놈들은 캐슬을 때리기 시작했다. 어떤 짓을 했는지는 말하기조차 싫다. 너무나 구역질나는 일이다. 캐슬은 끝내 그 말을 취소하지 않았다.

그 제임스 캐슬이라는 아이, 정말 보여주고 싶다. 제임스 캐슬. 여위고 몸집이 작고 약골에다 손목은 연필 굵기 정도밖에 되지 않았다. 결국 그 애는 자기가 한 말을 취소하지 않고 창문 밖으로 뛰어내렸다. 그때 나는 샤워를 하고 있었는데, 땅바닥에 떨어지는 소리가 내게도 들렸다. 나는 창에서 무엇이 떨어진 모양이라고 생각했다. 라디오나 책상 같은 것 말이다. 설마 사람이 떨어졌으리라고는 생각조차 못 했다.

다음 순간 모두가 복도를 달려 계단을 뛰어내려가는 소리가 들렸다. 그래서 나도 목욕 가운을 입고 계단을 뛰어내려갔다. 돌 계단 위에 제임스 캐슬이 쓰러져 있는 것이 보였다. 그는 이미 숨져 있었고 이빨과 피가 사방에 흩어져 있었다. 아무도 시체에 접근하려 하지 않았다. 그는 내가 빌려준 터틀넥 스웨터를 입고 있었다. 그의 방을 침범한 놈들에게 학교 당국이 취한 조치는 단지 그들을 퇴학시킨 것뿐이다. 그 자식들은 형무소에 가지 않았다.

내가 그때 생각해낼 수 있었던 것은 그런 것뿐이었다. 아침 식사를 할 때 만났던 두 명의 수녀와 엘크턴 힐스에서 알게 된 제임스 캐슬이라는 애뿐이었다. 우스운 일이지만, 사실 나는 제임스 캐슬과 그다지 잘 아는 사이가 아니었다. 그 애는 말이 없었다. 수학 시간엔 같은 반에서 공부했는데, 그 애는 교실 한쪽 구석에 앉아 있을 뿐 일어서서 대답하거나 칠판에 나가 문제를 푸는 일이 거의 없었다. 어느 학교에든 일어서서 대답하거나 칠판에 나가 문제를 푸는 일이 거의 없는 학생은 있는 법이다.

내가 그 애와 이야기한 것은 단 한 번뿐이었다. 그 애가 내게 내 터틀넥 스웨터를 빌려줄 수 있겠느냐고 물어왔던 때였다. 그 애가 말을 걸었을 때 나는 하마터면 졸도할 뻔했다. 그만큼 놀랐던 것이다. 그때 나는 이를 닦고 있었던 것 같다. 터틀넥 스웨터를 가지고 있다는 사실을 그 애가 알 줄은 몰랐다. 내가 그 애에 대해 아는 것이라고는 출석부에 그 애의 이름이 내 이름 바로 앞에 적혀 있다는 것뿐이었다. R. 케이블, W. 케이블, 캐슬, 콜필드…… 이런 순서였다. 지금도 기억할 수 있다. 사실 나는 스웨터를 빌려주지 않으려 했다. 그다지 잘 아는 아이가 아니었으니까.

"뭐라고?" 나는 피비에게 말했다. 피비가 나한테 뭐라고 말했는데 내가 잘 듣지 못했기 때문이다.

"오빠는 한 가지도 생각하지 못하잖아?"

"아냐, 할 수 있어. 할 수 있어."

"그럼 해봐."

"난 앨리가 좋아." 하고 나는 이야기를 시작했다. "그리고 내가 지금 하고 있는 것을 좋아해. 지금처럼 너하고 앉아서 이야기하고 이것저것 생각하고, 그리고……"

"앨리는 죽었어. 오빠는 늘 그 말만 한다니까! 누가 죽거나 해서 천국에 가면 그것은 실제로……"

"앨리가 죽은 건 나도 알아. 내가 그것도 모르는 것 같니? 그래도 좋아할 순 있잖아? 누가 죽었다고 해서 좋아하던 것까지 그만둘 순 없지 않니? 특히 우리가 알고 있는, 살아 있는 사람보다 천 배나 좋은 사람이라면 더욱 그렇지."

피비는 아무 말도 하지 않았다. 그 애는 할말이 생각나지 않으면 한마디도 하지 않는 아이다.

"하여튼 나는 지금 같은 상태를 좋아해." 하고 내가 말했다. "지금 이 시간 같은 상태. 너하고 여기 앉아서 잡담하고……"

"그건 실제가 아니야."

"아냐. 실제적인 거야. 이건 확실한 거야. 왜 그렇지 않다는 거지? 사람들은 실제적인 것을 실제적인 것으로 여기지 않거든. 그게 나를 구역질나게 해."

"지저분한 말씨 좀 쓰지 마. 좋아, 그럼 다른 것을 말해봐. 장차 되고 싶은 것 말야. 이를테면 과학자라든가 변호사 같은 거."

"과학자는 될 수 없을 거다. 과학하고는 담쌓다니까."

"그럼 변호사는? 아빠처럼……"

"변호사라면 괜찮지만…… 내겐 역시 매력이 없어. 내 말은 항상 죄 없는 사람의 생명을 구해준다든가 한다면야 변호사도 좋아. 하지만 막상 변호사가 되면 그런 일은 하지 않거든. 그들이 하는 일이란 돈을 모으든지 골프를 치든지 브리지를 하든지 차를 사든지 마티니를 마시든지 명사인 체하든지, 뭐 그런 짓이나 하게 된다 이 말이야. 가령 사람의 생명을 구하는 일을 실제로 한다 해도 그것이 정말 사람의 생명을 살려주고 싶어서 그랬는지, 아니면 굉장한 변호사가 되겠다는 소망에서 그랬는지 모른단 말야. 다시 말해서 재판이 끝나면 법정에서 신문 기자나 다른 여러 사람들에게서 치사한 영화 장면처럼 칭찬을 받고 사람들이 등을 어루만져주고 하는 그런 으리으리한 변호사가 되겠다는 야망에서 한 것인지 모른다 이 말이야. 자기가 엉터리가 아닌지 어떻게 알 수 있겠니? 그게 문제야."

피비가 내 말을 알아들었는지 의심스럽다. 아직 어린애였기 때문이다. 그러나 적어도 귀는 기울이고 있었다. 귀를 기울이는 사람이 있으면 그다지 나쁘지 않으니까.

"아빠는 오빠를 죽이고 말 거야." 하고 피비가 말했다.

그러나 나는 듣고 있지 않았다. 다른 것을 생각하고 있었다. 미치광이 같은 것을. "내가 뭐가 되고 싶은지 말해줄까?" 하고 내가 입을 열었다. "내가 뭐가 되고 싶은지 말해줘? 만일 내게 그 지랄 같은 선택권이 있다면 말야."

"뭔데? 욕 좀 하지 말고 말해봐."

"너 그 노래 알고 있지? '호밀밭을 걸어오는 사람을 붙잡는다면' 하는 노래 말야. 바로 내가 되고 싶은 것은……"

"그건 〈호밀밭을 걸어오는 누군가를 만나면〉이라는 노래야." 하고 피비가 말했다. "그건 시야. 로버트 번스가 쓴."

"알고 있어. 로버트 번스의 시라는 것은."

피비의 말이 옳았다. 〈호밀밭을 걸어오는 누군가를 만나면〉이라고 해야 옳았다. 사실 그때는 그 시를 잘 몰랐다.

"'만나면'을 '붙잡는다면'으로 잘못 알고 있었어." 하고 말했다. "어쨌거나 나는 넓은 호밀밭 같은 데서 조그만 어린애들이 어떤 놀이를 하고 있는 것을 항상 눈앞에 그려본단 말야. 몇천 명의 아이들이 있을 뿐 주위에 어른이라곤 나밖엔 아무도 없어. 나는 아득한 낭떠러지 옆에 서 있는 거야. 내가 하는 일은 누구든지 낭떠러지에서 떨어질 것 같으면 얼른 가서 붙잡아주는 거지. 애들이란 달릴 때는 저희가 어디로 달리고 있는지 모르잖아? 그런 때 내가 어딘가에서 나타나 그 애를 붙잡아야 하는 거야. 하루 종일 그 일만 하면 돼. 이를테면 호밀밭의 파수꾼이 되는 거야. 바보 같은 짓인 줄은 알고 있어. 하지만 내가 정말 되고 싶은 것은 그것밖에 없어. 바보 같은 짓인 줄은 알고 있지만 말야."

피비는 오랫동안 말이 없었다. 그러다가 무슨 말을 하나 했더니 또 "아빠는 오빠를 죽일 거야"라고 말하는 것이었다.

"죽여도 좋아." 나는 그렇게 말하면서 침대에서 일어났다. 그때 엘크턴 힐스에서 영어를 가르치던 앤톨리니 선생에게 전화를 걸어볼까 생각했기 때문이다. 그 당시 선생은 뉴욕에 살고 있었다. 앤톨리니 선생은 엘크턴 힐스 고등학교를 그만두고 지금은 뉴욕대학의 영어 교수로 일하고 있었다.

"전화를 걸어야겠다." 하고 나는 피비에게 말했다. "곧 돌아올게. 자지 말고 있어." 내가 거실에 가 있는 동안 피비가 잠들어버리는 건 원치 않았다. 자지 않으리라는 것을 뻔히 알았지만 그래도 확실히 하기 위해 그렇게 일렀다.

문을 향해 걸어가는데, 피비가 "오빠!" 하고 불렀다. 나는 뒤돌아보았다. 피비는 침대 위에 일어나 앉아 있었다. 정말 귀여웠다. "나, 필리스 마굴리스라는 아이한테서 트림하는 법을 배우는 중이야. 들어봐." 피비가 말했다.

귀를 기울였다. 무슨 소리를 들은 것 같기도 했지만 분명하지 않았다. "잘하는데." 하고 말하고 나는 거실로 들어가서 앤톨리니 선생에게 전화를 했다.

23

전화는 간단히 끝냈다. 전화하는 동안에 아버지나 엄마가 들어오지 않을까 겁이 나서였다. 다행히 우리 부모는 들이닥치지 않았다. 앤톨리니 선생은 매우 친절했다. 오고 싶으면 곧 와도 좋다는 것이었다. 선생 내외는 자고 있었는데, 내가 깨운 모양이었다. 왜냐하면 꽤 한참만에 전화를 받았기 때문이다. 그가 제일 먼저 물은 것은 무슨 일이 생겼느냐는 것이었다. 나는 그렇지 않다고 했다. 펜시에서 퇴학당했다는 말만은 했다. 선생에게 그 말은 해두는 것이 좋을 것 같았다. 그러자 선생은 "그게 정말이냐?" 하고 말했다. 그분은 굉장히 유머가 풍부한 사람이었다. 그러고는 오고 싶으면 당장 오라는 것이었다.

앤톨리니 선생은 내가 만난 선생 중에서 제일 좋은 선생이라고 생각한다. 아직 젊고 형 D.B.보다 나이가 그다지 많지 않았다. 함께 농담을 주고받아도 이쪽에서 존경하게 되는 사람이었다. 아까 말한 제임스 캐슬, 그러니까 창문에서 떨어진 그 애를 안아 올린 사람도 바로 이 선생이었다. 앤톨리니 선생은 제임스 캐슬의 맥을 짚어보고는 자신의 옷을 벗어 그 애를 덮고 양호실까지 줄곧 안고 갔던 것이다. 옷이 피투성이가 되었지만 조금도 상관하지 않았다.

D.B.의 방으로 되돌아가자 피비는 라디오를 틀어놓고 있었다. 댄스 음악이 흘러나오고 있었다. 가정부에게 들키지 않으려고 소리를 작게 해두었지만 그때 피비의 모습은 정말 보여주고 싶다. 이불을 걷어치운 침대 한가운데에 마치 요가 수도자처럼 다리를 꼬고 똑바로 앉아 흘러나오는 음악에 귀를 기울이고 있었다. 사람 죽이는 장면이었다.

"너 춤추고 싶니?" 하고 물었다. 나는 피비가 더 어렸을 때 그 애에게 춤을 가르쳐주었다. 그 애는 춤을 참 잘 춘다. 내가 가르친 것은 몇 가지 되지 않았고, 대부분은 혼자서 배운 것이었다. 진짜 춤은 가르칠 수 없다.

"오빠는 신을 신고 있잖아." 하고 피비가 말했다.

"그럼 벗을게. 자, 시작하자."

피비는 침대에서 뛰어내려 내가 신을 벗는 동안 기다리고 있었다. 그리고 나서 나는 잠시 춤을 추었다. 피비는 정말 춤을 잘 추었다. 나는 어린애와 춤추는 어른은 싫다. 대개는 보기 흉하다. 레스토랑 같은 곳에서 나이 먹은 사람이 조그만 어린애를 댄스 플로어로 끌어내는 것을 종종 본다. 그때 어른은 자신도 모르게 어린애 옷의 등 부분을 치켜 올린다. 그렇지 않아도 어린애는 춤을 출 수 없는데,

그 꼴이 되면 더 이상 눈 뜨고 볼 수 없다.

피비와 나는 사람들 앞에서 그런 짓은 하지 않는다. 집에서 장난 삼아 할 뿐이다. 어쨌든 피비의 경우는 다르다. 그 앤 정말 춤을 잘 추니까. 이쪽에서 무엇을 하든 그 앤 잘 따라온다. 꼭 껴안고 추면 다리가 길어도 문제가 안 된다. 내 동작에 잘 따라오기 때문이다. 크로스 오버를 하건, 시시한 디프를 하건, 지르박을 섞어서 하건 곧잘 따라온다. 탱고까지도 춘다니까.

우리는 네 가지 곡에 따라 춤을 추었다. 그런데 한 곡이 끝나고 다른 곡이 시작되는 사이에 피비는 우스꽝스런 짓을 했다. 춤을 추다 정지한 자세 그대로 꼼짝 않고 서 있었다. 입도 벌리지 않았다. 둘 다 그 자세로 가만히 서서는 오케스트라가 다음 연주를 시작할 때까지 기다리고 있어야 했다. 여기에 난 손 들고 말았다. 웃거나 해서도 안 되었다.

우리는 네 곡 가량 춤을 춘 다음 라디오를 껐다. 피비는 침대 위로 뛰어올라 이불 안으로 들어갔다.

"어때, 잘 추지?" 하고 그 애는 물었다.

"정말이야." 하고 대답하고는 그 애 옆에 앉았다. 숨이 좀 가빴다. 워낙 담배를 많이 피웠기 때문에 숨이 더 가빴던 것이다. 그런데 피비는 아무렇지도 않았다.

"내 이마를 짚어 봐." 하고 피비가 갑자기 말했다.

"왜?"

"만져 봐. 한 번만 만져 봐."

나는 손을 대어보았다. 그러나 아무렇지도 않았다.

"열이 대단하지?" 하고 피비가 말했다.

"아니, 열이 있는 것 같니?"

"응. 지금 내가 열이 나게끔 하고 있잖아. 자, 다시 만져봐."

나는 다시 만져보았다. 여전히 아무렇지도 않았다. 그러나 "이번 엔 열이 좀 있는 것 같은데." 하고 말했다. 그 애가 열등감을 갖는 것 이 싫었기 때문이다.

피비는 고개를 끄덕였다. "체온계로 잴 수 없을 만큼 뜨겁게 할 수 도 있어."

"체온계? 누가 그러든?"

"앨리스 홈보그가 가르쳐주었어. 다리를 꼬고 숨을 죽이고 앉아 서 굉장히 더운 것을 생각하면 돼. 라디에이터 같은 것 말야. 그러면 이마가 굉장히 뜨겁게 돼서 손을 델 지경이 된대."

이 말에 난 손 들었다. 나는 어떤 지독한 위험에 빠진 것처럼 그 애의 이마에서 손을 뗐다.

"말해줘서 고맙구나." 하고 내가 말했다.

"어머, 오빠 손은 태우지 않을 거야. 너무 뜨거워지기 전에 멈출 테니까…… 쉬, 쉬!" 이렇게 말하고 피비는 재빨리 침대 위에 일어 나 앉았다.

피비가 그렇게 하는 바람에 나는 깜짝 놀랐다. "왜 그래?"

"앞문!" 피비는 목소리를 죽이고 말했다. "아빠와 엄마야!" 나는 얼른 일어나 뛰어가서 책상의 불을 껐다. 그리고 담배를 구두로 비 벼 끄고는 주머니에 집어 넣었다. 그리고 담배 연기를 없애려고 공 중에다 손으로 부채질을 했다. 담배를 피우지 말았어야 했는데. 다음 순간 나는 구두를 움켜쥐고 옷장 안에 들어가 문을 닫았다. 아이쿠, 내 심장이 지랄같이 뛰고 있었다.

엄마가 방안으로 들어오는 소리가 들렸다.

"피비, 시치미 떼지 마라. 불빛을 보았단다, 이 아가씨야."

"안녕히 다녀오셨어요?" 피비의 목소리가 들렸다. "잠이 오지 않았어요. 재미있었어요?"

"응, 재미있었단다." 하고 엄마가 말했다. 그러나 그 말은 진심이 아니라는 것이 역력했다. 엄마는 집을 떠나 다른 곳에서는 그다지 즐거워하지 못했다. "왜 벌써 깼지? 춥지 않았니?"

"춥지 않았어요. 그냥 잠이 오지 않았어요."

"피비야, 너 여기서 담배 피웠니? 사실대로 말해봐."

"뭐라구요?"

"내 말이 들리지 않니?"

"한 개비 잠깐 태웠을 뿐이에요. 한 모금 피워보고 창 밖으로 던져버렸어요."

"왜 그런 짓을 했지?"

"잠이 오지 않아서……"

"난 그런 짓 싫어해, 피비야. 그런 짓은 질색이야." 하고 엄마가 말했다. "담요 한 장 더 줄까?"

"괜찮아요. 안녕히 주무세요." 나는 피비가 엄마에게서 벗어나기 위해 애쓰는 모습을 눈에 그려볼 수 있었다.

"영화는 어땠니?" 하고 엄마가 물었다.

"재미있었어요. 앨리스의 엄마가 영화 보는 동안 내내 몸을 내 쪽으로 기울이며 앨리스에게 춤지 않느냐고 물던 것만 빼고. 우리는 택시로 돌아왔어요."

"네 이마 좀 짚어봐야겠다."

"감기 같은 건 안 걸렸어요. 앨리스도 감기 걸리지 않았어요. 감기 걸린 건 그 애 엄마였어요."

"그럼 잘 자라. 저녁 식사는 어땠니?"

"형편없었어요."

"또 그런 말버릇이구나. 아빠가 뭐라고 하셨는지 기억하지? 뭐가 형편없다는 거니? 맛있는 양고기 요리를 먹고서. 엄마는 그것 때문에 일부러 렉싱턴가를 돌아다녔는데……"

"양고기는 좋았지만 찰린은 무엇이든 내려놓을 때마다 숨을 내뿜어요. 음식에고 어디고 온통 입김을 뿜는다니까요. 찰린은 모든 것 위에 입김을 뿜어댄다구요."

"그래, 잘 자라. 엄마에게 뽀뽀하고. 기도는 올렸니?"

"목욕탕에 들어가서 했어요. 안녕히 주무세요."

"그래. 얼른 자도록 해라. 골치가 아프구나."

엄마는 걸핏하면 골치가 아팠다. 사실이 그랬다.

"아스피린 몇 알만 드세요." 하고 피비가 말했다. "오빠는 수요일에 돌아오지요?"

"그렇게 알고 있다. 자, 이불 속으로 들어가거라. 더 깊이."

엄마가 나가고 문이 닫히는 소리가 들렸다. 나는 2, 3분 더 있다가 옷장에서 나왔다. 나오자마자 피비와 부딪혔다. 캄캄한 데다 피비는 침대에서 나와 내게로 오고 있었기 때문이다.

"다쳤니?" 하고 내가 물었다. 부모님이 돌아왔기 때문에 가만가만 속삭이지 않으면 안 되었다. "난 이제 가야겠다." 어둠 속에서 침대 가를 더듬어 찾아서 그곳에 앉아 구두를 신기 시작했다. 나는 몹시 초조했다. 그건 인정하지 않을 수 없다.

"지금 가면 안 돼." 하고 피비가 작은 소리로 속삭였다. "엄마가 잠들 때까지 기다려야 해."

"아냐. 지금이 제일 좋은 기회야." 하고 내가 말했다. "엄마는 목욕을 할 거고 아빠는 라디오 뉴스 같은 걸 듣고 있을 거야. 지금이 제일 좋은 기회야." 나는 구두끈을 제대로 맬 수가 없었다. 그만큼 나는 초조했다. 그렇다고 집에 있다가 붙잡히면 죽음을 당한다든가 할 거라고 생각한 것은 아니다. 단지 붙잡히면 극히 불쾌한 일이 생길 거라고 생각했을 뿐이다. "너 어디에 있니?" 하고 피비에게 물었다. 너무 어두워서 피비가 어디에 있는지 알 수 없었다.

"여기." 피비는 바로 내 옆에 있었다. 그래도 보이지 않았다.

"짐은 역에 맡겨두었어." 하고 나는 말했다. "이봐, 너 돈 좀 있니? 난 지금 한푼도 없거든."

"크리스마스 용돈뿐이야. 선물을 살 돈이야. 아직 하나도 사지 않았거든."

"그러니?" 크리스마스 용돈이라면 받고 싶지 않았다.

"좀 줄까?" 하고 피비가 말했다.

"크리스마스에 쓸 용돈은 받고 싶지 않은데."

"조금은 빌려줄 수 있어." 하더니 피비는 D.B.의 책상으로 가서 서랍을 열었다. 손으로 그 속을 더듬는 소리가 났다. 방안은 칠흑처

럼 캄캄했다. "가버리고 나면 내 연극은 보지 못하겠네." 하고 피비
가 말했다. 그렇게 말하는 피비의 목소리가 우스꽝스럽게 들렸다.

"아니야, 보러 갈게. 그것을 보기 전엔 다른 데로 가지 않을 거야.
내가 네 연극을 놓치기야 하겠니?" 하고 내가 말했다. "아마 화요일
까진 앤톨리니 선생 댁에 있을 거야. 그런 다음 집에 돌아오겠어. 기
회가 있으면 전화 걸게."

"여기, 받아." 하고 피비가 말했다. 피비는 내게 돈을 주려 했지만
내 손이 어디 있는지 찾을 수가 없었다.

"어디?"

피비는 내 손에 돈을 쥐어주었다.

"이렇게 많이 필요하지 않아." 하고 내가 말했다. "2달러만 주면
돼. 정말이야. 자아……" 나는 돈을 돌려주려 했지만 피비는 받으려
하지 않았다.

"다 가져가도 좋아. 나중에 갚아줘. 연극할 때 가져와."

"도대체 얼마냐?"

"8달러 85센트야. 아니 65센트야. 좀 썼으니까."

나는 갑자기 울음을 터뜨렸다. 어찌할 수가 없었다. 아무도 듣지
못하게 울었지만 운 것은 사실이다. 내가 울자 피비는 깜짝 놀랐다.
피비는 내게로 와서 울음을 그치게 하려고 노력했지만 일단 울기
시작하면 그렇게 간단히 그쳐지지가 않았다. 나는 여전히 침대 가
에 앉아서 울고 있었다.

피비는 내 목에 팔을 감았고, 나도 피비를 안고 있었다. 나는 오랫
동안 울음을 그칠 수 없었다. 나는 이대로 숨이 막혀 죽는 것이 아닌

가 생각했다. 정말 피비를 겁에 질리게 했던 것이다. 창문 하나가 열려 있어서 피비의 몸이 떨리는 것을 느낄 수 있었다. 피비는 파자마만 걸치고 있었던 것이다. 피비를 침대 속으로 돌려보내려 했지만 그 애는 도무지 말을 듣지 않았다. 결국 나는 울음을 그쳤지만 그러기 위해서는 굉장히 오랜 시간이 걸렸다.

나는 외투의 단추를 채웠다. 피비에게 연락하겠다고 했다. 피비는 원한다면 같이 자도 좋다고 말했지만 나는 가는 것이 좋겠다고 했다. 앤톨리니 선생이 기다리고 있기 때문에 가야 한다고. 그런 다음 빨간 사냥모자를 외투 주머니에서 꺼내어 피비에게 주었다.

피비는 그런 이상한 모자를 좋아했다. 피비는 받으려 하지 않았지만 억지로 받도록 했다. 그 애는 틀림없이 그것을 쓰고 잤을 것이다. 그 애는 정말 그런 종류의 모자를 좋아했다. 나는 기회가 닿으면 전화하겠다는 말을 다시 하고 그곳을 떠났다.

웬일인지 모르지만 나갈 때가 들어올 때보다 더 쉬웠다. 이제 붙잡힌다 해도 아무렇지 않다는 생각이 들었기 때문일 것이다. 정말 아무렇지도 않았다. 붙잡을 테면 붙잡으라지 하는 생각이 들었다. 어떤 의미에서는 붙잡아주기를 바랄 정도였다.

나는 엘리베이터를 타지 않고 아래층까지 계단으로 내려갔다. 뒷계단으로 내려갔다. 쓰레기통이 1천만 개나 있어서 그것에 걸려 모가지를 부러뜨릴 뻔했다. 그러나 무사히 빠져 나왔다. 엘리베이터 보이에게도 들키지 않았다. 그놈은 내가 아직도 딕스타인 댁에 있는 줄 알고 있을 것이다.

24

앤톨리니 선생 부부는 서튼 플레이스에 있는 매우 화려한 아파
트에 살고 있었다. 거실로 내려가는 계단이 두 개고 바를 비롯해 별
의별 것이 다 딸려 있었다. 나는 그곳에 몇 번 가본 적이 있었다. 그
도 그럴 것이 내가 엘크턴 힐스를 그만두고 난 다음에도 선생은 내
가 어떻게 지내는지 궁금하면 종종 우리 집에 들러 함께 식사를 하
곤 했기 때문이다. 그때만 해도 그는 독신이었다. 결혼한 후에도 나
는 선생 부부와 롱 아일랜드의 포리스트 힐스에 있는 웨스트 사이
드 클럽에 가서 함께 테니스를 치곤 했다. 부인이 그 클럽의 회원이
었기 때문이다.

부인은 엄청난 부자에다 선생보다 열여섯 살이나 연상이었다. 그
러나 두 분 사이는 매우 좋은 것 같았다. 그 이유 중 하나는 두 분 모
두 지적인 사람들이었기 때문이다. 특히 선생 쪽이 더 그랬다. 다

른 사람들과 함께 있는 자리에서는 지적이라기보다 오히려 해학을 즐기는 편이었는데, 그 점이 D.B.와 닮았다. 두 분 다 D.B.의 소설을 전부 읽었다. 부인도 말이다. 또한 D.B.가 할리우드에 가게 되었을 때도 선생은 형에게 전화해서 가지 말라고 했다는 것이다. 결국 D.B.는 가버렸지만. 앤톨리니 선생의 말로는 D.B.처럼 작품을 쓰는 사람은 할리우드에 가봤자 아무 소용이 없을 거라고 했다. 그건 바로 내가 한 말이기도 했다.

나는 피비의 크리스마스 용돈은 가능한 한 쓰고 싶지 않았기 때문에 선생 댁까지 걸어가려 했다. 그러나 밖에 나오자 기분이 이상해졌다. 좀 어지러웠던 것이다. 그래서 택시를 잡아탔다. 타고 싶지 않았지만. 그런데 택시 잡는 데도 굉장히 시간이 걸렸다.

마침내 엘리베이터 보이가 나를 위층으로 올려보내주었다. 벨을 누르자 앤톨리니 선생이 문을 열었다. 선생은 목욕 가운에 슬리퍼 차림이었는데, 한 손에는 하이볼을 쥐고 있었다. 그는 꽤 세련된 사람이었고 굉장한 술꾼이었다. "홀든! 잘 왔다!" 하고 선생이 말했다. "어이쿠, 또 20인치는 더 자랐구나. 만나서 반갑다."

"선생님, 안녕하십니까? 사모님도 안녕하시죠?"

"우린 잘 지내고 있다. 외투를 벗으렴."

선생은 내 외투를 벗겨서 옷걸이에 걸었다. "난 또 네가 갓난아이라도 안고 오는 줄 알았지. 갈 곳은 없고 눈썹엔 눈송이가 달리고." 이렇게 선생은 종종 멋있는 농담을 했다. "릴리언! 커피 아직 멀었소?" 릴리언은 부인의 이름이다.

"다 됐어요." 부인도 큰 소리로 대답했다. "홀든 왔니? 그 동안 잘 지냈어?"

"예. 사모님도 안녕하셨어요?"

이 집에서는 항상 큰 소리로 외쳐야 했다. 그건 부부가 동시에 같은 방에 있는 법이 절대로 없었기 때문이다. 좀 우습기도 했다.

"앉거라, 홀든." 하고 앤톨리니 선생이 말했다. 좀 취해 있음이 분명했다. 방안은 마치 방금 파티를 끝낸 것 같았다. 사방에 유리잔이 흩어져 있었고 땅콩 접시가 여기저기 널려 있었다. "방이 너저분해서 미안해." 하고 선생이 말했다. "버팔로에서 온 집사람 친구들을 대접했거든…… 버팔로 출신이라기보다 들소들이더군…… 사실 말이지."

나는 웃었다. 부인이 큰 소리로 뭐라고 말했지만 난 알아들을 수가 없었다. "사모님이 지금 뭐라고 하셨죠?" 하고 나는 선생에게 물었다.

"지금 이리로 올 테니 쳐다보지 말라는 거야. 잠자리에서 막 일어났으니까. 담배 피우겠니? 이미 피우고 있겠지?"

"고맙습니다." 나는 선생이 내민 담배 상자에서 담배 한 개비를 집었다. "이따금 피웁니다. 적당히 피우고 있습니다."

"물론 그렇겠지." 선생은 이렇게 말하고는 테이블 위에 있던 큼직한 라이터를 집어 나에게 불을 붙여주었다. "그래 너와 펜시는 이제 일심동체가 아니로구나." 하고 선생이 말했다.

그는 늘 이런 말투로 말한다. 때로는 이런 말투가 재미있게 느껴지지만 그렇지 않을 때도 종종 있다. 어떤 때는 선생의 농담이 지나치다고 느껴질 때도 있다. 그렇다고 그에겐 위트가 없다느니 하는 뜻은 아니다. 어쨌든 항상 '너와 펜시는 이제 일심동체가 아니로구나' 하는 따위의 말투는, 신경에 거슬리는 수가 있다. D.B.도 종종 지나치게 이런 식으로 말한다.

"무엇이 말썽이었지?" 선생은 나에게 물었다. "영어는 어땠니? 영어에 낙제 점수를 맞았다면 당장 이곳에서 나가라고 하겠다. 요 귀여운 작문의 천재야."

"영어는 합격했습니다. 하지만 거의가 영문학에 관한 것이었어요. 작문은 전학기에 걸쳐 두 번밖에 쓰지 않았습니다." 내가 설명했다. "그런데 구두 표현에서 낙제를 하고 말았거든요. 필수 과목으로 구두 표현이란 게 있어요. 거기에 낙제했어요."

"왜?"

"글쎄요. 잘 모르겠어요." 나는 이런 대화에 깊이 빠져들고 싶지 않았다. 아직도 좀 어지러운 데다 갑자기 두통을 느꼈던 때문이다. 정말이다. 그러나 선생은 그것에 대해 흥미를 느끼는 것 같아서 조금 이야기했다. "그 시간이 되면 반 학생들이 모두 하나하나 일어나서 연설을 해야 합니다. 아시겠지만 그냥 즉흥 연설이죠. 어떤 학생이 조금이라도 주제에서 벗어나면 될 수 있는 대로 빨리 '탈선!' 하고 소리치는 겁니다. 이건 미칠 지경이었어요. 그래서 낙제 점수를 받았어요."

"왜?"

"글쎄요. 잘 모르겠어요. 탈선이라고 소리쳐야 하는 것이 신경에 거슬렸어요. 글쎄, 잘 모르겠지만 제게 문제가 되는 것은 누가 탈선이라고 소리치는 것을 들으면 그 연설이 오히려 듣기 좋게 느껴진다는 점이었어요. 그게 더 재미있게 느껴진다니까요."

"다른 사람이 이야기할 때는 본론에서 벗어나도 괜찮단 말이지?"

"아뇨. 본론을 벗어나지 않아야죠. 그렇지만 본론에 너무 충실한 것은 좋아하지 않아요. 저는 어떤 사람이 처음부터 끝까지 본론에 충실하게 이야기하는 걸 좋아하지 않는 모양이에요. 구두 표현 과목에서 최고점을 맞는 학생은 처음부터 끝까지 본론을 이탈하지 않는 애들이죠. 그걸 인정하기는 합니다. 그런데 리처드 킨셀러라는 학생이 있는데, 그 애는 항상 본론을 이탈하는 이야기를 하기 때문에 그때마다 반 학생들이 '탈선' 하고 그 애를 향해 외쳤어요. 끔찍하더군요. 그 애는 매우 불안에 떠는 애여서 제 차례가 오니까 입술을 부들부들 떨더군요. 교실 뒤에 앉아 있으면 소리가 거의 들리지도 않을 정도였어요. 그렇지만 떨림이 멈추는 듯해지면 그 애의 이야기는 어느 누구의 이야기보다 마음에 들었어요. 하지만 그 애도 그 과목에서 낙제했어요. 아이들이 계속 그 애에게 '탈선' 하고 소리쳤기 때문에 그 애는 D플러스를 받았어요.

그 애는 자기 아버지가 버몬트에 구입한 농장 이야기를 한 적이 있었는데, 그때 아이들은 처음부터 끝까지 '탈선'이라는 공격의 화살을 보냈죠. 빈슨 선생도 그 농장에서 어떤 동물을 기르며 어떤 채소를 재배하는가 하는 이야기를 하지 않았다며 완전히 낙제점을 주었어요. 그 애가 어떻게 했느냐 하면, 처음에는 그 농장 이야기를 하다가 갑자기 그의 엄마가 삼촌한테서 받은 편지에 대해 말하기 시작한 거예요.

그 삼촌은 마흔두 살 때 소아마비에 걸렸는데 부목을 발에 대고 있는 꼴을 보여주기 싫어서 아무도 병원에 문병 오지 못하게 했다는 이야기였어요. 그게 농장과는 별 관계가 없는 이야기라는 건 저도 인정해요. 그래도 좋은 이야기였어요. 누구든 삼촌 이야기를 하면 듣기 좋잖아요. 더욱이 아버지의 농장 이야기를 시작했다가 갑자기 삼촌에게 더욱 흥미를 갖는다는 것은 멋있어요. 흥분해서 이야기하고 있는 애에게 '탈선' 하고 소리치는 것은 야비하다고 생각해요. 잘 모르겠어요. 설명하기 어렵네요." 더 이상 설명하고 싶은 생각도 별로 없었고, 또 갑자기 두통을 느꼈기 때문이다.

나는 앤톨리니 부인이 빨리 커피를 가지고 들어오기를 얼마나 학수고대했는지 모른다. 말로는 다 준비되었다고 하면서 실은 준비되어 있지 않은 상태, 이런 것이 사람을 어리둥절하게 만드는 때가 있다.

"홀든, 간단한 질문인데 좀 고루한 교육학적 질문을 한 가지 하겠다. 모든 것은 때와 장소가 있다고 생각하지 않니? 처음에 부친의 농장 이야기를 꺼냈다면 끝까지 그 주제를 끌고 간 다음에 삼촌에 대한 이야기로 옮겨가야 했다고 생각하지 않니? 아니면 삼촌의 부목이 그렇게 흥미로운 거라면 처음부터 그것을 주제로 선택했어야 되지 않았을까? 농장 이야기가 아니라."

나는 생각하거나 대답하고 싶은 기분이 나지 않았다. 머리도 아프고 기분도 좋지 않았다. 게다가 복통까지 났다.

"그럴지도 모르죠. 그래야 하겠죠. 아마 농장이 아니라 삼촌을 제목으로 했어야 될 겁니다. 그게 가장 흥미로운 것이었다면 말입니다. 하지만 제가 말하는 것은, 대부분의 경우 그다지 재미있지 않은 이야기를 해보고 나서야 비로소 무엇이 가장 재미있는가를 알게 된다는 말입니다. 그건 어쩔 수 없는 일입니다. 그러니까 적어도 말하는 사람이 흥미를 갖고 있는 데다 흥분해서 이야기하고 있다면, 그대로 내버려두는 것이 좋다고 생각해요.

저는 누군가 무엇에 흥분해서 이야기하는 것이 좋습니다. 선생님은 그 빈슨 선생을 모르시지만 그분은 사람을 미치게 할 수 있는 분이에요. 그와 그의 수업은 사람을 미치게 합니다. 그는 밤낮 통일을 하고 간결하게 말하라고 떠들죠. 하지만 어떤 것은 간결하게 말할 수 없는 것도 있어요. 어떤 것은 누가 그렇게 하라고 해서 쉽사리 간결하고 통일성을 띠게 할 수 없어요. 선생님은 그 빈슨 선생을 모르시니까 말인데요, 그분은 꽤 지적인 분이긴 하지만 머리가 좋지 않다는 것은 곧 알 수 있어요."

"이제 겨우 커피가 되었어요." 하고 부인이 말했다. 그녀는 커피와 케이크와 여러 가지 먹을 것이 담긴 쟁반을 가지고 들어왔다. "홀든, 나를 보지 말아요. 꼴이 말이 아니니까."

"안녕하세요, 사모님." 하고 나는 자리에서 일어나려 했지만 앤톨리니 선생이 내 재킷을 붙들어 앉혔다. 부인은 머리에 컬을 만드는 헤어 롤을 잔뜩 만 채, 루즈 따위는 전혀 바르지 않고 있었다. 그다지 화려해 보이진 않았다. 꽤 늙어 보였다.

"여기 놓고 가겠어요. 자, 받으세요." 이렇게 말하며 부인은 유리잔을 치우고 쟁반을 담배 테이블 위에 놓다. "홀든, 엄마 안녕하시지?"

"네. 안녕하십니다. 최근엔 뵙지 못했지만 제가 최후로……."

"여보, 홀든에게 필요한 건 모두 옷장에 있어요. 맨 위 선반에 말이에요. 난 자야겠어요. 너무 피곤해요." 하고 부인이 말했다. 사실 피곤해 보였다. "두 분이 이불은 깔 수 있겠죠?"

"우리가 할 테니까 어서 가서 자요." 하고 앤톨리니 선생이 말했다. 그리고 그는 부인에게 키스했다. 부인은 잘 자라는 인사를 하고 침실로 들어갔다. 이 부부는 다른 사람 앞에서도 아무렇지도 않게 키스했다.

나는 커피를 약간 마시고 돌처럼 굳은 케이크를 반쯤 먹었다. 앤톨리니 선생은 하이볼을 또 한 잔 마셨을 뿐이다. 그것도 매우 진하게 해서 마셨다. 주의하지 않으면 그는 알코올 중독이 될지도 모른다.

"한 2주 전에 네 부친과 점심 식사를 같이 했지." 하고 선생이 갑자기 말했다. "그걸 알고 있니?"

"몰랐는걸요."

"네 부친이 너에 대해 몹시 염려하고 있는 건 알지?"

"알고 있습니다. 아버지가 제 걱정을 하는 것 말입니다."

"나한테 전화하기 전에 너의 학교 교장에게서 긴 편지를 받으신 모양이더라. 요컨대 네가 전혀 노력하지 않는다는 취지의 다소 가슴 아픈 그런 사연이었던 모양이야. 수업을 빼먹고 어느 과목은 예습도 하지 않으며, 대체로 말해서……"

"전 수업을 빼먹진 않았어요. 그런 짓은 못 하게 되어 있으니까요. 가끔 수업에 들어가지 않은 경우는 두서너 시간 있었지만 그건 아까 말씀드린 구두 표현 시간뿐이었어요. 하지만 빼먹은 수업은 하나도 없어요."

이런 이야기는 전혀 하고 싶지 않았다. 커피를 마셔서 뱃속은 다소 나아졌지만 여전히 골치가 아팠다.

앤톨리니 선생은 다시 담배에 불을 당겼다. 악마처럼 담배를 피웠다. 그런 다음 선생은 이렇게 말했다.

"홀든, 솔직히 말해서 나도 너한테 뭐라고 말해야 좋을지 모르겠구나."

"그럴 겁니다. 전 얘기하기가 매우 어려운 상대일 겁니다. 그건 저도 알고 있습니다."

"내 생각으로는 네가 지금 무서운 타락의 길로 치닫고 있는 것 같다. 솔직히 말해서 그것이 어떤 종류의 타락인지…… 홀든, 내 말 듣고 있니?"

"네."

그는 내 정신을 집중시키려고 애쓰고 있었다.

"아마 이런 종류일 거야. 네가 나이 서른쯤 되어서 어떤 바에 앉아 있다고 하자. 대학 시절에 축구를 한 것같이 보이는 사람은 모두 증오하며 앉아 있을지도 모르지. 또는 '그건 그와 나 사이의 비밀이야'라는 식으로 이야기하는 사람을 미워할 정도의 교육밖에 받지 못했을지도 모르지. 또는 결국 어느 회사에 근무하면서 가까이에 앉은 속기사에게 서류를 집어던지는 그런 인간으로 끝나게 될지도 몰라. 뭐 꼭 그렇게 된다는 것은 아니지만, 내가 말하는 취지는 알고 있겠지?"

"네, 알겠습니다." 내가 말했다. 사실 잘 알고 있었다. "그러나 제가 사람을 미워한다는 것은 선생님의 오해예요. 저는 많은 사람을 미워할지 모르지만 그건 잠깐입니다. 이를테면 펜시에서 알게 된 스트라드레이터라는 놈이나 또 로버트 애클리를 미워하는 정도일 겁니다. 가끔 그 애들을 미워한 것은 인정합니다. 하지만 오래 계속되진 않았어요. 얼마 동안 만나지 못하거나 그쪽에서 내 방에 오지 않든지 식당에서도 두서너 번 얼굴을 보지 못하게 되면 어쩐지 그리워지더군요. 섭섭한 느낌까지 들고요.”

앤톨리니 선생은 한동안 아무 말도 하지 않았다. 그는 일어나서 얼음 덩어리를 집어 유리잔에 넣더니 다시 앉았다. 무엇인가 곰곰이 생각하고 있는 게 분명했다. 나는 그 이야기의 나머지를 지금이 아니라 내일 아침에 해주기를 속으로 바랐지만, 선생은 열을 올리고 있었다. 대부분의 경우 이쪽에서 별로 내키지 않을 때 상대편은 더욱 이야기를 하고 싶어한다.

“그래. 자, 잠깐만 들어봐. 네 기억에 남을 만한 말을 하고 싶지만 잘될지 모르겠다. 하루 이틀 안에 편지로 써 보낼 테니까 그때 가면 잘 알게 될 거다. 그러나 지금 잠깐만 들어봐.”

선생은 다시 정신을 집중시킨 다음 입을 열었다.

“지금 네가 뛰어들고 있는 타락은 일종의 특수한 타락인데, 그건 무서운 거다. 타락해가는 인간에게는 감촉할 수 있다든가 부딪치는 소리를 들을 수 있는 그런 바닥이 있는 것이 아니다. 장본인은 자꾸 타락해가기만 할 뿐이야. 이 세상에는 인생의 어느 시기에는 자신의 환경이 도저히 제공할 수 없는 어떤 것을 찾는 사람들이 있는데, 네가 바로 그런 사람이야. 그런 사람들은 자기 자신의 환경이 자기가 바라는 걸 도저히 제공할 수 없다고 생각하지. 그래서 단념해 버리는 거야. 실제로는 찾으려는 시도도 해보지 않고 단념해버리는 거야. 내 말 알겠니?"

"네, 선생님."

"정말?"

"네."

선생은 일어나서 유리잔에 또 술을 따랐다. 그러고는 다시 앉았다. 그는 꽤 오랫동안 아무 말도 하지 않았다.

"너를 나무라고 싶진 않다." 하고 선생은 다시 입을 열었다. "너는 아무 가치도 없는 일로 고귀한 죽음을 감수하려는 것이 분명하거 든." 이렇게 말하면서 선생은 이상한 얼굴로 나를 쳐다보았다. "내 가 너에게 뭔가를 써주면 그것을 주의 깊게 읽겠니? 그리고 언제까 지나 간직하겠니?"

"네, 물론이죠." 나는 말했다. 실제로 나는 그렇게 했다. 그때 선생 이 내게 준 종이 쪽지를 아직도 간직하고 있으니까.

선생은 방 저쪽에 있는 책상으로 가서 선 채로 종이에다 무언가 썼다. 그리고 되돌아와서 그 종이를 손에 쥔 채 앉았다. "좀 이상한 일이지만 이것은 시인이 쓴 것이 아니야. 빌헬름 스테켈이라는 정 신분석 학자가 쓴 것이야. 이렇게 말했구나…… 듣고 있니?"

"네, 물론입니다."

"이렇게 말했더구나. '미성숙한 인간의 특징은 어떤 일에 고귀한 죽음을 택하려는 경향이 있다는 것이다. 이에 반해 성숙한 인간의 특징은 어떤 일에 비겁한 죽음을 택하려는 경향이 있다'고 말이야."

선생은 몸을 앞으로 구부리고 그 종이를 나에게 주었다. 건네준 종이를 읽고는 감사하다고 말하고 나서 그것을 주머니에 넣었다. 이런 수고까지 해주니 참으로 감사하기 짝이 없었다. 정말 그랬다. 그러나 문제는 그때 내가 그다지 주의를 집중하고 싶지 않았다는 것이다. 갑자기 피로가 몰려왔기 때문이다.

그러나 선생은 조금도 피곤하지 않은 것이 분명했다. 무엇보다 그는 꽤 취해 있었다.

"머지않아 너는 네가 가야 할 길을 찾아야 할 거다." 하고 그가 말했다. "그러고 나서는 그곳을 향해 출발하지 않으면 안 될 거야. 그것도 당장에 말이다. 1분의 여유도 없는 거야. 네 경우는 특히 그래."

선생이 내 얼굴을 똑바로 쳐다보았기 때문에 나는 고개를 끄덕였다. 그러나 선생이 무슨 말을 하는지 분명치가 않았다. 무언가 깨달을 수는 있었지만 그때는 그것이 무엇인지 확실하지가 않았다. 너무도 피로했던 것이다.

"이런 말을 하고 싶진 않지만 일단 네가 가고 싶은 길이 분명해지면 우선 학교로 돌아가야 한다. 그렇게 안 하면 안 될 거야. 너는 학생이야. 이런 말이 네 마음에 들지 어떨지 모르겠지만 어쨌든 너는 지식을 사랑하고 있거든. 너도 알게 되겠지만 일단 그 바인스 선생의 구두 표현 과목의 학점만 따면……"

"빈슨 선생이에요." 하고 내가 말했다. 선생은 빈슨 선생을 생각하면서 바인스 선생이라고 말했던 것이다. 도중에 선생의 말을 끊지 말았어야 했다.

"그래. 빈슨 선생이었지. 일단 그 빈슨 선생과 그와 같은 선생들의 과목에서 합격하고 나면 너는 네 가슴에 훨씬 더 친근하게 느껴질 지식에 점점 더 가까이 가게 되는 거야. 물론 자신이 그것을 바라고 기대하고 기다린다는 조건이 따르지. 무엇보다도 네가 인간 행위에 대해 당황하고 놀라고 염증을 느낀 최초의 인간이 아니라는 것을 깨닫게 될 거야. 그런 점에서 너는 혼자가 아니야. 그것을 깨달으면 너는 흥분할 것이고 자극을 받을 거야. 도덕적으로나 정신적으로 네가 현재 겪는 것과 똑같은 고민을 한 사람은 수없이 많아. 다행히 그중 몇몇 사람들은 자기 고민의 기록을 남기기도 했지. 너도 바라기만 하면 거기서 얼마든지 배울 수 있어. 그리고 장차 네가 남에게 줄 수 있으면 네가 그들에게서 배운 것과 마찬가지로 다른 사람도 네게서 배울 수 있다는 거야. 이것이 아름다운 상부상조가 아니겠니? 그런데 이건 교육이 아냐. 역사야, 시야.”

여기서 말을 끊고 선생은 하이볼을 한 모금 들이켰다. 그러고는 다시 말을 이었다. 그는 많이 흥분해 있었다. 선생은 내가 말을 가로채지 않는 것을 기뻐했다.

“교육을 받고 학식이 있는 사람만 이 세상에 가치있는 공헌을 할 수 있다고 말하려는 게 아냐.” 그가 말을 이었다.

“내가 말하려는 것은 교육을 받고 학식이 있는 사람이 밑바탕에 발랄한 재능과 창조력을 가지고 있다면 — 이런 경우는 불행히도 드문데 — 단지 발랄한 재능과 창조력만 가진 사람보다 훨씬 가치있는 기록을 남기기가 쉽다는 거야. 그런 사람은 더 명확하게 자신의 의견을 표현하고 자신의 생각을 끝까지 추구하는 경향이 있지. 그리고 가장 중요한 것은 그런 사람들의 십중팔구는 학식이 없는 사상가들보다 겸손하다는 점이야. 알겠니, 내 말을?"

"네, 알겠습니다."

그런 다음 선생은 또 꽤 오랫동안 아무 말이 없었다. 여러분은 이런 경험이 있는지 모르겠다. 무슨 생각에 잠겨 있는 사람을 보면서 그 사람이 무언가 말해주기를 가만히 앉아 기다리는 것은 꽤 힘겨운 일이다. 이건 정말이다. 나는 하품을 하지 않으려고 무진 애를 썼다. 그렇다고 지루하진 않았다. 정말이다. 그런데 갑자기 졸음이 내게 엄습했다.

"학교 교육은 그 외에도 도움이 되지. 이것을 어느 정도까지 계속하면 자기 머리가 어느 정도인지 알 수 있게 되는 거야. 무엇이 자기 머리에 맞고 또 무엇이 자기 머리에 맞지 않는가를 알 수 있게 된다는 뜻이야. 그리고 얼마 후에는 일정한 크기의 자기 머리에 어떤 종류의 사상을 활용해야 하는지를 알게 될 거다. 그리고 또 하나, 자기에게 맞지 않는 사상을 일일이 시험해보는 데 드는 막대한 시간을 절약해주지. 자신의 진정한 용량을 알게 되고 거기에 따라 자기 머리를 활용하게 되지."

그때 나는 별안간 하품을 하고 말았다. 이 얼마나 무례한 바보 짓인가. 하지만 어쩔 수가 없었다.

그러나 앤톨리니 선생은 웃었을 뿐이다. "자아!" 하고 말하고 선생은 자리에서 일어났다. "이제 잠자리를 만들자."

나는 선생의 뒤를 따라갔다. 선생은 옷장으로 가서 맨 위 선반에 있는 이불과 담요 따위를 내리려고 했다. 그러나 하이볼이 든 유리잔을 들고 있었기 때문에 그것들을 내릴 수가 없었다. 그러자 선생은 하이볼을 다 마시고 빈 잔을 바닥에 내려놓고 나서 침구를 내렸다. 나는 그것을 침대 의자까지 운반하는 것을 도왔다. 잠자리는 둘이서 만들었지만 선생은 건성이었다. 무엇이든 제대로 놓지를 못했다.

그러나 나는 상관하지 않았다. 선 채로라도 잠들 수 있을 만큼 피로했기 때문이다.

"네 걸 프렌드들은 어떤 아이들이냐?"

"그저 그런 애들이에요." 정말 멋없는 답변이었지만 어쩐지 나는 말할 기분이 아니었다.

"샐리는 어때?" 선생도 샐리 헤이스를 알고 있었다. 언젠가 소개한 적이 있었기 때문이다.

"잘 있어요. 오후에 그 애랑 데이트를 했어요." 이거 원, 그것이 마치 20년 전의 일 같았다. "이젠 서로 공통점이 별로 없는 것 같아요."

"참 귀여운 애였지. 그리고 또 한 애는 어떻게 되었니? 언젠가 내게 얘기한 메인주의 그 애 말이다."

"아, 제인 갤러허라는 애 말이죠. 잘 있어요. 내일 전화나 걸어 볼 참입니다."

이젠 잠자리가 다 마련되었다. "이건 전부 너에게 제공하는 거야." 하고 선생이 말했다. "그런데 그 긴 다리를 어떻게 하지?"

"괜찮습니다. 짧은 침대에도 익숙한걸요." 내가 말했다. "고맙습니다. 선생님 부부께서는 오늘 밤 저의 은인이십니다."

"화장실 어딘지 알지? 뭐 필요한 게 있으면 소리를 질러. 난 잠시 부엌에 있을 테니까. 혹시 불빛이 방해가 되지 않을까?"

"아닙니다. 오늘 감사했습니다."

"괜찮아. 잘 자."

"안녕히 주무세요. 감사합니다."

선생은 부엌으로 갔고, 나는 욕실로 들어가 옷이고 뭐고 다 벗었다. 칫솔이 없어서 이는 닦을 수 없었다. 파자마도 없었는데, 앤톨리니 선생이 빌려주는 것을 잊었기 때문에 나는 그냥 거실로 돌아가 의자 침대 옆에 있는 작은 전등을 끄고 팬티 바람으로 이불 속에 들어갔다. 그 침대는 내 키에 비해 너무 짧았지만 나는 정말 선 채로 눈을 감지 않고라도 잘 수 있을 만큼 피로했다.

나는 2, 3초 동안 눈을 뜬 채 앤톨리니 선생이 이야기한 모든 것을 생각해보았다. 자기 자신의 역량을 제대로 알아야 한다는 얘기들을 다시 한번 생각했다는 말이다. 선생은 정말 똑똑한 분이었다. 그러나 도저히 눈을 뜨고 있을 수 없어서 그만 잠들어버리고 말았다.

그러고 나서 어떤 사건이 일어났다. 이건 정말 얘기하기조차 싫다. 나는 갑자기 눈을 떴다. 몇 시인지는 모르겠지만 어쨌든 눈을 떴다. 머리에 무엇이, 아니 사람의 손 같은 것이 와 닿는 것 같았다. 정말이지 난 깜짝 놀랐다. 그것은 다름 아니라 바로 앤톨리니 선생의 손이었다. 선생이 무엇을 하고 있었는가 하면, 캄캄한 어둠 속에서 침대 바로 옆 바닥에 앉아 내 머리통을 더듬고 있었던 것이다. 이거, 원! 나는 1천 피트나 뛰어오를 지경이었다.

"뭘 하고 계세요?" 하고 내가 말했다.

"아무것도 아냐. 그냥 앉아서 감탄하며……"

"도대체 뭘 하시는 거예요?" 나는 다시 말했다. 뭐라고 말해야 할지 몰랐다. 나는 지독히 당황하고 있었다.

"목소리를 낮추는 게 어때? 나는 그냥 여기 앉아서……"

"어쨌든 난 가야겠어요." 나는 정말 초조했다. 어둠 속에서 그놈의 바지를 입기 시작했는데, 어찌나 초조했던지 제대로 빨리 입을 수가 없었다. 나는 학곤가 뭔가 하는 곳에서 어느 누구보다도 변태성욕자들을 많이 알고 있었다. 놈들은 항상 내 주변에서 변태적으로 굴곤 했다.

"가다니, 어디로?" 하고 앤톨리니 선생이 물었다. 선생은 태연하고 냉정한 척하려 했지만, 그다지 냉정하진 못했다. 이건 정말이다.

"역에다 여행 가방이랑 제 짐을 전부 두고 왔어요. 그걸 가지러 가는 게 좋겠어요. 모두 다 그곳에 두었으니까요."

"아침에 가면 되잖아. 자, 다시 자도록 해. 나도 자러 갈 테니까. 대체 왜 그러는 거지?"

"아무것도 아닙니다. 그냥 돈이고 뭐고 다 넣어둔 가방이 하나 있어서요. 곧 돌아오겠어요. 택시를 잡아타고 곧 돌아오겠어요." 그때 난 어둠 속에서 넘어질 뻔했다. "실은 그 돈은 제 것이 아니에요. 엄마의 돈입니다. 그래서 전……"

"홀든, 바보같이 굴지 마. 침대로 다시 돌아가. 나도 자러 갈 테니까. 돈은 내일 아침까지 놔두어도 안전할 거야."

"이건 농담이 아닙니다. 전 정말 가야 합니다. 정말입니다."

옷을 거의 다 입었다. 다만 넥타이가 보이지 않았다. 어디다 두었는지 기억할 수 없었다. 그래서 넥타이는 매지 않은 채 재킷을 입었다. 앤톨리니 선생은 내게서 좀 떨어진 큰 의자에 앉아 나를 지켜보고 있었다. 어두워서 표정은 잘 볼 수 없었지만, 나를 지켜보고 있다

는 것만은 알 수 있었다. 선생은 여전히 술을 마시고 있었다. 그가
자신의 믿음직한 하이볼 잔을 들고 있는 것이 보였다.

"넌 정말 이상하구나!"

"저도 그렇게 생각합니다." 하고 내가 말했다. 더 이상 넥타이를
찾으려고 주위를 돌아보지도 않았다. 넥타이를 매지 않고 그냥 가
기로 했다. "안녕히 계십시오, 선생님." 하고 내가 말했다. "매우 고
마웠습니다. 정말입니다."

현관까지 가는 동안 선생은 바로 내 뒤를 따라 나왔다. 내가 엘리
베이터 벨을 누를 때도 문 입구에 그대로 서 있었다. 그가 한 말이라
곤 다만 "넌 이상한 아이야!"라는 말뿐이었다. 그놈의 엘리베이터
가 올 때까지 선생은 현관 입구에서 기다리고 있었다. 내 평생에 그
때만큼 엘리베이터를 오래 기다린 적은 없었다.

엘리베이터를 기다리는 동안 무슨 말을 해야 할지 몰랐다. 게다
가 선생이 그곳에 꼼짝 않고 서 있었기 때문에 "이제부터 저도 좋은
책을 읽겠습니다. 정말 그럴 예정입니다." 하고 말했다. 무언가 말
해야 했기 때문이다. 성말 난처했다.

"가방을 찾거든 곧바로 돌아와라. 문을 잠그지 않을 테니까."

"고맙습니다. 안녕히 계세요." 드디어 엘리베이터가 왔다. 나는 엘
리베이터를 타고 아래로 내려왔다. 나는 미친 듯이 떨고 있었다. 땀
까지 흘리고 있었다. 그런 변태적인 일이 생기면 나는 바보처럼 땀을
흘리는 것이다. 그런 일은 내가 어렸을 때부터 약 스무 번 정도 있었
다. 난 그런 짓을 참지 못한다.

25

바깥에 나오자 날이 밝아오고 있었다. 몹시 추웠지만 땀을 지독히 흘렸기 때문에 기분은 매우 상쾌했다. 어디로 가야 할지 몰랐다. 또 다른 호텔 같은 데 가서 피비의 돈을 써버리고 싶진 않았다. 그래서 결국 렉싱턴까지 걸어가 그곳에서 지하철을 타고 그랜드 센트럴 역으로 갔다. 내 가방과 소지품이 전부 그곳에 있었을 뿐만 아니라 그곳엔 벤치가 죽 늘어선 대합실이 있었기 때문에 그곳에서 자기로 작정한 것이다. 그래서 계획대로 했다. 얼마 동안은 주위에 사람들도 그리 많지 않고 다리도 올릴 수 있었기 때문에 나쁘지 않았다. 그 이후의 얘기는 그다지 하고 싶지 않다. 별로 좋은 이야기가 아니니까. 꼬치꼬치 따지지 말았으면 좋겠다. 정말이다. 그러면 우울해지니까.

나는 아홉 시경까지밖에 잘 수가 없었다. 수백만의 인파가 대합실로 몰려들어서 다리를 내려놓지 않을 수 없었다. 다리를 바닥에 내려놓고는 잠을 잘 수가 없다. 그래서 하는 수 없이 일어나 앉았는데 그놈의 두통은 조금도 덜해지지 않고 오히려 더 심해졌다. 또 그때처럼 우울해진 적은 내 평생에 한 번도 없었다.

생각하고 싶진 않았지만 앤톨리니 선생을 생각하기 시작했다. 내가 그곳에서 자지 않은 것을 부인이 알게 되었을 때 선생이 뭐라고 말할까 생각했다. 그 점은 그다지 걱정되지 않았다. 앤톨리니 선생은 머리가 아주 좋은 분이니까 적당히 꾸며댈 것이다. 집으로 가버렸다느니 어쩌니 하고 말할 것이다. 그 점은 그다지 걱정되지 않았다.

정말 걱정이 된 것은 내가 왜 눈을 떴으며, 선생이 내 머리를 어루만지고 있는 것을 어떻게 깨닫게 되었는가 하는 점이었다. 다시 말해서 선생이 내게 이상야릇한 짓을 하고 있다고 생각한 것이 잘못된 것은 아니었을까 하는 걱정이었다.

선생은 잠든 아이들의 머리를 어루만지기를 좋아했을 뿐 그 이상 아무것도 아닐지 모른다는 생각이 들었다. 그것을 어떻게 확실히 단정할 수 있는가? 그건 단정할 수 없는 일이다. 나는 아까도 말했듯이 여행 가방을 찾는 길로 다시 되돌아가야 했던 게 아닌가 하는 생각까지 했다. 설혹 선생이 변태라 하더라도 내게 정말 잘해준 것만은 확실하지 않느냐는 생각이 들기 시작했다.

그렇게 늦게 전화했는데도 조금도 귀찮게 여기지 않고, 오고 싶으면 당장 오라고 하지 않았던가. 또 전혀 귀찮게 여기지 않고 자신의 역량을 알아야 한다고 충고하지 않았던가. 전에 말한 제임스 캐슬이라는 애가 추락사했을 때 시체에 가까이 간 사람도 선생뿐이지 않았던가. 나는 여러 가지를 생각했다. 그런데 그런 것들을 생각하면 할수록 더욱 우울해졌다. 선생 댁으로 되돌아가는 것이 옳지 않았나 하는 생각이 들었다. 어쩌면 선생은 별 이유 없이 내 머리를 어루만졌는지도 모른다. 그렇게 생각하자 나는 더욱 우울해지고 머리가 혼란해졌으며 설상가상으로 눈마저 지독히 아팠다. 잠이 너무 부족했기 때문에 눈에 불이 난 것처럼 아팠다. 게다가 감기까지 걸렸는데 손수건 하나 없었다. 물론 여행 가방 안에 몇 개가 들어 있었지만 일부러 보관함에서 꺼내어 여러 사람 앞에서 열어 보이고 싶지는 않았다.

바로 옆 벤치에 누군가 두고 간 잡지가 있었으므로 그걸 읽기 시작했다. 잠시 동안만이라도 앤톨리니 선생과 그 밖의 여러 가지 것들에 대한 생각을 없애줄 것이라고 생각했다. 그러나 내가 읽기 시작한 기사는 마음을 더욱 언짢게 만들었다. 그건 온통 호르몬에 관한 이야기였다. 호르몬의 상태가 좋으면 얼굴이고 눈이고 모두 어떻게 보이는가에 대해 자세히 기술하고 있었는데, 나는 전혀 그렇지 않았다. 내 꼴은 그 기사에 쓰여 있는 호르몬 상태가 나쁜 인간과 흡사했다. 그래서 이번에는 호르몬에 대해 걱정하기 시작했다.

이번엔 다른 기사를 읽었는데, 거기에는 암에 걸렸는지 알 수 있는 방법이 쓰여 있었다. 입 안에 쉽게 낫지 않는 염증이 있으면 암이 생겼을지도 모르는 징조라는 것이었다. 그런데 내 입술 안쪽에 난 염증은 2주일이나 된 것이었다. 그래서 암에 걸렸구나 하는 생각을 하게 되었다. 그놈의 잡지는 기분을 암울하게 했다.

잡지 읽기를 멈추고 밖으로 산책을 하러 나왔다. 이제 암에 걸렸으니 기껏해야 한두 달 살다가 죽을 것이라는 생각이 들었기 때문이다. 정말 그렇게 생각했다. 그다지 유쾌한 기분은 아니었다.

비라도 내릴 것 같은 날씨였다. 그래도 나는 그냥 산책하러 나섰다. 우선 아침밥을 먹어야겠다고 생각한 것도 산책을 나선 이유 중의 하나였다. 배는 고프지 않았지만 그래도 무언가 먹어야겠다고 생각했다. 적어도 비타민을 함유한 음식을. 그래서 싸구려 식당이 있는 동쪽을 향해 걷기 시작했다. 돈을 많이 쓰고 싶지 않았기 때문이다.

걷는 도중 두 사나이가 트럭에서 커다란 크리스마스 트리를 내리고 있는 곳을 지나갔다. 그중 한 사람이 상대방에게 "이 쌍것을 들어올려! 들어올리라니까! 씨팔!" 하고 소리를 질렀다. 크리스마스 트리에 대해 사용하는 말치고 그다지 찬란하지는 않았다. 대단히 우스꽝스럽기까지 했다. 그래서 난 좀 웃기 시작했다.

그것은 내가 저지른 가장 큰 실수였다. 왜냐하면 웃기 시작하자 토할 것 같았기 때문이다. 정말이다. 막 구토가 시작되었는데 겨우 꿀꺽 참고 위기를 넘겼다. 왜 그랬는지 난 모른다. 그렇다고 내가 무슨 비위생적인 음식 따위를 먹은 것도 아니고 내 위장은 매우 튼튼한 편이다. 어쨌든 토하지 않고 견뎠다. 무언가 먹으면 기분이 한결 나아지리라는 생각이 들었다.

그래서 싸구려로 보이는 식당에 들어가 도넛과 커피를 주문했다. 그러나 도넛은 먹지 않았다. 도무지 삼킬 수가 없었다. 사실 우울할 때는 음식이 목구멍으로 잘 넘어가지 않는다. 웨이터는 매우 좋은 놈이었다. 돈을 받지 않고 그것을 도로 가져갔다. 나는 커피만 마시고 그곳을 나와 5번가를 향해 걷기 시작했다.

그날은 월요일인 데다가 크리스마스도 가까웠기 때문에 가게는 전부 문을 열었다. 그래서 5번가를 걷는 것이 그다지 나쁘지는 않았다. 꽤 크리스마스 분위기가 감돌았다. 길모퉁이에는 털북숭이 산타클로스가 서서 종을 치고 있었고, 구세군에 소속된 여자들, 그러니까 루즈 따위를 하나도 바르지 않은 여자들도 종을 치고 있었다. 나는 전날 아침 식사 때 만난 그 두 수녀가 있을까 하고 주위를 살펴보았지만 그들의 모습은 보이지 않았다. 보이지 않으리라는 건 알고 있었다. 교편을 잡기 위해 뉴욕에 왔다고 그랬으니까. 그래도 그 두 사람을 찾으면서 걸었다.

거리는 그야말로 크리스마스 열기가 넘치고 있었다. 아이들이 수백만 명은 되었는데, 그들은 엄마와 함께 시내에 들어와 버스를 타고 내리며 가게에 드나들고 있었다. 피비가 곁에 있었으면 싶었다. 그 애는 이제 장난감 상점에 들어가서 미친 듯이 날뛸 그런 나이는 지났지만 그래도 돌아다니면서 사람들의 물결을 구경하는 걸 좋아하는 편이었다. 재작년 겨울이던가? 그 애를 데리고 물건을 사러 시내에 나왔을 때 굉장히 재미있었는데⋯⋯

블루밍데일 상점에서였다고 기억된다. 우리는 구두 코너로 가서 피비가 비바람이 심할 때 신는 신발을 고르는 척했다. 구두끈 매는 구멍이 1백만 개나 있는 그런 구두 말이다. 그 애는 가엾은 점원을 미치게 만들었다. 피비가 한 스무 켤레 정도는 신어보았던 것이다. 그때마다 점원은 구두끈을 위까지 전부 끼워주어야 했다. 그건 약간 치사한 장난이었지만 피비는 무척 재미있어 했다. 그런데도 점원의 태도는 친절했다. 우리가 장난 삼아 하는 짓이라는 걸 알고 있었음에 틀림없다. 왜냐하면 피비가 줄곧 킥킥거리고 있었기 때문이다.

어쨌든 나는 넥타이고 뭐고 아무것도 매지 않고 5번가를 향해 계속 걸었다. 그런데 갑자기 도깨비 같은 일이 일어나기 시작했다. 길모퉁이에 이르러 차도에 발을 내디딜 때마다 도저히 길 건너편까지 건너갈 수가 없을 것 같은 생각이 드는 것이었다. 몸이 자꾸만 아래로 곤두박질쳐서는 아무도 나를 두 번 다시 보지 못하게 되리라는 생각이 들기 시작했다. 정말 겁이 났다. 상상할 수 없을 것이다. 나는 바보처럼 땀을 흘리고 있었다. 와이셔츠고 내의고 온통 땀에 흠뻑 젖어 있었다.

그때부터 엉뚱한 짓을 하기 시작했다. 길모퉁이에 이를 때마다 나는 동생 앨리에게 말하고 있다는 착각에 빠졌던 것이다. "앨리, 나를 사라지게 하지 마. 앨리, 나를 사라지게 하지 마. 앨리, 제발 나를 사라지게 하지 마." 하고 말했다. 그래서 내가 사라지지 않고 길 건너편에 당도하자 나는 앨리에게 고맙다고 말했다. 그런데 다음 길모퉁이에 이르면 즉시 똑같은 일이 일어나곤 했다. 그래도 계속 걸어갔다. 걸음을 멈추기가 겁났던 모양이다. 사실은 잘 기억할 수가 없다. 동물원을 지나 60번가를 쭉 올라가서야 걸음을 멈춘 것을 기억한다. 그곳까지 가서 나는 벤치에 앉았다. 나는 숨도 제대로 쉴 수 없었다. 여전히 바보처럼 땀을 흘리고 있었다.

나는 그곳에 한 시간 가량 앉아 있었을 것이다. 드디어 결심한 것이 있었는데, 그것은 어딘가 멀리 가버리자는 것이었다. 집에 돌아가지 않고 다른 학교에도 가지 않기로 결심했다. 피비만 만나서 잘 있으라고 말하고 크리스마스 용돈을 돌려주고 차를 얻어 타고 서부로 떠나자고 결심했다. 우선 홀랜드 터널까지 가서 그곳에서 무임 승차한 다음 다음 역에서 다른 차로 갈아타고 가면 며칠 안으로 서부의 어느 곳엔가 도착할 것이다.

그곳은 매우 아름답고 햇볕이 따스할 것이고, 나를 알아볼 사람은 하나도 없을 것이다. 그러니까 그곳에서 일자리를 구하는 것이다. 주유소에서 차에 휘발유를 넣어주고 오일을 칠하는 자리를 구할 수 있을 것이다. 어떤 일이건 개의치 않겠다. 다만 아무도 나를 모르고 나도 아는 사람이라곤 아무도 없는 곳이면 된다.

그곳에서는 귀먹은 벙어리 행세를 할 참이었다. 그러면 누구하고도 쓸데없는 어리석은 대화를 하지 않아도 된다. 누구든 내게 말하고 싶은 게 있으면 용건을 종이 쪽지에 써서 보이지 않으면 안 될 것이다. 얼마 후엔 그렇게 하는 것도 귀찮아질 테니까 나는 평생 동안 누구와도 말하지 않은 채 지내게 될 것이다. 모두 나를 가련한 귀먹은 벙어리로 여기고 나 혼자 있게끔 내버려둘 것이다. 차에 휘발유나 오일을 넣으면 그들은 대가를 지불할 것이고 나는 내가 번 돈으로 조그만 집을 짓고 거기서 죽을 때까지 살 것이다.

그런데 오두막은 숲 가까이 있는 게 좋다. 숲속은 좋지 않다. 왜냐하면 오두막에 늘 햇빛이 비치도록 하고 싶기 때문이다. 음식은 나 혼자서 요리할 것이고, 그 후 결혼이라도 하고 싶으면 나와 똑같이 귀여운 귀먹은 벙어리 여자를 만나 결혼할 것이다. 여자는 내 오두막에 와서 같이 살게 된다. 내게 말하고 싶은 것이 있으면 그녀도 다른 사람처럼 종이 쪽지에 그것을 써야 한다. 어린애가 생기면 우리는 그 애를 어딘가에 감춰둘 것이다. 그리고 책을 많이 사주고, 우리힘으로 읽기와 쓰기를 가르쳐줄 것이다.

이런 생각을 하고 있는 동안 나는 지독히 흥분했다. 정말 흥분했다. 귀먹은 벙어리 시늉을 한다는 것은 미친 짓임을 알고 있었지만, 그래도 그것을 생각하니 무척 즐거웠다. 어쨌든 서부로 가겠다고진심으로 결심했다. 맨 먼저 피비에게 작별 인사를 하고 싶었다. 그래서 나는 미친 사람처럼 갑자기 길을 건너갔다. 사실 말이지 그때나는 차에 치여 죽을 뻔했다.

나는 곧 문방구점에 들어가 편지지와 연필을 샀다. 내 생각은 이랬다. 피비에게 잘 있으라는 말을 하고 크리스마스 용돈을 돌려주기 위해 둘이 만날 장소를 알리는 편지를 쓴다. 그리고 그것을 피비가 다니는 학교로 가지고 가 교장실에 근무하는 사람을 통해 피비에게 전하자는 것이었다. 그래서 나는 편지지와 연필을 주머니에넣자마자 피비가 다니는 학교까지 죽어라고 달렸다. 너무 흥분해서문방구점에서는 편지 같은 걸 쓸 수가 없었다. 피비가 점심을 먹으러 집으로 가기 전에 그 편지를 주고 싶었는데 남은 시간이 별로 없어서 그처럼 서둘렀던 것이다.

학교가 어디 있는지는 물론 잘 알고 있었다. 바로 내가 어렸을 때다닌 학교였기 때문이다. 학교에 도착하자 내 기분은 좀 이상했다. 내부가 어떻게 되어 있었는지는 분명히 잊었을 거라 생각했는데, 그렇지가 않았다. 내가 다녔을 때와 똑같았다. 옛날과 다름없이 실

내 경기장이 있었고 그 안은 여전히 어두웠다. 공이 날아와 맞아도 깨지지 않도록 전구마다 그물을 씌워놓았기 때문이다. 마룻바닥에는 경기를 하기 위해 흰 페인트로 원이 그려져 있었는데 그것까지 똑같았다. 또한 그물이 없는 농구대도 예나 지금이나 다름이 없었다. 백보드와 쇠로 된 링뿐이었다.

그 주위엔 아무도 없었다. 휴식 시간도 아니었고, 아직 점심 시간도 되지 않았기 때문에. 내가 본 것은 어린 학생 하나뿐이었다. 흑인 학생인데 화장실에 가는 길이었다. 옛날에 우리가 그랬던 것처럼 그 애는 화장실에 가도록 허락을 받았다는 나무 판대기 조각을 바지 뒷주머니에 위가 보이도록 찔러 넣고 있었다.

나는 여전히 땀을 흘리고 있었지만 이젠 그다지 심하지 않았다. 계단 있는 쪽으로 가서 맨 아래 계단에 주저앉아 아까 산 편지지와 연필을 꺼냈다. 계단에서도 내가 다닐 때와 같은 냄새가 풍겼다. 누가 오줌을 깔긴 것 같은 그런 냄새 말이다. 학교 계단이란 늘 그런 냄새를 풍기는 법이다. 거기에 앉아서 다음과 같이 썼다.

　사랑하는 피비에게

　이젠 수요일까지 기다릴 수가 없어서 오늘 오후 무임승차로 서부로 떠나야 할 것 같다. 그러니까 12시 15분 미술박물관 입구에서 만나자. 네 크리스마스 용돈을 돌려줄게. 아직 많이 쓰지 않았으니까⋯⋯

　── 너를 사랑하는 오빠, 홀든

피비의 학교는 박물관 바로 옆에 있었기 때문에 점심 먹으러 집으로 돌아갈 때는 거기를 지나가야 했다. 그래서 틀림없이 그 애를 만날 수 있다는 것을 알고 있었다.

그런 다음 나는 누군가에게 편지를 주어 피비에게 전달하게 하려고 계단을 올라가 교장실로 걸어갔다. 쪽지는 아무도 뜯지 못하도록 열 번이나 접었다. 학교라는 곳엔 믿을 놈이 아무도 없는 법이다. 그러나 내가 피비의 오빠라는 것을 알면 틀림없이 그 애에게 전달하리라는 건 알고 있었다.

계단을 올라가는 도중 갑자기 다시 토할 것 같았다. 결국 토하지는 않았다. 잠시 앉아 있었더니 기분이 한결 나아졌다. 그런데 거기 앉아 있는 동안 나는 사람을 미치게 하는 것을 목격했다. 누군가가 벽에다 '씹하자'라고 낙서를 해놓았던 것이다. 이건 사람 미치게 하는 것이다. 피비나 다른 어린애들이 이것을 어떻게 볼 것인가. 그 애들은 그것이 무슨 뜻인지 궁금할 것이다. 어떤 치사한 자식이 그 뜻을 왜곡해서 가르쳐주는 것은 아닐까 하는 생각까지 들었다. 그러면 아이들은 그것을 생각하고 며칠 동안 걱정에 휩싸일 것이다.

나는 그것을 쓴 놈을 죽이고 싶다는 생각을 계속했다. 어떤 변태 성욕자가 밤중에 소변을 보려고 학교에 몰래 들어와 벽에다 그런 낙서를 한 것이 아닐까. 나는 그놈이 그것을 쓰고 있는 현장을 잡아 피투성이가 되어 뻗을 때까지 놈의 머리를 돌계단에 짓이기는 내 모습을 상상해보았다. 그러나 내게는 그럴 만한 용기가 없음을 잘 알고 있었다. 그것은 확실히 알고 있었다. 그래서 더욱 우울해지고 말았다. 사실, 그것을 손으로 문질러 지울 만한 용기조차 없었다. 그걸 지우다가 선생에게 들키면 그들은 내가 쓴 것이라고 생각할지 모르기 때문이다. 그러나 나는 결국 그것을 지워버리고 말았다. 그러고 나서 교장실을 향해 계단을 올라갔다.

교장은 보이지 않았다. 그 대신 백 살은 되어 보이는 늙은 여자가 타자기 앞에 앉아 있었다. 나는 4B-1에 있는 피비 콜필드의 오빠라고 말하고 그 애에게 편지를 전달해달라고 부탁했다. 이것은 중요한 편지이며 엄마가 아파서 피비의 점심을 준비하지 못했기 때문에 내가 피비와 만나 드럭 스토어로 점심을 같이 하러 가야 한다고 말했다. 그 늙은 부인은 몹시 친절하게 대해주었다. 내게서 편지를 받은 후 옆방의 또 다른 부인을 불러 그 부인이 편지를 전하도록 조치해주었다.

그러고 나서 백 살은 되어 보이는 그 부인과 나는 잠시 잡담을 나눴다. 그 부인은 정말 친절했기 때문에 나는 내가 이 학교에 다녔으며 내 형도 이 학교에 다녔다는 이야기를 했다. 지금 어느 학교에 다니냐고 묻길래 펜시에 다닌다고 말했다. 그 부인은 펜시는 참 좋은 학교라고 말하는 것이었다. 속으로는 그 부인의 그릇된 견해를 고쳐주고 싶다는 생각이 간절했지만 그럴 만한 능력이 내게는 없다고 생각했다. 게다가 그 부인이 펜시가 참 좋은 학교라고 생각하는 이상 그렇게 내버려두는 것이 좋으리라는 생각이 들었다. 백 살 가량 된 사람에게 새로운 것을 말한다는 게 어쩐지 싫었다. 상대는 그런 말을 듣는 걸 싫어할 테니 말이다.

얼마 후 그곳을 떠났는데, 정말 웃겼다. 그 부인이 내게 "행운을 빌어요!" 하고 말하는 것이었다. 내가 펜시를 떠날 때 스펜서 선생이 말한 것과 똑같은 말이었다. 어디로 떠날 때 누가 내게 '행운을 빌어!' 하고 말하는 것은 정말 질색이다. 그야말로 우울해지고 만다니까.

나는 올라올 때와 다른 계단으로 내려갔다. 그쪽 벽에도 '씹하자'라고 쓰여 있었다. 나는 또다시 손으로 문질러버리려 했지만 이번에는 칼 같은 것으로 새겨져 있어 지울 수 없었다. 쓸데없는 일이었다. 가령 백만 년을 걸려 지우러 다닌다 해도 온 세계의 '씹하자'라는 낙서의 반도 지울 수 없을 것이다. 그건 도저히 불가능하다.

운동장의 시계는 아직 열한 시 사십 분을 가리키고 있었으니까 피비와 만날 때까진 아직 상당한 시간을 혼자 보내야 했다. 어쨌든 박물관까지 걸어갔다. 달리 갈 곳이 없었기 때문이다. 도중에 공중전화 부스에 들어가 서부로 떠나기 전 제인 갤러허에게 전화나 걸어볼까 하고 생각했지만 그럴 기분이 나지 않았다. 무엇보다 그녀가 과연 집에 돌아왔는지가 확실치 않았다. 그래서 나는 박물관까지 가서 그곳에서 서성거리고 있었다.

내가 박물관 입구 바로 안쪽에서 피비를 기다리며 서성거리고 있을 때 조그만 어린애 둘이 내 곁으로 와서, 미라 있는 곳이 어디냐고 물었다. 그중 한 아이의 바지 앞이 열려 있었다. 내가 그것을 지적해주었더니 그 애는 내게 질문하던 그 자리에서 그냥 단추를 채우는 것이었다. 기둥 뒤라든가 그럴 만한 곳으로 갈 생각도 하지 않았다. 여느 때 같으면 웃었을 테지만 웃으면 다시 토하지나 않을까 겁이 났다. "미라는 어디 있나요? 알고 계세요?" 하고 그 아이가 다시 물었다.

나는 이 아이들을 상대로 잠깐 농담을 나누었다. "미라라니? 그게 뭐지?" 하고 내가 한 아이에게 물었다.

"모르세요? 미라 말이에요. 그 죽은 것 말이에요. 툰(toon) 속에 있는."

툰이라니? 여기엔 손 들고 말았다. 그 애는 무덤(tomb)을 생각하고 말한 것이었다.

"너희들은 왜 학교에 가지 않았니?"

"오늘은 수업이 없어요." 처음부터 말하고 있던 놈이 또 대답했다. 그놈은 거짓말을 하고 있었다. 그건 틀림없었다. 그러나 피비가 올 때까지 달리 할 일도 없었기 때문에 그들에게 미라 있는 곳을 찾아주기로 했다. 전에는 미라가 어디 있는지 잘 알고 있었지만 이제는 이 박물관에 와본 지도 여러 해가 지난 터였다.

"너희들은 미라가 그렇게 재미있니?" 하고 내가 물었다.

"물론이죠."

"네 친구는 말할 줄 모르니?"

"애는 친구가 아니고 내 동생이에요."

"말을 못 하니?" 나는 아까부터 한마디도 하지 않는 아이 쪽을 바라보며 "넌 전혀 말을 못 하니?" 하고 물었다.

"아뇨." 하고 그 애가 말했다. "말하고 싶지 않아요."

드디어 미라가 있는 장소를 발견했다. 그리고 우리는 그곳으로 들어갔다.

"너희들, 이집트 사람들이 죽은 사람을 어떻게 파묻는지 아니?" 하고 내가 한 아이에게 물었다.

"몰라요."

"그럼 가르쳐줄게. 이건 참 재미있단다. 비밀의 약을 바른 헝겊으로 죽은 사람의 얼굴을 싸는 거야. 그렇게 하면 무덤 속에 몇천 년 파묻어놓아도 얼굴이 썩지 않거든. 그 방법은 이집트 사람 이외엔 아무도 몰라. 현대 과학도 모른다고."

미라가 있는 장소에 가기 위해서는 파라오의 무덤에서 가져온 돌이 양쪽에 쌓여 있는 아주 좁은 복도 같은 곳을 통과하지 않으면 안 된다. 그곳은 유령이 나올 것 같은 기분 나쁜 곳인데 내가 데리고 간 두 수재들은 그다지 재미있어 하지 않았다. 그 애들은 내게 찰싹 달라붙어 있었는데, 전혀 말을 하지 않다시피 하던 애가 자기 형에게 "우리 가자. 난 벌써 다 봤어." 하고 말하고는 온 길을 되돌아 달아나버렸다.

그러더니 "동생은 겁이 많아요. 안녕." 하고 형도 돌아서서 도망쳐버리는 것이었다.

이렇게 되자 나는 무덤 속에 혼자 남게 되었다. 어쩐지 그 상태가 마음에 들었다. 참으로 아늑하고 기분이 좋았기 때문이다. 그때 내가 벽에서 무엇을 보았는지 아마 상상할 수도 없을 것이다. 돌이 쌓여 있는 바로 밑, 그러니까 밑부분 유리벽에 빨간 크레용 같은 것으로 '씹하자'라고 쓰여 있었다.

문제 중의 문제다. 아늑하고 평화로운 장소는 절대로 찾을 수 없다. 그런 곳은 없으니까. 그런 곳이 있다고 생각할지 모르지만, 그런 곳에 가면 우리가 보고 있지 않은 틈을 타서 누군가 살그머니 바로 코 밑에다 '씹하자'라고 써놓고 간다. 이따금 시험해보라. 내가 죽어 무덤에 파묻히고, 비석 따위가 세워져 그 위에 '홀든 콜필드'라는 이름이 쓰여지고 나면, 어느 해에 나서 어느 해에 죽었다는 날짜 바로 밑에 누군가 슬쩍 '씹하자' 하고 써놓는 게 아닌가 하는 생각이 든다. 그건 단언할 수 있는 일이다.

미라가 있는 방에서 나오자 화장실에 가야만 했다. 나는 약간 설사를 하고 있었다. 설사는 대단하지 않았지만 연이어 다른 일이 일어났다. 화장실에서 나오다가 문에 닿기 직전 정신을 잃고 말았다. 그래도 운이 좋았다. 바닥에 옆으로 쓰러졌기에 망정이지 그렇지 않았다면 나는 하마터면 죽을 뻔했던 것이다. 웃기는 것은 아찔해서 쓰러지고 나자 기분이 좋아졌다는 것이다. 쓰러지는 바람에 팔이 좀 아팠지만 어지럼증은 없었다.

그때가 열두 시 십 분경이었기 때문에 나는 문으로 돌아가 그곳에 서서 피비가 오기를 기다렸다. 피비를 만나는 것도 이것이 마지막이 될지 모른다. 말하자면 살붙이를 만나는 일 말이다. 언젠가 다시 만나게 될지 모르겠지만 그것도 몇 해 동안은 어려울 것이다. 서른다섯 살쯤 되면 돌아오게 될지 모른다. 그것도 누군가 병에 걸려 죽기 전에 나를 보고 싶어한다면 말이다. 그런 일이 없는 한 나는 오두막을 버리고 되돌아오지 않을 것이다.

내가 되돌아올 때의 광경까지 상상하기 시작했다. 엄마는 극도로 흥분해서 분명히 울 것이다. 오두막에 돌아가지 말고 집에 있으라고 애원하겠지만 나는 기어코 돌아갈 것이다. 극히 냉정한 태도로 말이다. 나는 엄마를 달래어 진정시키고는 거실 저쪽으로 가서 담배 케이스를 집어들고 담배에 불을 당긴다. 지극히 냉담하게. 그리고 엄마에게 혹시 오고 싶다면 언제든지 나를 찾아오라고 말하겠지만, 그렇다고 꼭 와달라고 말하진 않을 것이다.

그러나 피비에게는 여름방학이나 크리스마스 휴가나 부활절 휴가 동안 내게 놀러 오게끔 할 것이다. 또한 D.B.에게는 집필하기 위해 아담하고 조용한 집이 필요하면, 잠시 나를 찾아오게 한다. 내 오두막에서는 단편이나 소설은 쓸 수 있지만 영화 시나리오는 쓸 수 없다. 또 나를 찾아온 이상 누구도 엉터리 짓은 할 수 없다는 규칙을 지켜야 한다. 누구든 엉터리 짓을 하면 당장 쫓아내기로 한다.

체크룸에 있는 시계는 벌써 한 시 이십오 분을 가리키고 있었다. 그 늙은 부인이 다른 부인에게 내 편지를 피비에게 전달하지 말라고 말한 것은 아닌가 하는 생각이 들어 불안해지기 시작했다. 혹은 태워버리라느니 하는 따위의 지시를 했을지도 모른다. 정말 걱정스러워졌다. 여행을 떠나기 전에 꼭 피비를 만나고 싶었다. 그 애의 크리스마스 용돈을 내가 가지고 있었기 때문이다.

마침내 피비가 보였다. 유리문을 통해 그 애를 보았다. 피비는 내가 준 유별난 사냥모자를 쓰고 있어서 쉽게 알아볼 수 있었다. 정말이지, 그 모자는 10마일쯤 떨어진 곳에서도 보였다.

나는 밖으로 나가서 돌계단을 내려가 피비를 맞이하러 갔다. 내가 도저히 이해할 수 없었던 것은 피비가 여행 가방을 들고 있었다는 사실이다. 마침 5번가를 횡단하고 있었는데, 큰 여행 가방을 질질 끌다시피 하면서 들고 오고 있었다. 아니 질질 끌 수도 없는 형편이었다. 가까이 가 보니 그것은 내 헌 여행 가방이었는데, 내가 후턴에 다닐 때 쓰던 것이었다. 그 가방을 어찌할 셈인지 도무지 알 수 없었다. "안녕." 하고 피비는 가까이 다가와서 말했다. 이런 빌어먹을 가방을 가져오느라 숨을 헐떡이고 있다니.

"네가 오지 않는 줄 알았어." 하고 내가 말했다. "그 가방엔 뭐가 들어 있니? 난 아무것도 필요치 않아. 그냥 떠날 거야. 역에 맡겨둔 가방도 가져가지 않을 생각이야. 대체 뭐가 들었니?"

피비는 가방을 내려놓았다. "내 옷이야." 하고 피비가 말했다. "나도 오빠하고 같이 갈 테야. 괜찮아?"

"뭐라고?" 이 말을 들었을 때 나는 졸도할 뻔했다. 정말 그랬다. 어지러웠다. 나는 또다시 기절하는 게 아닌가 하는 생각이 들었다.

"찰린에게 들키지 않으려고 뒤편 엘리베이터로 내려왔어. 무겁지 않아. 안에 든 것은 드레스 두 벌과 모카신과 내의와 양말, 그리고 그 밖의 몇 가지뿐이야. 들어봐, 무겁지 않으니까. 한번 들어봐. 같이 가도 되지? 오빠, 괜찮지?"

"안 돼, 닥쳐."

나는 기절할 것 같았다. 나는 피비에게 닥치라고 말할 생각은 없었다. 그러나 정신이 아득해지는 기분이 들었다.

"왜 안 돼? 오빠, 부탁이야. 아무것도 안 할 테니까. 따라가기만 할게. 그뿐이야. 옷도 오빠가 가져가지 말라면 안 가져갈게. 다만 내……"

"아무것도 가져가지 마. 너는 가지 않을 거니까. 조용히 해!"

"오빠, 부탁해. 나도 갈래. 정말이야. 난 오빠에게 조금도……"

"넌 가지 않는 거야. 조용히 해. 그 가방은 이리 내놔." 이렇게 말하고 가방을 피비에게서 받았다. 나는 피비를 한 대 갈길 뻔했다. 한 순간 그 애를 때려줄까도 생각했다. 정말 그랬다.

　피비는 울기 시작했다.

　"너는 학교 연극에 나가기로 되어 있잖니? 그 연극에서 베네딕트 아널드 역을 맡았잖아?" 하고 나는 말했다. 심술궂은 말투로 "어떻게 할 생각이야? 연극엔 나가고 싶지 않은 거야? 연극에 나가지 않겠다는 거야?" 하고 말하자 피비는 더욱 요란하게 울었다. 기분이 좋았다. 별안간 피비의 눈이 통통 붓도록 그 애를 울리고 싶어졌다. 그 애가 밉기까지 했다. 만일 나와 함께 간다면 그 애는 연극에 참여하지 못하게 될 것이다. 그 때문에 그 애가 미웠다.

　"이제, 가자." 하고 내가 말했다. 그리고는 박물관의 계단을 올라가기 시작했다. 내 계획은 그 애가 가져온 그놈의 가방을 휴대품 보관소에 맡기자는 것이었다. 그러면 방과 후 세 시경에 그것을 찾을 수 있을 것이다. 그 애가 그 가방을 든 채 학교에 갈 수는 없었다. "자아, 가자." 하고 나는 다시 말했다.

　그러나 피비는 내 뒤를 따라오려 하지 않았다. 나는 혼자 올라가서 휴대품 보관소에 가방을 갖다 맡겼다. 피비는 여전히 보도 위에서 있었는데, 내가 옆으로 다가가자 휙 돌아서버렸다. 피비는 그런 짓을 할 수 있는 아이였다. 하고자 하면 사람에게 등을 돌릴 수도 있었다.

　"난 아무 데도 가지 않아. 마음이 변했어. 그러니까 울지 말고 가만히 있어." 우스운 것은 내가 이렇게 말하자 피비가 울음을 그쳤다는 것이다. 나는 "자아, 학교까지 데려다주마. 자, 어서, 늦겠다." 하고 말했다.

피비는 아무 대꾸도 하지 않았다. 그 애의 손을 잡으려 했지만 그 애는 허락하지 않았다. 나에게 등을 돌리고 있을 뿐이었다.

"점심 먹었니? 아직 안 먹었지?" 하고 내가 물었다.

피비는 내 말에 대답하지 않았다. 그리고 내가 준 그 빨간 사냥모자를 벗어서 내 얼굴에다 팽개쳤다. 그러고 나서 다시 내게 등을 돌리고 말았다. 이건 나를 죽을 지경으로 만드는 짓이었지만 나는 아무 말도 하지 않았다. 다만 모자를 집어 내 외투 주머니에 집어넣었다.

"자, 가자. 학교까지 데려다줄게." 내가 다시 말했다.

"학교에 돌아가지 않을 테야."

그 애가 이렇게 말했지만 나는 뭐라고 말해야 할지 몰랐다. 2, 3분 동안 잠자코 그곳에 서 있을 뿐이었다.

"학교에 돌아가야 돼. 연극에 나가고 싶지 않니? 베네딕트 아널드 역을 하지 않을 거야?"

"안 해."

"아냐. 하고 싶을 거야. 틀림없이. 자, 같이 가자." 하고 내가 말했다. "나는 아무 데도 가지 않아. 내가 아까도 말했잖아? 집으로 갈게. 네가 학교로 돌아가면 나는 곧 집으로 돌아갈 테다. 우선 역에 가서 짐을 찾은 다음 곧장……"

"학교엔 가지 않겠다고 했잖아? 오빠는 오빠 하고 싶은 대로 해. 난 학교엔 돌아가지 않을 거야." 하고 피비가 말했다. "그러니까 잠자코 있어." 그 애에게서 잠자코 있으란 말을 듣기는 이번이 처음이었다. 무서웠다. 정말 무섭게 들렸다. 욕 먹는 것보다 더욱 무서웠다. 그 애는 여전히 나를 쳐다보려고도 하지 않았고 내가 어깨에다 손을 얹으려 하면 뿌리치고 마는 것이었다.

"그럼 산책 좀 할까?" 하고 내가 물었다.

"동물원까지 산책할래? 오늘 오후에는 학교에 가는 것은 그만두고 산책이나 하자. 그러면 그렇게 고집부리지 않겠지?"

피비가 대꾸하지 않았기 때문에 나는 다시 되풀이해서 말했다. "학교를 땡땡이치고 산책이라도 좀 하면 그렇게 고집부리지 않겠지? 내일은 착한 애가 되어 학교에 가겠지?"

"갈지도 모르고 안 갈지도 몰라." 하고 피비가 말했다. 그러고는 길을 건너 쏜살같이 달려갔다. 자동차가 오고 있는지 살피지도 않고 마구 달려가는 것이었다. 그 애는 이따금 미치광이가 될 때가 있다.

그러나 나는 뒤쫓아가지 않았다. 그 애가 내 뒤를 쫓아올 것임을 알고 있었기 때문이다. 그래서 그 거리의 공원 쪽, 그러니까 동물원을 향해 시내 쪽으로 걷기 시작했다. 피비는 내게 눈길을 주지 않았지만 곁눈으로 내가 어디로 가는지 주의 깊게 보고 있는 것이 분명했다. 어쨌든 우리는 그런 식으로 동물원까지 걸어갔다. 곤란했던 것은 2층 버스가 지나갈 때였다. 길 건너편이 전혀 보이지 않아서 피비가 어디 있는지 알 수가 없었다.

동물원 앞에 왔을 때 나는 큰 소리로 외쳤다. "피비, 나 동물원에 들어간다. 너도 와!" 피비는 나를 쳐다보지도 않았다. 그러나 내 소리를 들은 것이 분명했기 때문에 나는 동물원으로 들어가는 계단을 내려가면서 뒤를 돌아다보았다. 아니나다를까 피비는 길을 건너 내 뒤를 따라오고 있었다.

날씨가 거지 같아서 동물원에는 사람이 많지 않았다. 그러나 물개가 노는 연못가에는 그래도 몇 사람이 모여 있었다. 나는 그 옆을 지나쳤지만 피비는 발을 멈추고 물개가 먹이를 받아 먹는 것을 바라보았다. 어떤 남자가 물개에게 고기를 던져주고 있었다. 그래서 나는 그곳으로 되돌아갔다. 나는 피비와 합세할 수 있는 좋은 기회라 생각하고 가까이 다가가서 그 애 어깨에다 손을 얹으려 했다. 그러나 피비는 무릎을 굽히더니 내 손에서 빠져 나가는 것이었다. 그 애는 하고자 하면 망나니처럼 군다. 물개가 먹이를 먹는 동안 피비는 줄곧 그곳에 서 있었다. 나도 바로 뒤에 서 있었지만 다시 그 애 어깨 위에 손을 얹으려 하지 않았다. 그랬다가는 피비가 정말 내게서 도망칠지도 모르니까. 어린애란 정말 우습다. 그러니까 우리는 우리의 처신에 주의하지 않으면 안 된다.

물개 옆을 떠나서도 피비는 나란히 걸으려 하지 않았다. 그렇다고 멀리 떨어져서 걷는 것도 아니었다. 그러니까 피비는 인도의 저편을, 나는 이편을 걸어간 셈이다. 그다지 좋은 기분은 아니었지만 아까처럼 1마일이나 떨어져 걷는 것보다는 훨씬 나았다.

우리는 곧 야트막한 언덕 위, 곰이 있는 곳에 가서 잠시 있었는데, 그곳에는 볼 게 별로 없었다. 겨우 북극곰 한 마리가 바깥에 나와 있을 뿐이었다. 나머지 한 마리 갈색 곰은 굴 속에 틀어박혀 밖으로 나오려 하지 않았다. 엉덩이가 조금 보였을 뿐이다. 내 옆에는 카우보이 모자를 귀 아래까지 깊숙이 눌러 쓴 어린아이가 서 있었는데 자기 아버지에게 "아빠, 저 곰을 밖으로 끌어내, 응? 끌어내줘." 하고 자꾸만 졸라댔다. 피비를 쳐다보았지만 피비는 웃지도 않았다. 어린애가 화가 나 있는지 아닌지는 곧 알 수 있다. 웃지를 않으니까.

우리는 곰 있는 데를 지나 동물원을 빠져 나왔다. 그러고는 공원 안의 오솔길을 건너갔다. 그리고 언제나 오줌 냄새 같은 게 나는 조그만 터널을 통과했다. 그것은 회전목마가 있는 곳으로 통하는 길이었다. 피비는 아직 내게 말을 건네진 않았지만 이젠 나란히 걷고 있었다. 나는 별다른 이유 없이 피비의 외투 뒤에 있는 벨트에 손을 댔다. 그러나 그 애는 그것에마저 손을 대지 못하게 했다.

"손 대지 마." 피비는 아직도 내게 화를 내고 있었다. 그러나 아까와 같은 상태는 아니었다. 어쨌든 우리는 회전목마가 있는 곳에 점점 가까이 갔다. 언제나 그렇듯 그 멋진 음악이 들려왔다. 〈오 매리!〉라는 곡이었다. 50년 전 내가 어렸을 때도 그 노래가 연주되고 있었다. 이것이 회전목마의 좋은 점이다. 밤낮 똑같은 음악을 연주한다는 것 말이다.

"겨울에는 회전목마가 없을 줄 알았는데……" 하고 피비가 말했다. 피비가 처음으로 입을 열었다. 내게 화를 내어야 한다는 것을 잊어버린 모양이었다.

"크리스마스가 가까이 왔으니까 그럴 거야."

내가 그렇게 말했을 때 피비는 아무 말도 하지 않았다. 아마 화내기로 한 것이 다시 생각난 모양이었다.

"너 목마 타고 싶지 않니?" 하고 내가 물었다. 그 애가 타고 싶어하리라는 것을 나는 알고 있었다. 피비가 더 어렸을 때 앨리와 D.B.와 나는 피비를 데리고 공원에 자주 갔었다. 그 애는 회전목마라면 사족을 못 썼던 것이다. 목마에서 도무지 내려올 생각을 하지 않았다.

"난 너무 커." 하고 피비가 말했다. 대답하지 않을 줄 알았는데 이렇게 대꾸하는 것이었다.

"아냐. 그렇지 않아. 자, 타봐. 기다리고 있을 테니까. 자." 내가 말했다.

마침 우리는 회전목마 있는 곳에 당도했다. 몇몇 아이들이 타고 있었는데 대개 아주 어린 아이들이었다. 그래서 부모들이 바깥 벤치에 앉아 기다리고 있었다. 나는 매표구로 가서 표 한 장을 사서는 돌아와서 피비에게 주었다. 피비는 바로 내 곁에 서 있었다. "자. 잠깐…… 나머지 네 돈도." 나는 피비가 내게 빌려준 나머지 돈을 돌려줄 참이었다.

"가지고 있어. 나 대신 가지고 있어." 하고 피비가 말했다. 그리고는 곧이어 "제발!" 하고 말을 이었다.

누가 제발이라는 말을 하면 난 우울해진다. 상대가 피비건 누구건 마찬가지다. 정말 그 말은 사람을 울적하게 만든다. 나는 돈을 다시 주머니에 넣었다.

"오빠 안 타?" 하고 피비가 내게 물었다. 그러고는 우스운 얼굴로 나를 쳐다보는 것이었다. 이젠 뾰로통한 표정이 아니었다.

"다음에 탈게. 네가 타는 걸 구경하겠어." 하고 말했다. "표 가지고 있니?"

"응."

"그럼 가봐. 난 이 벤치에 있을 테니. 네가 타는 걸 구경하고 있을게."

나는 벤치로 가서 앉았고 피비는 회전목마 있는 곳으로 가서 올라섰다. 그리고는 한 바퀴 돌아보았다. 걸어서 목마들 주위를 돌아보는 것이었다. 그런 다음 커다란 갈색의 낡은 목마에 올라탔다. 그러자 목마는 회전하기 시작했고 나는 돌아가는 피비를 지켜보았다.

피비말고 목마에 타고 있는 아이들은 대여섯 명밖에 없었다. 연주되는 곡은 〈연기가 눈에 들어가서〉라는 것이었는데 재즈풍으로 아주 우습게 연주되었다. 아이들은 모두 공짜로 한 번 더 타기 위해 황금의 링을 잡으려고 애쓰고 있었다. 피비도 그렇게 하고 있었는데 나는 피비가 그러다가 목마에서 떨어지지나 않을까 걱정스러웠다. 그러나 아무 말도 하지 않고 내버려두었다. 어린애들이 황금의 링을 잡으려 할 때는 그냥 내버려두고 아무 말도 해서는 안 된다. 떨어지면 떨어지는 거다. 아무 말도 해서는 안 된다.

회전이 끝나자 피비는 목마에서 내려 내게로 왔다. "이번엔 오빠도 타봐." 하고 피비가 말했다.

"아냐. 난 널 보고 있겠어. 난 보기만 할래." 하고 내가 말했다. 나는 피비에게 돈을 좀 주었다. "자, 표를 몇 장 더 사라."

피비는 돈을 받고 나서 "이젠 오빠에게 화내지 않을게." 하고 말했다.

"알았어. 어서…… 또 움직이기 시작하는걸."

그러자 피비는 느닷없이 내게 키스를 했다. 그러고 나서 그 애는 손을 내밀며 "비야, 비가 오기 시작해." 하고 말했다.

"알고 있어."

그런 다음 그 애가 어떻게 했느냐 하면, 내 외투 주머니에 손을 넣어 빨간 사냥모자를 꺼내더니 내 머리에다 씌워주는 것이었다. 난 여기엔 손 들고 말았다.

"넌 필요없니?" 하고 내가 물었다.

"오빠가 잠깐 써도 돼."

"알았어. 이젠 빨리 가봐. 놓치겠다. 너 목마에 못 타겠다."

그래도 피비는 서성대기만 했다.

"아까 말한 것 정말이야? 정말 아무 데도 안 가? 나중에 진짜로 집으로 갈 거야?" 하고 피비가 내게 물었다.

"그럼." 하고 나는 말했다. 나도 그럴 생각이었다. 나는 피비에게 거짓말하지 않았다. 사실 나중에 집으로 갔으니까. "자, 어서." 하고 내가 말했다.

피비는 달려가서 표를 사더니 목마로 되돌아갔는데, 회전목마가 움직이기 직전이었다. 그리고는 빙 돌아가서 자기 말을 찾아 올라 탄 뒤에 내게 손을 흔들었다. 나도 손을 흔들어 보였다.

그런데 비가 미친놈처럼 오기 시작했다. 물통을 들이붓듯 억수로 내렸다. 아이들의 부모들, 그러니까 엄마건 누구건 모두 다 젖을까 봐 회전목마의 지붕 밑으로 뛰어들어갔다.

나는 한참 동안 벤치에 그냥 앉아 있었다. 그래서 꽤 젖고 말았다. 특히 목 근처와 바지가 많이 젖었다. 사냥모자가 좀 도움이 되긴 했지만 그래도 흠뻑 젖었다. 그러나 아무렇지도 않았다. 피비가 목마를 탄 채 돌아가고 있는 것을 보자 나는 갑자기 행복을 느꼈다. 너무나 기분이 좋아서 큰 소리로 마구 외치고 싶었다. 왜 그랬는지 모른다. 여하튼 피비가 파란 외투를 입고 빙빙 돌고 있는 모습— 이건 너무나 멋있었다. 정말이다. 이건 정말 보여주고 싶다.

26

내가 이야기하고자 하는 것은 이것뿐이다. 집에 돌아가서 내가 무엇을 했으며, 어째서 병이 생겼으며, 병원을 나오면 다음 학기에 어느 학교에 가기로 되어 있는가 하는 것까지 말할 수도 있겠지만 지금은 그럴 기분이 아니다. 정말 전혀 기분이 나지 않는다. 당장은 그런 것에 별 관심도 없다.

많은 사람들, 특히 이곳 병원에 있는 정신분석 전문의가 그러는데, 이번 9월부터 학교에 돌아가면 열심히 공부하겠느냐고 자꾸만 묻는다. 내 생각에 그건 어리석은 질문이다. 실제로 해보기 전에는 우리가 무엇을 하게 될지 어떻게 알 수 있단 말인가? 나야 열심히 공부할 생각이긴 하지만 그것을 어떻게 알 수 있단 말인가? 그건 정말 어리석은 질문이다.

D.B.는 다른 사람에 비하면 나은 편이지만 그래도 내게 여러 가

지 질문을 퍼붓는다. 지난 토요일이다. 그가 지금 쓰고 있는 새로운 영화에 출연할 영국 여자와 함께 차를 몰고 왔었다. 그 여자는 지나치게 꾸미기는 했지만 굉장한 미인이었다. 그 여자가 다른 병동에 있는 화장실에 간 사이에 D.B.는 내가 이제까지 이야기한 것에 대해 어떻게 생각하느냐고 물었다. 나는 무어라고 대답해야 할지 몰랐다. 사실 내가 어떻게 생각하고 있는지조차 몰랐다. 나는 그런 일에 대해 많은 사람에게 이야기한 것을 후회한다. 내가 알고 있는 것은 내가 여기에 등장시킨 사람들이 지금 내 곁에 없기 때문에 보고 싶다는 것뿐이다. 예컨대 스트라드레이터와 애클리마저 그립다. 그놈의 모리스 녀석도 그립다. 우스운 이야기다. 누구에게든 아무 말 하지 않는 것이 좋다. 말을 하면 모든 인간이 그리워지기 시작하니까.

작품 해설

현대 문학의 최고봉《호밀밭의 파수꾼》

《호밀밭의 파수꾼》(1951)은 샐린저의 작품 중에서 가장 널리 알려지고 애독되는 작품이며 그가 미국 문학에서 차지하는 위치를 보다 확고하게 해준 작품이기도 하다. 이 소설은 출간 이후 여러 출판사에서 보급판이 나왔고 여러 나라 말로 번역되어 50년간 변함없이 전세계 청소년들과 대학생들의 마음을 사로잡고 있다.

샐린저는 그리니치 빌리지에서 20마일 떨어진 3번가의 호텔에 파묻혀 3주일간에 걸쳐《호밀밭의 파수꾼》 집필에 전념했다. 1959년 포크너가 이 작품을 가리켜 "현대 문학의 최고봉"이라고 격찬했을 때 샐린저의 명성은 전국을 휩쓸었다.

이 소설이 전세계적으로, 특히 젊은 독자들에게 애독되는 것은 사실이지만, 이 소설을 교재로 사용한 학교 가운데에는 학부형들의 맹렬한 반발에 부딪혀 신문지상을 떠들썩하게 만든 곳도 있었다. 오클라호마주의 한 고등학교 학부형들은 《호밀밭의 파수꾼》이라는 문제 소설을 읽도록 지시한 영어 교사의 사임을 요구했다. 그들은 이 책을 저속한 책이라고 비난했다. 이러한 논쟁은 오클라호마주나 캘리포니아주에만 국한되지 않고 미국 각지로 확산되어갔다.

전세계적으로 파급된 이 작품에 대한 비난은 대개 에로틱하다든가 추잡하다든가 지저분하다든가 입에 담아서는 안 되는 언어를 마구 사용하고 있다는 등의 피상적인 이유 때문이었지 결코 작품의 본질 때문이 아니다. 여러 가지 비판에도 불구하고 이 작품은 출판된 이래로 인기가 하락하지 않고 오늘날까지 많은 독자의 가슴에 끊임없이 감동을 주고 있다.

그렇다면 이 소설의 매력은 도대체 어디에 있는 것일까? 주인공 홀든의 민감한 감수성과 결벽증을 통해 허위로 가득 찬 사회와 삶의 이면을 조명하는 생생한 화면은 독자를 처음부터 끝까지 사로잡는다. 이를테면 주인공 홀든이 다닌 펜시 고등학교의 교장, 기숙사의 룸 메이트들, 역사 선생, 출세한 졸업생들, 영화 배우, 유명한 피아니스트, 데이트 상대인 소녀들, 엘리베이터 보이, 창녀, 변태성욕자 등 이 작품에 등장하는 모두가 주인공을 우울하게 만든다. 더욱이 순진한 여동생 피비가 다니는 초등학교 복도에 쓰여 있는 추잡한 낙서와 박물관 미라실의 돌 위에 쓰여져 있는 똑같은 낙서, 그리고 그가 접하는 속물들과 물욕, 폭력 등이 홀든 콜필드를 분노케 한다. 주인공을 둘러싸고 있는 이러한 지옥이 착한 여동생 피비가 상징하는 천국과 날카로운 대조를 이루면서 이 소설이 지닌 매력은 절정을 이룬다.

또한《호밀밭의 파수꾼》의 매력 중 하나는 현대 사회의 경박함과 저속함을 상징하는 재즈의 음률을 담은 속어를 대화 속에서 풍부하게 구사하면서, 전작품을 26장으로 나누어 톱니바퀴가 맞물리듯 이야기를 전개해가는 샐린저의 탁월한 표현 능력에 있다. 그러나 무엇보다도 이 작품을 빛내는 가장 큰 매력의 원천은 남녀노소를 막론하고 모든 인간이 가지고 있는 본성, 사물을 있는 그대로 받아들이는 자세, 즉 이 작품 전체의 밑바닥을 흐르는 샐린저의 따뜻한 휴머니즘이다.

샐린저의 생애와 문학 세계

제롬 데이비드 샐린저는 1919년 1월 1일 뉴욕에서 태어났다. 그의 아버지 솔 샐린저는 오하이오주 클리블랜드의 유대 교회 목사의 아들로 태어났지만 성직을 이어받지 않고 유럽에서 햄과 치즈 같은 식품을 수입하는 수입상이 되었으며, 아일랜드계의 마리 질리크라는 여자와 결혼했다. 이 두 사람 사이에서 제롬 샐린저와 여덟 살 위의 누이 도리스가 태어났다.

샐린저는 취학 연령이 되자 맨해튼 어퍼 웨스트 사이드의 공립학교에 입학했는데 성적은 B였고 산수를 제일 못 했다. 이 무렵 친구들은 샐린저를 소니라는 별명으로 불렀는데, 그는 말수가 적고 정중하며 고독한 소년이었다.

1932년, 그가 열세 살이 되던 해 교육열이 강한 그의 부모는 그를 맨해튼의 유명한 맥버니 중학교에 입학시켰는데, 면접 시험에서 그는 연극과 열대어에 흥미가 있다고 대답했다고 한다. 1년 후 그는 성적 불량으로 퇴학당했는데, 그의 친구들은 그가 고독하고 변덕스러운 소년이었다고 회고한다.

1934년, 열다섯 살이 되던 해 샐린저는 펜실바니아 웨인에 있는 발레포지 육군 소년학교로 보내져 1936년 6월 열일곱 살에 이 학교를 졸업한다. 이 학교가 그의 걸작《호밀밭의 파수꾼》의 주인공 홀든 콜필드가 퇴학당한 펜시 고등학교의 모델이 된 곳이다. 여기서 받은 졸업장이 샐린저가 전 생애를 통해 받은 유일한 졸업장이다. 이 학교에서 샐린저는 제리라는 애칭으로 불리면서 프랑스어 반에 들기도 하고, 하사관 클럽, 연극부 등에서 활약하는 이외에 문예편집위원으로도 활약했다. 또한 작가가 되면 영화계에 진출하여 자기 작품을 할리우드에 팔아보겠다고도 생각했다. 그리하여 기숙사의 소등 시간이 지난 후에도 당직사관의 눈을 피해 단편 소설을 썼다. 졸업할 무렵 그는 3절로 이루어진 시를 쓰고 자기 서명을 붙여 이 시를 학교에 바쳤는데, 훗날 이 시에 곡을 붙여 해마다 졸업식장에서 합창하고 있다.

숨기지 마라, 너희의 눈물을. 이 최후의 날에
슬픔은 부끄러운 것이 아니니……
쏜살같이 지난 날들을 소중히 간직하라
지상에서 보내는 짧은 시간 동안이라도

1937년 열여덟 살이 되던 해 그는 뉴욕대학교에 입학하였지만 몇 주 후에 퇴학당했다. 그래서 그의 아버지는 그를 오스트리아의 빈이나 폴란드로 데리고 다니며 자신의 사업인 햄 수입에 관련된 일을 가르쳤다. 그는 각지에서 도살이나 고기 운반 일을 해야 했다. 몇 개월 후에 그는 귀국하여 어사이너스칼리지를 다녔다. 그러나 한 학기 만에 흥미를 잃고 자퇴하여 컬럼비아대학으로 전학했으며, 그곳에서《스토리》지의 편집장인 휘트 버넷의 '단편 소설 강의'를 청강했다. 그것이 샐린저가 대학에서 받은 최후의 교육이다. 그곳에서 그는 극작에 흥미를 보였으나 별로 눈에 띄는 존재는 아니었다. 그러다 최초의 단편 소설 〈젊은이들〉이 버네트의 인정을 받아 《스토리》지에 실리는 행운을 맛보게 되었다.

1941년 12월 미국이 제2차 세계대전에 참전하자 샐린저는 통신 장교학교에서 일하기도 하고 테네시주 내쉬빌의 항공사관 후보생의 육상훈련학교에서 근무하기도 했는데, 그러면서도 주말이면 호텔로 타자기를 가지고 가 창작에 전념했다.

그가 발표한 작품으로는《보병에 관한 개인적인 노트》(1942),《로이 타게트의 긴 데뷔》(1943),《여러 가지 형제들》(1943),《아홉 개의 이야기》(1953),《목수여, 지붕의 대들보를 높이 올려라》(1955),《프래니와 주이》(1961) 등이 있다.

1946년 제대한 샐린저는 잠시 플로리다에 머물다가 뉴욕에 사는 부모의 집으로 돌아갔다. 계속 단편을 쓰고 밤에는 여자들과 함께 그리니치 빌리지로 가서 시간을 보내면서 샐린저는 그곳에서 붐을 이루고 있는 동양 사상을 접하게 되었다. 동양의 종교 사상, 인도의 요가, 중국의 노장 철학, 그리고 일본의 선 사상 등에 대한 깊은 관심은 이후 그의 작품 속에서 드러난다.

아늑하고 따뜻한, 양지를 향한 희망

《호밀밭의 파수군》에서 샐린저가 그리고 있는 주인공 홀든 콜필드는 펜실바니아주 어거스타운에 있는 펜시 고등학교 3학년생이다. 그는 이제 겨우 열여섯 살이지만 키가 6피트 2인치나 되고 머리칼은 하얗게 세었다. 그에게는 마음을 터놓고 진심을 이야기할 수 있는 친구가 없다. 학교 생활에 실망하고 거짓과 허위로 가득 찬 환경에 식상하여, 공부에 대한 의욕을 잃고 영어 이외의 다른 모든 과목에서 낙제점을 받아 결국에는 퇴학을 당하게 된다. 이미 후턴 고등학교와 엘크턴 힐스 고등학교 등에서 퇴학당한 경력이 있는 홀든에게는 이번이 네 번째 퇴학이 되는 것이다. 홀든은 허위와 불성실을 참지 못하는 결벽증의 소유자이다. 이런 홀든에게 혼탁한 현실은 견디기 어려운 것으로 다가온다.

학교에서 퇴학당한 홀든은 크리스마스가 시작되기 사흘 전 토요일에 학교 기숙사를 뛰쳐나와 뉴욕 시가를 헤맨다. 그리고 허위에 가득 찬 현실 세계를 직면하고 여기에 절망을 느껴 뉴욕을 벗어나 서부로 도피하겠다고 결심한다. 그러나 도피를 결행하기 직전 여동생의 순진무구함 덕분에 마음을 열고 결국 현실에 존재하는 모든 것을 아름답게 보기 시작한다.

사흘 동안 한겨울의 추위 속을 헤매이다 폐렴에 걸린 홀든이 캘리포니아주의 어느 요양소에서 퇴원을 앞두고 회상하는 이 사흘 동안의 절실했던 순례는 26장에 걸친 소설 형식으로 전개된다.

홀든의 가족은 뉴욕에 사는 부유층이다. 큰 회사의 고문변호사인 홀든의 아버지는 늘 실패하면서도 브로드웨이의 쇼에 투자를 하는, 그러나 아이들의 교육에는 별로 관심이 없는 사람이다. 또 홀든에게는 피비라는 착한 여동생과 작가이며 지금은 할리우드에서 영화 시나리오를 쓰는 D.B.라는 형이 있다. 홀든은 형을 별로 존경하지 않는다. 그에게는 또한 앨리라는 두 살 어린 남동생도 있었는데, 머리가 뛰어나고 문학적 소질이 풍부했던 남동생은 백혈병으로 죽고 없다.

홀든은 이 동생이 죽었을 때 차고의 창을 모조리 때려 부수는 소동을 벌여 정신 감정을 받을 뻔하기도 했다. 그래보았자 아무 소용이 없다는 것은 알지만, 사랑하는 동생, 자기보다 훨씬 똑똑한 동생, 사람을 화나게 한 적이 없는 동생을 잃었다는 데서 오는 참을 수 없는 슬픔을 어떻게 처리해야 할지 몰랐던 것이다. 그런 행위를 나무라는 사람들에게 홀든은 '너희들은 앨리를 모르니까 그래'라고 말하는데, 이것은 통분하고 있는 홀든의 마음을 가장 잘 나타내는 말이다.

홀든은 크리스마스 휴가 직전에 학업 상태가 불량하다는 이유로 퇴학 처분을 당하고 집으로 돌아가기 위해 짐을 꾸리면서, 이런 사실을 전혀 모르는 엄마를 생각하고 서글픔을 느낀다. 또 시카고에서 온 수녀들이 자기 이익은 생각지 않고 모금 운동에 참여한다는 사실에 감동하기도 하고, 교회 갔다 돌아오는 양친에게 이끌려 보도를 걷고 있는 어린이가 무심코 부르는 노래를 듣고 '어리다는 건 좋은 것이야'라고 생각하기도 한다. 피비가 자신의 크리스마스 용돈을 전부 쓰라고 내놓자 눈물을 흘리는 홀든. 그의 내부에서 꿈틀거리는 것은 바로 인간 본연의 심성이다.

　우리의 의식이 악의 유혹을 받을 때, 또는 우리가 곁길로 접어들 때, 인간의 본성은 소리 없이 우리를 붙잡는다. 예컨대 홀든이 펜시 고등학교의 기숙사를 뛰쳐나와 뉴욕의 어느 호텔에 투숙했을 때, 홀든의 방을 찾아온 창녀가 느닷없이 옷을 벗기 시작하자 그는 성적 충동을 느끼는 것이 아니라 오히려 우울해지고 만다. 여동생이 다니는 초등학교나 아이들이 많이 다니는 박물관의 벽에 '씹하자'라는 저속한 말이 칼로 새겨진 것을 보고 그것이 순진한 어린이들에게 끼칠 악영향을 생각하며 분노한다.

　또 앤톨리니 선생의 집에서 잠을 자다 한밤중에 눈을 떴을 때, 선생이 그를 상대로 변태적인 짓을 하고 있는 것을 깨닫고 온몸이 땀에 젖을 정도로 놀라서 선생 댁을 뛰쳐나오지만 나중에 다시 냉정을 찾은 다음에는 '선생님은 그럴 의도는 없었을 거야. 선생 댁으로 돌아갔어야 되는 게 아닌가.'하고 반성하며 선생을 나쁘게 생각하지 않으려 한다. 그것은 외부의 것을 비판하고 혐오하는 아집에 빠졌던 외향적이고 의식적인 가면을 벗어버린 후에야 비로소 빛을 발하는 본성이며, 모든 사물과 현상을 있는 그대로 수용하고 포섭하려는 마음이다. 그것은 아늑하고 따뜻한 양지를 기대하는 홀든의 본성이기도 하다.

호밀밭의 파수꾼이 되고 싶어

홀든이 펜시 고등학교를 뛰쳐나와 뉴욕 시가를 배회하던 이틀째 밤, 몰래 집으로 돌아가 만난 여동생 피비는 "오빠는 모든 것이 다 싫다고 말하지만, 좋아하는 것이 하나라도 있으면 말해봐."라고 다그친다. 홀든은 자신의 마음 깊숙이 자리잡고 있었던, '호밀밭의 파수꾼'이 되고 싶다는 소망을 말한다.

그러나 인간 본성을 확실히 자각하고 파악하기 위해서는 적어도 한 번쯤 자기 의식의 심연으로 침잠하여 그곳에서 미소하는 본성을 힘껏 추적해야 한다. 그것은 생명을 걸 만큼 고통스러운 모험이라고 할 수 있다. 왜냐하면 의식의 심연 속에는 우리의 침잠을 방해하는, 자아라는 이름의 '머리가 많이 달린 괴물'이 잠복하고 있기 때문이다. 이것을 극복하지 못하는 한 본성을 정확히 보는 것은 불가능하다.

홀든은 초췌한 모습으로 뉴욕의 5번가를 거닐다가 이러한 의식의 심연 속으로 돌입한다. 그는 이제 죽는 것이 아닌가 하는 불안감에 사로잡힌다. 그래도 생에 대한 집착은 변하지 않는다. 그리하여 이미 죽음의 나라에 가 있는 동생 앨리에게 '앨리, 제발 사라지게 하지 마, 제발!' 하고 애원한다. 25장에서는 죽음의 그림자가 어른거리는 의식의 심연 속을 오르내리는 홀든의 내적 동요가 생생하게 묘사된다.

어쨌든 나는 넥타이고 뭐고 아무것도 매지 않고 5번가를 향해 계속 걸었다. 그런데 갑자기 도깨비 같은 일이 일어나기 시작했다. 길 모퉁이에 이르러 차도에 발을 내디딜 때마다 도저히 길 건너편까지 건너갈 수가 없을 것 같은 생각이 드는 것이었다. 몸이 자꾸만 아래로 곤두박질쳐서는 아무도 나를 두 번 다시 보지 못하게 되리라는 생각이 들기 시작했다. 정말 겁이 났다. 상상할 수 없을 것이다. 나는 바보처럼 땀을 흘리고 있었다. 와이셔츠고 내의고 온통 땀에 흠뻑 젖어 있었다.

그때부터 엉뚱한 짓을 하기 시작했다. 길모퉁이에 이를 때마다 나는 동생 앨리에게 말하고 있다는 착각에 빠졌던 것이다. "앨리, 나를 사라지게 하지 마. 앨리, 나를 사라지게 하지 마. 앨리, 제발 나를 사라지게 하지 마." 하고 말했다. 그래서 내가 사라지지 않고 길 건너편에 당도하자 나는 앨리에게 고맙다고 말했다. 그런데 다음 길모퉁이에 이르면 즉시 똑같은 일이 일어나곤 했다. 그래도 계속 걸어갔다. 걸음을 멈추기가 겁났던 모양이다…… 여전히 바보처럼 땀을 흘리고 있었다…… 드디어 결심한 것이 있었는데, 그것은 어딘가 멀리 가버리자는 것이었다.

위에서 본 것처럼 홀든은 의식의 심연 속으로 들어가되 그 바닥에 도달하지 못하고 방황을 반복한다. 결국 그 불안을 참지 못한 홀든은 현실의 뉴욕에서 다른 곳으로 도피하기로 마음먹는다. 그날 밤 만난 옛 스승 앤톨리니 선생이 들려주는 이야기 속에도 이러한 홀든의 내적 상태가 언급되어 있다.

지금 네가 뛰어들고 있는 타락은 일종의 특수한 타락인데, 그건 무서운 거다. 타락해가는 인간에게는 감촉할 수 있다든가 부딪치는 소리를 들을 수 있는 그런 바닥이 있는 것이 아니다. 장본인은 자꾸 타락해가기만 할 뿐이야. 이 세상에는 인생의 어느 시기에는 자신의 환경이 도저히 제공할 수 없는 어떤 것을 찾는 사람들이 있는데, 네가 바로 그런 사람이야. 그런 사람들은 자기 자신의 환경이 자기가 바라는 걸 도저히 제공할 수 없다고 생각하지. 그래서 단념해버리는 거야. 실제로는 찾으려는 시도도 해보지 않고 단념해버리는 거야.

'호밀밭의 파수꾼'이 되어 어린이들이 절벽 같은 데서 떨어지지 않도록 보호하며 살고 싶다고 소망하는 홀든. 현실의 삶이 안겨주는 고통을 이기지 못한 나머지 서부로 도피하겠다는 그의 의지는 앤톨리니 선생의 충고에도 불구하고 흔들리지 않는다. 결국 그의 의지는 순진한 여동생 피비의 본성에 의해 억제된다. 어리지만 피부로 느낄 수 있는 피비의 본성에 그의 본성이 동화되어 현실을 너그럽게 수용하며 살아갈 수 있게 된다. 이렇게 순화된 의식의 바닥에 밝게 나타난 거울 같은 본성은 모든 것을 있는 그대로 비추기 시작한다. 그는 어째서 갑자기 그런 정신적인 변화가 일어났는지 스스로도 깨닫지 못하면서 모든 것이 지닌 아름다움을 관조할 수 있는 상태에 도달한다. 이 과정이 바로《호밀밭의 파수꾼》의 압권이라고 할 수 있다.

그런데 비가 미친놈처럼 오기 시작했다. 물통을 들이붓듯 억수로 내렸다. 아이들의 부모들, 그러니까 엄마건 누구건 모두 다 젖을까 봐 회전목마의 지붕 밑으로 뛰어들어갔다.

　나는 한참 동안 벤치에 그냥 앉아 있었다. 그래서 꽤 젖고 말았다. 특히 목 근처와 바지가 많이 젖었다. 사냥모자가 좀 도움이 되긴 했지만 그래도 흠뻑 젖었다. 그러나 아무렇지도 않았다. 피비가 목마를 탄 채 돌아가고 있는 것을 보자 나는 갑자기 행복을 느꼈다. 너무나 기분이 좋아서 큰 소리로 마구 외치고 싶었다. 왜 그랬는지 모른다. 여하튼 피비가 파란 외투를 입고 빙빙 돌고 있는 모습— 이건 너무나 멋있었다. 정말이다. 이건 정말 보여주고 싶다.

　이처럼 홀든은 '왜 그랬는지는 모르지만' 그 이전까지만 해도 캄캄했던 자신의 내면이 갑자기 밝아지면서 울적했던 기분이 깨끗이 걷히는 밝은 행복감을 맛본다.

소설가로서의 명성과 말년의 샐린저

　1940년대 후반부터 1950년대 전반에 걸쳐 동양 사상에 대한 그의 관심이 깊어짐에 따라 샐린저는 자신이 구하는 사회적 명성이 얼마나 보잘것없는 것인가를 깨닫기나 한 듯 사회를 기피하기 시작한다. 단편 소설집《아홉 개의 이야기》(1953)를 발표하면서 소설가로서의 명성은 절정에 달했지만 그는 이곳저곳으로 거처를 옮기며 인간과의 관계를 멀리했다.

　1953년, 샐린저는 웨스트 포트를 떠나 코네티컷강이 내려다보이는 뉴햄프셔주 코니시의 언덕을 자신이 영주할 장소로 정하고 이사했다. 그는 그곳에서 근처에 있는 대학의 도서관에 간다든가, 산책을 한다든가, 고교생들과 스포츠를 즐긴다든가, 집에 찾아오는 젊은 손님에게 음악을 들려준다든가 하며 지냈다. 그러다가 1953년 11월 셜리 브래니라는 여학생과《데일리 이글》지의 고교생난에 인터뷰한 것을 끝으로 그는 문을 닫아 걸고 은자의 생활로 들어갔다.

샐린저가 그의 아내가 된 클레어와 처음 만난 것은 뉴햄프셔주의 맨체스터에서 열린 어느 칵테일 파티에서였다. 런던 태생으로 당시 래드클리프 대학생이던 클레어에게 샐린저는 마음을 빼앗겼고 클레어 역시 서른네 살 된 이 신진 작가에게 반했다. 당시 하버드 대학생과 몇 개월간 결혼 생활을 해온 클레어는 그 결혼 생활을 청산하고 샐린저에게로 왔다. 두 사람은 1955년 버몬트주의 버나드에서 결혼식을 올렸다. 그 해에 두 사람 사이에서 장녀 마거리트 앤이 태어났고 1960년에 장남 매슈가 태어났다. 그러나 샐린저의 아내 클레어는 1968년 정신적 학대를 이유로 이혼 소송을 제기했다. 이 소송은 받아들여져 이혼이 성립되었다.

그 이후부터 샐린저는 사회와의 접촉을 피하고 코니시의 자기 집에 은거한 채 세상을 멀리하기 시작했다. 그리하여 그의 창백한 얼굴과 매력 있는 눈, 그리고 다정한 음성은 잡지사의 취재 기자를 통해서조차 접할 수 없게 되었다.

옮긴이

제롬 데이비드 샐린저 연보

1919년 1월 1일 뉴욕 맨해튼에서 식료품 수입상 아버지와 아일랜드계 어머니 사이에서 태어났다.

1932년 교육열이 강한 부모가 유명 사립학교인 맥버니 중학교에 입학시켰다. 연극에 재능을 보였으나 아버지가 반대했고, 1년 후 성적 불량으로 퇴학당했다.

1934년 펜실베이니아 웨인의 육군 소년 학교에 입학해 1936년 6월에 졸업했다. 샐린저가 받은 유일한 졸업장이다. 이곳에서 이야기를 쓰기 시작했고 프랑스어, 연극 등 여러 동아리 활동을 했다.《호밀밭의 파수꾼》의 주인공이 퇴학당한 학교의 모델이 된 곳이기도 하다.

1937년 뉴욕대학교에 입학했으나 곧 퇴학당했다. 아버지의 권유로 폴란드와 오스트리아를 다니며 육류 수입 사업을 배웠으나 일에 적응하지 못했다.

1938년   펜실베이니아주에 있는 어사이너스칼리지에 다녔다. 재학 중 몇몇 칼럼을 써 기고했다. 그러나 한 학기 만에 중퇴했다.

1939년   맨해튼의 컬럼비아대학교에 등록했고, 잡지《스토리》의 편집장인 휘트 버넷에게 단편 소설 강의를 들었다. 버넷은 샐린저의 재능을 눈여겨봤고, 1940년에 그의 첫 단편〈젊은이들(*The Young Folks*)〉을 《스토리》에 게재해주었다.

1941년   미국이 2차 세계대전에 참전하자 장교 학교와 훈련소 등에서 근무했다. 일하는 와중에도 주말에는 창작에 전념했다.

1942년   징집되어 몇몇 전투에 참여했다. 1944년에는 노르망디 상륙작전에 참여했다. 이즈음 파리에서 특파원으로 일하던 헤밍웨이와 만나 교류했다.

1946년   전쟁이 끝난 후 실비아 웰터와 결혼해 미국으로 함께 왔으나 8개월 만에 파경을 맞았다. 휘트 버넷의 주선으로 단편 소설집을 출간하기로 했으나 끝내 성사되지 않았다. 이 일로 두 사람의 관계는 소원해졌다. 이때쯤 선불교 사상을 접하고 열렬한 추종자가 되었다.

1951년   《호밀밭의 파수꾼》을 발표했다. '비정상적으로 뛰어난 첫 소설'이라는 상찬과 '부도덕하며 변태적'이라는 평을 동시에 받았으나 대중적으로는 커다란 성공을 거두었다.

1953년   단편집《아홉 개의 이야기》를 발표해 작가로서 명성이 절정에 달했다. 그러나 이곳저곳으로 거처를 옮기며 인간관계를 멀리했다. 본격적인 은둔 생활이 시작되었다.

1955년   클레어 더글러스와 두 번째 결혼을 하고 이후 두 자녀를 얻다.

1961년　　《프래니와 주이》를 출간했다. 〈가디언〉은 이를 샐린저의
가장 훌륭한 작품으로 꼽았다.

1967년　　클레어가 정신적 학대를 이유로 이혼 소송을 제기했고 받
아들여졌다.

1986년　　영국 작가 이언 해밀턴이 샐린저가 쓴 편지를 활용해 전기
를 출판하려 하자 이를 중단시키기 위해 소송을 제기해 승소했다. 전기
는 편지를 인용하지 않는 방식으로 출간되었다.

2010년　　뉴햄프셔 자택에서 91세의 나이로 사망했다.

옮긴이 **이덕형**

서울대학교 사범대학 영어교육과와 동 대학원을 졸업하고 이화여고, 동성고등학교, 서울사대 부속고등학교 교사를 역임한 후, 서울대학교 강사와 연세대학교 교수를 지냈다. 편저로 《한 권으로 읽는 세계문학 60선》이 있고, 역서로 《월든》(소로), 《가시나무새》(콜린 맥컬로), 《멋진 신세계》(올더스 헉슬리), 《페이터의 산문》, 《르네상스》(월터 페이터), 《센토》, 《돌아온 토끼》(존 업다이크), 《파리대왕》(윌리엄 골딩), 《프랑스 중위의 여자》(존 파울스), 《20세기 아이의 고백》(토마스 로저스), 《고라이의 악마》(아이작 싱어), 《천형》(그레엄 그린), 《시를 어떻게 읽을 것인가》(에즈라 파운드) 등 다수가 있다.

호밀밭의 파수꾼

1판 1쇄 발행 1985년 3월 15일
3판 1쇄 발행 2025년 2월 20일

지은이 J. D. 샐린저 │ 옮긴이 이덕형
펴낸곳 (주)문예출판사 │ **펴낸이** 전준배
출판등록 2004. 02. 11. 제 2013-000357호 (1966. 12. 2. 제 1-134호)
주소 04001 서울특별시 마포구 월드컵북로 21
전화 02-393-5681 │ **팩스** 02-393-5685
홈페이지 www.moonye.com │ **블로그** blog.naver.com/imoonye
페이스북 www.facebook.com/moonyepublishing │ **이메일** info@moonye.com

ISBN 978-89-310-2448-7 04800
ISBN 978-89-310-2365-7 (세트)

• 잘못 만든 책은 구입하신 서점에서 바꿔드립니다.

문예출판사® 상표등록 제 40-0833187호, 제 41-0200044호

(뒷면 계속)